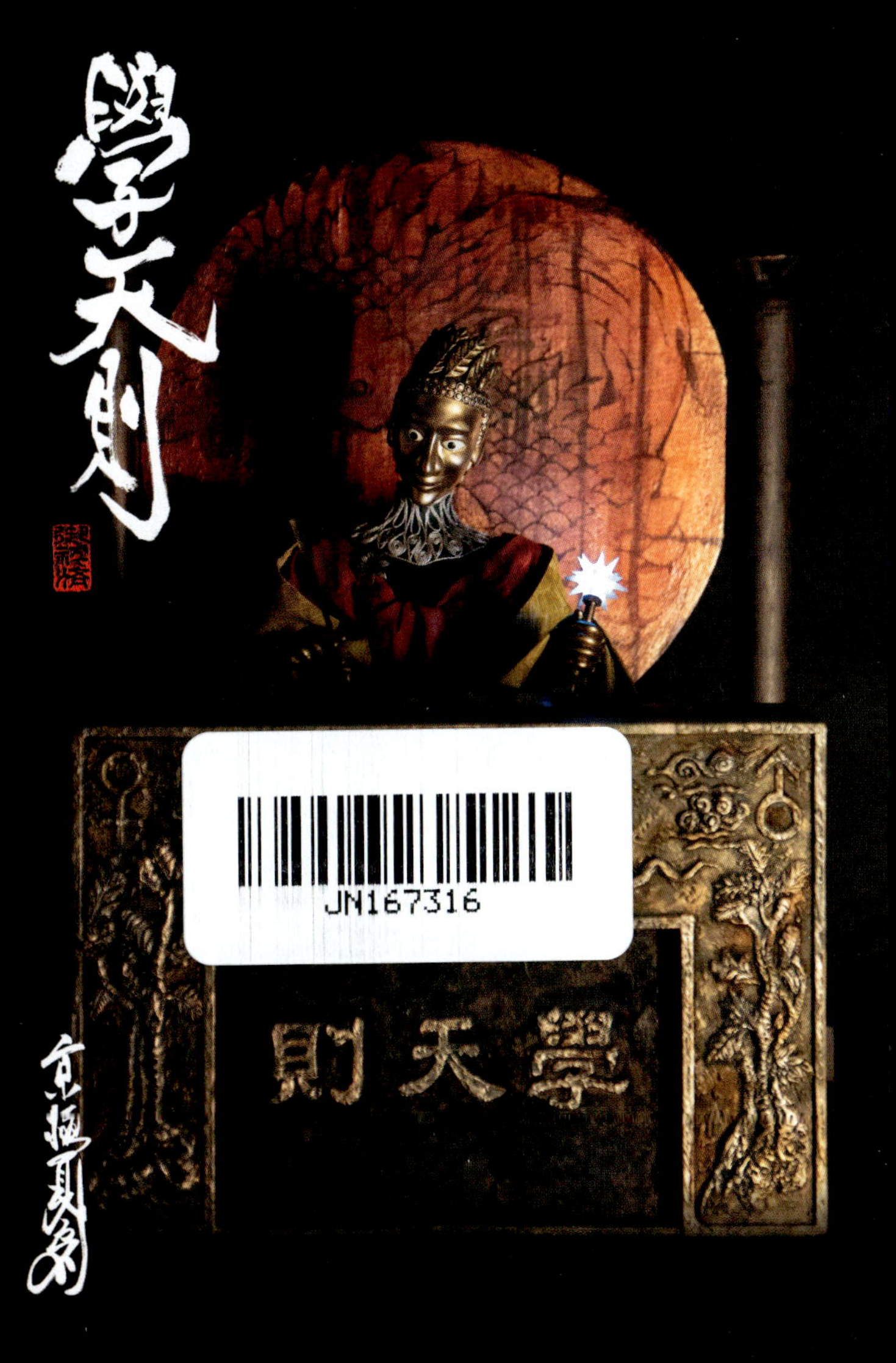
學天則
京極夏彦
則天學
JN167316

虚実妖怪百物語　破

京極夏彦

角川文庫
21340

この物語はフィクションだと思います。

フィクションなので、登場する人物名・団体名などは実在のものとは関係ないものと思われるのですが、とてもよく似た実在の人物がいらっしゃるようですので、強く言われると自信がありません。でもきっと、フィクションなので関係ありません。

関係ないことにしておいてください。

虚実妖怪百物語　破

目次

破

破

そこは、鬱蒼《うつそう》としているという程に生命力に満ち溢《あふ》れている場所ではなかった。寧《むし》ろ、そこに充満しているのは死であった。

もちろん、森自体は生きている。樹木も小動物も虫も草も苔《こけ》も黴《かび》も、微生物も、細菌でさえも、当然のように生命を持っている。だから命が満ちていると言って言えないこともない。しかし多くの森や山が一つの有機体として正に有機的に関係し合うことで機能しているのに較べて、そこは何かが途切れていた。生態系はあるのだが、命の燈火《ともしび》は互いに深く干渉することをせずに、何処かよそよそしく、互いの生をせせら笑うように距離を持って存在している。

そんな忌まわしい印象を与える場所だった。

樹海の——中心である。

樹海は、自殺志願者が彷徨《さまよ》い入るのだとか、地磁気に異常があるのでコンパスが利かないのだとか、様々な言い伝えがある場所である。実際にそこを訪れて自死する者も少なくはないという。しかし、だからといって魔所だとか、心霊スポットだとか囃《はや》し立てて、忌み嫌ったり畏《おそ》れたりするのはおかしい。ここは、そんな場所ではない。

ただ、難所ではあるだろう。道もないし、方向感覚も狂う。うっかり迷い込んだりすると、遭難してしまう可能性も高い。

そこは、ほぼ人跡未踏に近い場所であった。捩《よじ》れ曲がった樹木と、多くの死んだ植物と、死んだ動物の亡骸《なきがら》とが数百年に亘《わた》って降り積もり、腐り乾き、異様な大地を形成している。

そこに、孔《あな》がある。

洞窟《どうくつ》ではない。中国などで見られる天坑《てんこう》に近い。孔は空に向けて口を開けている。しかし絡み合い縺《もつ》れ合った植物が陽光を遮断してしまうため、孔の中は漆黒の闇であった。

その底に、一人の男が立っていた。

軍帽にマント。その裾《すそ》からは長靴が覗《のぞ》いている。かなりの長身であるが、圧倒的なスケール感を持った天然の中に於《お》いて、彼の巨軀《きょく》はあまり意味を成さないようだった。ただ、男の足許《あしもと》には、もう一人男がいるのであった。場違いなスーツ姿のその男は、跪《ひざまず》き、男に傅《かしず》いているように見えた。

「身体を戴《いただ》きました」

加藤《かとう》様――と、もう一人の男は言った。加藤と呼ばれた長身瘦軀《そうく》の男は、跪く男を見下すかのように顎《あご》を引いた。地に這《は》い蹲《つくば》った男はそろそろと顔を上げた。

「ヒトのカタチは窮屈ですが、肉を持つ歓《よろこ》びというのはそれなりにございます。この、掌《てのひら》に感ずる腐敗した大地のいやらしい柔らかさ、肺腑《はいのふ》を満たす朽ち果てた生き物の腐臭――乾いた熱い空気と乾いた熱い砂しか知らぬ身には、中々――」

男は六十代程に見える。若くはない。

身に着けているスーツも高級そうである。ただ、その生地は泥と枯れ草に塗《まみ》れている。

「しかし加藤様。この身体は役に立ちましょうか。衰えている。これでは剣《つるぎ》を振るうことも馬を駆ることも儘《まま》なりますまい。頑健でもなく俊敏でもない。何よりも——病んでおりますぞ」

男は自らの項《うなじ》の辺りを摑《つか》んだ。

「血潮が凝《こご》っておりまする。この身体、無理に使えばすぐにも使えなくなりましょう。死んだところで構いはしませんが、ヒトはすぐに腐りまするぞ」

案ずることはないと加藤は言った。

「貴様の知る時代とは違う。権力を誇示するのに肉体を使うことはない」

「戦わずとも良いのでございますか」

「貴様が戦う必要などない。争うのはこの国の民草どもだ。そのために」

貴様を掘り出したのではないかと加藤は言った。

「心得ておりまする」

男は再び身を低くすると、上目遣いに加藤を見上げ、不敵に北叟笑《ほくそえ》んだ。

「千年分、万年分、吸わせて戴いておりまする」

「まだ足りぬ」

「ご安心くださいませ。私めも、まだまだ吸い足りませぬ。心行くまでじっくりと吸い尽くすつもり」

「ふん」

　加藤は横を向いた。

　男は窩《あな》の中を見渡す。

「加藤様がお選びになったこの地は、正にこの島の心臓にございます。あの聳《そび》え立つ霊峰を通じ、また地の底に八達した地脈を通じて、この島に棲《す》む生きとし生ける者の息吹は、悉《ことごと》く此処《ここ》へと集められましょう。私めの本体がこの要《かなめ》の場所にある限り、この島の上に暮らす者に安息が齎《もたら》されることは決してございません――と男は言った。

「それこそ承知の上」

　加藤は侮蔑《ぶべつ》の表情で男を見下ろす。

「正しく伝えられることなく災霊となり果て、悪鬼と蔑《さげす》まれ、やがて封じられし――異国の蛮霊よ。吾《われ》が何故《ゆえ》、貴様の封印を解いたと心得るか」

「この国を――荒廃させるためにございましょう」

「否」

　加藤は男の額に人差し指を向けた。

　五芒星《ペンタグラム》が染め付けられた白い手袋をしている。

「滅ぼすためだ」

「それは同じこと。人心荒廃致《いた》さば国力衰え政《まつりごと》乱れ、やがては他国に平らげられましょう」

　それは太古《いにしえ》の話だと加藤は言った。

「時は流れ世は移ろうているのだ。そんなことでこの国は滅びはせぬ。それで滅ぶなら」
もう滅んでおると加藤は言った。

「そうでございましょうや。慥《たし》かに何時の世もヒトの心はある程度荒《すさ》んでいるもの。暮らし貧しければ民は堕し、暮らし富めるならば政は腐る。倫《みち》を見失えばヒトは狂い、国は滅しましょうぞ。強く導く者さえいなければ、このまま私めにお任せ戴くだけで――」

「甘くみるな」

「はて」

「慥かにこの島国には、救世主も唯一絶対の神もいない。民を強く導き、貴様を災いに擬《なぞら》え悪に押しやるようなモノは――いない」

「ならば」

「代わりに、この島には八百萬《やおよろず》の霊《かみ》がいる」

「ほう」

男は奇妙に眉《まゆ》を歪《ゆが》め、身体を起こした。

「貴様のいた国とは違う」

「それらはみな、天主《かみ》なのでございますか」

「いいや」

加藤は異相を歪めた。
嗤《わら》ったのである。

「カミはカミだ。だが祟《たた》り神もいれば荒神《こうじん》もいる。もうカミではないモノもいる。篤《あつ》く信仰されているモノもあるが、既に信仰の対象になっていないモノも多くいる。蔑まれ嘲笑《あざわら》われ退治されるモノもいよう」

「いや、崇《あが》められねば神ではありますまい」

「崇められずとも霊《かみ》なのだ」

この国ではな、と加藤は言った。

「解りませぬな。人智を超えてこそ神、衆生《しゆじよう》を統《す》べてこそ神。畏れられ敬われ尊ばれ、祀《まつ》られてこその——神では」

「だから、この国では違うのだ」

「例えば、唐国《からくに》や印度《インド》の神には官位ありと聞き及びます。それらとも違いましょうや」

「道教の神々には位がある。仏家に於ても似たようなものだ。婆羅門《バラモン》の神もそうであろうし貴様の知る、埃及《エジプト》や波斯《ペルシア》の神もそうであろうが。そもそも、貴様がまだ悪しきモノと成り下がる前の——希臘《ギリシア》や羅馬《ローマ》の神々とてそうであったのではないか」

「仰せの通り。それとも、また——違うと」

「違う。道教は天帝《てんてい》、密教では大日如来《だいにちにょらい》。ヒンドゥーではシヴァ、埃及では太陽神ラー。希臘ならば最高神ゼウス。道教の如く組織化されてはおらぬものの、それぞれに格はあり、頂点《トップ》がいる」

加藤は上を向いた。

「この国には——いないのですか」

「いる。しかし、それは頂点ではない」

「それは判り難《にく》いことで」

「天照大神《あまてらすおおみかみ》は皇室——この国の王の祖先神であり太陽神である。しかしその神にも父神母神があり、更にはその親神を作った創造神がいる。しかも、この国の王は今も——現人神《あらひとがみ》とされている」

「ならば、その王こそが」

「王はいる。だが、敬われてこそいるが、信仰の対象ではない。王とは呼ばぬし、既に王ではない」

「それでは——拠《よ》り所がないではありませぬか」

「拠り所か」

加藤はまた笑った。

「今に始まったことではない。この国はずっとそういうシステムで動いておるのだ。中心を二重三重に分散し、時に圧を逃がし時に撓《たわ》むことで、国としての体裁を保って来たのだ。異国《とつくに》の侵攻もない。仮令《たとえ》他国に蹂躙《じゅうりん》され平らげられたとしても国は滅ばぬ。硬きものは壊れるが柔らかきものは壊れはせぬ。頭が幾つもあれば、一つ二つ潰《つぶ》したところで死にはせぬ。この国には」

八百万の頭が在るのだと加藤は言った。

「ろくでもない頭も多いがな。貴様でさえ、この国では神になることができよう」

「私めが」

「そうだ。まあ」

カミとは呼ばれまいがなと言って、加藤は再び男を見下す。

「再び善霊と災霊に分かれ、本来の信仰を取り戻すことはできまい。だが悪鬼《デーモン》として畏れられることはいとも簡単なことだ。それでもこの国ではカミなのだ。そう、貴様を貶《おとし》めたヤハウエやアッラーフもまた——この国では同じくカミなのだ」

「それは——同時には存在し得ぬ概念《かみ》では」

「この国では、それが可能となるのだ」

だから甘くみるなと言っているのだと加藤は叱咤《しった》するように言った。

「聖なるものは穢《けが》せば弱まる。敬われなくなれば手も足も出ぬ。だが、この国には、元より穢れた霊《かみ》もいるのだ。敬われておらぬ霊もいる。嘲《あざけ》られ蔑まれ玩《もてあそ》ばれるだけの連中もいる。いいや、そっちの方がずっと数は多いのだ。それらを凡《すべ》て潰さなければ」

「なる程」

真の荒廃は訪れぬ——。

「貴様の力で信仰心は薄れよう。倫理道徳も廃れようぞ。ただ、心に余裕がある限り、連中は消えぬ。連中が消えねば、人は真には——荒まぬぞ」

男は眼を閉じた。遠い昔を思い出しでもするかのように眉根を寄せて、暫《しばら》く黙った。

「今——このヒトの脳髄に接続し、記憶を転写致しました。ですから概《おおむ》ねの事情は呑《の》み込みましたぞ。なる程、少しばかり厄介な国柄のようでございまするな」

「厄介か」

加藤は肩を怒らせ、蛇のような眼で男を睨《にら》んだ。

「滅ぶべき国だ」

「強く——恨んでいらっしゃいますな」

「吾は、既に幾度もこの国を滅ぼさんと手を講じて来たのだ。天の竜を駆り地の竜を従え、冥《めい》府《ふ》に降《くだ》り強大な祟り神を呼び覚まし、自らもまた幾度となく生きて死んで、大いなる災厄を齎してくれた。だが——この国は、滅びはしなかった」

「そのようですな」

男は頭を振った。

「大正の大震災。東京大空襲——さて、先だっての地妖は——」

同じことを繰り返しはせぬと加藤は言った。

「あれは天然自然の意志だ。吾の与り知らぬこと。天変地異や戦火ではこの国の息の根を止めることはできぬのだ。どれ程壊しても——必ずや復興する」

「今なら壊し易いのではございませぬか」

「いいや」

加藤は酷《ひど》くゆっくりと否定した。

『慥《たし》かに、死毒を吐《は》き散らすあの施設を二つ三つ壊せばこの国はもうどうしようもなくなるだろう。大勢が死に、大勢が病み、大勢が逃げ出し、大勢が悲しみ苦しむだろうな。それをして滅ぶというのであれば、この国はすぐにも滅ぼう。それは簡単なことだ。だが、それでも』

吾の悲願が叶《かな》うことはないのだと加藤は言った。

「吾は——」

この国の魂を殺したいのだ。

「魂——でございますか」

「どれだけ建物を壊しどれだけ人の命を奪っても、この国は死なぬ。島が沈み国土がなくなっても、死にはせぬだろう。ならば」

「壊すだけ無駄——ですか」

「そうだ。だが、裏を返さば、何も壊さずとも」

「国を殺すことはできる——ということにございますかな」

男は立ち上がり、身体に付着した有機物を払い落とした。

「私めをお連れになった理由、漸《ようや》く得心が行きましたぞ加藤様」

男は、大きく眼を見開いた。凡《およ》そ人とは思えぬ表情であった。

「お仕え致します。必ずご期待に添いましょうぞ」

「強《したた》かな魔物よな。貴様の本願は欧羅巴《ヨーロッパ》の国々を荒廃させること——ではないのか』

「如何《いか》にも」

「そのためには未《ま》だ力が足りぬ——ということか」

「封じられていた時が永過ぎました。身が細っております故、思うようには暴れられますまいな」

「ならば、この矮小《わいしょう》な島国に犇《ひし》めく愚かな民草を餌としたとして——貴様の力が封じられる前にまで回復するのに、一体どれだけの時が要る」

「さて」

封じられた悠久の時に較べれば僅《わず》かな間ではございましょうがと言って、男は両手で髪を撫《な》で付けた。

「そんなに長くは待てぬ。だからこそ、その男の身体を用意し、貴様の分霊を寄り付けたのだ」

「次期——都知事の肉体ということですな」

男は自分が何者であるのか、すっかり理解したらしかった。

「そうだ。その男は大した男ではない。優れた能力もない。だが、既に、帝都を動かせるだけの椅子が用意されている男ではある。後は——従わせれば良い。繰り返すが、従わせるのに剣も槍《やり》も必要ない」

「首を斬らずとも——民は従いますか」

「従うだろう」

この国の仕組みを存分に使えと言って、加藤は両手を広げた。

マントが饐《す》えた風を孕《はら》んで、忌まわしい音を立てた。

「この国の民の多くは愚かだ。だが、民を生かす仕組みはよくできている。その仕組みを使うのだ。そうすれば愚民どもは何も考えずに従うだろう。一滴の血も流さずに、貴様はそれなりの権力を摑むことができよう」

「そのようですな。まあこの身体、乗物としては使い勝手が良いものではありませんが――」

「使えなくなったらさっさと殺せ。次の身体も用意してやる」

「思うに」

次は次期内閣総理大臣というところですかなと男は軽口を叩《たた》いた。

「それまで私めは、この男――仙石原賢三郎《せんごくばらけんざぶろう》として東京都知事を務めれば宜しいのですね」

「そうだ。貴様は此処――この島の中心である樹海の隠れ窩《あな》に本体を置き、同時に帝都の中心にいよ」

「なある程。どうやら時代は変わったらしい。太古の都とは違い、この時代の都市には善悪清濁、ヒトの想念が渦巻いておるようですなあ。この男の肚《はら》の底にさえ、かなりの澱《おり》が溜《た》まっておりましたぞ。しかしこんな男でも君主となれるのですなあ。いや、もう君主とは謂わぬのですか。誰の首も刎《は》ねず、軍は疎《おろ》か兵の一人も使わずに、ヒトを統べることができるとは」

何と良き時代ではありませぬかと男は笑った。

「加藤様が打ち壊したくなる気持ちも――解らぬではない。しかし」

やや拍子抜けですなと言って、男は首を回した。

「折角肉を得たのですから、せめて二三人でも殺してみたかったのですがね」

「時代錯誤なことを言うな。繰り返すが、剣を振るうのは民草だ。心の余裕をなくし、互いに罵《のの》り合い蔑み合い、血を流し殺し合い、やがては誇りも理想も何もかも罔《な》くす。貴様はそれを笑って眺めていれば良い。そうすればこの国に生きる者は自らの手でこの国を、この国の魂を滅ぼすことになるだろう。そうなれば」

「私めも肥えましょうなあ」

男——仙石原は一層に大きな声で笑った。

「それだけ吸えば——思ったより早く完全復活もなりそうでございますぞ。加藤様の悲願が成った暁には私めの本願成就にもお手を貸して戴きましょうかな」

「生意気なことを吐《ぬ》かすな」

加藤は仙石原を睨み付ける。

「貴様を封じることなど、いとも簡単なのだぞ。偉そうな口を叩くのは凡《すべ》てを遣り遂げた後にせよ。判ったか——」

ダイ、モ、ン、よ。

仙石原は再び恭《うやうや》しく畏まった。

吾を崇めよ——加藤の声が樹海に谺《こだま》した。

拾壱

妖怪小説家、一計を案ず

レオ☆若葉《わかば》はこそこそと歩いていた。

無ッ茶苦茶肩身が狭い。穴を掘っても入りたいような、お天道さまに顔向けができないような、裏街道を裸足《はだし》で歩いているような、もう何とも言えない背徳《うしろめた》いうら淋《さび》しい物悲しい心細い気持ちで一杯なのだ。寝ても覚めても一杯なのだ。レオは。声を掛けられたら即行謝る。何を言われたって言われる前にインターバルゼロで陳謝する。その用意はある。唇は常にゴメンナサイの〝ゴ〟の形にできるようになっている。下げ気味の頭は、僅《わず》かな刺激でぺこぺことより一層に下がるし。腰も低め低めが基本形である。足音など立てぬよう、道も決して真ん中を歩かずに、端へ端へと寄り、日陰日陰を選ぶ。歩いて来る人とは目を合わせないようにし、背後からの攻撃を恐れるがあまり首も竦《すく》め、常に防御の姿勢を取っている。こそこそこそこそ、泥棒だってこんなにこそこそしていないだろう。

「おい」

「ゴメンナサイ」

「何だよ」

「いや、ですからすいません許してくださいもうしません勘弁してください」

「だから何なんだよ」

「謝っています。悔いています。改めています。反省します生き直しますって、あ」

「あじゃねえだろ」

「む、ムラカミ先輩ではありませんかッ」

声を掛けたのは尊敬するライターにして妖怪探訪家の村上健司《むらかみけんじ》であった。

「悪いかよ。というか、何なんだよレオ」

「ひゃあ。先輩、よくそやって堂々と公道を歩けますですね」

「は？　俺は別に自慢することもないけど世間に恥じ入ることもないよ。犯罪者でもないからよ。最近は立ちションもしないからな。オナラくらいだよ。オナラじゃ捕まらないだろ」

「オナラで逮捕ならボクなんかもう随分前に死刑です。というか水木大先生《みずきおおせんせい》も捕まってます」

「だから捕まらないから。それより何ビクビクしてんだよお前。何かしでかしたのか？」

「だって風向きが」

妖怪に対する風当たりは強い。風速千メートルくらいある。もう屋根が飛ぶ。瓦《かわら》が飛ぶ。

「もう妖怪は諸悪の根源ですよ。郵便ポストが赤いのも電信柱が高いのもみんな妖怪が悪いですよ。銀行強盗もイジメもテロも非モテも地震も全部妖怪の所為《せい》ですよ。妖怪好きとか言ったら袋《ふくろだた》叩きのモグラ叩きですよ。家に火ィ放たれて石ぶつけられて竹槍《たけやり》で串刺《くしざ》し決定ですよ」

「まあ、そんな感じだわなあ」

村上はつまらなそうに答えた。

「でっしょおお」

と、割と大声で言ってしまったので、レオは思わず電柱の陰に隠れた。

「すいませんすいませんすいません」

「あのなあ」

村上がサンマのワタを喰《く》っちゃったような顔で見ている。

「俺に謝ったってしょうがねえだろう。てか誰に謝ったってしょうがねえって」

「で、でも、ワタクシめは世界で唯一の妖怪マガジンで仕事をしていた薄汚いブタでございますもの。世間様に顔向けは一切できませんですよ」

「お前、大して書いてなかったろ」

「少しでも関わっていれば同じですよう」

「じゃあ俺はどうなるんだって。そもそも『怪《かい》』は休刊しちまったじゃないかよ」

「過去は消せません。それに休刊で廃刊じゃないですよ。このご時世ですから、廃刊どころか角川書店《かどかわしょてん》自体を潰《つぶ》せ的な世論ですよ。ホールディングス解体しろてなぐわいですよ」

そんなことねーよと村上は鼻を膨らませる。

「そうだとしたってさ、どうしてお前がそこで書いてたライターだって赤の他人に判るんだよ？ レオ、お前ってさ、顔バレしてねえじゃんかよ。俺なんかバリバリ顔出てるぞ。お前のこと知ってるのスタッフだけじゃないかよ。黙ってれば判らないだろうよ」

「いやあ」

「何頭掻《か》いてんだよ、照れるとこじゃねえし」

「バレますよ。日本の警察は優秀だって話は漏《も》れ聞いてますよ」

「だーから。何で警察なんだよ」

「警察ですよ。今の日本、妖怪マガジンなんかに寄稿してたら軽犯罪どこじゃないですよ。戦時中の反戦運動家みたいなもんですよ」

「まあ——なあ」

先日も妖怪が出るという河川や海域で獲れた魚の不買運動が起きた。濡《ぬ》れ女《おんな》が出る浜で獲れた魚を喰うと血がなくなるとか、海坊主《うみぼうず》が出る海で獲れた昆布を喰うと禿《は》げるという噂がまことしやかに囁《ささや》かれた。

そんな訳ねーだろ——と、誰も断言できなかった。

科学的根拠はこの場合無意味なのである。相手は極め付きの非科学なのだ。何が起きようとおかしくはないし、それは予測できないことでもあった。

まあ、それで死んだとか病気になったとかいう人はいなかった訳だけれども、信じようが信じまいがイヤなものはイヤだというのが本音なのだろうし、それは妖怪好きのレオにも解らないでもない。

また、出るのだ。

お化けが。

海坊主だの、海座頭《うみざとう》だの、海和尚《うみおしょう》だの——海＋坊さんヘッド系のモノはもう、連日出た。船舶が一時航行不能になったり釣り人が吃驚《びっくり》こいたり、それなりに被害はあったのだけれど、ただ能《よ》く能く考えてみれば別に大した被害ではない。ないのだが、もう世間はヒステリックに忌み嫌っていたので、一回出る度に数百人死傷者が出たくらいの騒ぎになった。

そうした風潮は、取り分け国内に限ったことではなかった。

国境が微妙な海域に出た場合は、それはもう猛烈な抗議が来た。ヨウカイなんぞに我が領土を穢《けが》させるなという訳である。

と——言われても困るのだろうけど。そりゃ困るだろうと思う。レオはアホだが、賢い官僚だの小狡《こずる》い政治家だのも、これに関してはアホみたいなことを言うしかないのだ。そもそもアホみたいなものなのだ。だって、でっかい坊主が浮上してくるだけなのである。

そんなもの、外務省も外務大臣もアホみたいな回答しかできないはずである。

まさか海坊主が外交関係に亀裂《きれつ》を入れる原因になろうとは、一体誰が考えただろう。

一週間前、某海域に突如として島が浮上し、こいつは早い者勝ち、揉《も》める以前に旗でも立てておこうと某国の一団が上陸した。上陸したものの何だか変だ。変は変だが、取り敢《あ》えず主張はしとけと某国の国旗を突き立てたところ、突然島が沈んで大混乱になった。

アホみたいに大きな赤鱏《あかえい》だったのだ。

これに就いても某国からは抗議が来たのだが、政府はそれは単なる海洋生物であって妖怪ではないという公式見解を発表した。勝手に間違えたんじゃねーかということである。

とはいうものの、妖怪好きにとってはそんなもんモロ赤《あか》ゑいの魚《うお》じゃあねえか、という話になる訳であるのだが。

でも、そんなこと口走ったらマジで外交問題に発展してしまう訳であり、思いはしたものの思っただけで皆固く口を閉ざしたのだった。

あれが妖怪だとバレてしまうと大いにマズいということで――というか、まあただのでっかいエイであることは間違いのないことなのだが、それが妖怪にカウントされるのか否かというあたりは限りなくグレーゾーンな感じであった訳で、妖怪だという証拠になるようなものは凡《すべ》て抹消された。

赤ゑいの魚が載っているのは『繪《え》本百物語《ほんひゃくものがたり》』という江戸時代の本なのだが、その原本は一切の公開を禁じられた。その翻刻本である角川文庫の『桃山人夜話《とうさんじんやわ》』と国書刊行会《こくしょかんこうかい》の『竹原《たけはら》春泉絵《しゅんせんえ》本百物語《ほんひゃくものがたり》』は即日絶版にせよとの指導があり、在庫は即時断裁、また市場に出回っているものは隠密裏《おんみつり》に回収され、焚書《ふんしょ》にされた。水木しげる大先生の妖怪図鑑的なものに関しては、流石《さすが》に絶版回収の指導まではなかったらしいのだが、発売中のものに関しては増刷の際に差し替えるように手が回された。

まあ、現時点では妖怪の本を置いてくれる本屋さん自体がないのだけれど。

水木漫画は主に戦記と風刺、それから怪奇と幻想というジャンルに振り分けられ、タイトルやキャッチコピーからも妖怪の二文字は消えた。まあ、水木漫画は本来そういうもんでもある訳だから、それはいい。ただ妖怪図鑑は全く売られなくなってしまった。

それでも、ネット上には大量の赤ゑいの魚の画像や記事がアップされていた訳であり、それらは――たぶん非合法に――消去されることになった。

これって、問題なんじゃないかと、まあ識者ならずとも思いはしたのだが、苦情も疑念も懸念も全く以《もっ》て出なかった。明白な情報統制なのだけれども。

それ程、妖怪は嫌われているのである。

「今日だって、小豆洗《あずきあら》いが出た川が埋め立てられたんですよう」

レオがそう言うと、村上は口を開けた。

「埋めた？　川を？」

「そうなのですよ。妖怪が涌《わ》くのは不潔だからに違いない、見た目綺麗《きれい》でも雑菌がうようよいるに違いないから、もう公衆衛生上埋め立てるしかないのであーるとか。で、もうコンクリドロドロのぱーです」

「つったって、水は？」

「はあ、きっとどうにかしたんでしょうねえ、知りませんけど。迂回《うかい》して水路作るとかですよきっと。町中ですからダムはないですよ。それだとカラオケの一種と間違えられちゃいますから、どっかに流したに決まってます。下手《へた》に堰《せ》き止めたら洪水になっちゃいますからねえ。洪水になったりしたら、まーた妖怪の所為《せい》にされちゃいますよ」

「うーむ」

村上も神妙な顔になった。

「ね」

「ね、じゃねー。そういう風潮は明らかにオカシイけどさ。それ環境破壊じゃねーかよ。しかも税金の無駄遣いじゃねーかよ。その辺どうなんだよ」

「どうって、民意を得てる訳ですね。環境も小豆洗いの方が破壊してると思われてますです」

「お化けは公害かよ」

似たようなものである。

例えば放射線は目に見えないが、計測はできる。

レオは馬鹿なのでベクレルだかシーベルトだか単位も計測法も微妙に判っていないのだけれど、それでも測れることは間違いない。計器さえ持っていれば、それが多いのか少ないのかは目で見て判る。

それに、放射性物質がなければ、放射線は出ないのである。

まあ、全くないのかといえばそんなことはないらしくって、天然の放射線というのもあるにはあるらしいのだけれど、それは勘定に入れなくてもいいような感じらしいので、まあ取り敢えず放射性物質さえなければ平気なんだろうというのが単純で無知なレオの理解である。

どの辺がどのくらいヤバいのか見当もついて、しかも機械があれば数値化できる――放射線は目に見えないし人体に影響もあるから怖いのだけれど、そういう意味では判り易くはある。

妖怪は違う。

ちゃんと目に見える。

でも、何処《どこ》に出るのか、いつ出るのか、何で出るのか、出たらどうなるのか何をするのか何がしたいのかまるっきりサッパリばっさり判らない。

防ぎようもなければ数値化もできない。緊急お化け速報は出せない。除染もできない。

まあ、お化け情報ネットみたいなものは既にできていて、出たと通報すればすぐにアップされる仕組みになってはいるのだが、何処まで拾っても拾い切れないのである。気が付くと横に小僧がいたり婆《ばばあ》がいたりするし、通報するともういなかったりするので、あまり意味がない。

そもそもアップされたところで対処は全くできないのだし。

まあ除染ならぬ除霊はされている。もちろん政府がやっている訳ではなくて、民間の——というかほとんどインチキ霊能者的な連中が勝手にしていることではあるのだけれども、流行はしている。流行はしているが、所詮《しょせん》インチキなのでトラブルも多いのだ。

祓《はら》う尻《しり》から涌いてしまうので、訴訟を起こしたり傷害事件に発展したり、ほぼ毎日報道されている。アホらしいったらない。そもそも妖怪は霊でいいのか。霊を祓うなら霊能者でも良いけれど、妖怪を追い払うなら妖怪能者とかでなくてはならないのではないか。

妖怪能って、ますます放射能っぽいじゃないですか。

とにかく。

現在、日本が抱える何よりも大きなお荷物は、妖怪なのだった。妖怪の所為《せい》で国交が断絶したり輸出ができなくなったり観光客が減ったり交通が麻痺したり物価が上がったり病気が増えたりしているのだ。

ヨウカイは涌かさず構わず連れ込まず——アメリカなんかは、非怪三原則なる巫山戯《ふざけ》た標語を作ったりしたくらいである。こりゃあいくら何でも不謹慎だと思う。当然怒っても良さそうなものだとレオなんかでさえ強く思うのだが、どういう訳か誰も何も言わなかった。

まあ、国内では何だかんだ構ってるうちにいっぱい涌いている訳であり。こんな変なものが国境越えてやって来たらやっぱりイヤだろうとも思う訳であり。気持ちは解らないでもないのだけれども。

カッパなんかにパスポートは発行できないだろうし、だからといって不法入国者扱いにもできないだろうと思うし、そもそも〝者〟じゃないし。国籍もないし。ワシントン条約だってあるし。簞笥《たんす》のお化けの場合は輸入家具になっちゃうんだろうか。

うーむ。

真似するなと村上は言った。

「まあお前の言うことも部分的には判らないでもないけどさあ。でも、どう考えたってお前の態度はただの挙動不審者だから。いいか、レオ。実際、妖怪に対する世間の目は冷てえよ。でもなあ、妖怪には人間みたいなのもいるんだよ」

「テレビに似たのもいるんだよん♪」

唄《うた》うんじゃねーと言って村上はレオの後ろ頭を叩いた。

「あのな、そんなおどおどしてたらお前自身が妖怪だと勘違いされて、駆除されちまうぞ。お祓いの棒持ったオヤジに頭叩かれるぞ」

「ひいすいません」

「だからそれをやめろって。最近じゃ妖怪除《よ》けのスプレーとかまであるらしいじゃん。かけられるぞ。あれ相当に臭《くせ》えらしいぞ」

「臭いの！」

「死ぬって」

「やです」

「やなら普通にしろ。その方が世のため人のためだって。お前なんかただ普通に息吸って吐《は》いてるだけで立派に迷惑なんだからさ。目立つな」

「め、目立たないようにしてます」

「余計目立ってるって言ってるんだよ。悪目立ち二百五十パーセントアップだよ。死ねよ」

「うー」

「死ね」

「ひー」

「ところで」

何処に行くんだよと村上は尋《き》いた。

「は？　いや、それは言えません。守秘義務です。口外法度です。秘密厳守です。アッコちゃんです」

「てか薩摩《さつま》太《た》郎《ろう》行くんじゃねえの？」

「ど、どうしてそれを！」

薩摩太郎というのは、神保町《じんぼうちょう》某所にある鹿児島《かごしま》料理の店である。

『怪』は、創刊以来、どういう訳か角川書店の会議室を割り当てられないことが多かったらしい。タイミングの問題なのか社内差別されていたのか定かではないのだが、まあ編集部がある訳でもなし、どうせ馬鹿が集まってお化けの話するだけなんだろ的な観方《みかた》はされていたのだろう。だからといって道端だの屋上だのでミーティングをする訳にもいかず、レンタル会議室を用意する余裕もなく、仕方なくここで会議をしていたらしい。

この店は人気がない。場所も判り難《にく》いし、客もあまりいない。いつも空《す》いている。店員さえいない。調理場に爺《じい》さんが一人、お運びの婆さんが一人いるだけである。それなのに座敷はそこそこ広く、テーブル席もそれなりにある。客席が三分の一埋まっただけで対応は不可能になるだろう。ただ、チェーンの居酒屋程度の金額なのに、料理はそこそこ美味《うま》かったりもする。

まあ美味いのだけれど、流行のメニューなんかはない。薩摩料理一本槍である。

レオは途中参加で、しかもオマケのスタッフなので企画会議なんかには交ぜて貰《もら》えなかった訳で、イヴェントの打ち上げで三回くらい来ただけである。

「ぼ、ボクは、もしや知らず知らずのうちに秘密を漏洩《ろうえい》してますか？　無意識に秘密を口走りながら歩いてたりしますか。ひゃー」

「ひゃーじゃねえよ」

やっぱ死ねと村上が言った。

「く、口が悪いです」

「悪くて悪かったな。素直な感想だよ。お前を見て感じたことを感じるままに物凄《ものすご》くダイレクトに表現すると、そうなるんだよ」

「どうなります」

「だから死」

「もういいです。それよりどうして――あ」

「あじゃねえって。お前が喚《よ》ばれててどうして俺が喚ばれてないと思うんだよ。なあ。俺ってそこまで用無しなのか？」

「ラフランス」

「いいって。ほら着いたぞ」

雑居ビルの地下階である。看板も出ていない。階段の降り口に大久保利通《おおくぼとしみち》らしき人物の絵が貼ってあり、筆書きで軍鶏《しゃも》と記された額のようなものが飾られているだけである。軍鶏鍋《なべ》の専門店ならまだ判るのだが、そういう訳でもないらしい。階段の途中には東郷平八郎《とうごうへいはちろう》の肖像画があって、降り切った入り口の上に、漸《ようや》く薩摩太郎という看板があるのだ。

これ、看板としては意味がないと思う。

通行人から見えるところに出ていないのだし、客寄せの効果はない。単なる表札のようなものである。そもそも何故太郎なのか。店主の名なのか太郎。

と、いうかこれ隠れ家じゃないかとレオは思う。

まるで軍部政治の弾圧に対するレジスタンス秘密組織の地下アジトみたいじゃないか。そう考えるとちょっとカッコいいかも——と思って引き戸を開けると。

割烹着《かっぽうぎ》姿の婆さんが立っていた。

婆さんなのに背が高く声も高い。

「いらっしぇえましぇえ。お待ちですよお」

いや、まるでカッコよくないから。寧《むし》ろカッコ悪いし。田舎の婆ちゃん家《ち》に遊びに来たみたいだし。

テーブル席を抜けて座敷に進むと、既に数名のレジスタンス戦士が——いや、ただのオヤジどもができ上がっていた。

一番奥には郡司《ぐんじ》元『怪』編集長。その横に角川・角川書店BC《ブランド・カンパニー》の岡田《おかだ》と伊知地《いちぢ》。それから元『コミック怪』編集員の及川《おいかわ》。外部スタッフの梅沢《うめざわ》と鳥井《とりい》。そして何故か角川　メディアファクトリーBCの似田貝《にたがい》と全日本《ぜんにほん》妖怪推進委員会《ようかいすいしんいいんかい》購買部の河上《かわかみ》もいた。郡司が手を挙げた。

「す、スゴイでございますね」

「何が」

「なんか、地下に潜ったナチの残党みたいであります」

それって——入店した時持った感想とは微妙に違っている気がするんですけど。いや、レジスタンスとナチの残党では相当違うじゃないか。これは偏《ひとえ》に郡司の顔が悪人面《づら》だからなのかもしれないとレオは思う。圧政に抵抗する庶民という顔付きではないのだ。

「何だよそれ」

郡司が睨《にら》む。怖い。

「まあ残党みたいなものではあるけどね」

睨んだ訳ではなかったらしい。そういう顔なのだ。

岡田が立ち上がり、郡司の隣に村上を座らせた。何処に座ったものか突っ立ったまま迷っていると、右手のドアが開いてレオに打ち当たった。

「あれ？　ねえ何？」

いや、何はこっちの言うことだと思って見れば多田克己《ただかつみ》である。トイレから出て来たのだ。

レオは多田が便所から出るのを阻《はば》んでいたらしい。

「レオ君も喚ばれたの。ねえ」

「あ、ええ、そうでありまして――」

こんなの喚んだらマジメな話できないいんじゃないのと言いながら、多田はレオを押し退ける

ようにして座敷に上がった。

「ねえ。レオ君はさ、フザケるでしょ。フザケるってば。ねえ。バカだよねえこの人」

いや、慥《たし》かにそうなんだけどハイと言い難《にく》いですよ。と――思っていたら、やっぱり死ねと

いうような顔をした村上が、

「実際バカだけどあんたに言われたくないと思うぞ」

と言った。

多田は、

「そう、そうかな、そうかもね」

と言った後、ひひひと笑った。

ナチの残党というよりダメ人間の更生サークルじゃないかよこれじゃあ。これから自分のダメなところを告白し合ったりするのかしら、その告白に就いてみんなで慰め合ったり褒め合ったり反省したりするのかしら、最後に手を繋《つな》いで輪になったりするのかしらなどと思っていると、レオを置き去りにして座は既に本題に入っていた。

「まあ知っての通り、編集長就任予定だった吉良《きら》があっさり殺されたりしてしまったもんだから、『怪』休刊に関する記者会見なんかはすっ飛んでしまった訳だよ」

郡司はそう言ってから、小さな写真立てを出して薩摩揚げの横に置いた。

吉良の写真だった。

「まあ、あの事件は妖怪とは何の関係もなかった訳だけどね」

「まあ世間はそう思ってないみたいですけどね」

村上はそう言ってから薩摩揚げを喰った。

「何でもかんでも悪いのは妖怪ですよ今や。吉良さんだって妖怪雑誌の編集長に就任するや否や殺されたって報道されましたからね。就任前だったのに」

「関係ないよね」

そう言って、多田はまたひひひと笑った。

「関係——ないんすかね」

及川が継ぐ。どういうことですかと岡田が尋いた。

「あの犯人は、岩井志麻子《いわいしまこ》さんのストーカーじゃないですか。妖怪は全く出てないですよ」

「ストーカーというか、警察の所為《せい》ですよ、あれ」

伊知地が顔を顰《しか》めた。現場にいたらしい。

「威嚇射撃とかじゃないですし。挑発して興奮させてわざと撃たせて、それで射殺ですから」

最近の警察はそんなもんですよと似田貝が言った。

「大塚《おおつか》とか、全然変わっちゃいましたからね。外国人とかいなくなって、やくざの人もいなくなって、十時過ぎたら人ほとんどいなくて、警察ばっかですよ。みんな鉄砲持ってますし」

「鉄砲って」

「鉄砲ですよ」

夫婦喧嘩《げんか》しただけで射殺されそうですよと言って似田貝はシシャモを喰った。

「ギスギスしてますよね」

「ギスギスというか、暗黒って感じだよ」

「ですから、そのギスギスも妖怪の所為——なんじゃないかってことです」

及川は珍しく真顔である。まあ、及川は大抵群れを追われた逸《はぐ》れマウンテンゴリラみたいな顔をしているので、真面目なのか不真面目なのか、機嫌がいいのか不機嫌なのか一般人にはほとんど判断できないのだが。

「それはまあ」

世論はその方向だよなと郡司が言う。

「取り締まりが厳しくなったのは犯罪の発生率が増加したからで、犯罪が増加したのは世の中に不安が渦巻いてるからで、その不安がそのまんま妖怪なんだそうだから、警官が発砲するのも殺人事件が起きるのも妖怪の所為なんだそうだよ」

「濡《ぬ》れ衣《ぎぬ》ですよ」

「いや、何かそうとも思えないんすよね」

「及川選手やけに主張するじゃん。日和《ひよ》った訳？」

「日和ってないすよ。無関係とは思えないってだけで上手《うま》く言えないんすけど」

「じゃあ及川は妖怪の所為だって言うのか？」

「いやー」

「あのな、『怪』及び全日本妖怪推進委員会復権秘密会議の席上で、妖怪原因説を唱える訳か及川」

そんな会議だったのか。

というか。

――やっぱり秘密なんじゃん。

そんなことを思いつつレオが末席に着こうとした時である。

「それがいかんのだって！」

と——厳しい声で背後から叱責《しっせき》された。

「い、いけませんかすいません」

「君に言ってないから」

「ぼぼぼボクではないとすると、あ」

レオが振り向くと、郡司の数十倍凶悪な面相になった京極夏彦《きょうごくなつひこ》が半眼で突っ立っていた。相変わらずの和服姿だが、髪の毛がボサボサに乱れており、首を落とし背を丸めている。遠目から見ると七十は超しているかのように見える、老けまくった姿勢である。ジジイだ。

「は、ハイ、き京極さん」

肺気胸《はいききょう》じゃねーしと京極は言った。ハイチオールC？　と村上が尋き返して、そんな訳ないじゃないですかと誰かが突っ込んだようだが、京極は顰《しか》め面《づら》のまま、ただイヤイヤイヤと言っただけだった。言っているうちに背後から大きな婆さんが現れて、

「しぇんしぇえはお茶だったばいね」

と、ウーロン茶を京極に手渡した。

医者に酒を止められている梅沢を除けば、京極はこの中で唯一の完全下戸である。アルコールは一滴も飲まない。飲まないくせに、この変な人達と延々付き合えるのだから、或《あ》る意味一番変な気もする。常人なら一分と保《も》たない。

この店のソフトドリンクはコーラとウーロン茶しかないらしく、京極に選択肢はない。だからといって席に着く前に渡すのはどうなのか。立ってる客に渡すもんかしら。

京極はハイハイと普通に受け取ったので、いつものことなのかもしれない。でも、眉間《みけん》に皺《しわ》は立っている。で、瞼《まぶた》は力なく弛《たる》んでいる。倦《う》み疲れた顔である。それが指抜き手袋をした手でウーロン茶を持って立っているのだから、正直間抜けな絵面《えづら》である。

「何だろうなあ。あんたら既にでき上がってるんじゃないだろうなあ」

京極はまるで間近で汚物を見るような目付きになって座を見回した。

「まだそんな飲んでませんよ。で、どうでした？」

郡司が問うた。散々《さんざん》だったと京極は答えた。

「どんな記事が載るのか予想もつかないね」

インタビューですかと似田貝が尋いた。

「まあねえ。個別は面倒だから記者会見みたいにしたんだけどさ。まあ雑誌は事前に記事内容を確認できるけど新聞は無理でしょ、報道だから。そうなると記者の主観頼みだからねえ。こちらの意図が正確に汲《く》まれるかどうか判らないだろ。汲まれないだろ捩《ね》じ曲がるだろ」

汲まれないいだろ捩じ曲がるだろと京極は続けた。

「ね、捏造《ねつぞう》？」

「違うよ。解釈の問題だよ。報道記事の場合、事前にチェックして直したりしたら、それこそ捏造とか言われちゃうし、事前打ち合わせするとヤラセとか謂《い》われちゃうじゃないか。テレビだって編集次第で発言内容は変わっちゃうだろ。映像でもそんなだからさ。記事じゃあ」

「って、何の会見ですか。別に新刊とか出てないですよね。え？　出たんですか」

出ないよと京極は似田貝を睨んだ。

「『怪』は封殺、『幽』だって発売無期延期じゃないか。怪談もピンチなんだろ？　こんだけ殺伐とした事件が起き続けてるんだから、ミステリだって売れませんよ。平山夢明《ひらやまゆめあき》作品が牧歌的に感じられちゃう世の中だぞ」

「でも京極さんの本、取り敢えず絶版にはなってませんよね？　妖怪なのに。変ですね」

「あのな」

京極は村上の対面《といめん》に座ってウーロン茶を卓上に置き、吉良の遺影の横の薩摩揚げを抓《つま》んだ。

「その件で取材が殺到した訳だよ」

「は？」

「だからさ。これだけ妖怪がバッシングされてて、だよ。ほとんどの妖怪モノはエンタテインメントからパージされちゃった訳じゃないか。妖怪の出てる小説や映像作品は徐々にフェードアウトして、市場から消えた訳だ。もちろん新作なんか作られない。今残ってるのは漫画だけだよな。水木先生の漫画はまだ生きてるだろ」

「はあ」

「どうしてだか判るか」

「さあ」

「鬼太郎《きたろう》は完全にフィクション、水木先生の創作と判明したからだよ。一反木綿《いったんもめん》も塗壁《ぬりかべ》も©水木しげる、水木キャラなんだってことが完全に証明されちゃったじゃないか、図らずも」

慥《たし》かに。

実際の一反木綿——らしきものも頻繁に現れている訳だが、それは水木キャラとは全然違うものだった。乗れないし、鹿児島弁も喋《しゃべ》らない。眼も手もなかった。ただひらひらしているだけである。

「実物の妖怪はダメだけど、創作ならＯＫ。そういう話なんだって。今までだって、実際の殺人はダメだけど、殺人を描いた小説はＯＫだった訳で、それと同じだよ」

「でも、妖怪の小説はなくなったじゃないですか」

「小説はビジュアルがないじゃないか。今までは水木さんの描いたキャラの影響が大き過ぎたから、読者もそんな感じで脳内変換してた訳だよ。妖怪は、悪役を除けば単なるキセカワユルキャラに過ぎなかった訳。ところが実際に涌いちゃっただろ？　キャラの爺さんは可愛いかもしれんけど、本物の爺さんは——」

爺さんだぞと京極は言った。

「可視化された小豆洗い、相当気持ち悪かったらしいぞ。まあ、そうなるとだな、読んでて辛《つら》い訳。道具のお化けだって、実物はかなり不気味なんだよ」

うーむ。

「じゃあ京極さんのだって」

僕の小説には出てこないいんだよ妖怪が、と京極は言った。

「あ。そうか」

「僕はこないだ海に涌いた赤ゑいの魚だってちゃんと小説に書いてるじゃないかよ。でもそんなもんはいないし、いたってただの魚だしという書き方なんだってば。全部そうなんだよ。豆腐小僧だって実在はしないって繰り返し繰り返し重ね重ね何度も何度も諄《くど》くしつこく言い続けている訳だよ僕は」

京極はそこまで捲《まく》し立てるとウーロン茶を半分ごくごくと飲んで地鶏《じどり》をもぐもぐと喰った。

「この世に不思議なことなんかねえ」

「あるじゃないですか」

及川が言った。

「あのな及川」

京極は一層不機嫌になった。

「記者とおんなじこと言うなよ。いいか、どんなことでも起きてしまったらそれは受け入れなくちゃいけないんだから。今起きている現象だって必ず何か理由があるんだよ。不思議だという理解は思考停止そのものじゃないか。これは事実なんだから。事実だろ？　ならまず受け入れて、解らないんなら解らないと認めて、それから考えるべきだろうに馬鹿。馬鹿及川。梱包してアラスカに送るぞ。死ぬぞ」

「ひゃああ」

及川は畏《おそ》れて身を捩《よじ》った。まあ自分以外にも馬鹿がいたんだと思うだけでレオなんかは安心する訳だが。しかも死ぬぞとか言われてるし。ナカマだ及川。

不思議なことなんかないんだってばと京極は繰り返した。

「解らないことがあるだけなんだよ。解らないのは俺達みんな頭が悪くて無知だからじゃないか。そこんとこを棚に上げてガタガタいうのって、オカルトと一緒じゃないかよ。妖怪はオカルトじゃないんだよ」

「まあ、そうだねえ」

郡司が低い声で言った。

「荒俣《あらまた》さんも表には出て来ないけど、まだ呼ぶ子の研究を続けてる訳だよ」

呼ぶ子というのは、レオが持ち帰った謎の石から涌く謎の子供のことである。

「そうでしょうに。それが正しい姿勢でしょ。そもそも、慥《たし》かに妖怪めいたもんがぞろぞろ涌いてはいるんだけども、それはほんとに妖怪なのか？」

「妖怪でしょ」

いやいや待ってくださいよ郡司さんと村上が割って入った。

「まあ河童《かっぱ》とか出てますけどね、でも河童ってあんなもんなんですか？」

「河童じゃん」

「そうですかねえ」

「いや、UMAじゃないでしょ。だって相撲取ろうとか言うらしいじゃない。江戸川縁《えどがわべり》歩いてた今野敏《こんのびん》さんが一番取って投げられたって話だし。今野さん相当強いから、そんな小動物に負けないよ」

「いや、そうなんすけど」

「道尾秀介《みちおしゅうすけ》さんも失神したそうです」

伊知地が言った。その話はレオも聞いている。河童にオナラをかまされたのだとツイッターで呟いていた。一瞬で意識が遠退いたので、臭みは感じなかったらしい。

「少なくとも人語を解するし。動物じゃないよな」

「慥《たし》かにね」

京極は二杯目のウーロン茶を注文した。

「いま世間を騒がせている妙なモノはさ、微妙に民間伝承と符合していたり、昔の絵師が記した絵姿と合致していたりする訳ですよ。出現場所や行動などの特徴も、所謂《いわゆる》妖怪と呼ばれているモノのそれと、概《おおむ》ね同じなのよ。でもね、それは偶《たま》さかそうであるというだけなのであって、それが妖怪なんだと言い切ってしまうのはどうか——と思う訳」

そういうことですよと村上が言った。

「そうでしょ。それは、妖怪みたいなものではあるけど妖怪じゃないよ。僕らが推進している妖怪はあくまで文化的存在なのであって、それは基本的に可視化するものではないから。だから今問題視すべきなのは、実体を持たない文化的な存在が可視化し、物理的な作用を現実に及ぼしているという現実なんであって、ならばそうした現象がいったい何故起きているのかと考察し、その仕組みを解明する以外に対抗策はない訳でしょう。妖怪が良いとか悪いとかいう問題じゃないですよ」

京極はまた鶏を喰った。遺影の吉良は笑っている。

「そもそも心霊だとか超常現象だとかと一緒くたにするなんて言語道断でしょうに。実際、心霊現象の方の発生率は著しく低下してる訳だしさ」

そうですすと似田貝が言う。

「心霊は枯れてます」

「というか、元々心霊なんかない訳だよ」

この期に及んでまだ言うかとレオは思ったが口には出さなかった。

「要は解釈の問題なんだからさ、起きたことを心霊の仕業だと解釈する人間が減った、ということでしょうよこれは」

「まあ妖怪が出てますからねえ」

「だーかーらー」

京極が一同を睨む。

「推進委員会の我々までが妖怪妖怪言ってしまうからややこしいことになるんだって。一旦《いったん》分けようよ。大体、政府は今度、妖怪対策委員会とかを発足させるらしいじゃない」

「ああ。小松《こまつ》さんも香川《かがわ》さんも委員就任の打診を受けて、頑強に固辞したらしいですね」

「賢明ですよ二人とも。政府も、せめて名称は不可解現象対策委員会とかにするべきでしょうに。で——」

もっと問題なのが、と言って京極は溜めた。

「何ですか」

「この殺伐とした世相でしょうね」

「まあねえ。京極さんが来るまで、それもまた妖怪の所為にされてるよなという話をしてた訳ですよ、正に」

「いや、そこです。及川の言う通り、相関関係がないとは考えられないでしょうに」

「は？」

一同は眼を円《まる》くした。

「いや、だから混同するからいかんのだってば。妖怪が原因になって世相が荒んでいるんじゃなく、世相が荒むのと、妖怪めいたモノが涌く不可解現象は——」

同根のものなんじゃないのと京極は言った。

「今世の中で起きていることは、みんな関連した事象だよ」

「そ、そうですよね」

及川が下唇を突き出す。

「ワタシがそう言ったら一斉に攻撃されましたよ。妖怪原因論者だと言われちゃったですよ」

「あのな」

京極はそこで吉良の遺影に目を遣って、突き出しの漬物をまるでお供えにするかのようにその前に置いた。そのまま手でも合わせるのかと思えばそんなことはなく、京極は漬物を箸《はし》でつまんで喰った。別に大きな意味を持った行動ではなかったらしい。

「僕らは妖怪推進委員会だから妖怪側からものを見がちじゃないか。でも、そこに穽《おとしあな》があるんだよ。さっきも言ったけど、今そこら中で涌いてるのは妖怪に見えるものなんだけど、正確には妖怪が何かしてる訳じゃないでしょ」

妖怪でしょと郡司が言った。

「だって――」

「いや待って」

京極が止める。

「そこであれが妖怪かどうかという議論に持ち込むから話が先に進まなくなるんだって」

「いや、でも、そこ大事じゃないすか」

「大事だけど順番が違ってるんだって。アレでしょ、そういう議論になると、アレコレ詮索すればする程にもう妖怪としか考えられないということになって、なら妖怪だろということになる。で、妖怪だとしても、実際にはそんな被害は出てないんだから妖怪は悪くないじゃんみたいな、そういう運びになる訳でしょう」

「まあねえ」

「で、実際に妖怪はあんまり悪いことしてないのにまるで公害か放射性物質みたいな扱い受けるのは不当だ、諸悪の根源みたいに扱われてるのは違うじゃんという話にせざるを得なくなって、だから世の中で起きている凶悪事件やら殺伐とした風潮と妖怪とを分けて考えようよ、みたいな展開に持って行かなくちゃ収拾がつかなくなる――訳じゃないのか？」

「そうっすね。それじゃイカンですか？」

村上が眉を顰《ひそ》めた。

「いかんと思うよ。だって分けたところで、原因が妖怪だっていうのが世論なんだから。妖怪が原因で、この世相が結果——という風に、最初から分けられてはいる訳よ。つまり、その因果関係を詳《つまび》らかにしろということになるでしょ。これは、できないの」

「できませんか」

「できないね」

「でも、関係ないですよね実際に」

「いや、まあ——例えば小豆洗いは小豆洗うだけだしさ、砂《すな》かけ婆《ばばあ》は砂かけるだけだよ。猟奇殺人も起こさなければ暴力事件も起こさない」

「そうすよねえ」

村上はビールをぐびぐびと呷《あお》った。

「凶暴化して人襲ったりしてないすよ」

「でも、砂かけ婆に砂をかけられてわっと思って転んだ人を避けようとした車が急停止して止まったとこに自転車が突っ込んだくらいのことは、頻繁に起きている訳でしょ。先般も、小豆洗いの出た用水路の脇の家の人が地域で蔑視《べっし》されて、恨みに思ったオヤジが白眼視した町内会の連中を撲殺——なんて事件もあった訳」

原因になってるじゃん、と京極は言った。なってますねえと岡田が相槌《あいづち》を打つ。

「何千件、何万件と起きてますね」

「既に因果関係がないとは言えない状況なの。いいですか、よーく考えてみてくださいねえ」

京極は妙に芝居がかった口調になった。

「妖怪って、そもそも何ですか？」

「何って――」

「妖怪の多くは、起きてしまった何らかの事象に対する都合の良い解釈――じゃなかったですかあ？」

「そう――だけども」

「勝手に肥溜《こえだ》めに落ちたオヤジが、狸の所為《せい》にしちゃったとか、科学的知識が乏しいので解らなかった現象を天狗《てんぐ》の所為にしちゃったとか、そういうものじゃなかったですかあ？」

「まあ、そう――ですが」

「いま、世の中はおかしくなっちゃってますよ。原因は判りません。何だか知らないけど人間関係が殺伐としてきて、やたらと暴力的で、たった一年で人心は荒廃してしまいましたね。不満があったら相手を攻撃する、自分の嫌いなものはダメなものと決め付けて殲滅《せんめつ》する、思い遣りやゆとりのない、イヤーな世の中になっちゃいましたね。理由は解りません。そこに、妖怪としか思えないものが涌き捲っているんですよ。これ、原因にして頂戴《ちようだい》と言ってるようなものじゃないですか？」

「いや、でも」

「妖怪は原因じゃない。でも、妖怪は原因の解らないものの原因とするために生み出されたもんなんだから、どうしたって原因にされてしまうのね。これは」

逃れられないでしょうと京極は言った。

「じゃあ甘んじて濡れ衣を受けるということ？」

郡司が眼を細めた。

レオは萎《しお》れた。

「ぼ、ボクらは一生日陰者でありますか。もう戸籍とか剝奪《はくだつ》されますか。強制収容所でおっきな石運んだりしますか。ひい」

バカじゃないのこの人と多田が言った。

そんなことは言ってないよと京極は言った。

「順番間違えると、そう考えるしかなくなると言ってるんだって。解らんかなあ」

京極はウーロン茶を飲み干す。

「いいかい、妖怪が因で世相が果、そうした認識が濡れ衣であろうとも、さ。この因果関係を解消しようとするならさ、一件一件の事例を検証して、これは違うじゃんあれは違うじゃんとやって行くしかないでしょうに。でもこれ、岡田君が言ったように、何万件とある訳。しかもさっき言ったように実際に因果関係がないとは言えないような事件も相当数ある訳ね。だから無理。何かしようとするなら発想を転換するしかないということですよ」

「どういうことすか」

わからんですよと一同が異口同音に言った。

「一番簡単なのは」

本当の原因をみつけることだねと京極は言った。

「本当の原因？」

「そう。いいですか。ものごとには必ず原因があるんです。時間は不可逆なもので、すべての事象は次に起こる事象の因となるの。因果関係が逆転しても成立するのは、妖怪だけなの。いや、妖怪というより」

京極は自分の顳顬《こめかみ》を突《つつ》いた。

「概念の中だけ、と言った方がいいよね。この中では時間も遡行《そこう》するし、結果が原因となったりもします。でも今我々が直面しているのは、現実です。物語の中の話じゃないですね。漫画でも小説でも映画でもテレビでもないんです。なら――」

京極はテーブルを叩いた。

「必ず原因がある」

「ある――んですか」

「なきゃこんなぐっちゃぐちゃにならんでしょうに。中年が電車に乗っただけでニオイが不快だといって女子が訴訟を起こす時代ですよ」

ヒドイよねえと多田が笑った。

「やっぱり加齢臭？　ねえ」

「いやいや、笑い話で済まないでしょう。訴えられたオヤジが逆切れして訴えた女子を絞め殺しちゃったんですよ。これ、どっちに同情すればいいのさ」

「どっちにも正義はないね」

郡司が呟《つぶや》く。

「いや、正義なんてものはいつの時代にもないんだけどさ。でも――これはジャッジが下せないでしょ」

「いや、何が起きたっていいし、いつだって困ったことは起きるんだけども、笑えないというのは決定的にダメですよ。オヤジが臭いって訴訟を起こすなんてバカな話は、多田ちゃんの反応が一番正常ですよ」

ききき、と多田は笑った。

「でもマジになっちゃって、剰《あまつさ》え殺しちゃったりしたんじゃもう笑えないでしょうに。そんなことが日常茶飯事的に起きる世の中が、正常な訳がないですよ。異常ではあるでしょ？」

異常なんだろうなあと全員が言った。

「異常というんなら、正常化するべきでしょうに。正常に戻すためには、対症療法じゃ駄目だろうに」

元から絶たなきゃダメってことでありますねとレオが言うと、お前に言われると否定したくなるけどそうだよと村上が言った。

「まあ、何かは確実に起きている訳すからね」

「何かは起きていて、必ず原因がある」

「それを見つけるということですか？」

「そう」

今はその原因の位置に妖怪が嵌《は》まっちゃってるんだよと京極は言った。

「だからものごとが正常に見えていない訳。で、その原因が究明されれば、妙なものが涌いて出る謎も解ける可能性が高い——と考える訳よ」

「は？　謎解けますか？」

似田貝が間抜けな声を発した。

「だって、別なんですよね、妖怪と、その、その他諸々《もろもろ》のことは。一緒くたにしちゃダメってことじゃないんですか？」

聴いてねえなあ君はと京極は言った。

「一緒だって言ってるんだってば。順番が違うって言ってるんじゃンか。あのな、そう、似田貝さ、手叩いてみな」

「は？」

「柏手《かしわで》。拍手。ほれ、パン、パンと」

似田貝は言われるままに手を叩いた。

「こうすか？」

「もっと激しくさ」

「え？　こうすか」

チンパンジーの玩具《おもちゃ》のようである。わんぱくスージーである。

「もっとだって」

「ひゃあ」

似田貝は狂ったように手を叩いて、やめた。

「もういいですかぁ。というか、こういうのはレオさんにやらせてくださいよ」

何で。

どうだったと京極は似田貝の隣にいた河上に尋いた。

「自分ですか？　いや、まあ」

うるさかったですよと河上は答えた。

「パチパチパチパチパチうるさいし、迷惑ですよ。手とかがちょっと当たっちゃったですし、枝豆もこぼれたし」

「そうだろう」

本気で迷惑だと命令した京極が言った。

「で、叩いている本人はどうだった」

痛いですよと似田貝は言った。

「手が痛いですよ」

「どうして」

「いや、だって、叩いたからですよ。叩けって言ったんじゃないですかー」

「いいか、うるさい、迷惑だ、手が痛い、こりゃ手を叩いたのが原因だろ。でも、手が痛いのとうるさい、迷惑だは、実は関係ない。一人でやってる分には、うるさくもないし迷惑でもない。痛いだけだね。似田貝が無痛症だったら、うるさくて迷惑だけど手は痛くないわな」

「いやそうですけど、何なんですか」

「だからさ。この世相を妖怪みたいなものの所為にするのは、うるさくて迷惑なのは痛いからだというようなもんだ、と言っている訳だよ」

「あー」

なら別にやらせなくてもいいじゃないですかと似田貝は言った。

「やるにしてもレオさんでいいですよ」

だから何で。

「いや、叩いてるうちはさ、痛いの我慢したところで迷惑なのは変わらないし、迷惑なのを我慢したって痛いのは治まらないだろ。延々と手を叩き続ける限りは、延々と痛くて迷惑なんだよ。で、似田貝が痛く感じることと、周囲が迷惑だと感じることはだね、本来は関係ないことなのに、無関係とは言えないのよ、これは」

「うーむ」

「店長が迷惑だと感じるなら、そして似田貝が痛いと感じるなら、似田貝が狂ったように手を叩くという行為が原因として必ずあるはずなんだよ。そうだろ」

「そうですけど、叩かせたの京極さんじゃないですかー」

京極は思いっ切り無視した。

「その原因を見極めない限り抜本的解決は望めない。妖怪的なものを目の敵《かたき》にして封じ込めようとするのは、似田貝に鎮痛剤を打つようなものだって。痛くなくなったって音も動きも変わらないんだから、痛くなくなった分動きが激しくなって事態は悪化するだけだろ。じゃあ河上が耳栓すればいいのかというと、そんなことはない」

「うるさくなくなっても枝豆はこぼれますね」

「そうだよ。何も変わらないんだよ。手を叩くのをやめれば何もかも終わる。でもそれに気づかなければ、似田貝の掌《てのひら》の皮は破れ血が流れ骨が砕けて、枝豆は全部こぼれて、うるさくてしようがない河上は精神錯乱して投身自殺する——ということになるんだよ」

なりますかねえ、と河上は首を傾げた。

「なるだろ」

「あー、なりますね。なります」

テキトーに取り繕うのだ、この男は。

「なるのさ。だからこの場合も同じなんだ」

「手を叩くのに相当するような原因に気づけ——と？」

村上は一度頬を叩いて、うーむと言った。

「何か、多少詭弁《きべん》臭いですけど言ってることは解りますね。そうだよな」

「そうさ。そういう風に考えるなら、これは一緒の事象なんだよ。妖怪原因説を退けようとするならば、寧《むし》ろ一緒の事象と考えるべきなの」

　そこです、と及川が言った。

「ワタシが言いたかったのは正にそういうことなんですよねえ」

「何だよ」

「ですから言ったじゃないですか。関係ないとは思えないって。それは、妖怪と犯罪が関係してるという意味ではなくてデスね、今京極さんが言った、その、ウルサイとイタいですよ。関係ないけど関係アルです」

　お前が言うと結局解り難《にく》くなるよと郡司が言った。

「ま、原因を一にしているという意味で関係があるということなら解りますけどね」

「それですって」

　だからお前は黙れ及川と郡司が言う。

「でも、原因といってもねえ」

「ねえ」

「ねえって。そこを棚に上げたら、レオが言ったように遠からず戸籍剝奪収容所強制収容で石運びだぞ」

「マジすか」

　京極は鬼のような顔をこちらに向けて、マジだと言った。

「最早《もはや》事態はのっぴきならないところまで来ていると思うよ。過去の歴史を鑑《かんが》みるに、この先一部の人間がスケープゴートにされるような展開になるのは火を見るよりも明らかで、現在槍玉に挙がっているのは――」

「妖怪関係者ですね」

「しかも、下の方から狙われる」

「し、下！」

ならまあ、ここに雁首《がんくび》を揃えている連中である。というか、この中の一番下はレオである。

「うーむ」

偉い人は平気だよねと多田が言った。

「水木先生とか、荒俣先生とか。収容しないよね」

俺達は偉くねえよと村上が言う。

「郡司さんはBC長で専務だけど」

「会社を一歩出ればただの馬鹿おやじだからねえ。それをいうなら京極さんだって」

僕は一介の馬鹿おやじですよと京極は言う。

「そもそも『それゆけ！　妖怪馬鹿おやじ』というネットの番組に出演してたでしょうに。僕らは。出てたというか作ってたでしょうよ。あれ、結構命取りですよ。小説家としてはともかく、妖怪馬鹿としては等しくヤバいですよ。いいや、水木先生を例外として、それ以外はみんな一緒、我々は上下関係ないでしょ。一様に底辺でしょうに。あ」

一斉にレオに視線が集まる。

「まあ、あれは――別の意味で例外だけどなあ」

「ちょ、ちょっと待って欲しいですよ。ボクは、まあ勲章とか貰ってないですし、役職も何にもないですけど一応人間ですよ？　人権とか、あると思いますよ」

心配してるんじゃないかよと村上が言う。

「妖怪とか関係なくても逮捕されそうだったじゃないかよ。今さっき。店の前とかで。挙動不審だよ」

返す言葉もない。

「お役所は対応が遅いだの何だの謂うけどもさ、こういう時だけは速いと思うよ。その、小松先生なんかが就任を断った対策委員会だって、いったいどんな対策を立ててるものやら判りやしない。良識ある人はみな断るだろうが、良識のない人は引き受けるだろうし――」

自首しますとレオは言った。

「は？」

「じ、自首って罪軽くなりませんか？　石抱きの石が一枚減るだけでもイイです。罪がちびっとでも軽くなるなら、何でもするであります」

「罪じゃねーし。って、ないです――よね？」

「これに限れば法改正が必要な場合は迅速に行われるだろうし、時に超法規的措置というのはあると思うよ。国より先に自治体が動くこともある。東京なんか危ないと思うけどもなあ」

条例作るかもなと京極は言う。まあ、仙石原知事はタカだかワシだかなのである。キナ臭いからなあと郡司が継《つ》いだ。

「まあ、先《ま》ずレオ、及川、似田貝あたりは危ないな」

オレすか、と及川が言って、それからうはあと似田貝が息を漏らした。

「でも、僕らは妖怪じゃないですよ」

多田が何故か大声で割って入った。

「ねえ、そうだよね」

「当たり前じゃん。何言ってんのよ」

村上が睨む。

「ならさ。妖怪は勝手に出てるじゃない。ねえ。だから僕らを弾圧したって、妖怪は消えないよね。消えなきゃ冤罪《えんざい》だって判るはずだよ。そうでしょ。ねえ。ね？」

多田がそう言うと、判った時にはもう遅いって事じゃないのと村上が応《こた》えた。

「遅いって、僕らが妖怪操ってる訳じゃないじゃない」

「そうだけどさ」

「ならいいじゃない。だって、村上君だって妖怪じゃないでしょ」

「ねえけどさ、あんたの場合は微妙だけど」

「え？」

多田は一瞬止まって、それからヒドイよねえ、ヒドイよと言った。

「僕も妖怪じゃないって」

解ってる解ってるからと、大袈裟《おおげさ》な動作で京極が止めた。

「人かどうかはともかく、妖怪じゃないのは知ってるから」

「えっ？」

多田は一拍置いてようかいッ、と言った。何か言いたかったのだろうが、意味不明である。

京極はいっそう不機嫌そうな顔になった。

「だからさ。いい加減アレを妖怪と呼ぶのを止めようよ、多田ちゃんもさ。で、この際その世間を騒がせている妖怪らしきものなんかどうでも良くなっちゃうんだっていう話な訳だよ」

「どうでもいい？」

「いずれ解決のために取る施策とかじゃないから。ストレス解消みたいに妖怪関係者が弾圧されるって、ただそれだけなんだって。そういう場合は」

それじゃ中世の魔女狩りだよねえと多田が言う。

「魔女狩りとそう変わりないよ実際。これ、謂わば馬鹿狩りですよ。でも、それはまだ先の話だから。放っておくと近々そうなるし、そうなってからでは遅いよ、という話をしてるんだからさ。これ、そういう会合なんだろ？」

そう——だったと思うが、レオが馬鹿なだけでなく、全員が馬鹿なので能《よ》く判らないのである。何とかなるでありますかとレオは問うた。最早、他人ごとではない。いや、最早というか最初からなのだけれども。

「だから。道は原因究明しかないって」

「原因をみつければ——助かるってことでありますか」

「そりゃそうだろ。僕らは何もしてないんだから。さっきの話でいうなら、迷惑してるだけだよ。手を叩いてるのは僕らじゃないの。誰かが——人かどうか知らないけども、手を叩いてる訳でしょ。そして、手を叩かせている奴も——いるかもしらんということだよ」

「く、黒幕が！」

さっきの京極さんってことですよと似田貝が言った。

そんなのいますかねえと郡司が言った。

「だって社会現象ですよ、京極さん。それと、物理現象じゃないですか。あれが人為的なものとは思えないけどなあ」

郡司は酒を注ぐ。飲まずにいられないといった体《てい》だがこれは毎度のことで、常態である。

「物理現象ねえ」

京極は顎《あご》を擦《さす》った。

「現象なのかなあ。まあ、現象ではあるんだろうけどもさあ」

現象ですよと郡司が言う。

「解りますよ。京極さんいつも言ってるけど、妖怪は全部後講釈で、現象が先にあるって話でしょ」

「現象なんかないというケースも多いよ」

「でも今回は当て嵌まりませんからね。先に砂がかかっちゃって、それが婆やら狸やらの所為にされるんじゃなくて、先《ま》ず婆が出て来て、婆が砂かけてるじゃないですか。今野さんは河童に投げられて、道尾さんは屁《へ》をかまされたんですよ。天狗は攫《さら》うし」

「鬼は人を喰うかい」

「いや――」

岡田がタブレットでデータベースを検索する。

「それはないようですね」

「ないよな。喰われた人はいないね」

「うーん。見当たりませんね」

「鎌鼬《かまいたち》に切られたとか、おとろしに潰されたとか、そういうのはないでしょ？」

「ない――ですかね」

及川がタブレットを覗《のぞ》き込んだ。

「でも怪我人は毎日山のように出てるじゃないですか」

「吃驚《びっくり》こいて転んだとかハンドル切り損ねたとか、気分悪くなったとかじゃないのか？」

「あ。まあ――そうですかね」

「それ、物理的な被害なんだろうか」

でも河童に投げられてますよと村上が言った。

「相撲取ったってことですよね？」

「今野敏さんは格闘家でもあるんだよね」

「だから?」

「どうも引っ掛かるんだよなあ。それ、気功とおんなじなんじゃないのか? 気功はすっ飛ぶけど、あれはインチキだから。インチキが言い過ぎだというなら、物理作用じゃないから」

エア相撲! とレオが言うと、独り相撲でいいだろと梅沢が正した。

「一人で相撲取ってたってことですか?」

「一人でも取れる、ということ。心得のない人にはできないけど、武道を嗜《たしな》んでる人なら可能でしょう」

天狗攫いだってありますよと似田貝が言う。

「光文社《こうぶんしゃ》の鈴木《すずき》さん、まだ行方不明ですよ。あれ、何人もの前で空高く吊《つ》り上げられて、飛んでっちゃったんじゃなかったでしたっけ」

死んだ訳じゃないよと京極は言った。

「そう見えたってだけだろ。どっかにいるんだよ」

あくまで否定しますねえと村上が苦笑した。

「否定している訳じゃないよ。丸呑《まるの》みで信じる——というか、思い込みであれこれ考えるのはどうかという話だよ。そもそも僕はその、妙なモノを一度として見てないんだよね」

「はあ?」

全員が京極の顔を見た。

「み、見てないって、こんなに全国で出捲《でまく》ってるのにですか？」

うっそお、と及川が言う。

「テレビだってネットだって、四六時中出ずっぱりじゃないですか」

そういうのは覧《み》てるよと京極は言う。

「ナマで見てないってことすか？」

「見てない。多田ちゃんは浅草《あさくさ》で一つ目小僧に遭ったんでしょ？」

遭いましたよ本物ですよ見間違いじゃないですよと多田は言った。

「お茶を勧められたんですよ。お茶ですよ、お茶」

「及川は何か妙なジジイと話したんだろ」

「話しましたよ。殺人現場ですからね、あれ、きっと死に神かなんかじゃないですかね。知りませんけど」

「で、村上君は呼ぶ子を捕まえた、と」

「まあ――石持って来たのはあのバカですけど」

このバカですとレオは言った。

「呼ぶ子はみんな見ているんだね？」

見てますと梅沢が言った。

「見てるというか、荒俣さんが連れてって、研究してるじゃないですか。某所に籠《こも》って。籠ってるうちに出てこられなくなっちゃったみたいなんすけどね」

まさか世相がこんなになるとは思ってなかったんよ——と郡司が嘆《なげ》いた。

呼ぶ子は触《さわ》れますよとレオが言った。

「幻覚じゃないですよ。おさわり可能であります」

「あ？」

京極はまるで二十年掃除していない汲み取り便所でも覗いたような顔になってレオを見た。

「なんで？」

「何でって、触れたですよ。ボクだけでなく、荒俣先生様も、郡司専務様も、村上先輩様もみんな触ったですよ。おさわり様ですよ？」

「だから？」

「だから——って、幻覚ならおさわりできなくないですか？」

「あのねえ、レオ。幻覚というのは、実際には外部から何も入力されていないのに、それに相当するような知覚があることをいうの。知覚というのは、視覚だけじゃなく聴覚も嗅覚《きゆうかく》も味覚も触覚も含むんだってば。幻視、幻聴、幻味に幻嗅だってあるの。何にもないのに触ったように感じる幻覚だってあるの」

「エアおさわり！」

「でも、そういうのって個人的なものじゃないんすか」

村上が言う。

「大勢で見て、触ってましたけど」

「そう。まさに、そこのところが今回のもろもろの特徴だと思うんだよね」

「集団幻覚だと？」

「まあ、そういう言葉で纏《まと》めちゃうと、なんか集団催眠みたいなものを想像しちゃうんだけども——そういうものではないと思うんだよね。そこに、何かはあるんだろうと思うのよ。でもそれは、ちゃんとしたものではないんじゃないか——と」

「ちゃんとしたもの？」

「そう。まあここにある地鶏」

京極は地鶏の塩焼きか何かを箸で抓《つま》んだ。

「こりゃ、まあ誰が見ても地鶏だね」

「まあ、地鶏ですからね」

「そうだよね？」

「まあ、地鶏ですし」

「そこに実物があるからねえ」

いや、待ってくださいよと村上が言った。

「それ、鶏じゃないっすよ」

京極はにやりと笑った。

「そうね。これは地鶏じゃなくて厚揚げ。でも、村上君以外は地鶏に見えてたでしょ」

だって京極さん地鶏って言ったじゃないですかと及川が言った。

「言ったけど、言っただけだし。これで、僕がこれをぺろっと喰っちまえば、まあ大方は京極が地鶏を喰ったと思うわな。村上君が気づく前に喰っちゃえば、まず疑われないだろ」

「いや、疑わないですけども——」

詐欺でしょうと及川が言う。

「そうだよ詐欺だよ。でもな、僕がこれを頑《かたく》なに鶏肉だと信じ込んでたならどうだよ。騙《だま》した訳じゃなくて、僕自身がそう思い込んでいたんなら、そりゃ詐欺ではないぞ。すげえ間違ってるけど。でもって、信じ込んでるから、喰っても厚揚げなのに地鶏の味や食感なんだよ、僕にとっちゃ。そうするとね、僕が幾ら地鶏をぱくぱく喰っても——そこの皿の上の地鶏はちっとも減らないという、奇怪な状況が生まれる」

不思議とはそういうことだよと京極は言った。

「いいか、不思議というのは常に誤った認識によって齎《もたら》されるもんで、謎というのは全て無知が齎すもんなんだよ。この世には謎も不思議もないの。たーだ、アホな人間とバカな人間がいるだけなんだよ」

京極は厚揚げを口に放り込んで、美味いなこの厚揚げと言った。

「というかね、実際に現物があったって、今みたいに別のもんに見えるの。それはまあ錯覚だわな」

「あれも——呼ぶ子も錯覚だというんですか？」

違う違うと京極は手をひらひらさせた。

「呼ぶ子の方は錯覚じゃないでしょう。錯覚というのは見えたり聞こえたりしたものを、別なものと取り違えることだからさ。だからオナラの音が豆腐屋のラッパに聞こえちゃったり、亀を見てキリンだと思っちゃったりするのが錯覚な」

亀とキリンは間違えませんよと村上が突っ込む。

「全ッ然似てませんから。見た目ひとッつも共通点ないですから。間違えようがないですよ」

「いや、間違えないけど、間違えたらそれは錯覚だということだから。これは、まあ見間違い聞き間違いですよ平たく言えば」

「ワサビと牛乳、みたいな」

村上さん得意ですねと河上が言うや否や、村上がウルサイよこのチンパンジーめと言った。

村上は昔、高級料亭で郡司がビールの銘柄を尋かれた際、アサヒとキリンをワサビと牛乳と聞き違えたことがあるのだ──とレオは聞いている。

「まあ、思い込みというのは恐ろしいものでさ、今の地鶏だって、まあ思い込みでしょうに」

騙されたんですと及川は言った。

「だって、厚揚げと地鶏をわざと言い違えるなんて思わないじゃないですか」

「思わないからこそ信じ込むんだろ。まあ、呼ぶ子の場合は実体はない。というか、物質としては存在しないっぽいのな。でもそういう思い込みをね、一斉に抱かせる、何かはそこにあるんだと思う」

「思い込み──ですか」

「そう。何か、天才バカボンみたいな着物着た、ワカメちゃんみたいな髪形の女の子だと思わせる、何かね。でもそれはたぶん、着物着た女の子なんかじゃないんだよ」

いや、でもなあと、村上も梅沢も首を傾げた。

郡司や岡田も直接見ている。

もちろん、レオもである。

「あれがねえ。思い込みですかねえ」

「でも、別に予備知識ナシで見たけどなあ」

郡司が不満げに言った。

「事前に多少は聞いてたけど、あんまり信じてなかった所為《せい》か、具体的なイメージは一切持ってなかったからなあ。でも、概ね言った通りの姿だったけどねえ」

「概ね——でしょ」

「まあ概ねです」

みんなが見たのは同じ呼ぶ子なのかと京極は言った。

「お——同じでしょ」

「同じなんじゃないですか」

「同じですよ」

「ホントに？　同じ、、、、ようなもの——だったんじゃなくて？」

「いや、だから、髪形も服装も」

「着物の柄は？」

「柄？」

「顔もまったく同じ？」

「いやあ、それは――同じなんじゃないですか。同じものを見てるんだから」

「同じ――ものなの？」

「は？」

「同じようなものに見える何か、を見ていたのじゃなくて、同じものを見ていたの？」

全員が腕を組んで考え出した。

「同じものを見てるなら同じに見えてるはずだけどね。どうです？」

「柄はなあ。そんなにハッキリ覚えてない」

「と、いうか柄ありましたか？」

オレは絣《かすり》の着物みたく見えたけどなと梅沢が言った。

「あのさあ、ホントにバカボンみたく、あの♯記号みたいな柄じゃなかったっけぇ？」

えー、そうでしたかと村上が異議を唱えた。

「なんか、縞《しま》っぽかったと思うけどなあ」

「縞じゃないでしょう。絣だよ絣」

「言っとくけどさ。因《ちな》みにバカボンの着物の柄は渦巻き柄ね。で」

どうなの――と京極に振られた郡司は、正々堂々俺は全く覚えてないねと断言した。

「驚いたってことしか覚えてないなあ。というか、レオはどうなんだよ。お前が連れて来たんじゃないか」

「は？　ボクでありますか？　いやあ参ったなあ。うふふ」

照れるとこじゃねえと村上が突っ込む。突っ込まれても困る。郡司ではないが全く記憶にナイのである。

「って、ボクのばやいは通常のものごとすら記憶が朧《おぼろ》げですよ。朧月夜か朧豆腐なのです。もう、若年性のアルプスクライマーズハイですよ。一万尺登り切って酸欠状態ですよ」

「あ？　アルプス？」

「なんか違ってる気もしますが、ボクは今穿《は》いているパンツの色もお便所で確認するまで判らないような有様ですよ。ですから、えーと」

「昔から狐が化けた人間の着物の柄は判らないというからね。『耳嚢《みみぶくろ》』なんかにも書いてあるしね。どうしても覚えられないし、思い出せないんだそうだ。それと同じじゃないか？」

「じ、じゃあ狐だと？」

「そうじゃないって。実際にはナイものを見ているからこそ、思い出せもしない――ということだよ」

「いやいや、ありましたから。ナイもんでなく、アリもんでしたよ。ええと、そう――ですねえ、赤っぽい――かったデスかねえ――」

いいや紺だろ臙脂《えんじ》だろと、それぞれが勝手なことを同時に言った。

「あれ？　だって青かったでしょ」

「青くないだろ。女の子だよ？」

「なんか、茶っぽくなかったか」

「いやあ、どうでしょう」

「青いです」

岡田が言った。

「青いか？」

「青というより、濃紺ですね」

「断言するなぁ岡田選手。記憶力選手権とか出るような人か？　若いからかなあ」

レオの方が若いのだが。

「違います」

写真がありますと岡田はタブレットを見せた。

「と、撮ってたな、そういえば」

「ええ。荒俣さんが発表するまで極秘ということだったので一切公開していませんが、あの日に沢山撮りましたからね。濃紺の、絣——なんですかね。私は生地とかあんまり詳しくないんですけど」

「ほうら」

幻覚なら写真に写る訳がないではあーりませんか。

レオは破顔して、勝ち誇ったように京極を見た。しかし京極はまるで動じる様子もなく、どうなのさ、その通りだったのかと皆に尋いた。

郡司が覗き込む。

「まあ——だいたいこんな感じ——だったかなあ」

続いて村上が覗き込む。

「え？　青かったかなあ。いや、縞だったと思うけどなあ。でも、青いすね」

青いねえと梅沢も言った。

「赤かったと思ったけどなあ。俺が記憶障害なんだろうなあ。もう齢《とし》だからなあ」

「これが——思い込みってやつすかね？」

「まあ——思い込みは思い込みなんだろうけど」

みんな正解だと思うよと京極は言った。

「あ？　だって写真が」

「写ってますよ。くっきり。ピントも合ってますよ。写真が趣味の河上店長の撮った写真より綺麗ですよ」

ほっといてくださいと河上が言った。

「まあ、写ってるんだろうさ。でもね、それは、撮ったヽヽ人がヽヽ見たビジュアルなんだと、僕は思う訳だよ」

京極は訳の解らないことを言った。

「そんなこと――ありますか？」

「理屈が通らないでしょうに。それって、念写みたいなもんすか？　印画紙やフィルムならともかく、デジタルで念写って――」

念写なんかじゃないよと京極は凶悪な顔になった。

「そうやってオカルト用語を持ち出すからややこしくなるんだよ。オカルトっていうのは思考停止と同義なんだからさ。そんなもんが通用するのは小学二年生くらいまでだよ。後は冗談だ冗談。念写なんかある訳ないだろうに。念写なんて真顔で言う奴は、便所紙程度の知性しか持ち合わせてねーよ」

「便所紙に知性ないし」

「つうか、今便所紙って謂いませんし」

「だからそういうことだよ」

この人、本気でオカルトが嫌いなのだ。いや、オカルト自体は好きなのかもしれない。かなり詳しいし、面白がってもいるから、好き嫌いで言えば好き――大好きなのである。ただ、それは一種の馬鹿の発露として面白がっているだけらしい。オカルトは頭悪くてオモシロイという、それだけなのだ。だからフィクションなら大歓迎らしいのだが。

「デジタルであろうとフィルムであろうと乾板であろうと、写るはずのないものが写ったなら写っただけの理由があるはずで、理由が判らないからって念だとかいい出すのは意味不明だろうに。念って何だよ」

「いや、それは判りますけどね」

村上がジョッキをテーブルの真ん中に置いた。

「これを写せばジョッキが写りますね。撮る人に拠っておちょこが写ったりヒヨコが写ったりすることはないでしょう。被写体がないと写真は写らないですよ。写るのはここにあるものだけっすよ。写真つうのはそういう仕組みのもんでしょうに」

「いや、その通り。村上君の言う通り、普通、被写体がなければ写真は写らないの。でも、能《よ》く考えてみなさいよ。昨日、僕は荒俣さんに電話して尋いてみたんだけども、荒俣さんの研究によれば──まだ途中らしいけどもね、この呼ぶ子には、質量がないっぽい訳ね」

そう言ってましたねと郡司が言った。

「そう。質量がないものは、ない」

「いやその」

エネルギー体とか言うなよ及川と、京極は予《あらかじ》め釘《くぎ》を刺した。

「能く判りましたね」

「判るよ。エクトプラズムとかでなかっただけマシだって話だよ。いずれ、そういう物理反応でもないの。光学的反応でも化学的反応でもないの。だってないんだからさ。レオ風に言えばナイもんですよ。この呼ぶ子は、物理的には存在しない、つまりないのに見えてて、ないのに触《さわ》れるという、何かなんだね」

不思議と言うなよと京極はまた念を押した。

「そういう事実が現にあるんだから、それは受け入れるしかない。理由は判らないが、そうなんだから仕方がないだろう。僕らが無知で、仕組みが解明できてないだけなんだから、別に不思議なことじゃない」

あくまでそこは譲らないのか。

「よ」

四次元とかもナシだと京極は及川を止めた。

「能く判りましたねえ」

「判るから。つまり、ここに」

京極は村上の置いたジョッキを除けた。

「ジョッキはない。ないのに、ジョッキがみんなに見えている。そういう仕組みなのだよ。これは、まあ平たく言えば幻覚なんだが、みんなに見えるというところがミソなんだよな。みんな、ジョッキが見えちゃう」

「はあ」

「しかし、だ。同じジョッキとは限らない。ジョッキと聞いて想像するものは、人それぞれだからさ。取っ手の付き方だのマークだの大きさだのまでがピッタリ同じとは限らない」

京極はジョッキをテーブルの下に置いた。

「ちなみに、今のジョッキには何のマークがついていた？」

「アサヒですよ」

「え？　キリンだろ」

ワサビだよと多田が言って、ひひひと笑った。

「エビスじゃなかったですか？」

「ほら。今の今までここに置いてあったというのに誰もハッキリ覚えてないだろ。大きさはどうだ？」

「いや、中ジョッキだからこんなもんですよ」

似田貝が手で大きさを示した。いやいやそんな小さくないでしょと河上が言った。

「このくらいじゃないですか」

「そんなデカイかよ馬鹿」

村上が手で示す。

「まあ大きさは村上君がほぼ正解だが、残念ながら」

京極はジョッキを出す。

「マークはついてない」

また詐欺だと及川が言った。

「何で詐欺か」

「だって何のマークがついていたかって言ったじゃないですかア」

「ついてなかったと言えばいいじゃないか。ついてないんだから。大体な、及川はエビスビールのマーク具体的に思い出せるのか？　描けるか？」

「いや、絵は下手ですよワタシは。でもちゃんと覚えてマスよ。なんかこう、弓みたいの持ってますよね」

釣《つ》り竿《ざお》だと村上が言う。

「あ。そうか。で、こーんなの持ってますよ。ビジネスバッグみたいの」

鯛《たい》でしょと多田が言う。

「全然違うじゃないかよ。でも、ぼんやりとは覚えてる訳だろ。大体はあっていて、及川的にはそれで不都合なくヱビスマークに見える。もし、呼ぶ子が見える仕組みでジョッキが見えていたとすると、及川にはそういうものが見えているということになるんだよな。まあ、細部は大いに間違っているんだけども、及川自身はそんなもんだと思い込んでいるから、まあヱビスのジョッキで問題ない訳だ。で、及川がそれを写真に撮ったとすると」

「えー。弓とビジネスバッグ持った恵比寿《えびす》さんが描かれたジョッキが写るんですか？」

「いや、そんな感じの——と言ったから、そんな感じでそれっぽいもんが写るんだ」

「撮影者の意識が反映するってことですか？　デジカメとかスマホが、持ってる人の意識を反映して違うものを写しちゃうって？　いやいやいや、それはあり得ないでしょう」

「そういうことが起きてるんだからあり得るんだって」

「起きてますか？」

「起きてるんだよ」

それは信じられませんよと及川は言う。

「何でだよ。まあ、昨今フィルムカメラ持ち歩いてるような人は少ないから、フィルムでも同じようになるのかどうかまでは判らないんだけど、少なくともデジタルデータは改竄《かいざん》されてしまうようだね」

　やっぱり信じられません、と全員が言った。

「おいおい。妖怪がひょいひょい出てくるという言説は信じるくせに、こっちは信じないのかよ。逆だろうよそれってものは。いいかい、僕が気付いたのはこれがきっかけなの」

　京極は携帯電話を操作して、今岡田君に画像を送ったから開いてくれと言った。岡田はタブレットにそれを表示させてテーブルの上に置いた。

「この写真——何だと思う？」

　なんか、ユルキャラのようなものが可愛らしいポーズを決めていた。

「どっかのキャンペーンキャラすか？　見たことないけどなあ。でも着ぐるみは良くできてますね。意外にナマな感じで、可愛いわりに生物感出てますよ。あ、特撮ですか？」

　カッパだよと京極は言った。

「あ？」

「それはね、宮部《みやべ》さんが撮影した、江東区《こうとうく》に現れたカッパの写真」

「これ——ああ、皿もあるな。いや、でも」

「この間メールが来て、カッパって意外に可愛いもんですねと書いてあった。これならそんなにイヤじゃないけどみんな何で嫌うのかなあ、なんて書いてあったぞ」

「まあこれならねえ」

「でも、江東区に出た河童は報道ではこんなじゃなかったろ？」

　これですと岡田が示す。

　デスカッパみたいな怪獣が写っていた。

「これ、同じものなんだよ」

「あー」

「怪奇！　兎男《うさぎおとこ》とミッフィーちゃんくらい違うだろう」

　喩《たと》えが判り難《にく》いすと村上が言った。

「ネタが細かいすよ」

「いや、細かいんだよ常に僕は。あのな、今回の騒動の端緒となった朧車《おぼろぐるま》からしてそうなんだよ。みんなあんまり気にしてないんだけどね。岡田君、画像出るか」

　お任せくださいと言って岡田が検索する。すっかりそういう役割になっている。

「ええと――これが最初ですかね」

　もう何度もニュースで流された映像である。

「気が付かない？」

「気付きませんが」

「これ、まあディテールはリアルなんだけど、配色が第四期の鬼太郎のアニメと同じなの」

「え？」

「髪の毛の色とか肌の色とか、牛車の配色がね、同じなんだね。撮影者は二十代後半。でもって——他の出してみて」

岡田はすっかり裏方である。

「ああ、これはさ、どう見ても第三期の時の劇場版『激突!! 異次元妖怪の大反乱』の朧車の配色とデザインなんだよね。撮影者は四十代。でもって——」

心得たもので、岡田はすぐに次の映像を出した。

「ああ、これか。これはね、最初の映像がアップされた後に撮影されたもので、撮影者は四十代なんだけどもね、どうやらアニメファンじゃなくて」

水木ファンだったみたいだと京極は言った。

「ほら、顔が大きいし、眼もでかいでしょ。これは水木先生がその昔『水木しげるのお化け絵文庫』の時に描いた朧車のフォルムに極めて近い。妖怪図鑑や妖怪画集に載っているのは大体この絵だね。で——」

「これ——ですかね」

「ああ、それだ。岡田君は勘がいいね。これはお馴染《なじ》みの石燕《せきえん》が描いたオリジナルに近い。どれも、絵じゃなくてリアルなディテールではあるんだけど、微妙に色使いやフォルムが違ってるだろ」

判るような、判らないような、興味のない人間にはどれも同じに見える程度の差である。なんか車から顔が出ているだけで、同じといえば同じだ。ただ、まあ色は微妙に違っている。

「同じものを写しているのに、こんなに違う」

「こんなにって程は違わない気がしますが」

「いいや。被写体が同一なら、どんな些細《ささい》な差異もないはずじゃないか。まあ撮影条件によって、色合いなんかは多少変わるんだろうけど、比率やデザインが変わるのはおかしいし、色相だってそうだよ。僕は覧られる映像を全部比較してみたんだけど」

いつそんなヒマなことをと似田貝が言った。

「うるさいな。大事なことじゃないかよ。で、較べてみると大体この四種に分けられる。石燕タイプ、水木画タイプ、アニメ鬼太郎三期劇場版タイプ、アニメ鬼太郎四期タイプだな。まあ第一期のアニメの画像はモノクロだし、石燕のに近いからね。二期には出てない」

「五期はどうなんです？」

「五期は最近放映されたものだからね。視聴者の年齢がまだ低いので、そんなに撮影してないんだと思うよ」

うーむ。

「でもって、これがネットやテレビで頻繁に流されるようになると、徐々にデザインも統一されて行く。これを覧た人が同じようなものを見るんだよ。つまり、線路を走っていたのは、朧車ではあるんだけれども、見え方は人それぞれで、見た人が撮影した画像というのは、その人に見えたものでしかないの」

現実には何もないんだよと京極は言った。

「そういう意味で、これは妖怪に見えるんだけども、妖怪なんかじゃない。実際には何もないんだよ。いや、何かはあるんだけども、それは質量を持たない、それを知っている人にはその形に見える、妖怪に見える何かでしかない。ないものは物理的作用を及ぼせないだろう。今起きているものごとは、全部それを見た人間が引き起こしているだけなんだろ」

「そう——なんですかね」

「そうだよ。だって」

僕は見てないからと京極は言った。

「まるで見てないんだよ」

「京極さんが異常なんですよ」

「まあ異常といえば異常なんだろうけど、裏を返せばないものが見えないというのは正常だろうよ。鈍感だとか霊感がないとか、そういう問題じゃない訳だよ。とにかく、妖怪が何かしているというのは間違いだ」

「それを記者会見で言ったんですか？」

言わないよと京極は言った。

「どうして。濡れ衣晴らせるじゃないですか」

「あのな、妖怪が好きで妖怪に詳しくて妖怪を推進してて、妖怪の冤罪を晴らそうとしている君らが、だ。こんだけ懇切丁寧に説明したってあんまり理解してはいないんだぞ。理解してたとしたって半信半疑だろうよ」

まだ二割信八割疑くらいですと似田貝が言った。

「だろ。そんな話、妖怪嫌い妖怪憎し妖怪撲滅、凡《すべ》てを妖怪の所為《せい》にしようと頭から信じ込んでるような連中に通じる訳がないじゃないかよ。それに、いずれにしろ仕組みが解明されてないんだから説得力に欠けるでしょうよ。そこは荒俣さんの研究成果にかけるしかないって」

「ないか」

「ないよ。ただね、まあ妖怪が物理的な害を為《な》していないということだけは言ったけどね。信じては貰えなかっただろうなあ」

ほんとに害はないのかなあと郡司が言った。

「細かく検証したことないですけどね。例えば、何かこう、害を為す妖怪だって、いますよね？」

「いや、転ぶ程度ですよ。でも、転ぶのは転ぶ奴が勝手に転ぶんだから。まあ、塗壁みたいなのはいるんだけど」

「先に進めなくなるということですか。あ」

村上はそこで言葉を止めた。

「何？」

「そういえば、塗壁の画像ってないすね」

「ない――ですかね」

岡田が検索する。

「ないみたいですね」

写せないんだよと京極が言った。

「何でですか」

「あのね、歩いていて、突然前に進めなくなったとするじゃないか。で、写真撮るか？」

「あー。いや、撮らないけども」

「撮ったとして、目の前だよ。こんなだよ。壁に打ち当たってる人が壁撮ったって何も写らないでしょうに」

まあ、写っても壁である。

「それに、前に進めない、イコール塗壁という認識を持ってる人って、意外と少ない訳。みんな、アニメの影響が強いから」

ぬーりーかーベー、と及川が真似をした。あんまり似ていないが、名前を言っている訳だから判らないことはない。

「あのキャラは、地面からもりもり出て来たり、で、何か塗り込めちゃったり、力持ちだったり、夫婦で子供がいっぱいいたりする訳なのであって、前に進めなくなるという現象とは乖離《かいり》しちゃってるでしょ。歩いてて、突然進めなくなって、あのハンペンみたいな水木キャラを思い浮かべる人はあまりいなくて、いたとしたって近過ぎて映像に残すことができない訳。だから、あれは水木先生の創作キャラなんだと、世間も認識した訳ね」

「あの、獅子《しし》か狛犬《こまいぬ》みたいなのは？　いますよね。いたでしょ？」

多田が言うのは、たぶんぬりかべと名が記された絵巻のお化けである。

「あれは——」

そんなに知られてないでしょうに一般の人にはと村上が言った。

「知っててもマニアでしょ」

「いや、マニアかもしれないけどさ。マニアが遭うことだってあるかもしれないですよ。遭うよ。ちょっと前まで妖怪ブームで、本もいっぱい出てたし。ねえ！」

「いや、ねえって、そうかもしれないけど、なかったんでしょうよ」

「いやだから」

「あったって写せないんだって言ってるじゃないか。それに、いるとか言うなよ」

もう、妖怪馬鹿ライブのようなものである。

「一方で、一反木綿も水木キャラの形では写されてない訳よ、画像は。それには理由があってですね」

京極が何か言う前に、岡田は既に検索を始めている。

すっかり自分の役目と心得ているようである。

「慥《たし》か、YouTube に上がってますよね。ええと、最初のがいいですよね。あ、これですね」

「使えるな岡田君。それ、音声出るかい？」

「出ます」

空が映っている。スマホで撮影した動画のようだった。

——あれさ。

——ナニナニ。

——あれUFOじゃね？

——違うとよ。なんか布ね。シーツとか。

——違くね？

——風で飛んどると。

——なにしとる。

——あ、爺ちゃん、あれ何かね。

——あれ、いったんもんめじゃなかとね。

——一反木綿？　うそ。手も顔もなかよ。

——くるくる巻かれたりしちょるとよ。

——ならそうばい。いったんもんめばい。

「もんめって言ってませんかお爺さん」

及川がにやついて言った。

「口が回ってないのかな」

「違うよ。もんめと言ってるけどさ。地元ではそう呼ぶ場合もあるそうだから、合ってるんだよ。一反もんめ」

村上が解説した。

一反木綿は大隅《おおすみ》半島にしか現れないローカルお化けだからねと京極が言った。

「でも、今は全国区でしょ。全国区だよね」

多田が何故かきつい口調で言った。

「何処飛んでてもおかしくない」

「鬼太郎がいればね。でもいないからさ鬼太郎は。でもってこのお爺さん、相当な高齢で、古い伝承を知ってた訳ね。で、この動きね。ひらひら飛んでるというより巻いた反物がくるくる回って伸びてるみたいでしょう。こういう話もある訳よ。化野《あだしの》さんが現地で採集してるし」

「でも、ちょっと待ってくださいよ。撮影者はそんな話は知らないでしょう」

「だから、何だか判らなかったんじゃないのか」

「え？」

「さっきのジョッキの話に喩えるならば、ジョッキを知らない人にも何かは見える訳だよ。何かは。でもジョッキだとは思わない。何か、コップかな、マグカップかなと思う訳な。この撮影者も一反木綿だと認識して撮影していたなら、きっとあの水木キャラがひらひら飛んでるのが映ってたかもしれない。でもそれはなかった訳だよ。で、偶々《たまたま》いた年寄りに尋いてみたら」

「いったんもんめ――ですか」

「で、本物の一反木綿はこんなだったのですと、ニュースで流れちゃった訳だよな。まあ、誰しもが、あんな漫画のキャラが実在するとは思ってない訳だからさ、そうなのか本物はコレなのかと」

思い込んでしまった——ということか。

「あんなに有名なのにあの画像が一つもないのは、そういう理由なんだと思うよ。そうこうするうちにみんなが妖怪が実在すると考え出したでしょ。実在するなら、漫画とは違うんだろうと、そう考えた方がリアリティはある訳だよな。だから、有名どころは逆に外れていった訳だよ。朧車みたいなマイナーなのはそのまんまだけど」

「子《こ》啼《な》き爺《じじい》は——そういえば出てないですね」

「出てないねえ」

「出てません」

出てるよと京極は言った。

「検索しても引っ掛かりませんが」

「子啼き爺だと思われてないだけだって。おんぶお化けみたいなのは出てるでしょ」

「ああ。それはありますね」

おんぶお化けというのは、まあ負ぶさってきて重くなるというお化けだろう。どんな形なのかレオは知らないし、想像もできないのだが、少なくともあの子啼き爺の姿形ではないだろうと思う。赤ん坊っぽいのだろう。

元々そういうもんだからなあと京極は言った。

「香川さんが見つけた資料にあった通り、本来はそういう感じのものだったんだろうね、子啼き」

今は違っちゃったでしょと多田が言った。

「水木先生の子啼き爺の方が有名だよね」

「そっちが有名になったからこそ、遭遇しても子啼き爺と思わない訳だよ。そもそも今どき山の中うろうろする人も少ないから、遭遇する確率も低いでしょ。遭遇したとしても、山の中で赤ん坊の声が聞こえて、まず爺さんだとは思わないだろう。まして蓑《みの》着て腹掛けして杖《つえ》持って石になる凸凹頭の爺さんなんてもんは——まあリアルに想像しづらいでしょ」

極めて想像しづらいと思う。

「でも、まあ、もしもそのおんぶお化けみたいな奴こそが子啼き爺なんだということが世間に広まれば、水木先生の子啼き爺が背中に引っ付いてるみたいな画像が撮れるのかもしれないけどね」

「うーん」

郡司が唸《うな》った。

「鬼太郎ファミリーは慥《たし》かに見られてないよなあ。塗壁も、子啼きも——一反木綿は別物だしな」

砂かけ婆は出てますねと岡田が言う。

「あれは、まあ名前のまんま、砂をかけるだけの婆さんだからねえ。誰が考えても姿形がそう大きく変わらないんじゃないの？」

「画像はそんなにないですけど、まあ大体は和服で白髪のお婆さんですねえ」

「鬼太郎ファミリーの中では、一番リアルに想像し易いキャラだからねえ。本当にいたとしても、大体こんなもんだろうっていうか――」

慥《たし》かに砂かけ婆は特殊な恰好《かっこう》をしていない。何度か実写化もされているが、特殊メイクなんかはほとんどないし、コスチュームは普通の和服だし、髪形こそ多少妙だが、唯一そのまんま町中に出られるキャラだった。

「まあ――」

そのお蔭《かげ》で、水木先生の漫画は生き残ったんだけどねと京極は言った。

「漫画は漫画で、現実とは違うと思われたからね」

「でも、実は違ってる訳じゃなかった――ということですね？」

「水木キャラが目撃されたり撮影されたりしていないのには、それなりの理由があった、ということですよ。現に朧車なんかは水木キャラやアニメキャラなんだから。偶《たま》さか区別が付きにくかったというだけで、結局のところは水木さんやアニメーターのデザインなんだから、現象やら何やらと合致さえすれば――」

見えるし撮れる、ということか。

「これは――慥かに妖怪といえば妖怪なんだよね。でも妖怪ってのは創作でしょ？　いや、もちろん色々な文化的背景があるんだけども、姿形は――キャラは明らかに創作でしょうよ」

創作――なんだろうねえと郡司が言った。

「でも、そうなると創作物が――現実に見えてるってことでしょ？　それだと――うーん」

どうなんだろうと郡司は頭を抱えた。

「いずれにしても今、見えてるのはキャラでしょ。見る者によって違って見えてるんだし、その人が知ってるものしか見えないんだから。鯔《とど》の詰まり、みんな、自分の脳内を見てるだけって話でしょうよ」

「そ、それは解りましたけど、だからどうなんでしょうかね？　ボクは頭がアルプス一万弱なので、理解できないだけかもしれないのでありますが——京極さん、さっきアレは妖怪じゃないから妖怪と呼ぶなと言ってませんでしたかね？」

「言った」

「でも、まあ、どうであれ、出てるのはより妖怪だってことになってませんか？　まるごと妖怪キャラだって話ではないのでせうか。そうですよね？」

「そうだよ」

「より状況悪くなってますですよ。強制収容所収監というより、もうボクは死刑囚の心境ですよ。その前に拷問されるの必至って感じですよ」

「何でだよ。あのね、この場合、起きているのは何だということになる？」

「何って？」

「あのね、世間では妖怪が涌いて悪さしてると謂《い》ってる訳だろ。でも違うじゃないか。今起きていることは前々からずっと起きていて、僕らはそれを妖怪というキャラに託して今まで生きて来たんだよ。そこんとこは何にも変わってないんだよ」

ああそうかと村上が納得した。

「かかか、変わってませんか？　何かえらく変わってる気がしますけど」

「転ぶ奴は何もなくたって転ぶんだって。転んで、それをスネコスリとかの所為《せい》にしてた訳だろ、今までは。それは今もおんなじなんだよ。おんなじなんだけど、スネコスリが見えちゃうんだよ。しかも後講釈じゃなく、オンタイムで。更には本人以外にも」

「ああ」

同じなんだよと京極は繰り返した。

「ただ一つ違うことといえば、その妄想やら概念やら謂い訳やら解釈やら、何でもいいんだけども、そういうものが可視化してしまうということ、そして第三者にも見えてしまうということ——だろ」

「それってつまり、頭の中が——漏れ出してるってことですかね」

「理屈が判らないから何とも言えないけれども、結果的にはそういうことだよ。そして漏れ出したもんが映像やら写真やらに記録されてしまう——ということだ。異常というならそこんとこが異常なんだよ。それは、妖怪じゃないだろうさ。妖怪が原因じゃないんだよ。妖怪は結果の方なんだ。何かが起きていて、その結果妖怪が見えるようになったってだけなんじゃないのか？　妖怪妖怪言ってると、その何かまで妖怪だと思われてしまうんだよ。それは別だろ」

「その、起きている何かの、起きる原因を見極めるということっすね？」

そういうことと京極は言った。

「手掛かりはまだある。妖怪の反対で、見えなくなってしまったものがある。世間的にはほとんど無視されているんだが――確実に減っている。いや、消えたと言ってもいい」

「なんすか？」

「あ。心霊――ですね！」

似田貝が大きな声を出した。

「幽霊とか祟《たた》りとか、そっち方面」

「そう、それ」

慥《たし》かに、レオなんかにも判るくらい、そっち方面は影を潜めてしまった。

一時期は定期的に放映されていたテレビの心霊特番なんかは全く放送されなくなってしまったし、ネット上でも騒がれることはなくなった。心霊サイトなんかは、閉鎖されるか更新されないかのどちらかで、心霊動画なんかも検索してもヒットしない。コンビニに行けば必ず何冊かは目にしていた心霊雑誌も姿を消した。

「まあ妖怪騒ぎの余波なんじゃないの。妖怪がハッキリ見えて、しかも撮影までできちゃう世の中で、ぼーっと幽霊が映ってるかもしんない画像なんか価値ないでしょ」

郡司の言うのは尤《もっと》もである。

「大体、あの心霊動画ってのは心霊写真とおんなじで、偶々《たまたま》何かが映ったか、失敗しちゃったか、ツクリか、そのどれかなんじゃないの？　わざわざ作らなくても妖怪は映るんだから、画像職人も遣る気出ないでしょ」

「それはありますけど、それだけじゃないですよ」

似田貝が珍しく真顔で言った。

「みんな、怪談が集まらなくて干乾しです」

「干乾し？」

「ネタがないんですよ」

ネタなんか元からないだろと郡司は言う。

「それこそツクリなんじゃないの？」

「つ――」

似田貝の眼が円《まる》くなった。喜んでいるようにも見えるのだが、どうもそうではない。感情と表情がズレているのだこの男。

「――ツクってないですって。まあ、話を盛ってる人はいるかもしれないですけど、それは演出ですから。怖さを伝えるテクニックです。まー、盛り方が下手だと創作だとか言われちゃいますけど、でも皆さんちゃんと取材してますって。実話の人は」

「ホント？」

郡司は懐疑的な眼差《まなざ》しを向けた。

「いや、ホントですって。ちゃんと話聞き回って書いてますよ。福澤《ふくざわ》さんだって松村《まつむら》さんだって。黒木《くろき》さんもですよ」

「平山さんも？」

平山さんもですと、似田貝は何故かひと際大声で断言した。

「創作じゃないの？　だって、今はともかく、一時期は複数の出版社が毎月毎月何冊も出してたじゃない。あんなにネタがある訳ないと思うけどなあ。同じようなのも多かったし」

「いや、僕だって取材同行したことありますよ。創作なんかできないですよ逆に。怪談のネタなんかそんなに思いつきませんよ」

「ウソー」

取材はしてるんだよと言ったのは、意外にも京極だった。

「してるの？」

「してますよ。ネタが被《かぶ》るのが証拠ですよ。創作だったなら、絶対に被らないように調整するでしょう。一から十まで創作なのに、そのうえでネタが被ってるというなら、書き手は余程のヘボでしょうに。勉強不足の上、学習能力も応用力もないってことになるんだから」

「まあ――そうか。でも、そうだとしても、何かもう出尽くしたというか、飽きられたってだけなんじゃないの？」

飽きない飽きないと京極は言う。

「そういう怪談実話のネタはね、ずっと同じなの。同じでいいの。同じ方がいいの。読者は常に更新して行く訳だから、まあ時代に合ったプレゼンができるかどうかというだけの問題なのであって、後は書き手の小説的なテクニックが高いか低いかでしょう。怪談はネタ次第なんてのは、まあ無根拠な伝説です」

「やっぱり文章力ということ？」

「いや、どんなもんでもテキスト出力するんだから文章力というか表現力というのは必要になるんだけど、それは別に怪談に特化したテクニックではなくて、文章全般に対するテクなのですよ。怪談実話に絞り込むなら、まあ、如何《いか》に時代の空気感やら読者の嗜好《しこう》やらを読み取れるか、読み取ったものを生かせるかということの方が大事なの。だからこそ、取材が大事になる訳。ネタなんてもんはそれこそ千年一日の如く、ずーーーーッと同じ」

「同じなんだ」

「まあ、そんなもんは元々ないいんだからさ。凡《すべ》ての心霊現象は、幻覚と錯覚と捏造だもの。思い込みか見間違いか嘘でしょ？」

「でしょ、って」

身も蓋《ふた》もないなあと言って村上が笑った。

「怒られますよ」

「だってそうじゃないか。ないもんはないよ。でも思い込んだり見間違ったり嘘吐《つ》いたりすることで、人は心の均衡を保って来た訳だから、強《あなが》ち馬鹿にもできないという話。だから、そういうことだよ」

どういうことですよと及川が尋いた。

「取材はしてるってことだよ。でも取材した話がホントか嘘かは、取材者には判らないだろ」

「取材先が嘘を？」

「いや、嘘じゃなくたって、思い込みやら勘違いやらもあるじゃないかよ。だから、何度もしつこく尋くしかない。ホントですかマジですかと尋くのさ。尋かなきゃ書けない。だから木原《きはら》浩勝《ひろかつ》だって中山市朗《なかやまいちろう》だって、平山夢明ですら取材はしてるよ。しかも念入りに、具《つぶさ》にしてるのよ。嫌われるくらいしてるの」

　してるんだあと及川が感心したように言うと、してるんですと何故か似田貝が自慢した。

「でもね、どんなにしつっこく問い質《ただ》したって判らないんだよね、真偽の程は。事実関係までは判るけど、霊の仕業かどうかなんて判りやしないの」

「じゃあ意味ないですよ」

　多田が愉《たの》しそうに言った。

「結局本人しか判らないんでしょ」

「体験した本人にだって判らないんでしょ？　体験したいのよ。人間の頭の造りなんて、だから怖い訳だから。でもね、意味ないことはなんてものは大同小異、みーんな似たり寄ったりですよ。つうか、実際には何もナイんだからさ。まあそこを想像でもって補ってる訳だから」

　思い込みか間違いか嘘ですかと及川が言う。

「そうそう。まあ、そういう解釈なんかはその人が育った環境が影響するし、その人の個性で変質しちゃうもんだからね、ネタは同じでも地域性やら何やらと違いが出るでしょ。で、取材すると、それ以上にね、その人が」

何をどう怖がっているかが解る訳だ——と、京極は言った。

「おんなじネタでも怖がるポイントが違ってくる訳なのよ。同じもの喰ったって美味さを感じるポイントは人それぞれだろうに。味付けだってそれぞれだしね。醬油《しょうゆ》かける奴もいればポン酢がいいという奴もいる。家庭の習慣もあんだろ。好き嫌いだってあるし」

好き嫌い激しい人いますねえと全員が一斉に河上を見た。偏食なのである。

「見ないでくださいよ。自分関係ないです」

「まあ、取材を重ねて行けば、そうした個別のデータが集まることになるでしょ。ある程度の量になればデータベースになる訳で、そこまで行けば全体の傾向というのが見えてくる訳。見えれば狙えるでしょ。ネタは同じでも、今はこんな風に怖がられてるとか、こんな解釈が今風なんだとか——まあ、家鳴《やな》りがラップ音になるようなもんで、時代によってそこそこ変遷があるのよ。脈々と続く怪談実話のラインを担ってきた人達は、みんなそこを突いた発明をしてるじゃん。地縛霊だって心霊写真だって発明ですよ発明」

ツクってるじゃないよと郡司が言った。

「でもネタを捏造してる訳じゃないでしょ。そんなことというなら霊という概念自体が発明だからさ。根本的にツクリになっちゃうんだから。そういう野暮なことは言いたくないのよ。それは文化だからさ。で——」

出ないのね幽霊、と京極が尋くと、似田貝は出ませんねと答えた。

「レッドデータです」

「と──いうことは、ですね。幽霊が出なくなったのじゃあなくて、幽霊だと思う人がいなくなったということになる訳ですね。元々いないんだから」

身も蓋もないすホント、と村上が苦笑する。

「まあいませんけどね」

「いないから。同じネタが、現状はサイコやら鬼畜やらにシフトして理解されてるってだけでしょう」

「ああ東《ひがし》さんもそんなことを言ってました」

似田貝が言う。東さんとは東雅夫《まさお》元幽編集長のことだろう。

「つまり、やっぱり何も変わってはいない、ということなんだよね。世の中の方は明らかにオカシくなってるんだけれども、西から昇ったお日様が東に沈む訳でもないし──」

エーホントォとレオは言いたかったが我慢した。

「──石が流れて木の葉が沈むようになった訳でもないんですよ。何にも変わっていない。ただ、人の受け取り方が変わってしまった。幽霊──というか、心霊が流行《はや》らなくなってしまったということだね」

「あの」

及川が下唇を突き出した。

「あのですね、その、視える人っているじゃないですかあ」

「視えると思い込んでる人ね」

「まあ、どうでもいいんですけど、そういう人はいったいどうなっちゃうんでしょ。まあ、人がどう解釈しようと、いるなら視えるはずですよね？」

「どうなのかなあ。視える人だって人間だからなあ」

「は？」

「同じように影響受けてるんじゃないの。でもどういう風に理解してるのかは知らない。どうなの？」

いなくなったと言ってますねと似田貝は答えた。

「視えなくなったとは言わないんですけど、いなくなったと言ってます。霊が」

「霊が？」

「霊が」

「霊がねえ」

集団で疎開でもしたのかねえと郡司が言う。

「最近どうもキナ臭いから。諸々右傾化してるし。イヤな感じですよ実際。まあ、雰囲気というか、悪いでしょ」

それだね、と京極が言う。

「それって、疎開？　戦争嫌いだから？　霊が？」

「喩えとしてはあってるんじゃないの。そういう物騒な時代には霊は居場所がないのよ。戦時中はあんまり幽霊出なかったでしょ？」

「まあ、自分が死ぬしねえ」

「そうそう。悼《いた》むにしても、畏れるにしても、死者を想う余裕がないと、そういうもんは出ないもんですよ。というか、そういうこと考えられなくなるでしょう。戦争中だと。爆弾落ちるかもしれないいんだし」

心霊というのは日常が日常と感じられてこそのもんなんだよと京極は言った。

「すると、現在は違うちゅうことですか。まあ、違うかもなあ。相互監視が激しいし、警察も特高みたいになってるし。軍隊までできそうな雰囲気だし」

全員がどんよりとした。

「まあ、でもね、今の状況って、思想的な偏りというのとは少し違う気がするんだよね。論調は常に過激で、過激というより戦闘的で、戦争も辞さないみたいな雰囲気なんだけども、それはあくまで雰囲気みたいなものでしかなくて、具体的に何がダメだとかいうのはないし、明確な敵というのもいないでしょ」

その辺の矛先が妖怪に向けられてるんですねと村上が言った。

「傍迷惑《はためいわく》すね」

「そうそう。霊感があるとか思い込んで均衡を保っていた人もだね、一般の人同様に何かの影響は受けてるんだよね、きっと。まあ、僕らも受けているんだと思うんだけど、妖怪好きは馬鹿が多いから」

「馬鹿がねえ」

いかな」

「そう。馬鹿はあんまり影響を受け難《にく》いのかもしれないと思うのよ。そこも鍵《かぎ》になるんじゃないか」

「馬鹿が鍵？」

「そうなんだよねえ」

京極は腕を組んだ。

「整理してみようか。今、慥《たし》かに異常なんだけども、この世の中の基本的な仕組みが変わった訳ではなくて、物理法則が変わっちゃったりしてることもなくて、世界はずっと今まで通りなんだよね」

空は青くて屁は臭いすよと村上が言った。

「今しないでね臭いから。つまり人間の受け取り方が変わってしまったということな訳よ。その結果として、心霊は消えてしまった。何かが起きても、霊の仕業だと考えられなくなってしまった。一方で、それを補完するように妖怪みたいなものが涌き始めた」

「補完？」

「そうそう。人間にはどうしたって理解できない、したくない領域というのがある訳ね。それを、まあ、いろんな屁理屈を捏《こ》ねて遣り過ごす訳で、心霊だって、まあそういう方便の一種でしょ。それが、何となく無効になってしまった訳よ。で、まあ妖怪も同じような機能がある訳だけれども——妖怪の方は幽霊が無効になった反動で無理矢理に涌いてるって感じだよね」

「まあ無理矢理感は強いですが」

「妖怪のことを知らない人にまでアッピールしてる感じでしょう。まあ、心霊というのはどちらかと言えばネガティブに受け取られがちなもので、妖怪はポジティブというか──」

「まあ馬鹿ですな」

「馬鹿でしょう。馬鹿なとこがないと感じないようなことがあるでしょうに。馬鹿なもんですよ、妖怪は。で、問題なのは、その馬鹿なもんが可視化しちゃうという現象が起きているというところで、要するに馬鹿でない人にも見えてしまうから、馬鹿で済まなくなっているということなのよ」

　賢い人にとっては要らないものなんだろう。無駄なのだ。妖怪は。

「僕らはね、人間が生きて行くためには、そういう無駄なもんが必要なんだ、馬鹿は素晴らしい、喧嘩は止《よ》せ腹が空くぞという水木イズムに則《のっと》って、妖怪を推進してきた訳でしょう。世の中もっと馬鹿になろうよということだった訳ね。ところが、その辺が全然推進できていない状況なのに見えるようになっちゃったから、ややこしくなってしまった訳だね。見える仕組みは荒俣機関の研究に委《ゆだ》ねるとしてだね、根本的な問題はだね」

「この殺伐とした世相──ということになりますが」

「そういうことになるでしょ。そう言ったじゃん」

　じゃあお手上げですよと郡司が言う。

「世相じゃどうもできないですって」

「そうかなあ」

「そうでしょうよ。京極さん、いつも言ってるじゃないですか。個人の力で社会を動かすことはできない、思想が社会を作るんじゃなくて、社会が思想を作るんだ、とか言ってませんでしたっけ？」

「言ってる。というか、そうでしょ」

「ならどうしようもないでしょう。みんなで仲良くしましょうね、もっとテキトーに暮らしましょうね、細かいことに目くじら立てるの止《や》めましょうね、暴力反対、楽しく笑って生きて行きましょうねと、そんなスローガンが社会の風潮を変えることなんかできませんよ。そりゃそうなれば妖怪は受け入れられるかもしれないけど、無理でしょ」

無理だろうねと京極は言った。

「無理ですよ。出版にしてもマスコミにしても、社会を変えたいようなフリだけはしてますけど、結局は社会に乗っかってますから。乗っからないと儲《もう》からないですからね。乗っかって稼ごうとして来ただけな訳ですよ、今までずっと。こういう時に言論や表現は」

「役に立たないだろうねえ。反社会的行動も社会のうちうちのものだし、権力者ですらそれは動かせないでしょ」

世の中は結局なるようになっちゃうだけだよねと京極は言った。

「いやあ、それならですよ。況《まし》てや僕らみたいなのが騒いだところで――」

「いや、そういう話じゃないの」

「どういう話ですか」

「さっきも言ったけどさ。まあ、原因は何となく見えて来たでしょ。この国に暮らしている人達のメンタルな部分が、何かの影響を受けて変質してしまった——ということが、主たる原因」

「だから」

「だから。その、人に影響を与えた何かを特定することが急務なんだってば。いいですか、この状況は、なるようにしてなったものじゃないんだよ。変化が急過ぎる」

「何か——がありますかね」

「誰も気づいていないけど、必ずあるよ」

「それって、でもその」

「まあ、一筋縄で捉《とら》えられるようなものじゃあないだろうね。一種の呪術《じゅじゅつ》のようなものかもしれない」

「じゅじゅじゅ」

「何言ってるんだレオ」

「ふ、不思議なことないのにじゅじゅじゅはあるんでありますか？　霊もないのに、じゅじゅじゅ」

「じゅじゅじゅじゅじゅ言うなよバカ」

「だって」

「まあ、ものの喩えだよ。どんな仕組みなのかは判らないけれども、何かあることだけは間違いないって」

「いやー」

結局全員が腕を組んだ。

「そう言われてもねえ」

「僕らは馬鹿ですよ？」

馬鹿だねえ、と全員が同意した。

レオなんかはもう、激しく同意した。昔風ネットスラングで禿同である。

「いや、だからこそ、という気がしているんだよ。それが何であれ、馬鹿である僕らには影響が及び難《にく》いのではないかと思うのだ」

「まあ、あんまり影響出てないかもですね。みんな以前と同じように馬鹿ですからねえ」

「このまま放置しておいたら、僕らは排除されるよね。それだけでなく、この国が滅ぶような気もする訳。まあ、多田ちゃんの言う通り、僕らを投獄するなり糾弾するなり殺害するなりしても」

「さ、殺害！」

「妖怪みたいなものが見えちゃうという現象は収まらないだろうし、人の心は益々荒《ますますすさ》むだろうし、諍《いさか》いが絶えない、生き辛《づら》い世の中にはなるだろうねえ。馬鹿がいなくなったら潤《うるお》いがなくなりますよ。だから、馬鹿であることこそが——その何かに対抗する術《すべ》な気もする」

「すると」

「馬鹿が地球を救う！」

　レオは叫んだ。

「ば、バカということに関してだけは自信たっぷりですよボクわ。救世主ですかボクわ」

「地球じゃねえし」

「主でもねえ」

「きゅ、救世バカ？」

　早死にしたみてえだなあと梅沢が言った。

　急逝《きゅうせい》か。

　その時。

　岡田のスマホが鳴った。

「あれ？　平太郎《へいたろう》君からです」

「平太郎？　あのバイト、まだ使ってたの？」

「いや、角川はバイトを全部切ったので、今は荒俣さんのとこで雑用を――」

　岡田は立ち上がり、電話に出た。

　岡田は立ったまま暫《しばら》くもそもそと話していたが、すぐに一同を見渡した。

「大変です」

「何が」

「荒俣さんの秘密研究所が暴徒に襲われました。どうやらあそこで妖怪を飼っているという噂が立ったらしくて――」

「秘密研究所って、水木さんの所有してる古いマンションだろ？　襲われたって？」

「数百人の暴徒が押し寄せて」

火を放ったそうですと岡田は言った。

拾弐

邪神、なんとなく覚醒す

その時、黒史郎《くろしろう》は困っていた。

家から出られないのである。妖怪仲間が秘密会合を開くと聞いていたので行くつもりだったのだが、参加は無理だった。

あの——。

しょうけらの所為《せい》である。

鴨下《かもした》の相談を受けた日。しょうけらはファミレスの窓にへばり付いていた。

その後暫《しばら》くして、しょうけらが見えなくなったと鴨下から連絡があった。黒は、妖怪仲間にしょうけらを見せて対処を相談しようと思っていたから、多少残念な気はしたのだが、まあ良かった良かったと、そう思った。思ったのだが、黒はそれから少しして、鴨下の処からしょうけらが消えた理由を知った。

しょうけらが、黒の家に現れたのである。移動したのだ。宿替えしたらしい。

最初に発見したのは妻だった。黒の妻は妖怪関係者でこそないが、妖怪関係者馴《な》れしている人なので、パニックになるようなこともなく、妖怪がいるよと教えてくれた。

その段階ではまだ、今のように列島妖怪大豊作状態ではなかった訳だから、これは如何《いか》にも冷静な対応である。冷静過ぎると言っても良い。

見れば、軒から身を乗り出して室内を覗《のぞ》いていた。

まあ、別に何をするでもなくただ窓から覗いているだけである。だから放っておくことにした。いや、放っておくしかなかった。何か手立てがある訳でもない。

しょうけらは――ずっといた。

便所の窓やら風呂《ふろ》の窓やら、場所は変わっているものの、必ず何処かにいた。

で――。

そのうちに騒ぎが起きた。

朧車を皮切りに、まるで日本全国がブリガドーン現象に包まれてしまったかのように――そこら中にお化けが涌《わ》いて、お化けだらけになってしまったのである。

そして、お化け差別が始まった。

黒の家は目を付けられた。

窓にくっ付いているのが外から見えるからだ。

あっちにもこっちにもいっぱいいるんだから別に構わないと思うのだが、それでもいるのが気持ち悪いと言われれば返す言葉はない。何度か注意された。お宅に穢《きたな》らしいお化けがくっ付いていますよ駆除して頂戴《ちょうだい》というご忠告だった。その度に、別に悪さはしないからいいですと答えていたのだが、それが悪かったらしい。

妖怪容認派と見做《みな》されてしまったのだ。

いや、見做されたというかそうなのだが。

やがて近所の人が口を利いてくれなくなった。

暮らし難《にく》くなったが、とはいえしょうけらに話しかけたって理解できるとも思えず、意思の疎通は図れないから、仕方なく黒は妻子を一時実家に帰した。

ほとぼりが醒《さ》めるまで——と思った。

ところが。

黒が一人きりになると、しょうけらは室内に出るようになった。これなら外から見えないかららいいかぐらいに思っていたのだが——。

やがて、しょうけらは黒の身体に引っ付くようになったのである。

今も、肩の上に乗っている。

——あり得ないでしょ。

この状況は。

しょうけらですよ。

まあ航空機が天狗の襲撃を受けて不時着するような世の中なんだから、あり得る——と、いうよりあることなのだろうけれども。実際あるんだからあるのだ。

寝ている時はどうしているのか、それは能《よ》く判らないのだが、起きている時は頭の上にいたり背中に引っ付いていたり腕にくっ付いていたりする。

仕事をしていても風呂に入っていても、脱糞《だつぷん》している時でもいる。

重い訳ではないが、鬱陶《うつとう》しい。どうも、大きさや重さは一定ではないようだった。着替える時などは離れているはずなのだが、着替え終わるとくっ付いている。やっぱり。

――あり得ないでしょうよ。

まあ、アニメの主人公などは能くペットをくっ付けているものだが、実際にくっ付いていると、あれこれ微妙に不便だ。手が重いとか、何かにぶつかるとか、そういうことこそないのだが、何だか落ち着かない。それに、くっ付いているだけで懐いているとは思えない。懐くというか、やっぱり意思の疎通はできない。

でっかい、移動するかさぶたのようなものである。

その上。

絶対に外出はできない。このまま外に出たら間違いなく叩《たた》き殺されてしまうだろう。そういう時代なのである。妖怪は、ゴミよりダニより嫌われている。忌み嫌われている。

籠城《ろうじよう》する以外に道はない。

まあ、仕事はできる。物書きは外出できなくても困ることはない。しかし、喰《く》いものはなくなる。トイレットペーパーもなくなる。ティッシュもなくなる。鼻がかめない。

これは困る。

編集者に電話して買って来て貰《もら》うしかない。でも、鶴見《つるみ》であるから、小間使いのようにほいほい使い立てする訳にもいかない。いや――。

編集者と雖《いえど》も妖怪嫌いは大勢いる、いや、大勢いるというよりも、ほとんどの編集者は妖怪NGである。もし黒の身体に妖怪が巣くっていると知れてしまったら、もう黒は仕事をさせて貰えなくなるだろう。いや、もしかしたら保健所とか警察に通報されてしまうかもしれない。

妖怪がOKなのは似田貝くらいのものである。似田貝は編集者になる前からの妖怪仲間でもあるのだ。しかし似田貝は今、黒の担当編集者ではない。メディアファクトリーが角川グループに併合され、怪談担当だった似田貝は一般文芸に異動になった。というか、雑誌も単行本もなくなってしまったのだ。怪談を書かせてくれる出版社は、もうないのだ。

で――。

まあ、妖怪関係者は一様に困ってるのだが、黒は中でも一番困っているという訳である。

「しっかし気味悪《わり》いなあ。それよう、糞《ふん》とかしねえの？」

「糞ですか？　いや」

しないと思いますと黒は答えた。

目の前に座っているのは、妻子でも編集者でもない。

平山夢明である。

横には福澤徹三《てつぞう》もいる。

ある意味、最高に恐ろしいコンビだ。

「でもなあ。それじゃあ出歩けませんね。もう、出た途端に首刎《は》ねられるから。さっきさ、そこんとこの角に青竜刀持った奴が立ってて、研いでたから。シャッシャッシャッて」

嘘だよ嘘と福澤が言った。

「どうやって立ったまま研ぐの」

「研いでなかったたっけ？　じゃあ持ってただけだ。こう、舌でさ、刃のとこペロって嘗《な》めてたぜ。そしたらよ、舌が切れて牛タンみてえに――」

それも全部嘘だからと福澤は言った。

「平山さんは嘘しか言わないから。まあ、でもそれじゃあ慥《たし》かに外には出られないですなあ」

色の入った眼鏡越しに、福澤が睨《ね》め回す。

痛くないのかいと平山が尋《き》く。

「いやあ、痛くないです」

しょうけらは頭の上に移動していた。

「それさ、フクロ被《かぶ》って出たらいいんじゃないの？　あんだろ、何か茶色のさ、紙袋。ほらあの『13日の金曜日PART2』かなんかの、ジェイソンみてえにさ」

「このまんま袋被ったら、頭がでっかくなっちゃいますよ。『エレファント・マン』みたいになっちゃうじゃないですか。それに、こいつ移動しますからね、全身フクロじゃないとダメですよ」

ダメか、ダメだなと平山は笑った。

「この徹《テツ》なんかさ、このツラだから妖怪と間違われるって、飛行機乗る時フクロだぜ」

被りませんよと福澤は沈着に言った。

事情を耳にした平山が慰問に来てくれたのである。平山は鶴見に縁が深いし、何か用があったらしい。福澤は偶々《たまたま》上京していたらしく、無理矢理付き合わされたのである。

「まあねえ。難儀だねえ」

同情しているというより、他人の不幸を喜んでいる。

「まあペットには見えないね。どう見ても妖怪だろコレ。いや災難だ。災難災難」

最初の災難、辺りで既に平山は破顔している。その上、言い終わるなりにひいひい引き笑いをした。

「ああ不幸だよ黒ちゃんさ。それ、あれじゃねえの、京ちゃんでも喚《よ》んでお祓《はら》いとかして貰えばいいんじゃねえのか？　あれならできんだろ」

「で、できますかね」

京ちゃんというのは京極のことである。

少し前にメールで報《しら》せたのだが、もう少し辛抱しろという返事が来た。

「いやいやいや、あのボッ吉もさ、黒木もさ、不幸続きでねえ。黒木なんかもう笑える程に不幸でよ。怪談は書けねえしさ、書いたってどこも貰ってくれねえしさ、最悪ですよ。な」

福澤は首肯《うなず》いた。

「それだけは真実だね」

「そうですか。でも平山さん、うちなんかに来て大丈夫なんですか？　ここ出たら狙われませんか？」

「徹がいるから平気だって。魔除《よ》け魔除け。あのさ、もうちょっと徹が近付けばよ、それも怖がって逃げるんじゃねえの？　近付いてみなよ。近付いたら黒ちゃんが先に死ぬか」

適当な人だなあと言って福澤は呆《あき》れたように平山を見た。

「黒さんだって深刻なんだからさ」

「深刻だね。深刻。これは深刻ですよ」

と言って、平山は大いに笑った。

ひと頻《しき》り笑ってから、平山夢明はちょっとおトイレに行きますよオレはと調子良く言って立ち上がった。

「何だよ。さっきも行ったじゃないの」

その平山を福澤徹三が蛇のような奥二重で見上げる。

怖い。

怖いのだが、何故か愛嬌《あいきょう》がある。

スキンヘッド——正確には短く刈り込んだ坊主頭なのであって決して頭皮《スキン》ではないのだけれど、敢《あ》えてそう呼びたくなるようなヘアスタイルというかヘッドスタイルも、グラサン——そんな言い方はもう一般的でないのは黒にも判っているし、福澤がかけているのは正確にはサングラスでないことも承知しているのだが敢えてそう呼びたくなる眼鏡《グラス》も、みんな怖い。

というかフォルム自体が恐ろしい。強面《こわもて》を辞書で引くと拙《つたな》い線画で描かれたこの顔が載っているのじゃないかと思えるくらいに怖い。

のに。

どこか可愛らしい。

人懐こい感じがする。

人柄も誠実で物腰だって柔らかい。

福澤はいい人なのだろう。いい人なのだが。

黒くて革っぽいコスチュームにはそこら中にヘビメタ的なトゲがあってベルトだの指輪だのも金属だから、飛行機に乗る時ゲートが通れなくて全部外すのに時間が掛かり、ゲートを通過できた時点で乗るはずだった飛行機は目的地に着いていた——という話を平山から聞いた。

まあ嘘なのだ。平山のことだから。

平山は、まあ本当のことなんか言わない。でも、強《あなが》ち嘘には思えないのだ。見た目には。

上京すると空港から目的地に到着するまでの間に最低五回は職務質問を受けて、そのたびに警官にガンを飛ばすので常に一触即発状態になる——という話は、京極から聞いた。

まあ誇張はされているのだ。京極のことだから。

京極は嘘は言わない。嘘は言わないのだが、どんなつまらんことでも真顔でオモシロオカシく話すので聞く方が誇張して受け取ってしまうのだ。聞き手が勝手に盛るのである。

まあ、それくらいにあんびりーばぼうというかあんびばれんつな容貌《ようぼう》なのである、福澤は。

「頻尿《ひんにょう》なんだよ平山さん」

福澤は憎々しく平山の背を目で追ってそう言うと、黒に向き直って、

「でもそれ、何とかしなきゃマジでヤバいでしょ」

と、心配そうに言った。

「ハア」

ハアとしか答えようがない。

正直言って、何とかしたいとは思う。しかし何ともならない。動物なら、まあ引き剝《は》がして檻《おり》に入れるなりもできるだろう。人道的とは言えないが、まあ段ボール箱に入れて川に流すとか、最悪殺してしまうとか、そういう選択肢もない——訳ではない。

まあ動物虐待だと愛護団体に非難される可能性は高いが、それでもまあ、この状態からは脱することができるだろう。殺したり流したりするのは虐待なのだろうけれども、現状虐待されているのは黒自身なのである。

ただ、しょうけらは動物ではない。

殺せない。この場合、殺そうが流そうが非難はされないのである。流したら下流から苦情が来る可能性もあるが糾弾《きゅうだん》されることはない。いいや。寧《むし》ろ称賛されるだろう。世間に妖怪愛護団体などというものはない。妖怪は社会のゴミでありクズであり罪悪であり汚物であり駆除すべきものでしかないのだ。まあ、だから何をしようが文句は言われないだろう。だろうが。

どうにもできないのである。

お化けは死なないのだ。

試験も何にもないのだ。

何ともなりませんねと答えた。

深刻に答えたつもりなのだが、口許《くちもと》は綻《ほころ》んでいたはずである。どうも現実感が乏しい。こんなアホらしい状況というのは、どう欲目に見ても地に足のついた日常生活からは乖離《かいり》しているだろう。そうしてみると、深刻というより滑稽《こっけい》である。その滑稽な自分を客観視して笑ってしまうのである。そういう人間なのだ黒は。

まあ悲劇というのは概《おおむ》ね喜劇なのだ。

その逆もまたある訳で。

まあ、黒の人生や性格や趣味嗜好《しこう》に全く問題がないとは黒自身思っていない。

だからといって問題だと思っている訳でもない。誰しも多少はとっ外《ぱず》れたところというのはあるものだろう。黒もその例に漏れる訳ではないから、とっ外れているところもあるというだけのことである。変だと言われれば変なのだけれど、それが社会規範から大きく逸脱するような変であるという自覚はない。犯罪に手を染めている訳でも道徳的に許されぬ行為を繰り返している訳でもない。慎ましく、生真面目に、社会の片隅で生きているだけである。

まあ、お化けやら都市伝説やらホラーやら変態やら変な人や駄目な人が大好きなのだが、それがいけないというのなら、もっといけない人はいっぱいいる。

今、便所で小用を足している平山の方が数倍、いや数百倍、数万倍ヒドいと思う。

つまり、黒にはこんな目に遭わなければならない理由がないのである。しょうけらに引っ付かれなければならない理由なんかどこにもない。

そういう意味では被害者である。被害者であるにも拘《かかわ》らず、世間から理由なき迫害を受けているのだ。ただまあ――。

そんなに厭《いや》という訳でもないというところが問題なのであろう。

これが普通の妖怪嫌いなら、泣いて喚《わめ》いて叫んで震えて失禁して失神している。

――だろう。たぶん。

最低でも失禁はするだろう。こんなキモチ悪いものが四六時中くっ付いているのだから。

黒の場合は、まあやや迷惑だと思うだけである。死ぬほど嫌がっていないというその時点でもう迫害を受ける資格は充分にある――ということだ。

また、ツラツラ考えるに、しょうけらを最初に目視したのは鴨下沙季《さき》なのだ。鴨下の相談を受けてしまった所為《せい》でしょうけらが引っ越して来たのだとすれば、自業自得ともいえるような気がしないでもない。

「しかし黒さん、このままじゃ干上がっちゃうでしょうに」

「まあ、既に干上がってますけどね。編集さんも、最近じゃあんまり寄り付かないですよ。僕ん家来《ち》ただけで社内では白眼視されるみたいですからね」

福澤さんホントに平気ですかと尋くと、福澤はおれは白眼視されることに関しちゃ筋金入りですよと妙に心強いことを言った。

「ま、干上がってるというなら、こっちも干上がってますから。もう、怪談は駄目でしょ」

「駄目すか」

全然ですわと言って福澤は煙草を銜《くわ》えた。

「あ、ここ、吸ってもいいの？」

「いいすよ。今は僕一人しか住んでないですし。灰皿とかないですけど」

これでまず白眼視されるンですわと言って、福澤はレザーでメタルな上着のポケットから携帯用の灰皿を出すと煙草に火を点《つ》け、美味《うま》そうに吸った。

「マナーはきっちり守ってるんですわ。他人様に迷惑掛けるようなことはしないですよ。それなのに、この間なんか自販機の前に立っただけで石ぶつけられましたからね」

「石を！」

「石を。なにすんねんと言ったら、煙草吸うようなヤツは死ね言われましたわ。喫煙者というだけで、もう裏街道を行く逸《はぐ》れ者ですからね。そのうえ怪談でしょう」

お天道様には見放されてますよと福澤は言った。

まあ、他の理由もあるような気もするが。

「もうね、散々ですわ。酒飲んでても、ヤクザ死ねって殴りかかってくるんですわ」

「殴り！」

「殴りですよ」

「誰がですか？」

客ですと福澤は言った。

「一般の？」

「一般って、こっちも一般ですから。どっちがヤクザやねんちゅう話でね。何もしてないですよ？　ワタシはただ飲んでただけなんだから」

「またまたまた。嘘だろうよ」

手を拭《ふ》きながら平山が戻った。

「あれじゃねえの、徹よ、マスターに頭突きとかしてたんじゃねえの？　お前、脳みそブレるぐらいガンッガンするじゃん。それかよ、刃物《ヤッパ》で歯ほじってたとか」

そんなことしませんてと福澤がない眉《まゆ》を顰《ひそ》めた。これは眉梁《びりよう》を顰めたというべきか。

「ただ飲んでただけですよ」

ぶはっと平山が噴き出した。

「ただ飲んでるだけって、それが犯罪的なんじゃねーの。だって徹よ、お前――」

「洒落《しやれ》で済まんですよ」

福澤が遮った。

また顔がどうとか言われると思ったのだろう。

「今までは平山さんの冗談で済んでましたけどね、もう冗談じゃないんですって。マジで殴って来たんですからね。最近は素人《しろうと》の方がずっと怖いですわ。まあこっちも玄人《くろうと》ではないんですけどね」

「そりゃあお前、オレに先見の明があったってことだろ？　そうだよね」

「は？」

「だから。オレが予言者ってことでしょ。まあ優れた頭脳とあふれる才能があると先のこともお見通しな訳ですよ。サックサクと。まあ徹なんかは飲んでるだけで殴られると言い続けてもう何年、やっと時代がボクに追い付いたというかねえ」

全ッ然意味判んないですよと福澤は言った。

平山は何でだよと不服そうに言う。まあ、意味はないのだろうこの人の場合。

ただ。

ある意味で平山に先見の明はあったのかもしれないと黒は思っている。

世の中が殺伐としている。まるで平山作品がそのまんま具現化したような具合である。隣人が殺人鬼でその殺人鬼をその辺の親爺《おやじ》が惨殺したりしてしまう訳で。ストーカーにブチ切れた女性がストーカー滅多刺しにしてバラして冷蔵庫に入れてしまうようなご時世な訳で。まあいつの世にもそういうことはあったのだろうけれど、こう日常茶飯事的に起きるというのはどうか。まあ、あんまり考えたくない。

「で、何が干上がってるって？」

平山はあくまで楽しそうである。

「ワタシ達ですよ。まあワタシ達といっても、黒さんなんか芸風が広いからまだいいけど」

「福澤さんだって色々書いてるじゃないですか」

「書いてますけどね。書かなきゃ喰いっ逸《ぱぐ》れますから何でも書きますけど、怪談はもう駄目ですよ」

「ネタ、ないすか」

「ネタもないですけど、誰も読まないですよ。『幽』とかが普通に出てた時代が懐かしいですよ。ちょっと前だと一般の文芸誌だって怪談特集とか組んでたでしょうに。そちこちで怪談イベントなんか開かれてたけど、今じゃ考えられないでしょうに」

読まないかいと平山が尋く。

「他人事だなあ平山さん。平山さんはいいですよ。『東京伝説』とか、あの手のはまだイケるでしょ」

イケないイケないと平山は首を振った。

臭いものでも食べたような顔になっている。

「イケないって、平山さん的にもうネタはゴロゴロある訳じゃないですか」

「あのな、徹よ。ネタってのはさ、多い少ないじゃねえだろ。良いか悪いかだろ。ってか、濃いか薄いかかな。しかもさ、こんな状況じゃあ、何拾って来たってあんま意味ないって。だってもう、サイコだの人殺しだの珍しくも何ともない訳だろ。怪談だって何だって、ああいうのはさ、ありそうだけどなさそうで、まあないと思うけどマジにあるんですか、あったらヤバいじゃないですかくらいでないと、話聞いたって面白くないって。書いたって面白くないし、読んだって面白くないだろ」

まあそうだろうと黒も思う。

ちょっと前ならマジデスカと驚いていたようなことがダカラナニになっている。

「いいですか、まあさ、じゃあ首吊《くびつ》りの幽霊が出るとしましょうか？　何かあったんでしょうね。でもって吊ったんですよその昔。首をね。で、今でもこう、ぶら下がる訳ですよ天井からね、ぶらーんと。幽霊が。で、その部屋でさ、婆《ばば》ァが爺《じじ》ィの首包丁で斬り落としてる訳ね。これはもう幽霊なんかどんだけぶら下がったって首切り婆ァの方が怖いだろ」

こんなだぜと言って、平山は癇癪玉《かんしゃくだま》を噛《か》み潰《つぶ》したみたいな顔をしてオーバーなゼスチャーをした。鬼が洗濯でもしているみたいだったが、婆ァの真似なのだ。

「もう、お化けなんか霞《かす》んじゃってどーでも良い訳ですよこの場合ね。婆ァ、これだから」

またゼスチャーである。

顔面神経痛のカナダの樵《きこり》がノコギリで倒木を伐《き》っているようでもあった。

「で、隣の部屋でそういう感じの本を読んでたとしましょうか。オレの本でいいですよ。サイコな女が家の前に立ってますとか、そういうの読んでたとして、隣で婆ァがこれですよ」

もう一回である。

最早《もはや》随分前に流行《はや》って一瞬で廃《すた》れた、そんなの関係ねえ的な動きにしか見えない。

「これ、もう婆ァ独り勝ちでしょ？　怪談本だのサイコ本だの、どうでもいいだろ。本物幽霊だってどうでもいいんだし。で、その婆ァみたいのがそっこら辺中にごろごろいる訳よ。これは読みませんよ、怪談。もっと読みませんよ小説。これで読んで貰おうと思ったら、婆ァよりスゴいの出さないと。そんなのどう書いたって実話になりません。あり得ねえもの。小説だとすると、ド下手《へた》ってことになるだろ」

「まあねえ」

ダメダメと平山は気の抜けた声を発した。

「時代がね、もう求めません怪談とかホラー。想像力が追い付きませんね。だってはら」

指差す。

指差されて黒は自分の左肩を見る。

しょうけらが移動している。

「そんなもんがそこにいるんだからさァ、まあ、もう終わりじゃないですか世界も。怪談駄目とかホラー駄目とかいうレヴェルじゃなくて、本なんか誰も読まねえから。あれだろ、今売れてるのって、トナリの婆ァをやっつけろとか、妖怪ダンゴ作戦とか、そういうんだろ?」

まあ――。

解るが、違う。平山が言っているのは、たぶん、『隣人から身を護《まも》る方法』と、『妖怪撃退マニュアル』のことだ。両方とも近頃ベストセラーになった本である。『隣人から身を護る方法』はともかく、『妖怪撃退マニュアル』の方は黒も買って来て貰った訳だが、一読、あまりにもあんまりな内容に顔面の筋肉が弛緩《しかん》して『ウルトラQ』に出て来るM1号のような顔になってしまったものである。

のっぺらぼうは塩をかければ溶けるだの、濡れ女にはコショウがいいだの、小僧にはお湯をかけろだの。食材じゃないから妖怪は。

カップ麺《めん》か。

三分以内に消えるとか書いてあったから、本気でカップ麺を意識しているのだろう。

判ってて書いているのだ。妖怪除けスプレーは顔から三十センチの距離からかけるといいだの、かんばり入道にサンポールをかけたら消えただの、あかなめにカビキラーが有効だの、どこの小学生が考えたんだというような適当なことがズラズラと書き連ねられていて、まあこれが平時ならゲラゲラ笑うところなのだが、マジになって実践している人達が沢山いると聞いた途端に、あんまり笑えなくなってしまった。

後は、不潔はイカンから家の中は清潔にしておけとか帰ったら手を洗えとか、シーツは毎日取り換えろとか、別に妖怪関係ない。インフルエンザじゃないし。

がっかりというか、しょんぼりというか。

それで怪談が集まらんのですかと福澤が言った。

「霊がおらんとか、消えたとか、そんなこと言うヤツがいるんですよ。まあ、ワタシはそういうことは解らんのだけどね」

同じことじゃないのと平山が言う。

「あのさ、さっきの話だとね、こう、プラーっとぶら下がってる首吊り幽霊ね、気が付かれない訳だよな？」

これですね、と黒は平山の真似をした。

本来、老爺《ろうや》が老爺の首を切断しているパフォーマンスだったのだが、既に競馬でスッてアナクロな悔しがり方をしている肉体労働者の物真似にしか見えないだろう。

「それそれ。それさ、気が付かねえんだから、ないと同じだろ？　ブタがいようがカメがいようが、気が付かなきゃいないのと同じなんだから。でも、ブタは臭いますよ。ブタ臭《しゅう》というのはありますす。で、ブタ臭《くせ》えなと思っても、いないのが前提だから、辺り見回してさ、お前ブタ臭するぞということになるじゃん。で、ブタ臭するヤツがいるってことになれば、まあモノホンのブタはいないまんまですよ。ブタは華麗にスルーされるでしょ。でもって、最近ブタ見ねえな、いなくなったんだろうなということになるだろ」

豚、そもそもそんなに身近にいないですからね、と福澤が言った。

「つうか、その理屈だと、豚の臭いを押し付けられた奴は濡《ぬ》れ衣《ぎぬ》でしょ」

濡れ衣だねえと平山は笑った。

「臭えから殺せッて殺しても、まあブタはどっかに潜んでいるからねえ。また別な奴がブタ臭えって槍玉《やりだま》に挙げられる訳だよ。もう大変ですよ」

大体ね、と平山は一瞬真顔に戻った。

「怪談怪談って、怖けりゃいいってもんじゃない訳だよ。怖さだけなら、まあ目の前のバイオレンスな状況には敵《かな》わない訳だよ。でも、ホントの問題は、それ以外のところをぜーんぶ無視してるってことじゃねえか」

「それ以外のとこって？」

いや、オレは能《よ》く知らないけどさと言って、平山は鼻をひくつかせた。真面目なことを言うと照れるのだと思う。

「だってよ、何にせよこっちは身ィ削《けず》って書いてるワケじゃん。何であってもさ。何を書くかじゃなくてどう書くかって話ですよ。こう、読んだ奴がさ、狂い死にするぐれえのもんを書こうと。こうさ」

ゼスチャーだ。

それさ、婆ァの首切りと動きが一緒じゃんと福澤が言った。

「同じですよ。そのぐらいの勢いってことですよ。ヱネルギヰに換算したらもっとですよ。そのぐらいで書くんだよ。爺ィの首なんか百個ばっか切り飛ばしちまうくらいのパワーが要るんだって。だから、ネタなんてものはさ、まあ何でもいいんですよ」

「何でもいいですか？」

「いいんじゃないの？　いや、ウソはいけませんよウソは」

「あんたが言うか」

福澤が言うと、無礼だね君と平山は答えた。

「いやいや、実話とかいって出すのにさ、実話じゃねえとかいうのは、ウソというより詐欺だろ。それはダメってことですよ。ダメね。それはダメだけど、ネタが実話だろうが思い付きだろうが、怪談だろうがホラーだろうがさ、書き手の苦労は一緒だろって話。だからやっぱりどう書くかなんだよ。でも最近は何が書いてあるかだけなんだよ」

「どう書いてあるかはどうでもいいと？」

どうでもいいようだねえと、突然平山は澄まし顔になった。

「ニュース原稿みてぇなのでいいんだよ。便所でチャンネエが死んでました、あ、そう、みたいなので充分なワケ。どうやって死んだかとか何で死んだかとかどんな感じだったとか、要らねーって話でさ。そういうとこを書くワケだろ？　オレらは。死ぬ時にさ、ヘッて言いましたとか。グダグダぐだぐだ躊躇《ためら》ってたのにさ、クシャミした途端に手首切っちまったとか」

「そんな訳ないでしょう。死なないよそんなで。大体、チャンネエって――」

「いやいや、あるかもしれないですよ。そういうとこを描写するワケだからさ。何て言うんですか？　機微とか。叙情？　わかんねーけど」

まあねえ、と福澤はない顎《あご》を撫《な》でた。

「言いたいことは解りますよ。ネタだけでいいなら誰が書いたって同じだから」

「そうだろ？　それをまあ、ネタが古いだのセコいだのどっかで聞いたとか前にも読んだとかよ、謂《い》うだろ。そんな変わったことばっかあるかって。どれもおんなじネタだって。なあ徹」

いやあどうかなあと福澤は首を捻《ひね》った。

「まあ、慥《たし》かに、そんな、平山さんみたいに変な体験ばっかする人はいない訳だから、普通は大同小異ですわ。でも、体験者によって同じことでも受け取り方が違いますからね。怖さのツボもそれぞれだし、その人が怖いと思ったことを書く訳だから」

だろ、と平山は唇を突き出した。

「だからその、婆ァとチャンネエの差を書くワケ」

「だからチャンネエって――」

「そこがさ、読みどころです。でも、読まないね。既に文章を読まないだろ。もう小説も実話も怪談も関係ない感じでしょ？」

まだ一般小説は読むでしょと福澤が言った。

「いやあ」

平山は酢をかけた仁丹《じんたん》を百粒くらい噛み潰したような顔になった。

「読まねえよ。実用書だけじゃねえの？　なんか、どいつもこいつも、そういう余裕がないんだよね。余裕だろ、そういうのはさ」

そういうのがどういうのかは判らなかったが、まあ余裕がないのは解る。

みんな一杯一杯で、冗談も通じない。下手なことを口走ると大変なことになる。

テレビのお笑い番組も激減した。笑えない芸人が行儀良く出て来て、真面目に洒落を言って礼をして引っ込む的な、お世辞にも笑えないようなものばっかりである。噴き出すどころか頬も緩まない。強張《こわば》る。アニメもドラマも何だか自粛気味である。ドラマよりニュースの方が過激で、特撮より現実の方が特殊で、アニメも地味で暗くてあんまり面白くない。バラエティ番組も、最早どこがバラエティなのか判らない。少しでも巫山戯《ふざけ》ると苦情が来るらしく、雛壇《ひなだん》の芸人も口数が減った。

笑えないお笑いに面白くないアニメに巫山戯ないバラエティってどうなんだ。

言論統制されている訳でも検閲がある訳でもないのだ。そうなってしまったのである。

求められないものは作られない。それだけである。

今や、昔ながらの娯楽を求める者は地下に潜《もぐ》るしかないのである。アンダーグラウンドな場では、秘密裏にＤＶＤや動画データ、書籍や雑誌などが高額取引されているという。まあ普通に考えれば、そういう取引の対象になるのは非合法なものである。昔はそうだった。だが今は違う。すべて合法、法に抵触するようなものはほとんどないらしい。

いや、地下で取引されているのは、お笑いのビデオやギャグ漫画なのだ。ホラー映画やラノベなのだ。アクションゲームやミステリ小説なんかなのだ。それがもう高額なのだ。それらはどれも法律違反ではない。

非合法ではなく不道徳なのだそうだ。

まあ、道徳的ではないとは思う。黒なんかは、ゾンビをぐっちゃぐちゃにやっつけるゲームなんかが大好きな訳だけれども、そんなもの所持していると知れただけで大騒ぎである。処罰される訳でも逮捕される訳でもない。クレームをつけにやって来るのは官憲ではなく民間団体である。おばちゃんやらおっさんやらである。その辺の人達が押し寄せて――。

袋叩きにされる。

実際にそうした騒乱は全国で起きていて、犠牲者も出ている。死亡した例もある。もちろん問題視する声も少なからずあるのだが、どういう訳か警察も手を打とうとしない。打とうとしないどころか、騒ぎになるのを待っている。で、いいだけ揉《も》めたあたりで加害者被害者纏《まと》めて検挙するという感じである。

既に、ギスギスしているというような状況ではないのだ。

くだらない小説を読んでへらへらしている余裕なんかは、まあないのかもしれない。

「だからまあ」

ネタがないとかいう単純な話じゃないワケさと平山は言った。

「ブタがいなくなったんじゃなくて、ブタが潜んでいるのに気づかねえんだよ。それなのにブタの臭みには敏感なんだよね」

また豚ですかと福澤が言う。

「平山さん、豚と婆ァばっかですよ」

後はチャンネエですよと黒が言うと、チャンネエ普通じゃんと平山は言った。何しろ自分の本の書名にしているくらいだから、マジで普通だと思っている。

「ブタは臭いと思い込んでるんだよな、そういう連中はよ。で、臭えと自分が死ぬとか思ってんじゃね？」

「そういう連中って？」

「だから余裕のない連中。本読まない連中」

「まあ、そうですね」

「ブタはね、臭えだけじゃないよ。喰えますよ。子供も産みます。ポッコポコ産みます。それにぶーぶー鳴くでしょ？　まあ、それから重いとか、齧《かじ》るとか、餌喰うとか、何かしますよ生き物だから、そういうのには気が回らないんだよ、その、殺伐とした連中は。で、ただ臭い臭いって不平垂れてよ、関係ない奴に濡れ衣着せてんだよ。もう」

コレコレ、と平山は放送したり文章で表現したりし難《にく》いポーズをとった。もちろん、放送したり文章で表現したりできない何かを表現しているのだ。

「コレばっかだよ。お蔭《かげ》で商売上がったりですよ。まあねえ、だからといって、突《つ》っ張《ぱ》らかってよ、コレに濡れ衣着せられたりしちゃあ堪《たま》りませんからね。だからもう、諦《あきら》めろ憺。何でもできんだろが商売。テキ屋とか取り立て屋とか。殺し屋とかよ」

「平山さんどうすんすか」

「オレは、まあ馬に乗ってエルドラドに渡って黄金掘り当ててちくわぶ喰い三昧《ざんまい》ですよ」

意味が解らない。

平山自身の人生設計に就いてはサッパリ解らないのだけれど、状況分析の方はまあ、慥《たし》かにそんな感じではあるだろう。

「黒ちゃんもさ、まあそうなんでしょ？」

「そうって——なんすか」

「濡れ衣ね。濡れ衣。だって黒ちゃん、なーんにも悪いことしてねえのに、道も歩けねえんだろ？　外に出た途端に青竜刀で首刎ねられるんだろ？　いやいやいや災難だ災難だ」

そんなヤドカリみてえなのにくっ付かれてちゃなあと言って、平山はゲラゲラ笑った。

「ヤドカリ？」

ヤドカリ——なのか？　そう言えば——鴨下は最初、このしょうけらをカボ・マンダラットだと認識していたのではなかったか。

カボ・マンダラットはニュー・カレドニアの女神で、巨大な貝殻に住む、椰子《やし》の木のように太い脚のヤドカリなのだ。たぶん、しょうけらには全然――似ていない。水木大先生が描いたイラストだけ、ちょっぴり近い。でも、たぶん違うものである。

「や――ヤドカリに見えますか？」

しょうけらは頭の真上に登っている。黒には見えない。

視線を上げてみたが見える訳もなかった。

「ホントにヤドカリですか？」

「だってこの場合黒ちゃんが貝だろ」

そういう意味なのか。

「ボクに寄生してるという意味ですか？」

「いや、寄生してるも何も、そんなカニみたいなもんは、まあヤドカリだろ。あとは椰子ガニか？　そういうもんだよな。なあ徹？」

どこがカニですかと福澤が訝《いぶか》しそうに平山を睨め付ける。

「どこがカニって、いやオレが言ってるのは横這《よこば》いのカニじゃないよ。何だ、その、いるじゃん。こう、ロブスター的なのがよ」

「甲殻類《こうかくるい》ですか？　何言ってるんですか平山さん。ソフトシェルクラブとかですか？」

「あ？」

平山は眉間《みけん》に皺《しわ》を寄せて、黒の顔を――いや、黒の頭上のしょうけらを見た。

「いや、徹。お前おかしいよ。オレはそんなクラブ行きませんよ。これはお前、だって、アレだ。何か怪獣いたからこういう。脚がいっぱいある、南海とかにいるエビカニ系のだよ」

「あ、脚がいっぱいある？」

そんなの、エビラとかガニメとか、後はザニカくらいしか思い付かないが、そんなものは頭の上に乗っていないと思う。

それともヤドカリンだろうか。平山の年代だと、ちょっとズレている気もする。それ以上新しいものは珍紛漢紛《ちんぷんかんぷん》だろう。それより前となると――慥《たし》か『仮面《かめん》の忍者赤影《にんじゃあかかげ》』にヤドカリ的な怪獣が出ていたように思うが、黒は名前を思い出せない。

というか、そういう話ではないのだ。

そんなの、どれひとつとってもしょうけらには似ていないのだし。

「そんな風なものですか？」

「どんな風なものだよ。虫だろ虫」

「虫――ではあるんでしょうけど」

しょうけらは三尸《さんし》虫《ちゅう》という架空の虫に関係した、或《ある》いはそのものともされるお化けである。

しかし三尸虫というのは、まあ形は能《よ》く判らないのだけれど、どちらかというと寄生虫的なイメージのもので、甲虫《こうちゅう》や蜘蛛《くも》のようなものではない。況《まし》て蝦蟹《えびかに》とは違うと思う。

黒の目が節穴なのか。

「そんな――ですか？」

何が乗っている？

そんなじゃないよと福澤が言った。

「白くてつるんとしてますよ。河豚《ふぐ》の白子みたいじゃないですか」

「し、シラコ？」

白いのか？

「と、いうか、そんな目も鼻もない？」

「いや、目や鼻はありますよ。そうだなあ。生まれたての犬みたいな感じでしょ？」

「け、毛のない犬？　それって、ハダカデバネズミみたいな感じですか？」

「裸？　まあ、しょうけらですよ。ほら、ワタシはね、妖怪とか詳しくないから、ちゃんと予習して来た訳ですよ。黒史郎に寄生している妖怪は果たしてどのようなものであるのか、ということをですね、調べて来たんですよ。まあ、いきなり見て恐れ戦《おのの》いちゃっても恰好《かっこう》がつかないから。で、しょうけらですか？　しょうけらって聞いたから、一体どんなかなあと——」

「待ってください」

黒は立ち上がった。もちろん、頭に何かを乗せたままである。

最初のうちは慎重に行動していた。無意識のうちにおっこちたら困ると思っていたのだ。でも考えるまでもなく、そんな心配をする必要はない。落ちてくれた方がナンボか楽である。しかしまあ、落ちない。しがみ付いているという訳でもないようだが、大きさの割に質量がないというか、感触はあるのだが重みはあんまり感じない。

黒は本棚の前に行き、国書刊行会の『妖怪図巻《ようかいずかん》』を抜き出した。多田克己・編・解説、京極も序文を書いている。まあ、昔のお化けの絵巻がいくつか載っている本である。こんなものを所持していると知れたら、町内リンチは確実だろう。今や焚書《ふんしょ》されるべき悪書である。

箱から抜いて、ページを捲《めく》る。

しょうけらも載っている。

ただ、この絵巻に描かれているしょうけらは、石燕の描くしょうけらとは全く形が違うのである。

「これ——ですか？」

そうそうと福澤が笑みを作る。

それでも顔は怖い。

「ワタシもその本を見たんですよ」

「ああ——」

この絵巻に載っているしょうけらは、慥《たし》かに色が白い。毛もない。立ち上がったハダカデバネズミみたいではある。

って——。

「いや、まあ、これはしょうけらですけど」

「しょうけらでしょ？　おんなじだもの」

「おんなじ——ですかねえ」

どれどれと平山が覗き込む。

「徹よ、お前とうとう頭まで行ったな」

「行ったなって、何がですか」

「そりゃ、毒だよ。ほら、スピロヘータ的なもんじゃねえの？」

「失礼なこと言いますね、この人。ワタシはその手の病気とは無縁ですよ。これでも品行方正ですからね。誤解されるじゃないですか」

「馬鹿だな徹。毒なんてもんはどっからでも侵入しますよ。毒なんだから。身に覚えなんかなくたって、するッする入りますからね、毒と虫は」

虫もなのか。

「いや、平山さんこそ頭に虫でも涌いてるンんじゃないの？」

「あのな、徹。お前現代医療とか信じてねえから、そうやって毒が回るんだよ。突然変異とかすンじゃないですか、体の中で。いいか、全く似てないよ。似てないでしょう。だって、脚がいっぱいあるだろ？」

「いや。ぬるっとしてますよ」

「してねえよ。白くもないじゃん。何か、褐色ですよ褐色。褐色のビーナスですよ。浜辺の視線浴びまくりですよ。海だ海。海の生き物」

「はあ？　あんな柔らかそうな甲殻類なんかありませんって」

「ちょ、ちょっと待ってください」

柔らかいのか？

脚が多いのか？

ぬるっとしてるのか？

白くても褐色なのか？

海の生き物なのか？

「いやいやいや――」

待て。

黒くて固そうで鱗《うろこ》みたいなものがあって爪が尖《とが》っていて目玉が丸くて鬣《たてがみ》が生えてないか？

黒は不安になった。

自分の頭の上に乗っているのはいったい何なんだ。

黒くて白くて褐色で鱗があってぬるぬるしていて脚が多くて爪が尖っていて目が丸くって柔らかそうで固そうな海の生き物？

そんなものいるか。

想像できない。

無理に想像すると――。

――インスマウス系になっちゃうだろ。

というか、もうクトゥルーしか思い付かない。

そう思うと、もうクトゥルー系としか思えなくなってしまった。

まあ知っている人は知っているのだろうが、クトゥルーというのはアメリカの小説家ハワード・フィリップス・ラヴクラフトが創造した架空の神である。まあラヴクラフトの小説に出て来るのだからラヴクラフトが創ったもんなのだが、その作品世界はラヴクラフトの死後、友人でやはり作家のオーガスト・ダーレスに継承され、体系化された。更にはその世界観に基づいた作品を複数の作家が書き継いだものだから、もう触手のようににょろにょろと複雑化し、やがてその作品群はクトゥルー神話などと呼ばれるようにもなった。

そう呼ばれるくらいだから、クトゥルーはその神話大系の中核を成す神である。

創作なのだが。

読み方も、クトゥルフとかクルウルウとかク・リトル・リトルとか、訳者によって色々である。正しい読み方は作者しか知らない。作者も知っていたかどうか怪しい。発音できないという設定なのだし。クトゥルー系の作品は、ざっくりと分類するならSFホラーということになるのだろうけれども、まあそうサッパリと割り切れるものではない。それはもう数え切れない者の妄想が凝り固まってでき上がっているのだから、これは仕方がないのである。

まあ、クトゥルー神話にはいろんなもんが出て来るのだが、インスマウスというのはその世界の中の架空の漁村であり、サカナっぽい人が住んでいるのである。

で。

黒はこのクトゥルー神話が好きだ。デビュー前はクトゥルーというハンドルネームを使っていたくらいである。少し前に『未完少女ラヴクラフト』という作品まで上梓《じょうし》したこともある。

いや、好きなのだ。

で、そのクトゥルーというのは、旧支配者と呼ばれる神の一柱で、水を象徴する。タコみたいな頭に触手がにょろにょろ生えていて、鋭い爪も鱗もあって、まあ色は白黒褐色——だろうたぶん。赤や黄色じゃないはずだ。でもって翼こそあるのだが、海の底深くに葬られているものだから、まあサカナタコ系の連中——深きものどもと呼ばれる奴らに崇拝されている。

そいつらは人間と交配して増えるのだけれど、インスマウス村にはそういう連中が住んでいる訳で。

いや、黒はそういう諸々《もろもろ》をドっと思い出してしまったのだ。

まあ実際、しょうけらにタコだのカニだのを掛け合わせてぬるぬるさせれば、そんな感じにはなるだろう。

と、いっても。

——創作だから。

いや、待て。

しょうけらだって創作といえば創作じゃないか。

誰が創ったか判らないけれど、自然界に元々いるようなもんじゃあない。いや、元々でなくたっていないのだそんなものは。

そのいないはずのものが乗っかっているのである。

水木しげる大《おお》先生がこんなことを言っていたと京極から聞いたことがある。

——妖怪は目に見えないもんデスよ。

——目に見えないものを、見るワケですよ。

——あんた、それはもう、馬っ鹿みたいに努力しなければイケないじゃないデスか。

——ぼおっとしてたら見えないですよ。だっから努力するンです。

——馬っ鹿みたいにデスよ。そうして見るンです！

——そうでなけりゃ見えるワケがないですよ。

そう。

妖怪なんてものは多く気配だったり気分だったり状況だったりする訳だから、まあいない。ぺろぺろ見えるものじゃないのだ。いや、決して見えないのだ。水木さんのような凄い人が馬っ鹿みたいに努力して、そして見たモノを絵にしているだけだ。そういう凄い人達が描いたいろんな絵から、一番それらしいものを大衆が選び取るのである。選び取って、模写したり真似したりするのである。そうやって形は決まる。

石燕のしょうけらは、まあ今のところしょうけらとしては一番勝ち残っている。水木さんも採用している。一方で、『妖怪図巻』のしょうけらは、まあどっかで負けたのだ。それだけのことなのであって——。

黒が見ているしょうけらだって、実際に存在する訳ではないのだ。存在しないが頭に乗っている。だから変だ妙だと思っていた訳である。最初はこういうモノが実際にいて、それがしょうけらの絵に酷似しているだけなんだろうと考えていた。でも、どうもそうではないらしい。

しょうけらだ。

どう見たってしょうけらなんだから、もうしょうけらでいいじゃんと、まあそう思い始めていたのだ。

しかし、まあそれでいい訳もないのだ。しょうけらというモノだって大衆が創り上げて来たものなのだし、黒が見ている形だって石燕が創ったものなのである。

ならば。

「い、いやあそんなの、もうクトゥルーですよね」

口に出してしまった。

その途端。

「それだよ。それ。何だっけ、そのラブラブショーみてえなのだろ、それ？」

平山がそう言った。途端に福澤も、ああなる程ねと言った。

「な、なる程って何ですか」

「いや、まあ——ラヴクラフトでしょ？」

それそれそれですと平山は納得した。

「それそれって、だからどういうことですか？」

「だからどういうこともこういうこともないよ黒ちゃん。それが、それこそが、その、ラブラドールレトリバーだって」

それ犬だよと福澤が言う。

「犬ですね。何だっけ、ラブドール？」

「それは南極一号《なんきょくいちごう》みたいなのでしょ。性具ですよ。だからラヴクラフトですって。わざと間違えてないですか平山さん」

多少な、と平山は恍惚《とぼ》けた。

「いや、待ってくださいよ。福澤さんも平山さんも何言ってるんですか。そもそも二人とも違うものが見えてたんじゃないんですか？」

「いやあ」

「いやあ――って」

「それはさ、黒ちゃん。違う感じに見えてたとしたってさ、同じもんなんだろ？」

「そうですけど」

なら表現の違いに過ぎないんじゃないですかと平山は言った。

「まあ、徹は脳に毒がちょっと回ってるから変な言い方をしたけども」

「平山さんは頭に虫涌いてますよ」

「いや、そんなことはどうでもいいんですけど」

「良くないよ。まあ、ね。互いにそんなだから、同じもの見てても、違った感じで表現してしまった訳ですね。でもさ、同じですよ、見ているものは」

黒には見えない。頭上なのだし。

「い、意見が統一されたと？」

「まあねえ。オレ達も大人だからねえ」

そういう問題ではないのだ。

慥《たし》かに、同じものを見ても人によっては違う表現をするだろう。

同じリンゴを目にしても、赤いと言う者もいれば濃いピンクだとか言う者もいる。いやまだ青いとこの方が多いだの、どす黒いとか言う者だっているかもしれない。

でもリンゴはリンゴだ。意見を擦り合わせてリンゴでなくなることなどないだろう。

「ご――合議制で見てる対象物が変わっちゃう訳がないじゃないですか。そっちの方が変ですよ。同じもの見てるだろって、今さっきまで違ってたじゃないですか」

「いやあ」

平山は首を傾げた。

「まあ、最初っからこうだったように思うねオレは」

「は？」

「いや、だってずっと同じこと言ってますよオレ。脚がいっぱいの褐色の海にいる感じ」

「ま、まあそうですけど、福澤さんは――この、これだって言ってたじゃないですか」

黒は本の図を示す。

「うん、まあ実際こんな感じなんだけども、そうですねえ。能《よ》く見ると――多少違いますわ」

「そ、そんなの」

いい加減だとは言えない。相手は福澤徹三である。

「だって黒さん、これはそれこそ生まれたての犬みたいなもんじゃないですか。この絵には触手とかないでしょうに」

「触手？　それってタコ脚みたいな？　そんなものないでしょ。ないですよね？」

「いや。脚は——あるといえば」

「あるんですか？」

「ある」

「あるんだ。って、福澤さんはクトゥルー読んでるでしょうに」

オレだって読むさと平山が言った。

「読んでましたか？」

「いや読んでるに等しいですよ。ブラッドベリの方が好きだけどね。ほぼ読んでます。大体」

「なら」

まあ、ヤドカリというのも解らないではないのだけれど。

「いやいや、だってクトゥルーなら羽もあるはずですよ羽。流石《さすが》にそんなのないですよね？」

「羽？」

福澤は座ったまま伸び上がり平山は立ち上がって確認した。正面からは判らないのだろう。

「羽は」

「羽は？」

「あるね」

二人は声を揃えて言った。

「ある？」

そんな馬鹿な。黒は何度も見ているのだ。

最初、ファミレスの窓にへばり付いていた時には羽なんかなかった。絶対なかった。この家に現れるようになってからも、そんなものは生えていなかった。体に纏わり付くようになってからはもう、目と鼻の先で四六時中見ていた訳だが——やっぱりそんなものはなかった。

ないったらない。

写真に撮っておくべきだった。

いったいいつ羽が生えたのだ。というか。

今頭に乗っているのは何なのだ。

「いや、それはちょっと——あのその」

腹が痛くなってきた。

胃腸が弱いのである。

「これはねえ、まあ、妖怪なんだろ？」

「見たことないですからねえ。そうなんでしょうな」

「ちょっと失礼」

黒は肛門括約筋《こうもんかつやくきん》に力を籠《こ》めて立ち上がるとトイレットの方に向かった。もう、みるみるヤバい感じになってしまったのである。便所の扉を開ける前に通り過ぎた洗面台の鏡には——。

もちろん、蒼《あお》ざめた黒の顔が映った訳だが。その頭上に乗っかっているのは、しょうけらではなくて——。

小振りな、太古の邪神だった。

「おウあッ」

黒は叫び声をあげた。

ちょっと——迸《ほとばし》ったかもしれない。

いや、無事だ。

「そ、そんな、ば」

いや。まずは排便である。

こんな緊急事態に、こんな緊急事態が重なるなんて本気で緊急——いや。便だ。便。

頭上より先《ま》ずは直腸である。

そして黒史郎は、頭の上に小さめの邪神を乗せたまま便器に腰掛けるという、たぶん前代未聞、古今未曾有《ここんみぞう》の体験をしたのであった。

しょうけらだって十二分に前代未聞なのだが、まあ日本のものだし、微妙に慣れてしまってもいたのである。だが、邪神となると——。

——和式でなくて良かった。

黒はそんな、どうでも好《よ》いことしか考えられなかった。

これで乗っているのがヨグ・ソトースだったならば、肛門どころか究極の門が開いてしまうところだったじゃないかと、そんなことも考えた。

——いや。

クトゥルーなら、帰還の呪文《じゅもん》がある。それを唱《とな》えればどっかに還《かえ》るのじゃないか。

——ダメだろうな。

しょうけらだって呪文はあるのだ。但し、体にくっ付いたしょうけらを祓う呪文という訳ではない。過去にくっ付かれた人がいないから、そんな呪文はないのだが、まあそれに近い呪文はあるのである。黒も何度か唱えてみたが、無反応だった。

これは、だからしょうけらでもクトゥルーでもないのだろう。

じゃあ何なんだという話なのだが。

便所から出て、手を洗いつつ鏡を見る。

まあ、普通大抵これはクトゥルーなんだろう。挿し絵に描かれたものと同じだ。まあ、挿し絵なので描く者の感性に左右されてしまう感は否めないのだけれど、概ね黒が思い描く通りのクトゥルー神である。とはいえ、しょうけら同様、意思の疎通は不可能な気はするが。というか触手がにょろにょろして思いの外キモチ悪い。動いているし。

「うーむ」

と、黒が唸《うな》ると同時に、平山が笑いながら現れてスマホのようなものでぺろりと写真を撮った。イカすねえ黒ちゃん、と平山は言った。

「しゃ、写真、写りますか」

「そりゃ写るだろ。いるんだから」

「そうですけど――」

まあ、世の中に妖怪画像は溢《あふ》れ返っている。

小僧も婆ァもアレ男もソレ女も、みんな映る。

それを思えば映らないことはないのだろうが――。

――作者がいるんだけども。

それは関係ないのか。関係ないのだとしたら、例えば猫目小僧《ねこめこぞう》だとかドロロンえん魔くんだとか、下手をするとビックリマンなんかも見えてしまうのか。そこまで行けばオバQだとか怪物くんなんかも見えるだろう。そうなれば、ドラえもんだってアンパンマンだってキン肉マンだって、あと一歩じゃないか。見えるのか。

――リアルで？

どんなだそれは。

平山は撮った画像を見て笑いを堪《こら》えつつ、

「これさ、ネットとかにアップしていい？」

と尋いた。

「じょじょじょじょ冗談じゃないですよ平山さん。そんなの、殺されちゃいますよ」

間違いなく惨殺される。自分がゲームで殺したゾンビ達と変わらぬ末路しか思い付かない。

「そう？　平気じゃねえの？　いや、何処の誰とか書かなきゃ判んないでしょ？」

「判りますって。顔モロじゃないですか」

「なんか、タコの脚みたいなのでラーメンかぶった小池《こいけ》さんみたくなってるから平気だよ。なあ徹よ。これ平気だろ？」

平山が画像を福澤に向ける。

まずこっちに見せてくれたっていいと思う。

黒は慌てて前に出て覗き込む。

「あー」

表記はあーだが、本当に発したのは、黒の得意とする『呪怨《じゆおん》』の伽椰子《かやこ》の物真似みたいな声である。

そこには、それはもう凶悪な感じの、邪悪を練り固めて災厄で培養し凶暴を振り掛けたような、正に邪神というべきものが写っていた。黒が鏡で見たのとは印象がかなり違う。構成要素は同じなのだが、違う。そもそもそれなりに大きいのだ。脚も太い。黒の顔なんか、半分くらい隠れてしまっている。

平山には。

——こんな風に見えているのか？

「こんな人見ィちゃったたってツイートしろって、ボッ吉に送った」

「ま、松村さんに！」

それは迷惑なんじゃないのか。

ボッ吉というのは、徳島《とくしま》在住の怪談作家・松村進吉《しんきち》のことである。もちろん、平山が勝手にそう呼んでいるだけで、平山以外にボッ吉などと呼ぶ者はいない。

「そんなツイートしたら松村さんの命も危ないですよ平山さん」

「何で」

「だって不謹慎じゃないですか。見ィちゃった、ってそんなのダメですよ。最近じゃくだらないことツイートしただけで通報されるんですよ。みんな敬語ですからね。文法間違っただけで糾弾されちゃう世の中ですよ？」

ケラケラケラケラと平山は笑い、

「黒木にも送った」

と言った。黒木あるじは山形《やまがた》在住である。

「ややや、やめてください」

「だってよ、東北と四国だろ？　どっちで目撃したんだとしたって、これは都合が良い訳ですよ。どっちもここじゃないから。ここは神奈川《かながわ》だから。なら黒ちゃんは安全だろ。まあ、知恵がありますよオレはね。深慮遠謀っていうんですか。あ」

「ナンデスカ」

「返事来た。したってよツイート」

「本気で待ってくださいよ」

黒は慌てて、本気で慌ててパソコンの前にすっ飛んで行き、確認してみた。

「あ」

ツイッターのタイムラインに。

こんなの見ィちゃったとツイートしろと某氏に命令されたので従ってみる。俺的にはもろ嫌なんですが勘弁してください——。

「ま、松村さん」

指令が。ええと、見たというのはわたくしめが見た、という設定なのでしょうか。というわけで、見ました。見ィちゃった、です——。

「くく、黒木さん」

何だって無条件で無節操に無防備に無鉄砲に従うのか。目茶苦茶従順なのか。それとも余《よ》ッ程《ぽど》平山さんが怖いのか。それともただの馬鹿なのか。

ああ。画像が。

ははははは馬鹿だこいつらと平山が笑った。

「言った通りにしてやんの」

「ヒドいなあ平山さん。これ、ヤバいすよ。黒木や松村君もヤバいし、黒さんだって」

「平気だろ。ボッ吉なんか、ユンボ乗ってるから強いだろ」

そういうことじゃないと思う。

それもまあそうなのだが、それよりもこの頭の上の凶悪なものはどうなるのか。

ついさっきまで人畜無害な――まあ害がないことはないのだが――しょうけらだったはずなのに、このパワフルっぷりはどうだろうか。熊くらいには軽く勝ちそうである。

画像を見る。

松村のも、黒木のも、まあ当然だけれど同じ画像である。デルモンテ平山ナイズされたこの上なく禍々《まがまが》しく邪《よこしま》で兇《おそ》ろしくも忌々《いまいま》しい、軟体で甲殻な太古の神が写っている。

まあ、創作物なのだが。

これで実在するということになってしまうのだろうか。いやいや、これは平山にそう見えているだけなのではないか。そもそもこんなものは――。

また腹がごろごろして来た。

黒はパソコンの前から鼻の穴を広げて便所まで移動する。平山はまだ笑っている。福澤は憂慮している。

そして鏡に映った黒の頭上の邪神は――。

既に平山タイプに進化していた。

黒史郎は、腹痛と同時に軽い眩暈《めまい》を覚えた。

拾参

暴徒、御意見番を急襲す

エノキヅくんエノキヅくうんと、舌足らずな声が聞こえた。

呼んでいるのは誰あろう、あの荒俣宏《ひろし》先生である。

あの『帝都物語《ていともものがたり》』の、『世界大博物図鑑《せかいだいはくぶつずかん》』の、博物学に造詣《ぞうけい》の深い、海外怪奇小説に精通している、水木しげる大《おお》先生の一番弟子である、何でも知っている、テレビでもお馴染《なじ》みの、世界妖怪協会御意見番の、あのアラマタ先生である。

平太郎が憧《あこが》れていた、あのアラマタさんである。

そっちこっちで就職試験に落っこちて、漸《ようや》く世界で唯一の妖怪マガジン『怪』のバイトとして角川書店に雇われた平太郎だったが、まあ、あれよあれよという間に世の中がガタガタと変わってしまい、妖怪が目の敵《かたき》にされる時代が訪れて、『怪』の編集長も飛ばされたり殺されたりし、角川書店も色んな関連会社を取り纏《まと》める形で角川グループホールディングスのブランドカンパニーになってしまい、新体制の紛乱《ごたごた》に乗じて『怪』も休刊に追い込まれ——というかなかったことにされてしまって、まあ当然のように平太郎も解雇されてしまったのであった。

しかし、捨てる神あれば拾う神あり、なのである。

平太郎は荒俣さんに救われた。

掬《すく》われた――が正しいかもしれない。

不況という穴、荒《すさ》んだ世相という穴、自らの無能という穴、穴だらけの人生から落っこちそうになっていた平太郎をひょいと網で掬い上げてくれたのだ。南洋の珍魚を掬い上げるかのように――である。

全く以《もっ》てどこに幸運が転がっているか判ったものではない。いや、まあ幸運といっても不幸中の幸いのような気もするのだが、それだって幸いには違いない。一千万円の借金苦に喘《あえ》いでいたとしても箪笥《たんす》から千円出てくれば嬉《うれ》しいじゃないか。

荒俣さんは、吉良亡き後の、『怪』最後の編集長である岡田に、こう言ったのだった。

「手が足りないから、手が空《あ》いている者がいたら貸して欲しいんだヨ。いや、誰でもいいんです。エキスパートやスペシャリストはいるので、要は雑用ですネ。雑役夫が要るんです。アホでも猿でも、何でも構いませんから一匹都合して貰《もら》えないかなあ」

手はなんぼでも空いているのだ平太郎の場合。

岡田はただただ事後処理のために編集長にされたようなもので、『怪』の休刊はその時点で決定していた訳だし、ホールディングス体制はあくまで過渡的なものであるらしく、それまで契約していたアルバイトや契約社員の再契約に関してはおっそろしくシビアでもあり、緩くて弱い縁故採用の臨時雇い的身分だった平太郎は、もう失職間違いなしだったのだ。

もう、再就職は不可能だと思われた。

まあ、平太郎に実力がないというのが一番の理由だとは思うのだけれども、高い学歴や優れた技術でさえ何の役にも立たないご時世に、低い学歴や凡庸な技術しか持たない平太郎に武器は一切ない。

そのうえ、妖怪である。

唯一の職歴が妖怪専門誌アルバイトである。これはもう、既にして罪人の領域だ。ひた隠しにすべき過去、人生の汚点、黒歴史である。身分を伏せて顔を伏せて北国に流れて粉雪舞い散る工事現場で無精ヒゲのおっさん達にお茶を注ぐしか道はないかと、そんな風に腹を括《くく》っていたのだ平太郎は。

武器はないのにハンディは多い。

既にして上昇志向など微塵《みじん》もなく、水平を保つ気概すらなく、寧《むし》ろどこまでも堕《お》ちて行く自分に酔いつつあったのだ。

だから、まあ掬われたのである。

で、その、アホでも猿でもいいから手を貸して欲しい用というのはいったい何の用なのかといえば——それは研究であるらしかった。

何の研究かといえば、たぶん妖怪の研究である。

いやたぶんそうなのだと思うのだが。ライターのレオさんがガメて来た石っころから現れる江戸時代のワカメちゃんみたいな子供の妖怪——たぶん——を、荒俣さんはこっそり研究し続けているのである。

最初は訝《いぶか》しくも思った。

荒俣宏は作家ではないのか。翻訳家ではないのか。もちろん博物学に造詣が深いことも知っているし、博覧強記であることも知っている。マニアでコレクターで、森羅万象に興味を抱く平成の南方熊楠《みなかたくまぐす》みたいな人だということは十二分に知っている。ファンだからだ。

でも、そうだとしても、学者ではない。そんな、ウルトラQの一《いち》の谷《たに》博士やゴジラの芹沢《せりざわ》博士やショッカーの死神博士や鉄腕アトムのお茶《ちゃ》の水《みず》博士や――まあこのまま挙げて行けば切りがないのだけれど、そういう所謂《いわゆる》博士ではない。

物書きのはずだ。テレビにも出るしイベントにも出るけれど、でも著述業のはずだ。もちろん色々と調べるだろうし研究もするのだろうが、研究が仕事ではないと思う。それは著述のための調査であり、知的好奇心を充足させるための探求行為なのであって、それが仕事という訳ではないだろう――と思う。いや、仕事か趣味かは、判らないのだが。

それとも。

違うのか。それはあくまで表の顔で、実は政府とか秘密結社とか、何かそういうものから委託されて何かを研究している秘密機関の頭目だったりするのだろうか。そんなマンガみたいな話があるのか――。

と、思ったのがもう何箇月も前のことである。

何でも、荒俣さんは都内某所にある古いマンションを水木大先生から一棟まるまる借りていて、その一部を改造して使っているらしかった。

益々以《ますますもつ》て怪しい。

で、上の方の部屋は普通のマンションで、しかも誰も住んでいないから家賃なしで住んでいいというのであるから、まあこれは失業確実の人間にとっては渡りに舟という話である。

平太郎は二つ返事で引き受けて、もう話を聞いた翌日に引っ越しの準備を始め、三日後には住んでいた部屋を引き払って引っ越したのだった。

いや——。

まあ、本当に古いマンションだった。昭和の香りがぷんぷんする。築四十年は経っている。

壁も柱も扉もタイルも全部古い。というか、蔦《つた》が這《は》い捲《まく》っていて壁が見えない。砂かけ婆の

妖怪アパートか。

ただ、頑丈そうではあった。

荒俣さんの話だと、手抜きも節約もしないで建てたものなので、バブル以降の下手な建築物

よりは遥《はる》かに丈夫なのだそうである。ただ、建物の周りのアスファルトなんかはもう結構ひび

割れている。東日本大震災の時に地割れしたのだと思う。

まあ、ハコとしては丈夫なのだろうが、耐震構造の面から考えると、基準をクリアしている

かどうかは甚だ怪しい。

メンテナンスはしてますよと荒俣は言った。

——信用しよう。

尊敬する荒俣宏の言葉を疑うなど、以《もつ》ての外《ほか》である。

もう、平太郎は直《じか》に会って言葉を交わしただけで感激したのだ。その日は塒《ねぐら》に帰って『別世界通信』から『アラマタ生物事典』まで、持っている限りのアラマタ本を引っ張り出して読み返したものである。

四階より上は居住用だというので、取《と》り敢《あ》えず401号室に入居することにした。三階の上は五階じゃないんですかと軽口を叩《たた》くと、いや四階ですと普通に答えられたのでバツが悪かったことを平太郎は能《よ》く覚えている。

半端なオタクである平太郎には、くだらない我楽多《がらくた》と本やソフト以外に大した家財はない訳であり、引っ越しは半日もかからなかった。作りは古いが広い。無職のオタクには使い切れない3LDKだった。

何だか得したような気がしたものである。

その時は――という話なのだが。

運び込んだだけで業者を帰し、梱包《こんぽう》を解く前に平太郎は階下に向かった。

死ぬ程興味があった。

あの荒俣宏が、何をどうしてどうなっているのか。

取り敢えず一階に行くと、意外な人物がいた。

兵庫県立歴史博物館の香川雅信《まさのぶ》と、妖怪コレクターの湯本豪一《ゆもとこういち》であった。

「か、香川さんに湯本さん？」

香川は人懐こい顔で愛想良くどうもと言った。

「ど、どうしてここに？」

「いや、私は妖怪展示ばっかやってたもんで、居づらくなっちゃったんですよ。この間の朧車騒ぎ以降、微妙に風当たりが強くてですね。で、まあ事態が酷《ひど》くなる前に何とかしなくちゃと思って、暫く休職して、妻子を避難させ、荒俣先生の研究を手伝おうと思いましてね」

「はあ――」

その頃は――。

まだ妖怪騒ぎもそれ程酷くなかった。ただ妖怪に対する風当たりは慥《たし》かに強くて、だからこそ『怪』も休刊に追い込まれた訳だけれども――それでも香川が職を辞さなければならないような状況であるという自覚は、平太郎にはなかった。

いや、休職なのだから辞したという訳ではないのだろうが、香川は妖怪以外にも、玩具《がんぐ》だとか疫病除《よ》けだとか専門の研究分野をいくつも持っている訳だし、おとなしくしていれば問題になることなどないのだろうにと――その時は思ったものである。

しかしその後の展開を考えるに、香川には確かな先見の明があった――というしかない。

程なくして――妖怪の本を上梓《じょうし》し妖怪の企画展をやっていたような人間が無事でいられるような世の中ではなくなってしまったのであるから。

「何か、政府が妖怪対策委員会なんかを作る予定なので参加してくれなんて要請があったんですけどね。断りました。小松先生もお断りになりましたし。自分達が研究しているのは民俗であり文化であり人間なんだから、そんなゴーストバスターズみたいなことができるかと」

「はあ」

僕はもう逃げてきたようなものですと湯本が言った。

「妖怪博物館を造るのが夢で、退職後もずっと妖怪モノばっかり集めて暮らしていた訳ですからね。お前のとこから涌《わ》いたんだろうと言わんばかりの迫害で。コレクションともども疎開して来ました」

「コレクションともども？」

「ええ。まあ疎開といってもここの方が都心に近いんですがね。まあ蒐集物《しゅうしゅうぶつ》に危険が及ぶようなことになると、ちょっと」

身の危険ではないのである。あくまでも。

「というか、湯本先生のコレクションって、膨大な数なんじゃないんですか？」

「博物館所蔵《うち》の妖怪ものも一旦《いったん》移しました。保管してるだけで危ないので」

香川がそう言った。

「って、ここって――」

エレヴェーターホールの横には、大きな扉がある。

普通のマンションならこんなものはない。と、いうより造りが変だ。エントランスには、管理人が座っているようなスペースこそあるものの、他には何もない。

「そういえば、改造したというような話を聞きましたが――」

「ええ。一階、二階、三階と、陳列室――というか倉庫になってるんですよ。荒俣先生の」

「そ、倉庫？　何のです」

まあ入ってくださいと言われたので扉に手を掛けた。

「開かないですけど」

「ええ、かなり厳重なんですよ。でも、ロックされてません。扉が重いだけです」

うんと引くと、慥《たし》かに動いた。相当に重たい。厚みがあるのである。

「あー」

中はワンフロアぶち抜きになっていた。そして、そこここに木箱や何かが堆《うずたか》く、天井に届かんばかりに積み上げられている。どこかで見たような風景だ。

それが、映画の『レイダース　失われた聖櫃《アーク》』のラストシーン、アークを収める倉庫のシーンだと平太郎が気付いたのは、それから二三日後のことである。

奥の方には荒俣と、そしてこれまた意外なことに山田《やまだ》書房《しょぼう》の山田《やまだ》五平《ごへい》がいた。

「あ、エノキヅ君、引っ越し済みましたか。宜《よろ》しくお願いシマス」

「へ、へい」

山田も慇懃《いんぎん》に礼をした。

「いつぞやはお騒がせしましたな。まあ、うちの本も持ち込んでしもうたので、仕事が増えてしまいよりました」

「あ、あの本もですか？　全部？」

あの絵巻もですと香川が言った。

「あの――絵が消えちゃった、本気で幻の妖怪絵巻ですか？」

絵だけ消えてしまったのである。

もし消えなかったら国宝かもしれなかったのだが。

まあ、最早《もはや》妖怪が描かれている限り国宝でも燃されてしまい兼ねない訳だが。

「どうせ研究するなら一緒にしたら好《よ》いと、香川先生に言われましたもので。荒俣先生にもご快諾戴《いただ》きましてな。こりゃあ、無関係とも思えんでしょう」

「そそそ、そうですか？」

石から出て来る子供と消えた絵巻はあまり関係ないように――その時は思った。

「で、ここは、その」

「ここは、まあ僕の使っている倉庫ですネ」

「倉庫って――これは」

荒俣先生は珍奇探奇の蒐集者としては日の本一ですわいと山田老人が言った。

「あ、荒俣コレクションなんですか？」

「迚《とて》も迚も、こんなお宝目にすることはできんです。正に眼福《がんぷく》、八十年生きて来た甲斐《かい》がありましたわ」

誤解を招きますよご老体、と荒俣は言った。

「税務署が調査に来てしまいますよ。慥かに高価なものも沢山ありますけど、そういうものは概《おおむ》ね私のものじゃないですからネ」

「では、だ、誰の」

「私のコレクションは、まあ図版や雑誌や、そういうものが多いですから」

それだけでも大したものだと思う。印税を総《すべ》て注ぎ込んで買い揃えたという伝説があるくらいである。

「後は、まあ福助とか自動人形とか、まあ骨董《こっとう》として価値があるものも多少はあるけど——まあ多くは無価値ですからネ。自分にとっては価値がある、というだけですヨ。もちろん、資産扱いのものはちゃんと税金も払ってます」

やけに税金に拘泥《こだわ》るように思う。

「あ、いや、だから私が集めたものもあるんだけどね、そうでないものもあるんです。いろんな人からお預かりしているんですよ」

「いろんな人——ですか？」

荒俣先生は顔が広いんですと香川が言った。

「人脈が物凄《ものすご》いことになってますから。私もお伺いして腰を抜かしかけました。何たって国内に留《とど》まりませんからね」

「いや、そんなスゴいもんがどうしてここに？　ここ、何か特殊なセキュリティが施されてるとか、保存に適した環境制御装置があるとか——ですか？」

何もアリません、と荒俣は言った。

「は？」

「ただの倉庫です。壁は補強してあるし、開口部には厳重な細工が施してあるけどね、警備会社と契約さえしてない」

「じゃじゃじゃあどうして」

どうしてかなあ、と荒俣は首を捻《ひね》った。

集まるところに集まるもんじゃと山田老人が言った。

「すると、世界中から集まった貴重なお宝と、アラマタコレクション、それに明治以前から続く山田書房の妖怪資料、湯本先生のライフワークである妖怪コレクションに、香川さんのコレクションまで加わっている訳ですか？」

私のは正確には個人蔵ではないですがと香川が答えた。

「多少は混じってますけど微々《びび》たるものです」

「あと、水木大先生の所蔵物も預かってマス。原稿もありマスよ。直接二階に運び込んだからここにはないけど。で、エノキヅ君」

「は、はい」

これを二階と三階に移したいんですと荒俣は言った。

「これ全部をですか？　僕一人で？」

「いや、一人でやれとは言いません。ただ、扱いが微妙なものもあるし、このご時世、おおっぴらに業者を入れる訳にも行かないだろうし」

「業者、引き受けて——くれないでしょうね」

「だから、まあ我々で分類して、信用できそうな人を頼んで移動すると、まあこういう段取りにしようと思う訳だよ。で、君には現場監督をお願いしたい訳ですヨ」

「現場――監督ですか？」

「毎日同じ人が手伝いに来る訳じゃないからね」

「はあ。手伝いというのはどういう人で」

「だから色々。職業も年齢もまちまちだし。まあ、こうしたことに理解のある、しかも口の堅い人か、それなりの筋から遣わされた人だね」

どんな筋なんだろう。

「でまあ、ここを広くして、機材を運び込んで、専門の技師や研究者を喚《よ》んで、できるだけ詳細に研究をしたいと思っていマス」

「はあ」

そういうことかと、平太郎は漸く納得した。

で。

それから一週間ばかりが大変だったのである。

どこに何があるか判らない。いや、所在不明という意味ではないのだ。腰を抜かすようなものがほいほいと、まるで古新聞か何かのように気軽に置いてあるのである。丸めて紐《ひも》で括った古絨毯《じゅうたん》のようなものを見付けて、これは何だと尋《き》いたらば――。

「それはたぶん本物の聖骸布《せいがいふ》」

と、言われた。

「セイガイフって、あの聖骸布ですか？　って、キリストをラッピングした？」

「いや、もちろんバチカンは認めてないんだけど、古い言い伝えがあってね。そこで検査して貰ったらば」

「検査って、炭素なんたらですか？」

「あらゆる側面からだよ。それはもう念入りにしてみた訳ですよ。そしたら、総合的に出された測定年代が、何とドンピシャだった訳だよネ。現在、本物として扱われているアレは——まあ、信仰の対象にはなっているんだけど、アレももちろん正式に認められている訳じゃないんだけども、アレは実際には時代が違ってるんだよね。でも——それは、多少の誤差もあるだろうけど、正にイエスの時代のものなんだね。まあでも、残念ながらそれには遺体の姿が写ってる訳じゃあなくて、ただの古布なんだけど」

「は？　じゃあ」

聖骸布じゃないんじゃないか？

そう言うと荒俣は馬鹿だなあ君はと言った。口調からはあんまり感情が汲《く》み取れない。軽口か、もしかしたら本気で軽蔑《けいべつ》されている可能性もある。

「あのね、聖骸布というのは、イエスのご遺体を包んだ布のことなのであって、人体の形が図として浮き上がった布のことじゃあないんだよ。それは、ご遺体をお包みしたという言い伝えがある、その時代の布なんだよ」

「はあ」

そうなのか。

「じゃあ、これは？」

「それは仏舎利《ぶっしゃり》」

「仏舎利って、お釈迦《しゃか》様の遺骨と言われている石とかでしたっけ」

「いや、まあ石とは限らないけど、大体はそういうものでしょうね。でも、それは本物の骨が入ってるからネ」

「へ？」

「それも時代は合ってる。しかも正真正銘の人骨」

「ま、マジですか！」

「残念ながらゴータマ・シッダールタのＤＮＡは残っていないのでやっぱり確認はできないんだけれども、まあかなりの確率でお釈迦様の骨だと思うヨ」

「いやー」

そんなもんをぞんざいに置いておかないで欲しい。

で、平太郎が一番驚いたのが木箱の奥に鎮座ましましていた鈍色《にびいろ》の変なモノであった訳で。

箱が減ってくるに連れ、徐々に姿を現したソレは、明らかに人の顔であった。

錆《さ》び付いた、高貴な仏像のようにも見えた。

「――って、あれは何ですか」

でかい。

大柄な荒俣よりもずっとでかい。被《かぶ》り物が天井に届いている。

それ運び込むのは大変だったんだよと荒俣は言った。

「それを入れるために入り口を改造したんですよ。うーん、それだけは移動できないだろうなあ。階段も無理だしエレヴェーターにも載らないし。分解すると面倒ですねえ。だから、そこにそのまんま置いておくよりないなあ。まあ、他のものはなるべく退《の》けて、壁にくっ付けてしまって、少しでも広くスペースを取ってください」

「それは構いませんけど、それよりですね」

見覚えがある。

物凄く見覚えがある——気がした。

「あのう、先生、あれって」

いや、もしや。

「あれ？　學天則《がくてんそく》だよ」

荒俣は素っ気なく答えた。

「ががが」

それは。

「ほほほほほ」

「何か——可笑《おか》しいか？」

「ほほホンモノですか?」

いや。そんな訳はない。本物は売却され、海外の博覧会を転々とした揚げ句、ドイツで壊れて破棄されたのだと、ものの本で読んだ。

こんなところにある訳がない。

學天則とは——知る人ぞ知る国産ロボット第一号である。いや、ロボットといっても、十万馬力はないし空を越えて星の彼方《かなた》に飛びもしない。ガオーとも鳴かないしダダダダーンと弾を跳ね返しもしない。光子力ビームも出さないしロケットパンチも飛ばさないし、合体も変形もしない。コクピットもないしエントリープラグも挿入されない。

というか。

まあ、どちらかというと自動人形《オートマタ》に近いものだ。

ロボットというのは、基本的には仕事をする機械なのであって人型である必要は全くないのだ。しかし、結局日本人にとってロボットというのは人型なのである。三等兵だって科学の子だって人型だ。巨大になったって人型だ。乗物だって合体して人型になる。宇宙空間で闘うのにも人型にする。いや、漫画やアニメばかりではない。現実だって何かの役に立つより二足歩行ができる方が重要に思えてしまうのだから、それは火を見るよりも明らかなのである。

そういう意味で、この學天則はやはりロボットの元祖なのだ。

學天則は飛ばないし歩きもしないが、笑ったり悩んだりする。でもって何かひらめいて、何か書いたりもするのである。

別に何かの役に立つ訳ではない。でも、物凄くロボットだ――と平太郎は思う。しかも造られたのは昭和三年である。昭和天皇の即位を祝して京都で開催された博覧会用に造られたものなのだ。しかも、造ったのは工学博士ではなくて生物学者、造らせたのは新聞社なのだ。

その辺も凄い。

制作したのは西村真琴《にしむらまこと》博士、かの二代目水戸黄門《みとこうもん》のお父上である。そこも凄い。

學天則というのは、天然自然の法則に学ぶ、という意味らしい。名前とは思えないそのセンスがまた凄い。

葉っぱの冠を被った顔面は金ピカで、しかも様々な人種の特徴を混ぜ合わせたという独特のご面相に造られている。昭和の初めに民族や人種の壁を超えた人類皆兄弟的な発想を根底に置いているあたりがまた凄い。

肩には告暁鳥《こくぎょうちょう》というロボット鳥が留まっている。ロボのペットだ。光速《こうそく》エスパーに先駆けること四十年である。凄い。

そして左手には、まるで魔法少女が持っているバトンのようなミラクルアイテムを持っている。これは霊感燈《インスピレーション・ライト》という名前で、光る。プリキュアよりミンキーモモよりサリーちゃんよりコメットさんよりずっと早い。凄い。

告暁鳥が鳴くと、學天則は考え始める。

でもって、ひらめくと、霊感燈が光る。光った魔法アイテムを掲げて、學天則は右手に持った鏑矢《かぶらや》ペンですらすらと文字を書くのだ。いやはや凄い。

表情を変えるのも文字を書くのも、仕掛けは空気圧である。これまた凄い。ゴムチューブと回転式ドラムで動く、これは紛《まご》う方《かた》なきロボットなのだ。

しかも。

學天則は、かの『帝都物語』に登場し、地下鉄工事の邪魔をする式神と闘うのである。闘う人型機械なのである。これはもうロボットである。

まあ――だからこそ平太郎はこんなに詳しく知っているのだが。

小説の學天則は式神もろとも大破するのだが、実物は行方不明――というか遠い異国で破棄されてしまったようなのである。

その後、小ぶりのレプリカが造られたのは知っている。大阪の市立科学館に展示してあったはずだ。それは平太郎も見たことがある。いや、その更に後、ほんの何年か前、大阪市が巨額の費用を投入し、コンピュータ制御で動く學天則を復元したという話も聞いた。それはリニュウアルオープンした市立科学館に展示してあるのではなかったか。

それなら。

動かないレプリカの方はお払い箱になったのではないのか。ならばあれは――。

でかい。

レプリカの方は小さいのである。ならば。

「いやいやいや」

そんなはずはないのだ。

そうだ。あれは――。

「あれって、そうだ。その昔『帝都物語』の映画で使うのに造ったヤツ――ですよね」

そんなのワタシが持っている訳がないでしょうと荒俣は言った。

「撮影が終わった時は欲しいと思ったけど。置けないでしょうあんなもの」

置いてるじゃないか。

「あれは――まあねえ。何だろうな。ドイツの好事家が秘匿していたものでね、その人が亡くなって、納屋かなんかに放《ほ》ったらかされているのを発見した人が二束三文で買い求めて、買ったはいいが、どうしようもなくなったんだよね。引き取り手もなくて。それで、人伝《づ》てに回り回って、最後に私のとこに話が回って来たんだね。でも、まあ先方は輸送費が馬鹿にならないので躊躇《ちゅうちょ》してたみたいなんだけれども、廃棄するというもんだから――結局こっちが輸送費を出して、預かることにしたんだヨ」

「ドイツって、じゃあ」

本物かどうかは判りませんヨと荒俣は言った。

「どどどうして」

「だって設計図も何も残ってないんだから確認のしようがないでしょう。年代測定ったって千年も二千年も前のものじゃないんだし。本物だとして百年経ってないからなあ。慥《たし》かに年代物ではあるけれど、その好事家が造ったものかもしれないし、証明はできないだろう」

「いや、だって」

平太郎は大変な勢いで木箱を片付けた。

全貌《ぜんぼう》が露《あらわ》になる。

アラベスクのような金属レリーフの台。真ん中にはトリのようなマーク。左右には♂と♀のマーク。その下には——。

學、天、則の文字。

「これ、ほ、本物ですよ。写真で見たのとおんなじですよ。公表すべきじゃないんですか」

「いや、証明できないしねえ」

「動かないんですか？」

「動くよ」

「じゃあ」

「いや、だって持ち主が公表しないでくれというんだから仕方がないでしょうに。まあここにあるもんはみんなそういうものばっかりだから」

どう見ても本物だった。

そんなものばっかりである。

二階の部屋全部と三階の部屋の半分程は、そうした貴重なんだかそうでないのだか判らない奇っ怪なものですぐに埋まってしまった。三階は、荒俣私物で二部屋、湯本私物が四部屋、香川からの預かり物と山田書房の資料で三部屋が塞《ふさ》がっていた。溢《あふ》れたものは四階の空き部屋に運び込まれた。

結局、平太郎が入居して半月程で、平太郎の部屋を除く四階までの凡《すべ》ての部屋がお宝だか我楽多だか判らないもので埋め尽くされた。

一階には學天則だけが残った。

だだっ広いそのフロアには、やがて次々と機材が運び込まれた。パソコンやらサーバーやらモニタやら、學天則よりも大きいCTスキャンのようなものやら、どう見たって最新の機材が続々搬入されて、一週間もしないうちに聖遺物の魔窟は最先端の研究施設へと様変わりしたのだった。

東洋最古のロボットと、二十一世紀科学技術の粋を集めた最先端機器が並んでいる様を見て平太郎は結構感動したものである。

それからは――。

日替わり、週替わりで多くの人が訪れた。

白衣を着た研究者然とした人もいれば、大学教授っぽい人、技師のような人達もいた。外国人も大勢いた。驚いたのは、どうみても文系の学者や、果ては僧侶や神主、陰陽《おんみょう》師《じ》のような人達までが研究所を訪れたことである。本当に多角的な検証なのだ。

というか、荒俣宏の人脈は本当に恐ろしい。

そして――。

平太郎も呼ぶ子を見た。

聞いていたのとは全然違っていたが、こんなものなのだろうと思った。

平太郎の目には、呼ぶ子は水木大先生の描くような蓑帽子《みのぼし》を被った一本脚のぎょろ眼の子供に見えた。性別は判らない。一本脚だから本当に性別は判らない。

まあ、いずれ和服の子供ではあるし、女の子に見えないこともないから、まあみんなが見ているのもこんなものなのだろう——と思ったのである。

それは違っていたのだが。

見る者によってディテールが違う。

まるで違う。

それが判った段階で、研究は頓挫《とんざ》しかけた。そもそも質量がないのだそうだ。つまり、そこには——。

何もないのである。

ないのに見える。

触《さわ》れる。

こんな——馬鹿な話はない。当然、見たり触ったりしているつもりになっている人間の方がイカレているということになる。次に、目視している人間の方の検証が始まった。脳波だの脈拍だの体温変化だの、いやいや平太郎には判らないもっと細かいことまで、何度も何度も検査された。平太郎も被験者になった。だが。

人体の方に変化のようなものは一切なかった——のだそうである。脳内物質の分泌も何もかも、まるで平時と変わりがないらしい。

お手上げだった。

お祓《はら》いをして消えるでもなし、お清めをして薄れるでもなし、お経も祝詞《のりと》も呪文《じゅもん》も、和洋中取り揃えて試しても何も変わりはないのだった。

石を出せば——。

呼ぶ子は、出る。

見えるし。触れる。匂いはほとんどしないが、味はまあそれなりの味だ。平太郎は荒俣に命じられて呼ぶ子の手の甲を嘗《な》めた——のである。

いや、まあ、やや変態っぽい気分にはなったが、実験なのだから仕方がない。まあ、自分の手の甲の味とあまり変わりはなかった。

一度、分子生物学者の武村政春《たけむらまさはる》さんが来た。武村さんは妖怪好きで、分子生物学的観点から妖怪的なものを考察するとどうなるかというユニークな論考を数多く著している人である。ただ、まあ——分子がないのであるから、これはどうにもできない。生物でないどころか、存在しないのである。

まるで——式神ですねと平太郎は言った。

學天則と闘った式神——もちろん、『帝都物語』の中の式神なのだが——は、人間には見えるし、害も為すのだけれど、機械である學天則には直接的に影響を与えることはできないのである。

言ってから平太郎は自分の言葉を否定した。

この呼ぶ子は写真に写る。映像も撮れる。但し、写るのは撮影者の見たものでしかない。平太郎が撮れば蓑帽子が写るが、別の人が撮るとそんなものは写らないのである。

ところが。

その、平太郎の何気ない一言が、結果的には突破口——めいたものになったのだった。

荒俣宏の霊感燈が光ったのである。ひらめきがあった訳なのだ。

荒俣はどこからか古いカメラを持ち出して来て自ら呼ぶ子を激写した。それから、二眼レフだのポラロイドカメラだのピンホールカメラだの、ハーフサイズカメラだの、どこで買って来たのか『写ルンです』まで用意して来て、撮った。香川湯本両氏も撮った。動画も撮った。八ミリフィルムカメラ、十六ミリフィルムカメラ、ビデオカメラもユーマチックにベータカムにVHSC、8ミリビデオ、デジタルビデオ、HDカメラ、スマホと各種取り揃えた。

それ全部で、撮った。

それから、レントゲンのような大仰なマシンまで持ち込んで、撮った。CTスキャンまでしているのに何で今更X線かと、平太郎は思ったものである。

ビデオなんかはまあすぐにも覧《み》られる訳だが、今のものと違って旧式のカメラには液晶モニタなんぞはついておらず、デジタルモニタに直接繫《つな》ぐにも、HDMI端子なんかない。USBやSCSIなんかついてない訳であり、まあ昔ながらのピンプラグケーブルやらS端子ケーブルやらが必要だったのだが、その、ひと昔前はどこの家庭にも何本かあったフツーの接続ケーブルが、なかった。あっても変換しないと繫がらない。最先端も時には不便なのである。

それが、三日ばかり前のことだった。

で。

　階段の掃除をしていた平太郎は、エノキヅくうん、と呼ばれて、慌てて研究室に戻ったのであった。

「何ですか先生。鯛焼《たいや》き買って来ますか？」

「違うよ。上がってきましたぞ。諸々《もろもろ》が」

「ああ――」

　昨今は現像も時間が掛かるのだ。フィルムカメラユーザーが激減しているのだから、これはしょうがない。香川が段ボール箱をどさりと作業台の上に載せた。

「いやあ、凄い量ですよこれ、荒俣先生。動画の方もご覧になりますよね。ケーブルも買って来ました」

　当然ですよと荒俣は言った。

　湯本が再生用機材の準備を始めた。

　平太郎もそれを手伝った。何といっても平太郎は、ここ数週間でテレビ局のＡＤ並みにケーブル捌《さば》きが上手《うま》くなっているのである。どんな機械も、必ず何らかのケーブルでどこかには繋がっている訳で、機材だらけのこの部屋の床はケーブルの束が這い捲《まく》っている。踏ん付けたりすると断線したりするし、賢い人達が蹴躓《けつまず》いて転んだりしても大変なので、平太郎はまめにケーブルの交通整理を心がけるようにしていた訳である。

で。結論からいうと――フィルムには何一つ、写っていなかったのであった。

撮り方が下手だったのではない。フィルムが感光していたとかいうこともない。

背景はちゃんと写っている。写真を撮っている荒俣や香川や湯本の姿も写っている。

まあ、どれもややピン暈《ぼ》け気味に感じられはしたのだが、それは全員が何もないところにピントを合わせていたからに他ならない。実際、写っている撮影者達は一様に空中にカメラを向けていた。エア撮影会である。

そう。

やはり、何もないのである。

呼ぶ子は、デジカメやスマホでは撮影することができるのに、フィルムに焼き付けることはできないようなのだった。光学的にはスルーされてしまうのである。

いや、その言い方は正しくない。

デジタルカメラだって記録方式が違うというだけのことで、光学は光学なのだ。

ではビデオの方はどうかというと、撮れることは撮れる。だが、例えば旧式のビデオカメラでは、室内の情景はちゃんと映っているのだが、呼ぶ子がいるべき場所には何やらフォーカスのかかったモヤモヤがあるだけである。ボカシが入ったみたいになってしまっている。人生相談とか匿名の証言とか、端的に言えばいやらしいビデオっぽくなってしまうのだ。

しかし――じゃあ磁気テープ全般がダメなのかといえば、そんなこともないらしく、デジタルビデオの場合は記録媒体が磁気テープであってもモヤモヤにはならないのだった。

但し、映ってはいるのだが、そこだけ微妙に画質が悪いのである。呼ぶ子だけがバグっている。情景は綺麗《きれい》に映っているのに呼ぶ子部分だけにブロックノイズが発生したりしていて、まあ見ように拠《よ》っては昔の心霊動画や、モザイクのかかったいやらしい動画っぽくなってしまうのであった。やっぱりいやらしいのだ。

ＨＤカメラの場合はくっきりと映る。

どうやらこの呼ぶ子は、アナログな記録媒体には記録されない——ようなのである。デジタル向けの妖怪なのだ。変な言い方だが。

うーんと唸《うな》った後、

「これは一種の情報エネルギーなんじゃないかな」

と、荒俣はそう言った。

「情報エネルギーって、ええと、東大《とうだい》と中央大《ちゅうおうだい》で何か発表してましたよね。あの、悪魔のいけにえ——いや」

マックスウエルの悪魔だよと荒俣が言う。

「科学の最も基礎的な法則である熱力学第二法則が破られてしまうように思えるパラドックス的命題ですヨ。温度差のないところからエネルギーが取り出せたとするなら、エントロピー増大則が破れてしまうだろ？　情報のエネルギー変換は、このパラドックスを解消する理論というか、概念だね」

「解りません」

「いいんだよ解らなくて。私が言ってるのは、その、現在研究が進んでいる情報をエネルギーに変換する仕組みとはまるで違う意味なんだから」

「違うんですか？」

「うん。だから、情報エネルギーとか、そういう言い方をすると紛らわしいんだけども——どうもこの石にはデジタル情報を改竄《かいざん》する何らかの効果があるのじゃないだろうか」

「デジタル情報——って、僕らはデジタルじゃないですよ。アナログですよ。僕の脳は電脳化されてないですよ。攻殻機動隊《こうかくきどうたい》の公安9課じゃないんですから」

平太郎君平太郎君、と香川が窘《たしな》めた。

「少し黙ってた方がいいですよ」

「いや、でも」

「あのね、我々の脳の仕組みだって、突き詰めればデジタルなんだよ。ここの中を」

荒俣は顳顬《こめかみ》を指差す。

「——行き交っているのも信号ですから。それが改竄されれば、ワタシ達はどんなものでも見聞きしてしまうでしょ。同じバイアスが機械にかけられるなら、デジタル信号も並べ替えられてしまうだろうし、なら、ないものも写るだろう。現在、ここにある機材のほとんどはデジタル信号によって情報を処理している訳だから」

「まあ——そうですね」

床を這うケーブルの中を行き来しているのは、1か0かの信号である。

「フィルムというのは、こう、届いた光が直接焼き付く訳だよね。しかし、デジタルというのは一度信号に置き換わっている訳です。その信号が改竄されるんだよ」

「はあ」

「ビデオの場合も信号に置き換わってはいる訳だけれども、磁気テープに落とし込む場合は精度が粗くなる。HDは、情報がそのまま記録される。いや、改竄された情報が記録される、ということなんだろうね」

待ってくださいと香川が言った。

「では――今まで採取したデータは、何もかもあてにならないということになりますよ、荒俣先生」

そう。

情報の凡てはデジタル化されている。

「何もかも改竄されてしまっているということになりますよね？　つまり、サーバーに保存されている膨大な記録は極めて不正確――いや無意味なデータ、ということになるのでは」

「そうだなあ」

荒俣宏はかなり白くなった頭に手を当てて沈思した。

その時、重たい扉をようやっと開ける感じで、山田老人が顔を覗《のぞ》かせた。年寄りには重い扉なのである。

「荒俣先生、どうも、外の様子がおかしいぞ」

「おかしい？」

「おかしいわい。デモ隊みたいなのがぞろぞろ集まって来よる。何だ、その、その昔のゲバルト学生みたいな連中じゃあ」

「何だって？」

「おお、ナンじゃ、あれは拡声器か。それと松明《たいまつ》か。いつの時代じゃ。旗なんか持って、百姓一揆《いっき》か？　メーデーか？　何をする気じゃあ」

湯本が扉に駆け寄り、外を見た。

「荒俣さん、あれは妖怪撲滅を掲げる過激な市民団体ですよ。日本《にっぽん》の情操《じょうそう》を護《まも》る会《かい》の人達だ」

「そりゃマズいんじゃないですか？」

妖怪が出現した建物はすべて焼き払い、取り憑《つ》かれた人間は捕獲して隔離幽閉、抵抗する者は徹底的に弾圧するという恐ろしい市民団体である。

これは防災モードにした方が賢明じゃないですかと湯本が言った。

そうだなあと言って、荒俣は學天則の横にある分電盤の扉のようなものを開けた。

「しかし、ここで閉めれば籠城《ろうじょう》になってしまうなあ。幸いにも今は常駐スタッフ五人しかいないからいいけれども、兵糧《ひょうろう》攻めに遭えば何日も保たないですヨ」

「いやあ、先生、早うした方がええ。眼が血走っておるわい。マトモじゃあないぞい」

「しかし防災モードにすると電波も遮蔽《しゃへい》されるから、助けも求められなくなるでしょう」

「いいや。仮令《たとえ》我々が餓死しても、この妖怪資料だけは護るべきですよ荒俣さん！」

湯本が叫ぶ。

「闘ったって勝てないですよ。でも、これを後世に伝えなければ妖怪文化が絶えてしまう！」

「判りました」

荒俣は、何かのスイッチを入れた。

「ど、どうなるんです！」

「どうもなりませんよ」

荒俣宏は平然として答えた。

「どうにもって、その、何だ、バリヤー的な」

「バリヤー？」

「ほ、ほらあるじゃないですか、アニメなんかで。あのマジンガーZの光子力研究所とか。こう、ピピッと何か光の膜みたいな」

「は？」

「ふ、古いか。じゃあああの、USSエンタープライズのシールドというか、ええとエヴァンゲリオンのA．T．フィールドというかですね」

攻めてくるのは使徒でもクリンゴン人でも機械獣でもないですよと香川が言った。

一応通じているようだ。

「押し寄せているのは興奮した市民、暴徒です」

「イヤ、でも――」

「光線銃だのメーサー砲だの、その手の技術はまだ開発されてませんよ、榎木津《えのきづ》君。ビームでどっかんが無理なんですから、その手のもので物理的に防御することも現状では不可能でしょう。レーザーメスがいいところです」

美容整形には使えるでしょうねと香川は言った。

「動乱に役に立つものではないです」

「なら」

何なのだ。

「ドアや窓といった、あらゆる開口部が塞がるんですよ。頑丈なシャッターで」

「ぶ、物理的なもんですか？　その、電磁とか光子とかじゃなくて」

当たり前といえば——当たり前である。

「でも携帯もどうとか」

「ああ。この建物、内壁を補強してるんだよね」

荒俣が答えた。

同時にもんもんもんという籠《こも》った動力音が聞こえだした。

「少し狭いでしょう。ここ、壁も床も天井も元々のものじゃないんです。内側に金庫作ったようなものなんだよね。だから開口部を閉じて防災モードにするとそれぞれの部屋が鋼鉄の箱みたいなものになるから、まあ建物が倒壊しても部屋は無事なんだヨ」

「シェルター？」

「まあ核シェルターほどのもんではないね。部屋は無事でも、中に人がいることは考えてないから」

　がっしゃん、という音と共に部屋が振動した。

　閉じたのうと山田老人が言った。

「空気はどうなんですかの」

　空気は大丈夫でしょうと荒俣が答える。

「核攻撃や生物兵器の攻撃対応はしてないから。まあ空調はイキてるはずですよ。汚染した空気や毒ガスで収蔵品は壊れませんからね。生き物は死にますが」

「あー」

　ここはあくまで倉庫なんですと荒俣は言った。そういえば前にもそんなことを言っていた。

「だから、基本防火防水耐震ね。まあそこを徹底している所為《せい》で放射線やなんかも微妙に防げるんだけれども、万全ではないんだね。万全ではないから核シェルターとしては使えないんだけれども、電磁波的なものは相当カットされちゃうからね」

　一本も立ってませんと湯本が言った。

　携帯電話のアンテナ表示のことだろう。当然、湯本はスマホではないということだ。

　いや、スマホだったところで意味はないのだが。

「ゆ、有線は。その、家電《いえでん》とか」

「ない」

荒俣、湯本、香川が声を揃えて言った。ある意味で凄いユニゾンだ。

「色々事情があって引いてない」

つまりネットもメールも駄目なのだ。

「そ、外の様子は」

「それはこれで見られます」

香川が學天則の横を示した。荒俣が操作した分電盤の少し上である。

「モニタですか?」

「一応、玄関前の様子は確認できますよ。小さいのではっきりとは——あら、大変だなあ」

平太郎も駆け寄って覗き込んだ。

何かがごじゃごじゃと蠢《うごめ》いている。

平太郎は最初、大好きな諸星大二郎《もろほしだいじろう》の漫画『生命《せいめい》の木《き》』の映像化である映画『奇談《きだん》』のクライマックスシーンを思い出した。いんへるのに墜《お》ちたハナレの村人が絡まり縺《もつ》れて犇《ひし》めき合う場面である。

「百人くらいいますか」

「百人どころじゃないですね。これ、千人レベルの大規模抗議行動です」

抗議されているのは自分達なのだが。

人の波が押し寄せてくる。平太郎は続いてリメイク版の『妖怪大戦争《ようかいだいせんそう》』の喧嘩《けんか》祭りのシーンを思い出した。何万匹もの妖怪が東京に押し寄せてくるシーンである。

何万というのはまあCGで増やした数なのだが、実際の撮影も何百人単位で行われた。

一般エキストラの募集もあったので平太郎も参加したかったのだが、ちょっと若過ぎて無理だった。子供だったのだ当時は。

「この人達の方が妖怪染みてるなあ。何か、鬼火みたいなものも灯《とも》ってるようだし」

「これ――松明《たいまつ》ですかね」

火付けだ、打ち壊しだと山田老人が言う。

「どんな言い分があるか知らんが、こんな暴動を許していい訳がないですわ。この国は法治国家だ。それ以前に、人は理性的な生き物だ。憎いから何を言っても良い、意見が合わないなら叩き潰《つぶ》せば良い、一方的に悪いと決め付けて、悪いなら殺してしまえ、そんなものはもう、野蛮を通り越して狂気だ」

何故警察はこれを取り締まらんのですと山田老人は吼《ほ》えた。

「夫婦喧嘩したり素行が悪かったりしただけで逮捕される。今、警察は民事に平気で介入して来るんですぞ。それがどうだ。火付けは犯罪でしょう。しかもこの人数ですぞ。これで怪我人でも出たらどうします。刑事事件ですわ。放火ですぞ。器物損壊だ。敷地に入れば不法侵入ですわ。いや、こんなのはもう、この時点で道路交通法違反とか凶器準備集合罪とかじゃあないのですかな」

「まあテロルだね」

荒俣が他人ごとのように言う。

「ただ、政治目的で行われるものではないですからネ。テロでもないんだね。体制に反抗している訳ではないですし、一種の魔女狩りのようなものですネ。そして体制側も、この魔女狩りをただ放置している訳ではないんですヨ。魔女を狩った途端に狩った方も狩られる。法律はその時になってやっと機能するんだヨ」

「つまり、ぎりぎりまでは静観しているということですかな？」

「そう。放火したり暴行したり、そうした破壊活動が行われてから検挙するんだね。それまでは寧《むし》ろ、積極的にやらせている感がありますネ」

「それは何のために」

解らないネと荒俣は言った。

「治安維持のためでないことは間違いないヨ。警察の権限が拡張されて、処罰も厳しくなっているんだけれども、それが抑止力になっている訳ではないですからネ。自警団なんかも沢山できているんだけど、それが却《かえ》って暴力的行為に結び付いている。相互に監視して、少しでも問題を見つけると摘発する。で、短絡的に暴力的解決を図る」

「戦前の隣組みたいなもんですかな」

もっと質《たち》が悪いですよと湯本が言った。

「あれは制度化されていた訳でしょう。相互監視を国に命じられていた訳だから。今は違いますよ。自然発生的に生まれて、国がそれに乗っかっている。乗っかるだけじゃなく、互いに戦わせて両方潰す、そんな感じですよね。国民総疑心暗鬼ですよ」

厚い壁に阻まれている所為かはっきりとは聞こえないのだが、かなり大勢がシュプレヒコールをあげているようだった。

困ったもんだねえと荒俣が道の方を向いて言った。

「ご老体が以前嘆いておられたが、事態は最早、右傾化だのファッショだのというレヴェルではないようだねえ」

「もっと酷《ひど》いちゅうことかな」

「法律も条例もあったもんじゃない。法治国家とかいう以前の問題ですからネ。国が国の体《てい》を成していないですヨ。ファシズムというのは、まあどうであっても国民が同じ方に向かされる訳だけれども、テンでバラバラだもんねえ。今、他国に攻め入られたりしたら、ひと溜《た》まりもないでしょう」

「軍備は増強しとるようだがのう」

「何を仮想敵とした軍備増強なんだか」

敵はいませんよと香川が言った。

「戦いに勝つため、或《ある》いは国を護るための軍事力じゃないですからねえ」

「じゃあ何のためなんですか」

まさか妖怪好きを根絶やしにするために増強されている訳ではないだろう。いや。

——そうなのかよ。

「あの」

平太郎は何も言わなかったのだが、まあそういうことでしょうと湯本が言った。

「目的はないんですよ。強《し》いて言うなら国家予算を軍事費に投入するのが目的で、何故そうしたいのかと言えばそれがいいような気がするからです。国民もそんなに疑問を抱かなくなっている。疑問を抱く余裕がないんですよ。いつ殺されるか判らなくって、殺される前に殺してやれとか思ってる訳ですから」

「常に戦々恐々、一触即発ですからね」

香川がそう言うと湯本は首肯《うなず》く。

「いつもピリピリはしてるんだけど、明確な敵が何処にもいないでしょ。だから何か槍玉《やりだま》に挙げるとするなら、妖怪なんです。解り易いんです」

そのうち自衛隊が戦車で妖怪殲滅《せんめつ》にやって来ますよと湯本は言う。

「よ、よしてくださいよ湯本先生。そんなことある訳ないじゃないですか。ねえ。この人達を追い払うために来てくれるんならともかく――」

それこそないですよと荒俣が答えた。

「本当のところは警察も自衛隊も我々を攻撃したいんだからネ。でもそれは、現行法では不可能なんだヨ。妖怪に好意を持っている者は有罪、なんていう法律はそれこそないし、昔の火盗改めみたいに裁判もなしに殺していいなんていう超法規的な権限も今はまだないんだネ。でも見て見ぬ振りというのは、まあできますヨ。知らなかった気づかなかった程度なら、謝れば済むから。だから警察や自衛隊は、我々を決して助けてはくれないでしょう」

「助けてくれないんですか？　通報しても？」

妖怪だからねえ、と荒俣が言い、妖怪ですもんねと香川が言った。湯本は細い眼を更に細めて、受難の時代ですと言った。

「妖怪だけじゃあないですけどね。今や、何から何までいけないでしょう。フザケるのもいけない。くだらないのもいけない。だらしないのもいけない。アニメも漫画もいかん。もちろんエロもグロもダメ。いけないものだらけで、その最底辺が――妖怪です」

今や妖怪は諸悪の根源である。

「だから、その妖怪を叩く連中は、どんだけ過激でも放《ほ》っておく――ということですね。ホントは警察が妖怪狩りをしたいんだけど、ただ逮捕したって妖怪はどうにもならないし、だからといって流石に警察が殺しちゃう訳にはいかないから、非合法に誰かにそれをさせて、それからそいつを取り締まると、そういうことですか？」

「そうそう」

「叩き終わったら自分達が叩かれるということに気付いてないんでしょうか。これ、例えば僕らが極悪非道の血も涙もない鬼畜の集団だったとしてですよ、それだってこんな暴挙は、まあ許されないんじゃないですか？」

「まあ、ひとりひとりは正義や道徳に基づいて行動していると固く信じてやってるんだネ。また、自らの身を護るためだと言って行為を正当化してる訳だヨ。無頼だ無法だという認識はそうした善意に糊塗《こと》されているんだネ」

正しい行いをするもんはあんな罵言《ばげん》は吐かんと山田老人は憤慨した。

「聞くに堪えん」

「ヘイトスピーチの聞き苦しさは今に始まったことじゃないですけどね。語彙《ごい》も少なく比喩《ひゆ》も下手糞《へたくそ》で、同じ悪口にしてもおよそ文化的じゃないですね。発してる方が愚劣に見えます」

香川が顔を顰《しか》めた。

「今も口汚く我々を罵《ののし》っているんでしょうけど、どうなんでしょうね。江戸時代だって喧嘩はあって、往来で威勢よく啖呵《たんか》を切って罵りあうこともあった訳ですが、啖呵の粋《いき》はないですよね。啖呵って、あれはヘイトじゃないですね」

「明治時代だって辻《つじ》で抗議行動をしたりはした訳ですけどね、街頭演説はやがて演歌になった訳ですよ」

そこで湯本はちらりと平太郎を見て、

「平太郎君が考えているような演歌じゃないですよ」

と言った。

時代の差で片づけられることじゃあないわいと山田老人は再び憤慨した。

「あ。ついに火を付けようとしてますねえ。まあ古いですが木造じゃないので、巧《うま》く付くとは思えませんが——蔦は焦《こ》げますね」

平太郎がモニタを覗くと、カメラに気づいたらしい群衆の一部が、わらわらとカメラに寄って来るところだった。

これはもう、明らかに『ゾンビ』だ。『死霊のはらわた』のポスターみたいだ。

「わあ。襲ってる方が妖怪みたいに見えますよ。ゾンビですゾンビ」

「ゾンビなら楽ですよ」

頭を撃てばいいと湯本が言って、武器がないですよと香川が苦笑した。

「しかしゾンビなら話し合いはできません。でも退治しても罰せられないでしょう。一方、彼らは話が通じるはずの人間、しかもたっぷりと良識を持った一般市民ですからね。始末に悪いです」

良識と同時に武器も持ってますよ向こうはと荒俣が言った。

「ほら。何かで壁を壊そうとしている」

どんどんという音が響いてくる。

「あれくらいなら全然平気だヨ。大砲で撃たれても理論上は平気だからね。ミサイル攻撃なんかだとかなり危ないけど、それでも大破はしないはずだヨ」

設備投資で破産しかけたからと荒俣は言った。

「こんなリフォームは控除対象にならないんです」

やっぱり税金なのだ。

「こんなにマジメに税を納めているのに、この仕打ちは理不尽だなあ」

荒俣はモニタを見ながら呟《つぶや》いた。

「ああ、灯油を撒《ま》いている」

「マジすか」

「これはなあ、この段階で取り締まらないというのはやっぱり問題ですねえ」

「慥《たし》かに、荒俣先生の仰《おつしや》る通りじゃ。国民同士が殺し合い、国民を弾圧するために国があるんじゃ、もうこの国は国じゃあないわい。他国が進攻して来たりしたら一日で陥落じゃ」

「既に他国はこの国を見捨ててますよ。経済的にも文化的にも。何処《どこ》も戦争を仕掛けて来ないのは、遠目で見ていても自滅すると思ってるからでしょう」

そんな評論家みたいなことを言っている場合なのかどうか。

「く、国よりも先《ま》ず僕ら自身が攻められている訳ですけど。その辺どうなんでしょう？」

だから安心だヨと荒俣は言う。

「外壁を蔽《おお》ってる蔦は燃えちゃうかもしれないけどネ」

「いや、まあ頑丈なことだけは判るんですが、彼らの攻撃はいつになったら収まるんでしょうね。収まったところでいなくなってくれるんでしょうか。ずっと取り囲まれていたら出られませんし、収まったと思ってうっかり出て、捕まったりしたらどうなります？」

「あの勢いですからねえ」

八つ裂きですねと湯本が言う。

「八つ裂きって、私刑ですか。殺される？」

「ええ。僕の知り合いの妖怪コレクターはいまだに行方不明ですよ。特にあの、日本の情操を護る会に目を付けられたら、もう——お終《しま》いです」

「お、お終いですか」

「人数も多いですし、各地域の自警団を巻き込んで話を大きくするんですね。過激なセクトは武装していますし、極左や極右の団体から流れてきた人達や、暴力団関係者も幹部になっているといいます。一説には某国の工作員が紛れているとも謂《い》う」

「な、何でです？」

「内乱を起こさせて敵対国の国力を弱体化させるというのは、ひと昔前の常套《じょうとう》手段でしょう」

まあ、内乱ではあるのだろう。

「ですから、妖怪関係者で無事なのは、水木大《おお》先生と学者だけですよ。学者は、いわゆる妖怪側の人間ではなくて妖怪を研究する人間、対妖怪戦に於《おい》て役に立つ人間という——フリができるでしょう。それ以外の者は妖怪と縁を切ったという宣言をするか、地下に潜るしかない。僕や香川さんのような学芸員は、微妙な立場ですよねえ」

「はい。研究者でもありますが、一方で紹介者でもある。キュレーターは企画展示の責任者ですから、単に研究発表をしている訳ではないですね。個人的な権限で何かを一般に広めている人間な訳です」

「よ、妖怪を推進している——」

全日本妖怪推進委員会の人達は、大丈夫なんだろうか。バイトを解雇《くび》になってからこっち全く会っていない。接点がないのだから当たり前である。

京極さんも微妙な立場だなあと荒俣が言った。

「まあ、不思議なことなどないという人だから、あれだけ妖怪妖怪言っていても、一概に妖怪側の人という認識じゃあないんだろうけどねえ」

「一方で不思議なこと起こりまくってますしね」

どっちにしたって微妙な感じである。

「京極さんは当面大丈夫だろうけど、多田なんかはダメでしょう。妖怪研究家といっても、あれは妖怪を研究しているというより、研究してる妖怪でしょ。目なんか付けられたらひと溜まりもないですヨ。いや、このままエスカレートしていけば、大先生も無事では済まされないかもしれないなあ」

水木大先生――。

平太郎は一度しか会っていない。その一度の接見時大先生は憤慨し、憂慮していた。

――鬼が妖怪を殺す。

もしか。こういうことだったのか。そうなら水木大先生はこの惨状をあの段階で見通していたということになる。

火がついたようですと香川が言った。

「画像が乱れてますね。ケーブルは剝《む》き出しでしたっけ？　焼き切れたりしたら監視カメラはやられちゃうんじゃないですか――あ」

モニタが消えた。

「ど、どうしましょう荒俣先生」

「外の様子が判らなくなっただけで、生命に危険が及ぶようなことはないヨ」

「そりゃまあ解りますが、少し遠くにある生命の危険がよりこっちに近づいたことは間違いないないですか？　籠城して、どれだけ保《も》ちます？」

「餓死するまでは保つでしょう」

「うーん」

この期に及んで悠然と構えているこの人達が浮世離れしていると思うのは自分だけなのかと平太郎は自問自答する。いや、彼らは肝が据わっているだけなのかもしれない。なら平太郎が臆病《おくびょう》なだけということになる。更にいうなら、この人達には何か打開策が見えているのかもしれない。ならば、それが見えない平太郎の頭が悪いという見方もできるだろう。

「どう――するんです？」

どうもできないねえと荒俣は言った。

「今、防災壁を上げてしまったら確実に中に入って来るだろうネ。中に入られたら、各部屋への侵入はかなり容易《たやす》くなる。中に放火されたりしたら、逆に消火は難しいからねえ。スプリンクラーはあるけど」

紙物は駄目になりますのうと山田老人が言う。あくまでモノが主でヒトが従なのだ。

「ぼ、僕達は」

「我々は袋叩きにされて拉致《らち》監禁拷問か、この場で処刑だろうねえ。だから防災モードは解除できないネ」

「い、いつまで」

「餓死する前に諦《あきら》めてくれれば無事です」

「荒俣せんせえ。あの、そうだ、館内移動はできないんですか？」

それは可能ですと香川が言った。

「構造上、各部屋の出入り口は全て建物の中です。この部屋の扉のロックを手動で解除すればホールに出られますし、廊下や階段はそのままですから、外に出ないで階上に上ることはできます。内部で火災が発生した場合は防火壁が閉まりますが」

「お」

屋上はないのか屋上は——。

「屋上に出る扉は外部に向けた開口部になるので、防災壁が下りてますね。開けるのは大変ですよ」

「大変ってことは開くってことですか」

「外からは開けられないけども、中からなら解除キーを打ち込めば開くはずだけど」

「開くんですね？」

屋上に出てどうするんですと湯本が言う。

「逃げられやしないでしょう。飛べない限り」

「で、電話はできるでしょう」

「まあねえ。でも通報しても無駄ですよ」

「そうですけど、このままここでミイラ化するよりちょびっとマシですよ。何もせんよりいいでしょうに」

「じっとしていた方が良くはないかな。狙撃されるかもしれんぞ」

既にハリウッド映画のような世界なのか。

「そ、狙撃しないと思います。思いたいです。荒俣先生、解除キーというのは何です？　生体認識とかですか」

「そんなハイテクじゃないよ。扉横にテンキーがあるから、八桁《けた》の番号を入力する」

「教えてください」

平太郎は油性ペンで黒々と左手の掌《てのひら》に急いで番号を書き殴った。

「おい。エノキヅ君。可惜《あたら》若い命を」

「やめてくださいよ。ここにいたって若い命は細って行くんですから」

太く短くかと山田老人が言った。

少し違うと思う。

「まあのう、若い者は少しくらい無謀な方がいいんだ。いいんだが、屋上に上がっても何も変わりゃアせんぞ。イチかバチかというより、イチもバチもない。それでもじっとしていられない年頃か」

「無茶苦茶死にたくないだけですよ」

そう言って平太郎は扉に向かった。

振り向くと、學天則の前に荒俣、湯本、香川が並んでいる。山田老人は手前の椅子に座っていた。

——絵になるじゃん。

映画のようだと思ったのだが、いったい何の映画か判らなかった。

ロックを解除してロビーに出る。ガラスの部分が完全に防災壁で覆われていて、非常口のサイン以外に光源もなく、真っ暗だった。

戻るまで扉のロックはしないでおきますよと香川が言う。それは当たり前じゃないかと思ったのだが、続けて荒俣が三十分経って戻らなければロックしますと冷徹に言った。

そうですか。

扉をきっちり閉めるのが怖くなったので、少しだけ開けておいた。

平太郎はエレヴェーターは動くものと思い込んでいたのだが、何故かエレヴェーターの扉の前にも防災壁が下りていた。動いたところで乗れはしない。

何か理由があるのだろう。

仕方がなく階段を上った。

防災壁はかなり厚いようで外の音はほとんど聞こえなかったが、それでも異様な感じは緊々《ひしひし》と伝わって来た。振動や、得体の知れない圧迫感、時に叫び声らしきものが壁の外から沁《し》みてくる。耳に聞こえるのではなく、何となく伝わって来るとしか言い様がない。

急ぐ必要もないのかもしれないが、それでも足早になる。

足早にはなるが駆け上るだけの体力というか気力はない。普段も、三階より上はあまり階段では行かない。自室がある四階に至って、平太郎はそれなりにバテてしまった。気力ではなく体力がないのだ。ただの運動不足じゃないか、或いは栄養不足なのか、もしかしたら愛情不足かしらんと、余計なことを思う。

そして階段を上る。

もう妖怪関係なくて『ダイ・ハード』みたいな感じだななどと思う。

これが映画なら苦労して到達した屋上にしっかり敵が待ち受けていたりするのだ。でも、平太郎はランボーでもコマンドーでもないし、ジョン・マクレーン刑事でもジャック・バウアー捜査官でもないから、まあその場合は即死だ。

もうちょっと今っぽい喩《たと》えはないかな最近あんまり巨悪と戦う孤高の男的な話なくなったよななどと思っているうちに屋上出口に到着した。息が少し切れただけで大した苦労はしていないから、やはり映画ではないのである。これは寧《むし》ろ、泉鏡花《いずみきようか》の『天守物語《てんしゆものがたり》』だななんぞと思う。明かりのない階段を上って行くというシチュエーションだけしか合っていないのだが。

まあ、扉の向こうに美人のお姫様がいるというのであれば、それが妖怪だろうと魔物だろうと、少なくとも武装したテロリストよりは百万倍マシというものである。

さて鬼が出るか蛇《じや》が出るかと、手探りで扉の前まで辿《たど》り着き、スパイの本部とか秘密のラボとか政府機関の中枢とかについていているようなテンキーを探り当てて番号を書いた左手を見た。

見たのだが。

見えなかった。

暗いのである。

壁の高いところに非常灯のようなものは点《つ》いているのだが、光源は遠く、手の輪郭が判る程度である。目を凝らしたってどうにもならない。目力《めぢから》を籠めたって見えないものは見えない。

1は判るが3か8か判然としない。

——書き殴るんじゃなかった。

まず最初の数字が読めない。2にも7にも思える。

文字は判り易く丁寧に、大きくはっきりと書くようにしましょうという小学校の先生の言葉が甦《よみがえ》る。親や先生のいうことは聞いておくべきだなあと思うが、いつだって後悔は先に立たないのである。大体、数字を聞いたのはほんの十分くらい前なのだ。覚えていろよ自分、とも思う。全くひとつも毛程も微塵も記憶がない。記憶障害かと思う程に何も覚えていない。

三十分を過ぎたら締め出しである。

とか思うと余計に駄目だ。焦れば焦る程、まるで関係ないことしか頭に浮かばない。こんなことで躓《つまず》いて人生台無しなのかとか、悲観的な感情と同じくらいどうにかなるんじゃねという楽観的な想いがあって、結局必死なのか適当なのか判らなくなっている自分に呆《あき》れる。

「何なんだよッ」

平太郎がそう叫んだ時——。

数字が見えた。

最初はやっぱり2じゃないか。かなり汚い字だけれど、明かりがあれば判読可能だ。何たって自分で書いたんだから読めるさなどと思って入力しようと指を突き出し、ハテ何で読めたのかと思って横をみると。

赤い顔の小僧が提燈《ちょうちん》を差し出していた。

「おワッ」

小僧は無反応だったが、平太郎は大いに反応した。

「お、お、お前」

——今更驚く程のことはないか。

ない。まあ、こいつは妖怪だ。

「ちょ、提燈小僧《ちょうちんこぞう》か？」

無反応である。

「まあ、あ、ありがとう」

早く打ち込まないと、ここで小僧が消えてしまったら元の木阿弥《もくあみ》である。どうせ覚えられないのだし。

左手を見ながら慎重にキーを押した。

あからさまにロックが外れる音がした。しかし音がしただけで何も変化はない。手動解除の場合は自動開閉ではないのだろう。下の方にある凹《へこ》みに手を掛けて引き上げた。これも明かりがなければ判らなかったことである。

まずは小僧に感謝だ。

というか、重いぞこの扉。扉というよりシャッターなのだろうが、いったいどういう仕組みになっているのか。山田老人には絶対持ち上げられない。この際ついでなんだから手伝ってくれたりしろよ小僧、と厚かましいことを思って横を見たのだが、もう提燈小僧はいなくなっていた。

腰も腹筋も両腕も痛くなるくらいに力を入れて漸く重い防災壁を上げると、まあ当たり前のスチールドアがあった。窓の外は薄暗い。

テロリスト的な人間がいるかもしれないという恐怖心よりやった開いたぞという喜びが勝って、平太郎はまったく無防備にドアを開けた。

死ねえ。

滅びてしまええ。

このクソ野郎どもお。

燃え尽きろお、お清めだあ。

穢《けが》れを浄化、汚れを浄化。情操を護れえ！

「はあ？」

地上からの声がどっと流れ込む。

「うわー」

こりゃ居《い》た堪《たま》れない。

屋上は何の変哲もない屋上なのだが、玄関方面からはもうもうと黒煙が上がっていた。幸い人影はなかったから普通に出てしまったのだが――。

――スナイパーか。

狙撃はイヤだ。

まあないだろうが、それで体を伏せてしまう自分の小心さがまたイヤだ。

イヤだが、まあしょうがないだろう。念には念を入れ、石橋を叩いて渡れ、急がば回れ、触らぬ神に祟《たた》りナシ――段々ズレてきているが、まあそういうことである。

暫く匍匐《ほふく》前進して、前進する必要がないことに気付く。

別に携帯電話が通じればいいのである。

電波さえ届けばそれでいいのだ。

ポケットからスマホを出す。

「あ」

さっき、暗がりで困っていた時、これを明かり代わりにすれば良かったのだ。馬鹿じゃないか自分。いやまあ馬鹿ではあるのだが。

親切な提燈小僧に再び感謝である。

――ええと。

取り敢えず時間はない。考えている暇もないので、一番普通に対応してくれそうな岡田に電話することにした。

死ね死ね。

くたばれ妖怪。

早く燃えちまえよ。

日本を駄目にするカスどもめ。

延々と言われ続けていると段々そうなのかという気になってくるから不思議だ。

「あ。あの岡田さんですか。榎木津です。お久し振りです」

どうも小声になってしまう。

「あのですね、は？　すいません聞こえません。ヘイトな感じの声がですね」

ドーンという音が響いた。暴徒が何かしたのだろうが怖くて確認できない。

「ああ、ええ。実は今、襲われていてですね。いやいや誘われてるんじゃなくて、お・そ・わ・れ・て、です。ハイ。襲撃です。え？　そうじゃないです。何で僕が変態の集団に襲われますか。荒俣さんの研究所が暴徒の群に——ボートって舟じゃなくて暴れるトです。暴徒の群に襲撃されてるんです。今ですよ今。今まさに襲撃されてて」

うおおおという喊声《かんせい》というか咆哮《ほうこう》が上がった。

「はい。僕が襲われているんじゃなくて、研究所が襲われてるんです。はい。いや、一人二人じゃないですよ。何百人です。なんびゃくにん。ええ。火を付けられてですね」

煙が眼に染みる。

風向きが変わったのだ。

「はい放火です。いや、なんか秘密シェルターみたいになって、ええ。無事です。無事は無事なんですが、出られないんですよ。ええ。電話も駄目なんです。はいそうです。電波通さないんですよ。今？　今は、提燈小僧に助けられて決死の屋上電話です。能《よ》く判らない？　判らないでしょうが、そういうことなんですって。妖怪を飼ってるとでも思ってるんです。いや、警察も当てになりませんし、このまま籠城しちゃうと、下手すれば餓死でミイラなんで。はいそうです。そういうことなんで、一応、お知らせしとこうと」

微妙に切迫感がない。

何だよ一応お知らせせって。今すぐ救助じゃないのかよ。ヘルプミーだろう。しかもナウだろうに。

「はあ。なもんで、その助けていただけませんかねえというか――無理でしょうけど」

無理だろう。

ここに岡田が来たって、岡田に及川が加わったってどうにもなるまい。妖怪推進委員会が全員来たって全員血祭りに上げられるだけである。

妖怪は弱いのだ。

あんまり戦うようにできていないのである。

まあ、小僧や婆が多いし。後は雑巾《ぞうきん》だの茶碗《ちゃわん》だの楽器だのだし。大きいのもいるけど大きいだけだし。砂かけたり泣いたりしたって、痛くも痒《かゆ》くもないだろう。

武装した戦う気満々の敵は、怯《ひる》むことすらないだろう。寧《むし》ろ怒るかもしれない。

そう考えると、『妖怪大戦争』という映画はよく成立したものだと思う。弱いだけでなく戦う気がない連中が、戦争なんかを始める訳がない。

ぶっ殺せえ。

害虫駆除だあ。

妖怪を叩きのめせえ。

あっちはやる気満々である。

——待てよ。

もう三十分くらい経ってないか？

「じゃ、じゃあその、締め出されてしまいますので取り敢えずはお知らせしましたからね。ええ、まあこれが最後のご挨拶《あいさつ》にならないように、さようならは言いません」

平太郎は慌てて電話を切ると、屋上から転げるようにして屋内に飛び込んだ。

拾肆

異端の輩《やから》、忽然《こつぜん》と蜂起《ほうき》す

どうしようもないなあと京極が言った。

「我々には手の施しようがないでしょ」

まあそうだねえと郡司も言った。

「た、助けに、い、行かないんでありますか」

レオは尋《き》く。

「行ったって道連れになるだけだろ」

「道連れッ」

という歌があったと思ったが思い出せなかった。

「じゃ、じゃあ見殺しでありますかッ」

レオがそう言うと、別に見殺しじゃないだろうにと言われた。

「だ、だって放火ですよ。火だるまですよ。火の海じゃないですか。背中でぼうぼういうのはなーんだってなぐわいですよ。焼死千万ですよ」

益々《ますます》意味判らないよお前、と村上が言う。

「お前だけ現場に行って丁寧に殺してもらえよ」

「て、丁寧に！」

「妖怪関係なくたって世のためにならねえよ。レオ」

「ひゃあ」

五月蠅《うるさ》いなあと京極が言う。

「あれでしょ、荒俣さんの研究所って防災システム装備してるんでしょ？」

「してますね。あれ、相当金かかってますよ、実は。ＮＡＳＡだか何だかが開発したナントカを使ってるそうですからね。相当丈夫だと思うけどな」

ならば平気じゃんと京極が冷たく言い放つ。

「放火くらいじゃびくともしないでしょう」

びくともしないらしいですねと岡田も言う。

「ただ、籠城《ろうじょう》しなくちゃいけなくなるっぽいです。長期戦になると厳しいかもしれませんね」

大丈夫だよと郡司が言う。

「荒俣さんでしょ？」

「いやいやいや、荒俣さんだって食料が尽きたらマズいでしょうに。二三日ならいいですけども。それよりその荒俣さん襲ってる暴徒って何すか？」

岡田がタブレットを繰《く》る。

「あー。これっぽいですね」

「アップされてるの？」

「LIVEです。場所からいってこれに間違いないですねえ。うわー凄《すご》い人だなあ。これ、襲撃してる方が上げてるんでしょうね？」

「ニコニコ的な？」

「ニコニコ動画は名前が不謹慎だということで改名しましたよ。円満社会動画です」

どっか他の国みたいだとレオは思う。

「これは——ですね、日本の情操を護る会ですね。ええと——国家の根幹を揺るがす諸悪の根源・妖怪を生み出している秘密研究所を急襲——ということだそうです」

「妖怪を——生み出している？」

「そういうことになってるようですね。どうやら警察より自治体より、民間団体の動きの方が速かったようですね」

正に魔女狩りだなあと京極が言った。

「多田ちゃんの言ってたように、これは中世の魔女狩りだよ。既に事態は収拾のつかないところまで悪化していたということだなあ」

「あ、悪化でありますか」

「そうだね。民間は、行政機関よりもずっと速いぞ。逮捕送検裁判有罪処刑のほぼ全部ショートカットで、出合い頭に処刑だったりするから」

「しょ、処刑！　って、石抱きとか石運びとかでなくてですか？　打ち首獄門？」

「いや。切捨御免だ」

「ゴメンって、斬ってから謝られても」

そういう意味じゃねーと梅沢が窘《たしな》める。まあ知ってはいるがレオはボケずにいられない。

「益々時間がないなあ。どんな感じだ？」

岡田がタブレットの画面一杯に動画を拡大して一同の方に向けた。

「これ、千五百人はいるよ。ねえ。千五百人」

「知らねえよ人数は。数えられんのかよ多田ちゃん」

「だって、ほら。五十人や百人じゃないでしょ」

「五十と百の上が千五百なのかよ。どんだけ繰り上がるんだよ。八百十五人かもしんないじゃんかよ。何で具体的な数字言うんだよあんたは」

「だってさあ。あ、燃えてる。燃えてるよッ」

興奮した多田はその後痫《ひきつけ》たようにヒッと言って黙った。笑った訳ではないのだ。何か、彼独特の反応なのだろう。

慥《たし》かに火の手が上がっていた。

「これ、まずいでしょ。鉄筋コンクリートだって限界有るでしょ」

「いや、慥か内壁が物凄い耐熱なのよ。外壁がすべて崩壊しても、まあ平気のはず」

「でも蒸し焼きになるよ」

ねえ、と多田に同意を求められたのでレオは蒸し焼きでありますと鸚鵡《おうむ》返しに答えた。

「もしくは燻製《くんせい》」

「まあ耐熱だし設計上蒸し焼きはないっぽいけど、煙が出てるから燻製はあるかもな」

連絡はつくんですかと及川が尋いた。間髪を容《い》れずにつきませんと岡田が応《こた》えた。

「今、電話来てたじゃないですか」

「あれは平太郎君が屋上に出て決死の一報を入れて来たんです。どうも電波遮断されちゃうようです」

そのくらい凄い壁なのよと郡司が言った。

「でも、これ、どう見たって暴動でしょう。警察は」

「動かないだろうなあ」

「だってこんな、ライブですよ」

「コメント見てみなよ」

「うーむ」

放火キターー
　爆破マダー？？？　コロスコロス
浄化　浄化　ヤヴァイ　うれしい　これで平和になる？　人数多ッ
てか燃えなくね？　燻《いぶ》りだして殺す？　ラスボス誰？　人いるのかよ
　ブタ野郎だろ　毒ガスとかのが良くね？　バルサンかＹＯ！

カベ壊せよ　押してビル倒しちゃえよ　ヨーカイオワター！！！

「何の疑問も持ってないすね」

「しかも——凄いアクセス数ですよ。え？　十万超えです。あり得ないですよ」

「まあコメントはフリーっぽくしてるけど、そのナントカの会の人間が書いてるんだと思うけどね。でなきゃ収拾つかなくなるでしょ。当然、肯定的な書き込みばっかりになるわな」

「いや、そうだとしたって、これは明らかに犯罪じゃないすか。どこかの国の公開処刑じゃないんすから。警察に通報すれば収めに来るでしょうよ」

「来ないと思うよ。来たとしても何もしないいんじゃないかなあ」

「何でですか」

「まあ、取り締まるポーズくらいは取るだろうけどさ、手は出さないでしょ。中にいるのは妖怪——しかも妖怪の大本らしいから」

「そんな無法っすか？」

「そう考えるよりないでしょうよ。そんだけアクセスしてるなら、もう疾《と》うの昔に誰かが通報してますよ。というか警察も覧《み》てるでしょ」

「酷《ひど》くないすか」

「酷いのさ。まあ、この古いマンションが何故かハイテクの防災マンションに改造されてるということは誰も知らないことだからねえ。もし普通のマンションだったら——」

もう駄目っすねと似田貝が言った。

「死んでますね。平太郎君」

「そうだろ？　たぶん、ホントは建物の中に乱入して火をつけるつもりだったんだろうね。それならもう一発でアウトだろうからな。だから——警察もそのタイミングを待ってるんだろうけど」

「ＮＡＳＡだった、と」

いや、正確にはＮＡＳＡかどうかは判らないと郡司が適当なことを言った。

「そうねえ。皆殺しか拉致《らち》誘拐か知らんけども、とにかく目的を達成させてから検挙、という筋書きだったのに、中々目的が達成されないので出そびれてしまったというのが正解じゃないのかな。警察」

「そ、それはちょっと卑怯《ひきょう》な感じですよ」

「だからおかしな具合になってるんだよ。多田ちゃんの言うように千五百人かどうかは判らないけども、少なく見積もっても四、五百人はいるようだし、そんな人数が押しかけてだよ、こんなマンション攻め落とすのに、何分もかからないだろう。それなら、目的達成後に駆けつけたって遅い感じはしない。それなのに、ここは意外にも難攻不落のマンションだった訳だ」

「じゃあグルですか。尊師ですか。グルテンですか。グループ交際ですか」

何と何がと及川が尋く。

「警察様と、暴徒様です」

何で様付けなんだよと言って、村上が睨《にら》んだ。

「いや、強いものはサマ付けがレオ家の家風ですよ」

「グルじゃないんだろうさ。この群衆はいずれは検挙される。だからまあ、示し合わせちゃアいないんだよ。ただ、目的は同じなんだね。非合法にやるだけやらせておいて、済んでから一網打尽──のつもりだったんだろうけどなあ」

京極は腕を組んだ。

「膠着《こうちゃく》状態だよなあ。これで最後まで知らない振りというのは無理があるよなあ。機動隊はどの辺で出て来るかなあ」

「ひ、他人《ひと》ごとみたいでありますよ」

他人ごとだろうと、郡司と京極が声を揃えて言った。

「ひゃああ」

「だって打つ手はないだろう。僕達は馬鹿なんだよ。馬鹿は暴力反対だよ。喧嘩《けんか》も弱いし、僕に至っては逃げ足だって遅いんだよ。どうしろと言うのだ。何なら一人で助けに行けレオ」

「行きません」

「見殺しか」

「見殺しです。他人ごとですから」

今のところ、じゃないんですかと岡田が言った。

「今のところ──なんだろうなあ。明日《あす》は我が身ということだよなあ。そうなるともう、他人ごとじゃないいね」

はあ？

「こ、怖いこと言わんでください京極さん。そんなこと言われると失禁しちゃいますよ。ボクの家にはNASAないですよ。TOTOのお便所があるくらいですよ。それでは何秒と保《も》ちませんです」

「まあ、ここにもNASAないですけどね」

似田貝は口をへの字にして立ち上がり、ハイボール飲んじゃいますよと言って、帳場の方に向かった。便所に行くついでに注文するつもりなのだろうが、別に断ることではない。

案の定便所に入った似田貝は、しかし思いの外早く出て来た。変な顔をしている。というか、顔で何かを語ろうとしている。

何だよと村上が尋いた。

「誰か入ってたのか？」

「いやあ」

「だから何だよ」

「明日どころじゃない気がしてきました」

「は？」

「おしっこ引っ込んじゃいました」

「膀胱炎《ぼうこうえん》になるぞ。というか、何で？」

「はあ。何となくですけど、この建物囲まれてるような感じがしますね」

「判んのかよ。ここ地下じゃん。便所も地下じゃん」

「はあ。感じ――なんすけどね」

すいませーんと声を上げ、似田貝が肉まんに空気を入れたような膨《ふく》れた顔でハイボールを注文しようとした将《まさ》にその時。厨房《ちゅうぼう》から顔を覗《のぞ》かせた背の高い割烹着《かっぽうぎ》の婆ちゃんが、何故かとても哀しそうな顔をした。

「あら。どうしました」

「あんたがた――」

婆ちゃんは眉尻《まゆじり》を下げる。

「ごめんねえ」

「ごめん？」

「みんな達者で暮らすとよ。何があっても、恨まんで欲しかよ」

京極が立ち上がった。

「そうですか――」

郡司が見上げる。

「何です？」

「我々は百姓に匿《かくま》われた平家《へいけ》の落ち武者――のようですよ、郡司元特別編集顧問」

「お、落ち武者？」

「はい。御馳走《ごちそう》で歓待され、そして――」

アッと村上が声を上げた。

「お、おばちゃん、あんた」

「ごめんねえ」

高い声でそう言うと婆さんは二三歩後ずさり、厨房に入ってしまった。そして——。

笑った。なな何だこの泣き笑い的な表情は。

婆さんは更に後ろに下がり、

「通報したばい」

と、早口で言った。

つ。

「つ、通報？　って誰に？　病院？　警察？」

「その——N《日本の》・J《情操を》・M《護る会》さあ」

はあっと異口同音に叫び、全員が立ち上がった。

「今までご贔屓《ひいき》にして貰《もら》ってありがとね。今日のお代は命があったらでヨかよ」

「ヨかよって」

婆さんはハンケチで涙を押さえるようなポーズをとったまま、厨房の中に走り去った。

「って、ハイボール」

「そんなこと言ってる場合か馬鹿。逃げ——」

逃げられる訳がないのだ。この店は地下であり、出入り口は一箇所である。

厨房にも非常口はあるのかもしれないが、当然閉ざされていることだろう。

「うーむ。明日は我が身どころか、今我が身になってしまった」

観念しようと言って京極が座った。

速《はや》。

「ちょっと京極さん、諦《あきら》め速過ぎっすよ。ここはもう少し抵抗しときましょうよ」

「や、無駄。無抵抗で投降してから策を練った方がまだ活路はある気がする。抵抗したら怪我するか死ぬ。村上君も多田ちゃんも戦わない方が身のためだって」

「いや、だってまだ来てないかもしれな――」

来てますねえと似田貝が言った。

「来てますよ。トイレで感じた気配は間違いじゃなかったです。意外に勘がいいですね僕も」

「ちょっとロータくうん」

及川が鼻声で訴える。

「ホントに来てるのかあ？」

梅沢が巨体を揺すらせながら前に出た。やめた方がいいですよと岡田が止める。郡司も止めた。

「そうそう。梅沢さん体調悪いんだし止《よ》したがいいよ」

「そうですよ。体重重いんだし止《や》めた方がいいですよ」

「こん中で一番年長じゃないですか。年寄りですよ？」

「老《ふ》けたデブだと言いたいのか？」

「レオさん、見て来てください」

「は？」

「一番年少じゃないですか」

お、岡田が言うセリフとは思えない。

「年少って岡田さん、若者は前途——」

お前にはないよ前途と村上が言う。そうだ年長者は敬えと京極が言う。次ボク？　ねえ次と多田が言った。

「意味が能《よ》く解らないです多田さん」

「あのな及川。梅沢さんの次に年寄りなのは自分じゃないのかと言ってるんだよ多田先生は」

能く解りますね村上さんと及川が感心したが村上は解る自分がイヤだよと呟《つぶや》いた。

何でも良いから行けレオと郡司が恫喝《どうかつ》した。恫喝だろうこれは。顔怖いし。

緊張感があるんだかないんだか判らない連中だ実際。

レオは仕方がなく座敷から下りて、スリッパを履いて厨房の入り口を越え、椅子席の方にそろそろ向かった。

自分でも驚く程に腰が引けている。

痔瘻《ぢろう》のうえ椎間板《ついかんばん》ヘルニアの爺《じい》ちゃんが暗い夜道を杖《つえ》なしで歩いているかのようである。ヨチヨチだ。ピエール瀧《たき》が演じた『おじいさん先生』みたいだ。

——いいや。

そういうヘタレな比喩《ひゆ》を思い浮かべるからいかんのだろうとレオは思い直す。同じ腰砕けでも美しい腰砕けだと思おう、せめて。

そう、自分は生まれたての子鹿だ。まだスタスタ胸を張って歩けないのさだってひ弱で可憐《かれん》だから。

「早く行けよ馬鹿」

うー。

自動扉に近づく。もう四五歩で開く。自動だから自動に開く。開けば階段だ。階段を上れば路地だ。路地を抜けて大通りに出てそのまんま駅まで進んで地下鉄乗って家に帰って靴下脱いで寝よう。そうだそうしよう。

レオは振り返る。

「見るんでありマスか？」

「見ろよ」

うー。

もし、その過激な団体がいたらどうする。ズラッと千五百人いたらどうする。どうするんだレオ。レオ☆若葉。お前はいったいどうするんだ。逃げちゃ駄目だ逃げちゃ駄目だ。若葉行きまーす。若葉滅亡まであと四歩。

いやその。

「止まるなよ。様子も見られないのかよ」

「はあ、もう数歩ですよ。まもなくですよ。ちょっとスリッパがスリッポンなもんで」

ええと。

いたら——。

土下座かな、取《と》り敢《あ》えず。

——いや、待て。

この店は流行《はや》ってないけど普通の飲食店だ。別に会員制の馬鹿の巣窟《そうくつ》じゃない。一般客がいたっておかしかあない。おかしくないさ店だもの。ならば自分は一般であります。妖怪とかまるで関係ないです。妖怪知らないです。妖怪って何？

そこでレオは村上の言葉を思い出す。

——お前ってさ、顔バレしてねえじゃんかよ。

そうだ。レオは面が割れていないのだ。素《す》っ惚《とぼ》けられるのだ。知らん顔し放題じゃん。

いや、でも同席してるだけでまずくないか。同席——。

してなかったんだよ。

そうさ。何しろ通報したのはボクであります。そう言えばいいのじゃあないか。ここに妖怪の馬鹿がいますよこいつらですよと叫びながら出て行けば——。

「お前、裏切るつもりだな」

背後から京極の声が聞こえた。

「へ？」

「我々を売って、通報者のフリをして脱出するつもりだろう。このユダめ。ヤモリビトめ」

「ど、どうしてお判りに——ってそんなワケないじゃないでスか。ボクってものは忠実な皆さんのシモベであります。ってアッ。ドアが」

開いた。

「ほら、開きましたよオートマチックに」

「いや、ドアを開けに行けと言ったんじゃないから。様子見てこいよいい加減」

郡司は怖い。

そろりと顔を出す。階段が見えた。

引っ込める。

「階段がありましたです」

「馬鹿ッ」

「ヒッ」

もう一度顔を出す。

何だかいやーな気配がする。

足音。息遣い。しかも大勢。

「あー」

そろりと身を乗り出す。

最初の一《いー》ッ歩《ぽ》。

いや、あの気配はきっと路地を往《い》き来する一般の人達の発するものに違いないさ。きっと会社帰りのサラリーマンがぞろぞろぞろぞろぞろぞろ居酒屋に向かっているんだそうに違いない。

ぞろぞろぞろぞろ。

下りて来た。

「お、お仕事お疲れ様であります」

何の仕事だこの人達。揃いのベスト的なものを着ていますよ。何かアメリカのテレビドラマで見かけるＦＢＩの人みたいですよしかも現場に赴く際の。

あれれ。

何か牛蒡《ごぼう》のようなもの持っているじゃないですか。それって特殊警棒じゃないですか。

「この店で不潔で危険な非国民どもの反社会的で低俗な集会が開かれているという通報があったのですがね」

「は。不潔ですがちょっとですよ。お便所で手を洗ってないくらいです――」

という言い訳をしなくてはならないということは。

「ええと、その」

「ＮＪＭ千代田《ちよだ》区支部の者ですが」

「あー」

ボクこそ通報者ですと言おうとした途端。

右袖《そで》をつんつんと引かれた。

「何ですか。いやそのボクがですね、その」

つんつん。

「だから何ですか。ええと、通報をしたように思いますよ。そのですね、この中にですね」

つんつん。

「ウルサイなあ。ええとまあ、ボクはそういうヒコクミン的な人ではなくて、妖怪とか大嫌いの、妖怪アレルギーな感じのですね」

冷や汗というか厭《いや》な汗がだくだく出ている。

ただ、取り分けしどろもどろになっている訳ではない。レオは平素よりしどろもどろなのである。というか、さっきから何なんだろうこの袖を引く――。

袖を引く？

つと横に目を遣《や》ると、全身黒タイツの豚鼻の小坊主がレオの右手に縋《すが》り付いていた。

「あら ー」

どこから見ても水木大先生仕様の袖引《そでひ》き小僧《こぞう》ではないかこれは。

どうしてこのタイミングで。

「あはははははは」

レオは笑った。

「そんなに可笑《おか》しいかね。私達には薄汚い妖怪と仲良く手を繋《つな》いでいるように見えるんだがねえ、君は」

「それは目の錯覚というものです。ちょいと出ました錯覚野郎がというような民謡にもあります通り、錯覚はいつ何処にでもあなたにもですよ。これはですねえ、ええと妖怪ではなくてコスプレ好きの甥《おい》っ子で袖之助といってまだ八歳なんです。不細工なんです親譲り」

「甥っ子?」

「はいそうであります。ちょっと耳が尖《とが》っているのはバルカン星人が好きな兄夫婦が毎日引っ張ったからじゃないのかと親戚《しんせき》一同噂が絶えないこの子です」

「どの子?」

「だからこの――」

いない。

「お前の甥は消えることができるのか?」

「いやあ、実は忍者なもンで。兄は根来《ねごろ》流宗家二十代目の下膨《しもぶく》れ才蔵《さいぞう》とゆいますよ」

「そこをどきなさい」

「はい」

レオは素直にどいた。というか、どけという限りは自分には用がないのだろうと思う。見逃してくれるのかもしれない。あまりにも馬鹿だから。

すたすたと階段を上って帰ってしまおう。

と思ったら三人くらいに集《たか》られてあっという間に拘束されてしまった。

「ひいひいやめてくださいごめんなさい」

バタバタと大きめの足音を立てて大勢が階段を駆け降りて来る。あれよあれよという間に入り口前は混雑時の山手線《やまのてせん》のようになってしまった。

やはり千五百人くらいいるのか。

「全日本妖怪推進委員会の残党が秘密集会を開いているという通報があった。間違いないか」

「残党というのは正確じゃないよ。別に人数は減ってないから、そのまんま全日本妖怪推進委員会だが。集まれる者だけ集まったんだ」

郡司の声である。混雑していて中は見えない。

「正直だな」

レオは嘘吐《つ》きである。

「なら――どうなるかお判りだね？」

「判らないけどなあ。あんたら何だ」

「私は東京ＮＪＭ千代田区支部討伐隊の滝川《たきがわ》だ」

クリステルと口走ったら腹を殴られた。

「神田《かんだ》綱紀《こうき》粛正《しゅくせい》会、神保町商店会自警団の者もいる。全日本妖怪推進委員会、拘束する」

「拘束って、我々はここで酒飲んで薩摩《さつま》揚《あ》げ喰《く》ってただけだから。何ひとつ法は犯しちゃいないよ。それが違法行為だとしたって警察ならともかくあんたらに拘束される謂《いわ》れはないがね」

「法ではない」

道徳だと滝川隊長は言った。

「道徳？」

「妖怪などという穢《けが》らわしいものを名前に戴《いただ》く団体など言語道断。存在自体が不道徳で反社会的であることは考えるまでもない。たとえ法的許容範囲であっても、お前達の存在そのものが我々の生活を著しく阻害するものであることは疑い得ない事実」

「何もしてないって。阻害してないだろ」

「妖怪などという口にするのも穢らわしい名称を臆面《おくめん》もなく名乗り、剰《あまつさ》えそれを推進しようなどと公言することは国家人民に対する冒瀆《ぼうとく》的挑発行動であることは疑いようがないだろう。加えて自らが公序良俗を乱しているという自覚すらない。その横柄な態度が既に罪悪。そのような輩《やから》がこの千代田区内で良からぬ謀議を凝《こ》らしているなど、到底看過できることではない」

「だから鶏《とり》喰ってただけだって」

「お、お前ら、神保町に来るな」

「来るなって俺の事務所神保町だから」

梅沢が言った。

「まあ引っ越し資金出してくれるなら越したっていいけどさあ」

「う、ウルサイッ。神保町が汚れる！」

「そうだ。お前らが区内で会合を持っていたなどと他の地域に知れたら、この区自体が蔑視《べっし》されてしまうッ。区民が差別され、生活は破綻《はたん》だッ！　千代田区は隔離されてしまうッ」

「伝染病かよ」

「同じようなものだ。温順《おとな》しく投降しろ。表通りに移送車があるからそのまま乗車しなさい」

「どこに移送するんだよ」

「君達は危険分子だ。このNJMの隔離施設に収容して、徹底的に再教育する必要がある。なお、この店舗は先程妖怪の出現が目視されたため、即座に閉鎖、浄化する必要がある」

「そんなの無法だろうに」

「現行法でこの日本が建て直せないことは火を見るよりも明らかである。政府や司法に任せていたのでは国は遠からず滅ぶ。荒廃した人心を救済し、綱紀を粛正して正しき姿に戻すためには、我々が断行するしかないのだ」

粛々と——と滝川は言った。

「無法と呼ぶなら呼べばいい。我々は国がしてくれないことをしているのだ。たとえ警察が介入して来ようとも我々は絶対に諦めない」

この日本から妖怪を撲滅しこの国を浄化するまで我々は決して戦いをやめないッ——と滝川が言い放つと、一斉に雄叫《おたけ》びが上がった。

「抵抗する意志はあるか」

「あんたらと戦う気は毛頭ないですよ」

京極の声だ。

「ただ、従う気もないなあ。遣る気と心情は汲《く》めないこともないけれども、僕らの考え方とは違うし、どうであれ高圧的ですよ。そういう頭ごなしに圧倒する態度は感心しないなあ」

話し合いましょうよと及川が続けた。

「戦うまでもなくワタシら弱いですから」

「話し合う余地はないよ。考えてもみろよ。道にクソが落ちていたらすぐにでも掃除するだろう？　クソと話し合うか？　ここに落ちていたいですかと尋ねるか？　尋ねないなあ。クソの気持ちを考えて、別の場所に移し替えてやるか？　そんなことする奴はいないんだよ。クソはクソなんだ。即行で片づけて清掃しないと、汚いんだよ。臭いんだよ判るだろうよ」

クソ野郎ども、と滝川は憎々しく言った。

「妖怪なんてクソだよ。汚物なんだよ」

「まあ、実際あんまり綺麗《きれい》だとは思わないけどなあ」

京極がそう言うと、村上が、

「ウンコの話とかオナラの話とか好きですしねえ」

と言った。それを聞いて多田が、

「ひひひ」

と笑った。何なんだこの温度差。

「そもそも見て判る通り、女子いないんだよね。おやじばっかりでしょ。だから汚いと言われれば、ハイすいませんとしか言い様がないんだなあ。萌《も》え的要素とか皆無だし、男ばっかだとはいうものの、ＢＬにもできないしイケてない訳、およそ汚らしくて貧乏臭いもんですよ妖怪は。まあクソでしょうねえ」

でも隔離はイヤだなあと京極が言った。

「隔離なんてとんでもないでしょう。イデオロギーがどうであれ一切の私的制裁は禁止されるべきもんでしょうよ。一応、まだ法治国家なんでしょ」

郡司がそう言うと、法治ですよ法治と及川が無意味な追従をした。

「放置しておいてください」

言うや否や及川は殴られて転げた。

「い、痛いです。痛たたたた」

「抵抗するんだな」

「いや、抵抗してないじゃん。殴ったのそっちでしょうに。こいつ、一見ボブ・サップ的な外見なんだけど恐ろしく弱いんだから。こいつ、ペンギンの雛《ひな》と戦っても負けますよ」

京極がそう言うと、生後一箇月のパンダにも負けますよと村上が続けた。

「そんなに吹っ飛ぶ程強く殴られてないじゃんよ、及川選手」

「腰が、腰があ」

「何が腰がだよ足手《あしで》纏《まと》いだなあ。あの、こいつだけ渡すので手を打ちませんか。これ、その何とかいう施設で真人間に矯正してやってくださいよ。それから、外で拘束されてるアレ」

京極の言うアレはオレだとレオは一拍置いてから気づいた。

「アレは、まあストレス解消に苛《いじ》めるなり殺すなりして戴いて結構ですから。まあアレなら警察も何も言わないと思いますしね。それでお引き上げください」

ソレはないでしょうに。

「巫山戯《ふざけ》るな」

「そうだ巫山戯ないでー」

レオが叫ぶとまた腹を殴られた。痛いし。

「どうも素直にご同行しては戴けないようですね。それなら仕方がない。クソはこの場で始末しましょう」

「始末ってどうすんだよ」

郡司のドスを利かせた声がする。挑発するようなことは止めてくださいブラカン長という岡田の囁《ささや》くような声も聞こえた。

ブラカン長というのは、ブランドカンパニー長の略である。決してブラジャー型浣腸《かんちょう》のことではない。況《ま》してやぶら下がった浣腸のことでもない。浣腸ではないのだ。

浄化するんですよと滝川は言った。

うはあという似田貝の声がした。

「殺すんですか？　今ですか？　ここで？」

「殺すんじゃない浄化するんだ。既に上の階の住民は避難させてある。このビルは、浄化だ」

浄化ッ、浄化ッ、という声が申し送られるように背後の構成員たちに伝わった。声は階段を上り、たぶん路地に溢《あふ》れている大勢に到達して、一度に浄化ッという合唱が聞こえた。

「火を放つつもりだな」

「まあね。汚物は焼却するのが一番ですよ。あなた方は表向き火事の犠牲者になるんです。逃げられるといけないから縛らせて戴きます。抵抗すれば気絶させますよ」

俺達燃すと有毒ガスが出るぞうと梅沢が言った。

「脂《あぶら》もすげえし」

何だか説得力がある。

「俺なんか燃したら千代田区どころか二十三区が汚染されるぞ。俺は体積あるぞ。しかも、大きくても小汚いおやじだぞう」

さっと警棒を振る滝川の腕が見えた。途端に階段や入り口前に待機していた大勢がどっと店内に傾《なだ》れ込んだ。レオは揉《も》みくちゃにされて、そのまま中に押し込まれた。

「うひゃひゃやめてぇ」

「こんな物量作戦で来られちゃあどうしようもないよなあ。最初から戦う気はないけども、縦《よし》んば戦意があったとしたって、即喪失だよなあ。ご苦労さんだねえ」

「何のんびりしたこと言ってるんですか京極さん。少しは逃げようとか痛ッ。痛《いて》え上。痛えって。判った。判った。判ったからやめろよ。オナラ出ちゃうじゃねーかよ」

「ねえ、そんなさ、縛ったりしなくたって逃げないって逃げないから。だって逃げらんないんじゃん。逃げられるんですか？　ねえ」

「うはあ擽《くすぐ》ったいですよう」

「腰が、腰がああ」

――駄目だこの人達。

そう思ったレオも、意味なく数回殴られた。まあ、駄目というなら自分が一番駄目なんだろうとレオ☆若葉は思ったものである。と、思うなりにレオはまた後頭部を叩《たた》かれた。

何にもしてないだろうよ。ってぐるぐる巻きに縛るんですか。ハムじゃないんだから。

「さあ、クソ虫ども。お前らの好きな妖怪と一緒に灰になれ。骨は拾わんぞ。ゴミと一緒に捨てるからそう思えよ」

「思えよって言われてもこっちは死んじゃうんだから思いようがないよなあ」

「じゃあ思うな。さあ神保町のみなさん、千代田区の方も、これでこの区は浄化されます」

「綱紀も粛正されますなあ」

「商店街も正常化しますよ」

灯油を持って来いと滝川が言ったその時。

厨房の方から何かが放られた。

その何かは、床に到達する少し前に、白煙のようなものを噴き上げた。響動《どよめき》が上がる。

続いてもう一つ何かが放られ、店内は白いガスで充満して、視界は遮られた。

「催涙ガスだぞこれ」

そう言ったのは村上だった。

「何だよ。ただ焼けばいいじゃん。死ぬのはともかく痛いのは好かんよ。何も見えんじゃないかッ」

郡司の声だけがする。

「って、おい、何するんだよ」

「うはあ擽ったい」

「腰が腰が」

「な、何だ。何が起きたんだッ」

最後の叫びは滝川である。その後、うがッという滝川の呻《うめ》き声が聞こえた。

「な、何者だッ」

「ふふふふふ。AKK48《えーけーけー》参上！」

何だよそれと村上が尋く。

「聞いて驚くな。我々は、アジア佐異《かいい》解放連盟《かいほうれんめい》、略してAKKだッ」

「久禮《くれ》君じゃないか。何してんだ君は。何だよその恰好《かっこう》は。サバイバルゲームか？　戦争ごっこか？」

「くれ？」

「いや京極さん、何で見えとるんですか。これ催涙ガスですよ。おかしいやないですか」

「だって。僕は静かに目を瞑《つむ》っていたしねえ。それにまあ、僕はこの手のものには耐性があるのだ。煙が眼に染みない体質なのだ。それより何なんだね」

「何って、助けに来たんやないですか」

「関西からか？　こっちで学会でもあんの？」

「何でそう切迫感がないんですか。学会開ける訳ないでしょうに。それから折角ガスマスクとかで顔隠してんですから、ベタに本名呼ばんでくれませんか」

「やあ悪い悪い。というか君は木場《きば》」

「いいえ。コードネーム・オテルノアールです」

「やっぱり木場じゃないか。何だ、縄解いてくれて」

「だから助けに来たんじゃないすか。助けられてくださいよ温順《おとな》しく」

「まあいいけど。何だよ、松野《まつの》さんに久留島《くるしま》君に、あれあれ、榎村《えむら》先生までそんな恰好して」

「ちょっと。今はね、コードネーム林冲《りんちゅう》なんですよ」

「というか何で京極さん見えはるんですか」

何でだろうなあと京極は押し黙った。

「き、貴様ら何故邪魔をッ」

「暴力はんたーい」

松野くらの声がして、それから金属音と滝川のうがっという曇《くぐも》った声が聞こえた。松野が暴力を振るっているんだと思う。

「曲者《くせもの》だあ」

「暴徒が乱入したぞう」

そもそも暴徒はお前らだと思う。

光あるところに影がある——と、久禮の声がした。

「佐異は文化と共にあり。人の営みあるところ、いつの世も必ずや佐異あり。佐異を汚物のように扱い蔑視することは、自国の歴史文化に対する冒瀆行為に他ならない。のみならず、理由なく非道に罪なき者の尊き命を奪うなど、天が赦《ゆる》しても我々が許すものではない。東アジア佐異学会は、そのような暴挙愚行に断固として立ち向かうため、今、アジア佐異解放連盟としてここに蜂起《ほうき》するものである！」

「久禮君演説が巧《うま》くなったなあ」

「だから本名で呼ばないでくださいよ。遣り難《にく》いやないですか。ええと——我々、佐異を研究する者は謂れなき弾圧に対し、断固抵抗するものである。今、この国を乱しているのは佐異に非《あら》ず。国の乱れを呼び寄せている原因は、佐異文化を不当に蔑視する風潮であり、佐異を冷徹に見詰めることを放棄した無知にこそあるのである。短絡的に暴力行動に走る暴徒が跋扈《ばっこ》する倫理観の欠如した社会が正常であるとは凡《およ》そ考えられなあい。そのような浅慮の徒が、佐異文化そのものを撲滅せんと企《たくら》むとは笑止千万！」

「能《よ》く喋《しゃべ》るなあ久禮君」

「みんなの縄を解く時間稼ぎしてるんやないですか」

「そうなのか。ディベート始める訳じゃないのか」

「あのねえ京極さん。とにかくそういうことなんですよ。座ってないで、ほら早く立ってください」

「クレちんか！」

村上の声だ。縄が解けたのだ。

「すげえ。かっけーじゃん迷彩服」

「いや、ですからね、これ、ドラマだとバトルシーンな訳ですよ。乱闘ですよ乱闘。ね？　皆さん殺されかけてんですからね？　自覚してくださいよ。小説だってこういうシーンでそういうセリフ言わせますか？　言わせないでしょう？　緊迫感とかスピード感とか分断されてしまうやないですか。それはいかんのですよ」

いかんのかと京極が言った。

「そもそも敵の頭目を唯一の女子がフライパンで叩き倒すという展開こそ小説やドラマだと採用されないと思うけどなあ」

見てはった！　と松野が言った。

「何でもいいですから早くしてくださーい。地上にも一杯人がいますよう。ちょっとマズイ感じですよー」

廚房の方から間延びした声が聞こえた。化野燐《りん》だと思う。

「こっちこっち。転ばないでくださいよ。視界が悪いですからね。眼を開けると沁みちゃいますしね。あ、郡司さんどうもお久し振りですー」

「お宅のメンバーの方が緊迫感ないぞ久禮君」

「いいですから、早く行ってくださいよ。外に車が停めてありますから。廚房の非常口から出はって。急いで乗ってくださいよ。走るって知ってますか京極さん」

「いやあ、覚えていない」

「思い出してくださいよ。上は上で攻防してるんですから。急いでくれないと僕らもやられてまいますし」

「判ったよ。しかし能《よ》く判ったなあ。ここ」

「監視してるんですよＮＪＭを。昨日あたりから構成員の動きが活発化してましたからね。大規模な攻撃があるんやないかと警戒しとったんです。そしたら、あの杉並《すぎなみ》の――説明しとる場合やないですって」

「あのうボクはまだ縛られているでありますよ。置き去りは勘弁です。ご無体なであります」

「レオさんかあ」

面倒だからそのまま跳《は》ねて来てくださいよと木場が酷《ひど》いことを言った。

「跳ねられません。まず起き上がれません。敵の人が上に乗っててですね」

スカン、と音がして体が軽くなった。

「もう乗ってませんよ」

松野が叩き飛ばしたのだろう。フライパンで。

この人、怖いかも。

「レオさんは手間がかかりますねえ」

「って、他の人とあんまり変わらないと思うんですけど手間。ボクだけ厳重に縛られてたりしますか」

「印象ですよ、印象」

印象なのか。ガスマスクの下でたぶん松野は笑っているのだ。

「はい、時間が掛かりますねえ。解くのが面倒なのでこれで切りますね」

サバイバルナイフじゃん。とっても怖いじゃん。ぶっつり刺しちゃったりしても、手が滑っちゃいましたーとか言うんじゃないのかこの人。

「おかしいなあ。切れないなあ。あ、反対でした」

「だ、だから」

切れましたよと言って松野は走り去る。ガスがやや薄くなって来たのを見計らって、入り口から大勢の暴徒が再び駆け込んで来た。

「やめてえ。ぼ、ぼくわ人畜無害な若者ですからって松野さん、足の縄しか切ってないし」

「早く早く。置いて行きますよお」

「やであります」

レオは椅子を二つ三つ蹴散《けち》らして厨房に駆け込んだ。

ぶつけた足が凄く痛かった。

拾伍

霊視者、外道照身の妙技を顕す

「いったいこのビルに何があるん?」

松村進吉があんパン的なものを喰《く》いながら言った。

「何か妖怪の製造元みたいなこと言うてますけど、それってどうゆうことなんですか? 製造て何? 作ってるゆうことですか」

「何かアレだろ、ポン菓子作る機械みてえなもんがあンじゃねえの? で、コメとか入れるとできンだよ。スッポンスッポン」

答えたのは平山夢明である。例に依《よ》ってスッポンスッポンのところには猥雑《わいざつ》なパフォーマンスが添えられている。往年の由利徹《ゆりとおる》を彷彿《ほうふつ》とさせる動きである。

「なんですか、昔、ありましたよね。記憶では、こう、型に入れて顔とか作る、カタ焼きでしたっけ。あんな感じなんでしょうか」

くだらない戯《ざ》れ言《ごと》に対し極めて真面目に反応したのは水沫流人《みなわりゅうと》である。脇を締め両手を合わせた独特の仕草が誠実っぽい。

「そんなもんありますか? おかしいですよそれ」

松村は浅黒くて艶々《つやつや》した顔を顰《しか》めている。

「お蕎麦《そば》できましたけど。食べる人」

台所から顔を出したのはエプロンをした黒木あるじである。その背後には蕎麦を載せた盆を持ったペコイチこと宍戸《ししど》レイと、何故か小説家の小松《こまつ》エメルがいる。窓辺では怖い顔をした福澤徹三がもくもくと煙草をふかしている。灰皿代わりにしたスチールバケツにはもうかなりの吸い殻が溜《た》まっている。その向かいにはやはり坊主ヘッドがつまらなそうに座っている。これも小説家の真藤順丈《しんどうじゅんじょう》である。順丈は軽く手を上げて、あ食べるッスと言った。

合宿所か。雨が降っちゃった野球部の強化合宿の昼下がりか。そのわりにその筋っぽい連中しかいないのはどういうことなんだ。もしかして仲良し暴力団の事務所なのか。

違う。

ここは自分の家だと黒史郎は思い直す。

何だってこんな風になってしまったものか。

黒の背後には、今や人間より少しばかり大きくなってしまった邪神がいて、触手を黒に絡ませている。こうなるともう、どっちがどっちに寄生しているのか判らなくなる。黒はこの手のものが嫌いではないし、寧《むし》ろ好きなのだけれど、この状況は正直不自由だし、不便だし、不本意だし――。

気持ち悪い。

しょうけらだった頃が懐かしい。いやいや人間というのは愚かなものだと黒は思う。

しょうけらが纏《まと》わりつく人生などというものは、決して、お世辞にも、ハナゲの先程も幸福なものではあるまい。縦《よし》んば妖怪が忌み嫌われていない世の中であったとしても、妖怪が持て囃《はや》されるような社会であったのだとしても、そこのところは変わるまい。しょうけらだって愛くるしいものではない。

愛くるしかったとしても鬱陶《うっとう》しい。しょうけらでなくて可愛い可愛い猫チャンだったとしても、四六時中体に取り付かれていたのではやっぱり堪《たま》らないだろう。それなのに。

懐かしくさえ思えてしまう。あの頃は良かったななどと思ってしまう。

——良い訳ないじゃん。

こういうもんは相対的なもんなのか。

まあ何をどう割り引いてもこの状況が最低なのは疑いようがない。

——そうでもないか。

もっと悪くなったらこの状況が懐かしく思えてしまうのかもしれないと、そこのところが黒には怖い。とか思っていると蕎麦が運ばれて来た。黒木が山形から持参したものである。エメルが黒さんどうしますと尋《き》いた。

「その体勢だと食べにくいですよね」

「あ。食べません。お腹毀《こわ》してるんです。この状況でトイレ通いとか、却《かえ》ってヤバいすよね」

「大丈夫ですか」

「大丈夫です」

ウソだけど。

テレビを囲んで、怪談やら妖怪やらホラーやらを生業《なりわい》としていた人達が、和気靄々《わきあいあい》とソバを喰っている。しかも黒の家で。ついこの間まで、愛妻と愛児とが和気靄々としていたその場所で。場所は同じだし状況も大差ないのだけれど、この差は何だ。何なのだ。

——そこに就いては。

懐かしく思ってもいいだろう。人として。

にょろりと触手が動く。のろのろとぬめりのある粘膜が黒の首筋を這《は》う。

——懐いてるのかよ。

懐くものなのか太古の邪神。

そもそも、平山が悪いのだ。これを写真に撮って黒木と松村に送ったからこんなことになったのだ。

しかも頭に乗せているところの写真を、である。

しかもツイッターで公開しろという命令つきで。

しかも二人ともが即座に命令に従ったのである。

アホか。

慥《たし》かに、触手で顔が隠れていたからほとんどの人に邪神を頭に乗せているオドケ者が黒史郎だということは判らなかっただろう。しかし、それはあくまでほとんどの人に、ということなのであって、ほとんどはほとんどなのであり完全ではないのだ。

黒を能《よ》く知る者達にはまるバレだった訳で。

黒が教えていた学校の生徒達とか、親しくしている漫画家さんとか、造形家の山下昇平《やましたしょうへい》なんかが一斉にメールをくれた。心配しているのか面白がっているのかは判らなかった。

まあ、それだけならば良かったのだが、ネット上の情報などというものは完全にブロックできるものではないらしく、どこから漏れたか抜けたか、小説家の黒史郎がクトゥルーを飼っているという噂がまことしやかに、しかも速やかに静々《しずしず》と、というかあっという間に広がってしまったのであった。噂というか事実だし。

それ見たことか。

黒の家は、微妙な視線に取り囲まれた。それでなくとも目を付けられていたのだから、これは仕方がない。あからさまな攻撃はまだないが、確実にご近所の監視は強化され、外に出にくくなってしまった。危なそうな感じの人影もちらほらと確認できる程に。

しかも——平山と福澤が帰る前に。

平山も福澤も無頼っぽいが、決して腕っ節が強い訳ではない。

禍《わざわい》は画像をアップした松村と黒木にも及んだ。

二人がアップした画像は短時間で驚く程の数リツイートされ、信じられない数の——本当にカウント不能だったらしい——コメントが寄せられた。しかも、世界中から。

そう、国内に於《お》ける妖怪氏ね的な反応ばかりではなく、邪神マンセー的なものもまた多かったのである。まあ、邪神は妖怪じゃないし。

まあ、攻撃するにしろ擁護するにしろ炎上は炎上である。松村は身の危険を感じ、家族を身内に預けて単身上京した。黒木は仕事先との関係が破綻《はたん》し、見知らぬ者四五人に襲われて、慌てて――こちらも上京した。ツイートがバズった翌日のことである。

迅速なり、ネット社会。

これはどう考えても平山の所為《せい》である。

いや、まあ黒の所為なのかもしれないが。

違う。何もかも、このタコ野郎の所為である。

松村は助けを求め、黒木は文句を言うために上京した訳であるが、当の平山はその時まだ黒の家にいた訳であり、当然二人はここにやって来た。時を同じくして差し入れを持って来た水沫も帰れなくなった。序《つい》でだからと平山は真藤と宍戸、さらに小松まで呼び寄せたのだ。

何でだ。

何だっけ、いつか行ったよなと平山が言う。

「ほれ、何とか温泉。趣味悪い感じのサア。あのR《ロータ》が靴箱とロッカー間違えて、玄関で全裸になっただろ。バカだねあの男はね。あんなバカも珍しいだろ。直立する白豚みてえだったただろあれ」

また豚ですかと福澤が言う。

「そんな感じだね、今は」

「ここ、温泉じゃないですよ。黄金風呂《ぶろ》もないです」

「風呂にバスクリンでも入れりゃいいんだよ。気分は温泉ですよ。なあ黒木」

「あー。そこで振るんだ。同意はし兼ねますが——はいそうです」

「いいじゃんかよ。いいでしょ、黒ちゃん」

「あ」

ハイと言ってみる。

異常な状況ではあるけれど、これでみんなが帰ってしまったら異常でなくなるかといえばそんなことはないのだ。最大級の異常だけは残ってしまう訳で、寧《むし》ろ生活に支障を来す。こんなでかい化け物を連れて外出は不可能である。まず、こいつはドアから出られない。こいつを振り切って外に出たら何とかなるかとも考えてみたのだが、考えてみればこいつは動物ではない訳で、外で再び涌《わ》かれたりしたらもう終わりである。

何が終わるって黒の人生がだ。

そんなリスキーなことはできない。それにみんながいなくなったとして、この家でこの邪神と二人きりになったなら——二人という表現もどうかと思うが——黒はもうどう振る舞っていいのか判らない。しょうけらだった時は確実に黒が主体であった訳だが、今はもう黒の方が家来のような雰囲気である。まあ、邪ではあっても神なのだし、そこは仕方がない。

そういう意味ではこの変梃《へんてこ》な状況の方がまだマシなのかもしれない。

「いいとか悪いとか言う前に、平山さんこの先どうする気なんですか。いつまでもここで共同生活送る訳にいかんでしょうに。もう三日目ですよ三日目」

「どこにいたって一緒だろ」

「一緒ですけどね。黒さんだって――」

迷惑でしょうという福澤の言葉尻《ことばじり》は、みるみる萎《しぼ》んでいった。福澤は黒の背後にいる邪神の姿を見てしまったのだ。

これがここにいる以上、既にして何が迷惑なのか判断するのは難しい。

「だってよ、これでオレ達帰っちゃったら、黒ちゃんはどうすんだよ。こんな豚の臓物みてえなものにくっつかれてよ」

また豚ですかと福澤はない眉《まゆ》を顰《ひそ》める。

「買い物にも行けねえぞ。こんなになっちゃったら、もう編集だって気持ち悪くて帰っちゃうよ。もう誰一人ここを訪れる者はいなくなります。ボクらだけです。こういうもんに耐性があるのはね。現にこうやって、家族団欒《だんらん》のようにしてますね？」

「それおかしいですよ。私らだって来たはいいものの出られなくなってるやないですか」

「だからよ。だからこそペコとかエメル呼んだんじゃないかよ。解んねえかなあこのワタクシの深い思慮というか先見性というかねえ。こいつらなら買い物もできるだろうがよ」

「俺は何で呼ばれたんすか」

真藤が問うと、勢いだよと平山は応《こた》えた。

「ほら、博愛というか、平等というか、無差別というかね。あるでしょ、そういうの」

もういいすよと福澤が言う。

「状況的にはこのテレビの中のマンションに立て籠《こも》っている連中と、我々はそう変わらない訳ですよ」

「バカ。大違いだよ。この中に誰がいるのか知らねえけどさ、こんな蕎麦なんか喰ってねえよきっと。なあ黒木」

「またそこで振るんだ。ええ、はい喰ってないと思います。知りませんけど」

「ほらな。大体、ここはその、妖怪スッポン工場とかなんだろ？　こっちはほら、ラブラトリレバ刺し」

「ラヴクラフト」

「それ。その神様ですよ。大違いですよ」

テレビには杉並のマンションを取り囲む群衆の映像が映し出されている。

三日ばかり前――つまりしょうけらがクトゥルーに変じた日――杉並のマンションに〝三百人を超す〟暴徒が押しかけ、取り囲んで放火するという事件が発生した。そこで妖怪を養殖しているというかなりイカレた理由だったようだが、どういう訳かそのマンションは堅牢《けんろう》で、放火ぐらいではびくともしなかったのであった。

マンションを取り囲んだ暴徒は時を経るごとにその数を増やし、杉並一帯の交通は麻痺、便乗して良からぬことを働く輩《やから》も頻出し、大混乱に陥った。機動隊が出動したのは夜半を過ぎてからと遅く、その頃には弥次馬《やじうま》も含めると二千人近くの有象無象がマンションを取り囲んでおり、最早《もはや》手が付けられなくなっていた。

以降、マンションを挟んだ機動隊と暴徒の、一触即発の膠着《こうちゃく》状態が三日も続いているのである。これはまあ、構図としては暴動が起きて鎮圧するために機動隊が出動したということになるのだけれども、世論というか世間はどうもそう見てはおらず、悪いのはマンシコンに立て籠っている何者かであるという空気が日本中を支配している。日和見っぽい報道機関も、一日も早く投降して欲しいものですなどと平気で言ってしまうのであった。

悪いのは取り囲んでいる方じゃないのか。

「こっちもそうですけど、あっちも収拾つかないんじゃないですかねえ」

真藤が悩ましげな表情でそう言った。

「これ、このままじゃ引っ込みつかないでしょ、襲ってる方だって。もう飽きたから帰るって具合にはならない訳だし。引き揚げようにも機動隊がいるから、ハイ解散ハイ撤収――ってな具合にはいかないですよね？」

「いかないでしょうね」

「つまり、群衆がマンションを攻めて陥落させるか、マンションの中の誰かが出て来るかしない限りは、事態は進展しないすよね。このまんま、ってことなんじゃないですか？」

「そうだろうなあ」

「つまり、これって――機動隊、暴動を鎮圧に来たんじゃないってことですよね？　早くやれと背中を押しに来た感じに見えますよね？」

そうなんじゃねえのと平山が言った。

「自分達でできねえからやらせてんだよ。逮捕も何にもしないでしょ？　すりゃいいんだよ逮捕。だってもう何度も放火してんだしよ。現行犯なんだから。中継されてんだから。でも火ィつけたってビクともしないんだよこのマンション」

「だから余計に怪しい謂《い》われてるンやないですか。さっき、コメンテーターの石田《いしだ》衣良《いら》先生がゆうてはりましたよ。普通の普請やったらとっくに壊れてるて。こんな丈夫な造りのマンションは考えられへんから、やっぱり何かあるんでしょうかて」

「言ってたの？　衣良さんが？」

平山が笑った。何故笑ったのかは解らない。

「せやから尋いてるんやないですか。妖怪の製造元て何ですのん、て。それはちゃうんやとして、何があるちゅうんですか？」

「だからポン菓子」

やめなさいってと福澤が止めた。

「しかし、これ東京の映像とは思えんな。どっか昔の途上国の暴動ですよ」

「面倒臭えからさ、自衛隊かなんか出して、ミサイルかなんかでこいつら諸共《もろとも》ぶっ飛ばしちゃえばいいんじゃねえの。スッキリすんだろ」

「またそういうことを言う。しかし、このマンション誰が住んでるんだろうね。登記とか調べれば持ち主くらい判るだろうに、報道されないな」

ネットでは流れてますよとエメルが言った。

「そうなの？　誰なの」

「ネット情報ですから本当かどうか判りませんけど、持ち主は水木しげる先生で住人は荒俣宏先生だって」

ウソ臭えと真藤が言った。

「それナニ、妖怪の製造元だからってこと？　じゃあ、京極さんとかも一緒に住んでるんじゃないの？」

オウ住んでる住んでると言って、平山が手をたたいて喜んだ。

「京ちゃん住んでるんだよここに。大先生とアラマタさんと。バッカだなあ」

立て籠ってるんだぜと言って平山は画面を指差す。やや引き笑い気味である。

「ひっひっひ。だッからメールしても返事が来ないんだよ。だけどあれだな、京ちゃんならもうどっか逃げてるんじゃねえか？　あれはそういう男だろ。無人だから反応ないんじゃないの？　違うか。中で座禅かなんか組んでるんじゃねえか？　あれ、平気なんだろ、一箇月とか二箇月とか。飲まず喰わずで。石みてえになってさ」

それはたぶんレインボーマンじゃないですかと黒木が言った。

「デマでしょうに。縦《よし》んば水木先生の持ち物だったとしたって、そこに荒俣先生が住んでるって——ちょっと都合よ過ぎですし」

いや。

たぶん、それは本当なのである。黒は京極から聞いているのだ。

荒俣さんが水木さんの所有しているマンションを借り受けて、村上が発見した謎の呼ぶ子石の研究をしているのだ――ということを。しかも秘密裏に。と、いうことは。

デマという訳でもないのだ。いまテレビに映し出されているマンションがそうなのだろう。妖怪の製造元というイカレた見解は、まあ妖怪撲滅側の謂い分なのだろうが、少なくとも本物の妖怪を研究している処《ところ》ではあった訳だから、攻撃される理由はあったことになる。

つまり。

荒俣さんが危機一髪ということなのか。

――うーん。

これをこの連中に告げたものかどうか、黒史郎は考えてしまう。

平山は笑っている。大笑いである。

――やっぱり黙っていよう。

京極がマンションの中にいないことは間違いない。襲撃の当日は神保町で全日本妖怪推進委員会の秘密会合があったはずである。村上や多田も参加しているだろうから、少なくとも彼らがこのマンションの中にいたということはない。しかし荒俣宏だけはいたはずである。

――大変だこりゃ。

世界妖怪協会始まって以来の危機ではないか。

浅間《あさま》山荘というか、どっかの銀行立て籠り並みの、それ以上の大事件である。

どくん、と触手が脈打った。

また少し大きくなったような気がする。大丈夫なのかこの邪神は。そのうちに部屋一杯に膨れ上がっちゃうのじゃあないのか。それじゃあ、四角い邪神になっちゃうじゃないか。

「あら。都知事の緊急会見ですよ」

黒木の声に反応して黒はテレビ画面に目を遣《や》った。

どこかゾンビめいた顔色の、仙石原知事が画面に映っていた。あたしこの人嫌いだよーというペコの甘ったるい声が聞こえる。

「なんか、味醂干《みりんぼ》しっぽい」

「何だよそれ。まあ、この知事好きな奴はいねえんじゃねえの？　こいつ、支持者ゼロだろ」

「じゃあどうして当選したんですか」

「そういうもんなんだよ」

「どういうもんなんですか」

――法治国家に於《お》いて斯様《かよう》な暴動が赦《ゆる》される訳はありません。従いまして、都は、先日成立致しました都民の生活と財産を護《まも》るための特別治安維持条例第五条を発動することに決定致しました。自衛隊に出動要請をするとともに、今から丁度五十分後に東京都衛生局妖怪駆除課の特殊急襲部隊が出動致します。

「さ、ＳＡＴ？」

「違うよ。慥《たし》か Yokai Attack Team でＹＡＴだよ」

「ほら。やっぱ諸共吹っ飛ばしだよ。ひっひっひ」

ま、まずいんじゃないかとても。

「そ、そのヤットとかいうのは、何なんすか」

いったいどんな装備の部隊なのか。傭兵《ようへい》みたいな強者《つわもの》揃いなのか。ロケットランチャーとかガトリング銃とか持っているのか。それとも秘密兵器満載のスーパーマシンとかに乗って来るのか。黒が問うと、いやいや怪獣相手じゃないからと福澤が応えた。

「そんな、地球防衛軍的なもんじゃないでしょ」

「でも特殊部隊ですよね？ドラマなんかに出て来るヤツだと、下手な軍隊より強そうですよね？ ヘリとかで急襲して閃光弾《せんこうだん》とか撃ち込みますよね？」

本当にあんなのいるんすかねと真藤が尋いた。

「見たことないすよ」

「いや、だからSATじゃなくてYATだし」

なんかアレだろ、冷たくて白いんだろと平山が言う。

「冷たくて白い？」

「なんか、そんな感じだよ」

それ、奴《やっこ》ですよねとエメルが言った。

「冷や奴じゃないですか？」

「よく判ったなお前」

平山は感心した後、ひいひいと引き笑いをした。

「京ちゃんじゃないと判らないレヴェルだって。なあ」

「だからヤッコじゃなくてYATだって言ってるでしょうに。妖怪の駆除専門って言うんだから、そんなに重装備じゃないでしょうよ」

　詳しくは知りませんがと黒木が福澤を継ぐ。

「消毒やら清掃やらの専門家だと思います」

「消毒？」

「殺菌とか滅菌とか。除染とか。ですから、放射性物質の除去とか害虫駆除とか、そっち方面ですよ。お掃除」

「汚物なのかよ、妖怪は」

　うーむ。やはり黴菌《ばいきん》扱いである。

「それやったら大したことないの違いますの？」

　松村が言う。

「放火やら何やらしたっても、効き目ないんすよ？　ミサイルでも撃ち込まなきゃ陥落できませんて、このマンション」

　お前がユンボで突っ込めと平山が言った。

「そんな、重機じゃどうもできませんよ——って、何で私があっち側なんですか。それワケ判らんですよ。大体、このマンション、かなり装甲が厚いですよ。見た目判らんけど、絶対改築してますから。土木系の私には判るんですよ」

じゃあ手が出せないですねと黒が言うと、逆だと思いますよと真藤が答えた。

「逆？」

「いや、外側から物理的に破壊しようとしたら、それこそ重機だの兵器だのが要るレヴェルのものなんでしょうけど、これは建物を壊そうとするからなのであって、消毒だの除菌だのには関係ないすよ」

「じゃあ何するんですか？　塩でも撒《ま》くんですか？　特殊部隊が？」

相撲取りなんじゃねえのと平山が混ぜ返す。

「いや、相撲取りはどちらかというと物理攻撃でしょうに。だから、薬品系なんですよ。思うにケミカルな攻撃じゃないですか。これ、堪りませんよ」

「堪らないですか？」

「そもそも外部からの物理攻撃に強いってことは、立て籠ってるしかないワケですね？　つまり、中の人も出て来られない訳でしょ？　だから攻めてる連中は、中の人を外に引き摺《ず》りだそうとしてるワケですよ、現在。これは、出たら負けですね。まあ食料の備蓄はあるんだとしても、です。たぶん電気やら水道やら、ライフラインは襲撃してる方が押さえてるんでしょうから──きっともう手を講じてるでしょ」

そうなるとトイレも使えませんねと黒木が言った。

「こりゃ深刻ですね」

「バカ。そんなの平気だろ。便所ぐらいいよ」

「いや、それはないですよ平山さん。平気な訳ないですよ。糞《くそ》は大事ですよ」

「クソだろ？　その辺にすりゃいいだろ。そんな、四六時中脱糞《だっぷん》してる奴なんかいないんだからさ。臭くたって死にゃしねえだろうに。大体、何人いるか知らねえけど、一日一回したってまだ三日ですよ」

「十人いたら三十本ですよ」

「便秘の奴が五人いたら半分だろ」

「下痢の奴だっているかもですよ」

僕なら瀉《くだ》します、と黒は言った。

糞の話はいいんですよと真藤が言った。

「特殊部隊は、間違いなく換気口なんかから強い殺菌ガス的なものを注入しますよ。殺菌というより、もう毒ガスですよ。生物は死滅します」

「うわ」

「もう、即座に出て来るしかなくなりますね。さっきも言いましたが、出たら負けです。建物壊そうとするよりずっと脅威になりますよ」

お日様と太陽みてえな話だなと平山が言う。

「それ、北風と太陽じゃないすか。お日様と太陽同じですし」

「それそれ。そうだろ？」

違うと思いますとＦＫＢ——黒木、松村、黒が声を揃えて言った。

黒の不安は増大した。

この状況は、他ならぬ荒俣宏絶体絶命状態ということなのである。中に何人いるのかは判らないが、少なくとも荒俣はいるはずなのだから。

「このまま籠っていたら死んじゃうということですよね？　で、投降したら」

「まあ死ぬでしょうね。こんだけ敵が取り囲んでいるんだから」

「あー」

籠れば死。出ても死。消毒されるか粛清されるか。ガス死かリンチ死か。苦しいか痛いか。

突入は五十分後と言っていた。あと、三十分強である。

こういうのを風前の燈火《ともしび》と謂《い》うのだろう。荒俣の心配ばかりはしていられない。このにゅるにゅるした邪神がいる限り、今日の荒俣宏は明日の黒史郎の姿なのだ。

ああ、こんなことにさえならなければ、今頃は消しゴム人形並べたりゾンビ映画眺めたりもしていただろうに。小説だってするする書いていただろうに。

何となく絶望的な気分になってしまった。

と、その時。

妙な振動音が聞こえた。ぷるぷると胃が痙攣《けいれん》する。まさか自分の腹具合の振動ではないだろうと一度腹を見てから、そんな訳はないだろうと思い直し、黒はそれが誰かのメール着信音だと思い至った。黒木のスマホのようだった。

「あれ。変なメールが来ました」

「あれか、お前の秘密を知っている的なヤツか？　それともあたい淋《さみ》しいわカラダが疼《うず》くのよ四十二歳の熟れたあたい的なのか？」

「何なんですかそれ。平山さんとこにはそういうメール来るんですか。あれ。これ関口《せきぐち》さんからの転送メールだな。元は――加門《かもん》さん？」

「関口って、元『ダ・ヴィンチ』編集長のあの？」

「そうです。『幽』に深く関わっていた所為《せい》で配置替えになって、現在は道徳専門誌『憂』の副編集長として更生し、デスメタルバンドも辞めさせられ、日々厳しい上司に苛《いじ》められているという、あの関口さんです」

説明的だなあと平山が言った。

「昔のミスター・差別だろ？」

それは平山がそう呼んでいただけである。

「で、加門って、加門七海《ななみ》さんすか？　加門さんって今どうしてるんです？」

ネタ枯れに加え妖怪バッシングの煽《あお》りを受け、怪談書きの多くは転向するか筆を折るか、地下に潜伏したのである。

「加門さんは伊藤三巳華《いとうみみか》さんなんかと一緒に、立原《たちはら》さんを頼って北の大地に身を隠してます」

「立原さんって立原透耶《とうや》さん？」

「ええ。他にも怪談文学賞を獲った女性作家さんも何人か行ってるはずですよ。北海道は妖怪があんまり出ないので、まだ暮らし易いみたいですけど」

妖怪も怪談も、世間的にはあんまり区別がないのである。基本的に悪いのは妖怪だが、怪談なんか書いてるから妖怪が涌《わ》くのよ的な風潮は確実にある。それは大きな間違いだと黒は思うのだが。何でお前はそんな事情通なんだよと平山が黒木を詰《なじ》った。

「じ、事情通だといけませんか」

「いけないよ。そういう、ソツのないとこがお前のダメなとこだよ。なあ、徹《テツ》」

知りませんよと福澤が厭《いや》そうに答えた。

「それよりメールの内容じゃないですか？　何か最近は個人メールの中身も検閲入る的な動きがあるし、実際に設定されたNGワード的な単語を含むメールの遣り取りがあった場合は、送り主も受け取った方もマークされるらしいじゃないですか」

ホントかよと平山が顔を顰《しか》めた。

「アメリカのNSAみたいなことをやってるんですよ」

「意外に陰謀論者だからな徹は」

「そんなことないですよ。まあ噂ですけどね。でも、まことしやかに謂われてますからね、最近、メール減ったでしょうに」

「ええと」

黒木がメールを読み上げた。

「いまテレビに出ている仙石原都知事は――人間じゃない？」

「まあ人でなしっぽいわなあ」

「そ、そういう意味じゃないらしいですよ。ほら、あの方達は——」

「み、視《み》えるんです？」

「そう。それですよ」

「じゃあ何か、何か取り憑《つ》いてるっての？　霊が？」

「霊じゃないし取り憑いてるんでもないみたいですけどね。ええと、人間じゃないものに乗っ取られている、と書いてあります」

「ハァ？」

「人間じゃねえって、豚とかか？」

「また豚すか」

「豚は乗っ取らないでしょう。乗っ取ったらぶうぶう言うでしょう」

「ええと、頭の長い、緑色の気持ち悪い化け物——だそうですけど。何ですかねそれ？」

「大丈夫なのか、加門ちゃんは。そんなものいねえだろうよ——」

そう言った後、平山は黒の方を見た。

「いるか」

「まあ、何でもアリですけどね、この世界。それにしてもですよ」

黒木はエプロン姿のまますたすたと黒に近づいた。

「これは——まあ、黒さんに乗っかってます」

「乗られてます」

「いちいち断らんでも見えてます」

「気持ち悪いですよ。代わってくださいよ黒木さん」

「イヤです。でも、この状態を、乗っ取ったとは言いませんよね」

「だから乗られてるんですって」

「乗ってますねえ。太古の邪神。むっちゃ気持ち悪いです。で、リアルで気持ちも悪いんですけど、まあこれは創作物ですよ。これがアリなんだから、まあ何でもアリではあるんでしょうが、一方でさっきテレビに映ってた知事に、何か乗ってましたか？」

「そんなもん、乗ってたりしたら殺されてるんと違うか？　知事が」

松村の言う通りである。まあ、何であれ何かが乗っていたりしたら人前には出られまい。出たらボッコボコにされるに違いない。というか、それは即《すなわ》ち、黒が人前に出たらボッコボコにされるということに他ならない。黒にはしっかり乗っているのだし。

あー。

知事の場合は松村の言う通り、乗ってたりしたら殺されてるんと違うか——なのだが、黒の場合は、乗ってるから必ず殺されまっせ——なのだ。断定なのだ。

うー。

「そうするとですね、これは多少、今そこら辺で起きている状況とは違う事態を指し示しているということですよね？　三巳華さんが視たのか加門さんが感じたのか知りませんけども。今起きている混乱の元が、存在しないものが可視化してしまうという現象なのだとすると」

「可視化してへんもんが見えた、ちゅうことですか」

だって見えてないじゃないですかと黒木は言う。

「どうであったとしても、何の能力もない我々にも見えるんですよ、今。妖怪は。妖怪に限らず。黒さんの方はこんなにハッキリ」

見えるというより実体化しているのである。どっかり存在感がある。あんまり重くないのが唯一の救いなのであって、正直鬱陶《うっとう》しい。

「知事のは、我々には見えてない」

「それが――彼女達には視えてしまったと？」

「そう考えるよりないですよ」

「でも、あの人達、ここ暫《しばら》く見えない見えない言ってたんじゃなかったか？」

「霊がいなくなったと言ってましたね」

「いなくなるもんかなあ」

「まあ、いるから視えるんだと仮定すれば、いなくなることもあるんじゃないですか？」

取《と》り敢《あ》えず見えそうもねえもんは何でも見えるんじゃねえのと平山が適当かつアバウトなことを言った。

「見えるんでしょ、ああいう人は。何かがね」

「何がですか。霊ですか」

「そんな緑色の幽霊なんかいねえだろ。頭長いって、それアレじゃん。福袋とかだろ」

福禄寿《ふくろくじゅ》ですねえと水沫が丁寧に訂正した。

「それ七福神じゃないですか」

「それ。正月に売ってるんだろ。まあ妖怪だよ普通大抵。そういうのは」

「福禄寿は神様じゃないんですか？」

「知らねえけど、妖怪の仲間だよ。ナカマな。頭長いのはその手のものですよ」

黒は多田克己を思い出す。多田の額《ひたい》もかなり長い。

「でも、あの知事は妖怪撲滅の急先鋒《きゅうせんぽう》でもあるんじゃないですか？　なのに――妖怪が憑いてるんですか？」

「いや、乗っ取られたと書いてます」

「余計変でしょう。何で妖怪が妖怪を撲滅しようとするんですか。乗っ取られてるんなら妖怪擁護に回りませんか？」

「これは、そこに何かヒミツがあるね」

平山が断言した。

「とにかく一刻も早く手を打つべきだと」

メールには書いてありますと黒木は結んだ。

拾陸

付喪神《つくもがみ》、黄昏《たそがれ》に霊威《れいい》を示す

まずいですと防災扉を開けるなり平太郎は叫んだ。

平太郎は決死の覚悟で二度目の脱出を試みたのだ。脱出といっても建物から出たという訳ではない。単に一階の研究室から出て、マンション内部を移動するというだけのことである。しかも、一度目は屋上から一応屋外に出たのだが、二度目は自室に戻っただけである。

決死という程のものではない。

気分的には決死なのだが。

自室の冷蔵庫にある食物を取りに行ったのだ。

と、いってもろくなものはなかった。賞味期限が切れている納豆だの塩昆布だのしなびたレタスだの、どうしろというんだというものしかなかった。ジャーで保温しておいた飯は黄色く変色していて、あまり喰《く》えそうにもなかったが、腐っている訳でもないのでとりあえず釜《かま》ごと持った。贅沢《ぜいたく》は言っていられない。後、黴《か》びる寸前の蜜柑《みかん》二個と、いつ買ったのか覚えていない菓子パン一個も持った。まあ、独身オタクの独り住まいなんてこんなものである。

で。

そこで思い至ったのだ。

テレビがある。平太郎はテレビを持っている。独身オタクは、食料事情は貧弱だが娯楽環境は潤沢である。アニメは観る。特撮も観る。ソフトも観るが、深夜アニメのオンエアもチェックする。従って——。

ちゃんと映る。映るはずである。引っ越しの際にアンテナの有無は確認したのだ。固定電話は引けないと言われたが、地上波デジタルとＢＳデジタルのアンテナはあるのだ。

——あるじゃん。

防災壁によって電波が遮断され、監視カメラが破壊されて以降、外部の情報は一切摂取できなくなった。ネットもまったく繋《つな》がらなくなってしまっていた。外の動きはほとんど判らなくなっていたのである。しかし。

完全に失念していたが、テレビは映るはずなのである。

誰も何も言わなかったが、要するに平太郎以外の四人はテレビモニタを持っていなかっただけなのだ。

——見るしかあるまい。

何かしら情報は収集できるはずである。

研究室にいたのでは、外部の音は何ひとつ聞こえない。

微《かす》かに響いていた震動のようなものも消え、すでに朝だか夜だかも判らない。

いやいや、場合によっては暴徒が引き上げている可能性だってあるではないか。

実はもう外は平和で、長閑《のどか》な陽射しの中子犬を連れた女子中学生がハミングしながら散歩していたりもするのじゃないか。斜め向かいの弁当屋の前で、近所の婆ちゃんと郵便配達のおじさんが談笑していたりもするのじゃないか。そんな期待が平太郎の脳裏を過《よぎ》る。

一方で、すでに世界は滅びていて、追突した自動車からもうもう上がる煙の中を、ゾンビがうろうろ歩いている可能性だってあるのだが。建物の外は荒涼とした砂漠に変わっていて、自由の女神かなんかが半分埋まっていたりする可能性だってあるのだが。まあ日本だから女神はないのだが。まあ。

——どっちもないか。

取《と》り敢《あ》えずテレビを点《つ》けてみたのだ、平太郎は。

選局するまでもなく画面にはこの建物とそれを取り囲む数え切れない人間が映し出された。

「あー」

声が漏れる。

まあ予想通りどっちでもなく、事態は何も進展していなかったようである。

いや——進展はしているのだろう。人数は明らかに増えている。警察や機動隊もいるようである。しかも、ナレーションを聞く限り、暴徒によるマンション襲撃ではなく、妖怪推進派の籠城《ろうじょう》事件的な論調になっているようだ。まあ、自分達は妖怪推進派だし、籠城もしているのだが、何となくそれは違いやしないかと平太郎は思った。

そして。

「まずいですよみなさん」

「どうしたんです？　やはりろくな食料がなかったということですか？」

多少窶《やつ》れた香川が顔を上げた。しかし彼は電気釜を持ってるじゃないかと山田老人が言う。

「米のメシが喰えるのかね。こりゃあ願ったり叶《かな》ったりじゃのう」

「い、いや黄ばんだ古メシです。というか、ろ、ろくな食料もなかったんですが、そんな悠長なことを言っている余裕はない模様ですよ」

「何か外の動きを察知しましたか」

荒俣と湯本が振り返った。

「はい。テレビを」

「テレビ！　そんなものがあったんですか」

「何故それを言わないかなあ」

「いや、だって」

「だってって、榎木津君、そこは大事なところですヨ」

「み、皆さん何でテレビ持ってないですか。持ってると思いますよ普通。で、誰も口にしないから当然テレビも映らなくなったんだと思い込んじゃってですね、そのうち忘れてしまったんですよ。で、部屋に戻ったらあったから」

「テレビは映りますよ」

「ですから」

「ワタシ達は研究のためにここにいるんですヨ。テレビ観る暇なんかないですからネ。そんなもの持ち込んではいないですヨ。君だけですヨ。一人でアニメ観て喜んでたんじゃないの」

荒俣の言葉を受けて、不謹慎な若者じゃと山田老人が言った。

「ふ、不謹慎かもしれませんけど、でも不謹慎だからこそ判ったんですよ外の様子が。一人でアニメ観て喜んでましたけど、何なら皆さんで観たっていいですよ。ソフトもありますから今だって観られますよ」

いいですから報告してくださいと香川が苦笑いしながら言う。

「何か大変な動きでもあったんですか?」

「と、と」

「と?」

「ちちぢぢ」

この人水でも掛けた方がいいんじゃないですかと湯本が言った。

「水出ないじゃないですか昨日から。み、水はいいんです掛けないで。あの、と、都知事がですね」

「あのどうして当選したのか解らないタカ派っぽい人かな?」

「そうです仙石原知事です。あの人が今テレビに出ててですね、ナンとか条例を発動すると」

「さっぱり解りませんね」

「いや、そのヤットコとか」

「鋏《やっとこ》？　そんなもんではどうにもなるまいて」

「いや、そのヤットコではなくてですね、山田さん」

「おもちゃのマーチか？　繰り出した？」

「もしかしてＹＡＴですか。妖怪駆除専門部隊の」

「そ、それです香川さん。流石《さすが》です。それをですね、投入するという話で」

「ここに？」

「ここ以外どこにそんなもん派遣しますか。もう、世間では悪いのは暴徒じゃなく我々だちゅうことになっておりますけん」

「何処の出身ですか平太郎君は。しかしこれは少々面倒なことになりましたね、荒俣先生」

　それはどんなものですかと湯本が問う。

「聞く限りでは除菌除染の専門家とお祓《はら》い系の――これは胡散臭《うさんくさ》いですが、まあ宗教者、それから化学系の研究者による混成チームだそうで、それだけ聞くとハウスクリーニング業者っぽいんですけど、一説にはかなり強力な化学兵器を開発しているとも謂《い》われています」

「兵器ですか？」

「はあ。化学兵器は化学兵器禁止条約で国際的に使用が禁止されていますから、もちろん兵器としては開発もしちゃいかんのですけども、兵器ではなく、あくまで妖怪駆除のための衛生ツールであるという認識で都が開発させたらしいですね。要は毒ガスの類《たぐ》いですよ。細菌はもちろん、生きとし生けるものすべての息の根を止めるという恐ろしいものらしいですが」

「まあ他にも色々持ってるようですよ。ＹＡＴが通った跡は草一本、虫一匹、真菌細菌ウイルスに至るまで死に絶えると聞いています。完全殺菌です」

「恐ろしいなあ」

荒俣は相変わらず他人ごとのように言う。

「人は雑菌と共に歴史を歩んで来たんですヨ」

菌なき世界に人は生きられないと荒俣は吼《ほ》えた。

「ええ。もちろん人も駆除されてしまうんです。清潔不潔で区分けするなら、人間ほど不潔なものはないですからね」

儂《わし》らは不潔じゃなあと山田老人がぼやいた。

「もう随分風呂《ふろ》に入っておらんわい。顔さえ洗っておらん。先生方はともかく、儂なんかは加齢臭の酷《ひど》い、汚らしい老人じゃからのう」

そう変わりはありませんよご老体と荒俣が言った。

「そうすると、そのガスをこのマンションに注入するというのかね？」

そうなるでしょうねと香川は答える。

「なりますか？　中に人間がいるんですよ。僕も、皆さんも人間ですよ？　汚物でも放射性物質でも黴菌《ばいきん》でもないですよ？」

人であっても妖怪の仲間なんですよと湯本が言った。

「そ、そんなものを！」

「つまり、それら以下ということですな」

「ひゃあ。し、しかし、東京都がそんな、どっかの真理教みたいなもんを開発してるというんですか？　ホントに。噂じゃあないんですか？　たぶん、ゴキジェットとかアリの巣コロリとか、そういうもんじゃないんですか？」

「そうだとしても、僕らはやられますよ。殺虫剤だって毒は毒です。キンチョールだってフマキラーだって、密閉空間に噴射されたら堪《たま》りませんよ。死ななくたって健康被害は出ますからね。人に向けて噴射しないでくださいってちゃんと書いてあるじゃないですか。農薬だって消毒液だって飲めば死ぬんですよ？」

「まあそうですけど」

それはつまり、平太郎も、香川自身も死ぬということなのだが。

「あの、ガスを遮断することはできないんですか」

「何度も言うけどね」

荒俣が悠然と答える。

「ここはモノを保管する場所なんだヨ。モノは毒ガスでは死なないんだネ。元々生きていないから。生き物の保護はそもそも想定外です。想定外というか、規格外だからなあ。モノの保存に換気は必要だろう」

「ですから、その換気を」

「しなくちゃあ呼吸もできんぞお若いの。完全に密閉したら酸素がのうなってしまうわい」

山田老人は顔を顰《しか》める。

「いやあ——じゃあ」

投降しますかというとそれはないと一斉に言われた。

「ない——ですか」

「ないね」

「ここにある妖怪資料はなんとしても後世に伝えねばならんもんですよ。いずれ妖怪博物館を造るまで、この湯本豪一、仮令《たとえ》我が身が滅んでも死守しますよ」

「儂もじゃ」

「い、命より大事ですか。香川さんも同意見ですか？」

「まあ、私も命は惜しいですけど、今外に出たらそれこそ殺されてしまいますよ。そしてこの建物の中の物はすべて処分されてしまうでしょう。悉《ことごと》く、塵《ちり》ひとつ残さずに消されてしまいます。これはまあ湯本先生の言うように世界的、歴史的損失でしょう。一方、出て行かなければモノだけは残ります。我々が死んでも、生き残った誰かが何とかしてくれる可能性はある。生命もモノも失うか、生命は失ってもモノだけは残すか、その二者択一ならば——まあ、後者でしょう」

「で、出てすぐに閉めちゃうとかできないんですか？　こうサッと出てぴゅっと閉めちゃえばモノは」

「だから」

香川が眉《まゆ》をハの字にした。

「ぴゅっと閉められたとして、サッと出た我々はどうなるんです？」

「まあその、サッと」

殺されるのうと山田老人が遠い目で言った。

「出れば確実に殺されますよ。毒ガス攻撃は回避できても、数百の暴徒が襲い掛かって」

「や、やめてください」

生きる、という選択肢はないのか。死ぬか、死ぬかなのか。それは肢じゃない。選択する意味がない。いや死に様の選択ということか。ガスで死ぬか、タコ殴りにされて死ぬかの二者択一なんて、それはもう選択ですらないと思うが。

「いずれにしても死ぬんですね、この若い僕も」

「そりゃあ何か」

年老いたこの儂は死んで当然ちゅうことかなと言って山田老人が平太郎を睨《にら》んだ。

「まあ言われいでも老い先は短いわい。そんなこたあ先《せん》から承知しておるわい。しかしそのもの言いは礼節を欠いちゃあおらんかの、お若い人」

「いやあの、そうではなくてですね、老いも若きも命を粗末にしちゃあいかんと――」

「粗末じゃあないッ。貴《たっと》い犠牲じゃ。儂は国のために命を捧《ささ》げろなんぞと言われても頑《かん》として首は縦に振らんが、文化を守るために死ねと言われれば喜んでこの皺首《しわくび》を差し出すわいッ」

「まあまあご老体」

荒俣がいなした。

「そう突っかからないでもね。彼は彼なりに活路を見出《みいだ》そうと、無駄な思考を重ねているんですよ」

無駄なのか。

「我々と違って覚悟はないし、反対に未練はたっぷりあるんです。軽輩だから。そこ、汲《く》んであげてください」

どうも褒められているようには聞こえない。

「そうですなあ。慥《たし》かにその齢《とし》で死ねと言われて、動揺せんほうがおかしい。潔く死を選べなんぞと、それじゃあまるで特攻ですからなあ。そんなことを強要しちゃあ拙《まず》いわい。儂は、儂が一番嫌うとった者どものようなことを言いよりましたかな。どうも僻《ひが》みっぽくなっとるですよ。いや、荒俣先生、よくぞ言ってくださった。平太郎君、すまんな。こんな年寄りと一緒に心中は嫌なのかもしらんが、堪《こら》えてくれ」

「いや、そんな」

というか。

死ぬのはデフォルトなのか。

いやいやご老体はそう言いますけどまだ死ぬと決まった訳ではないよと荒俣は言った。

「死にませんか？」

「まあ、ここから出たら」

確実に死にますよと湯本が言う。

「そうだねえ。何百人いるのか知らないけれど、相手が十人程度でも危ないねえ。ほぼ、死ぬでしょう。荒れ狂う暴徒に一斉に襲い掛かられて」

「だからやめてくださいって荒俣先生」

「いや、出たら死ぬって話ですヨ。一方で、もしかしたらガスなんか存在しないのかもしれないんだよ。君の言う通り噂だからね、あくまでも。で、もしあったとしても、そんな非人道的なことはしないかもしれない」

だろう、と荒俣宏は言った。

「そ、そうですよね。しないですよね？　しませんよねえ。いくらなんだって」

「かもしれない、と言っている。かもしれないというだけで、しないとは言っていない。いいや、する可能性の方が遥《はる》かに高い。高いのだが、しない可能性もゼロではないということだよエノキヅ君。しかし、外に出たらまあ、まず確実に命はないネ」

「ない――ですよね」

「ないね。そこんところを加味しても、まあこのまま籠城している方が数パーセントほどマシということになると思いますけどね、どうです湯本さん」

「数パーセントどころじゃないですよ荒俣先生。モノは残るわけだから、百パーセントマシですよ」

やっぱりモノ優先なんだ。

「まあ注入するとしたらどこからかなあ。屋上からかなあ。手間がかからないのは地上階のスキマからだろうけど、我々がどこにいるのか敵は知らないんだろうし、ガスが空気より重いなら、全館滅菌のためには上から入れるね。屋上の通気孔からかなあ」

「滅菌って、そんな、黴菌《ばいきん》扱いですか」

エノキヅ君！　と荒俣は珍しく声を荒《あら》らげた。

「君、菌も人も、命の重さに変わりはないよ。菌は下等だ、下等だから殺していいなんて、そんな理不尽な話は通らないだろう。下等上等は基準にはならないだろう。動物が動物を喰うのは、喰わなきゃ死んでしまうからだし、人が黴菌を殺すのは殺さなければ自分の命が脅かされるからでしょう。生き物というのは、自分が生きるために生き物を殺すんです。自分より下等だから殺していいなんて基準はないよッ」

「そうですけども――僕ら、外の人達の生命を脅かしてますか？」

「脅かしてると向こうが思っているんだ。それだけのことだよ。実際、この建物の中にウヨウヨといる我々以外の黴菌だって、彼らの健康を害するようなことはないでしょう。つまり殺される謂《いわ》れがないという意味では、黴菌だって我々と同じなんだよ。いいや――寧《むし》ろ彼らが排除したがっているのは我々なんだから、とばっちりを受けているのは黴菌の方でしょうに」

ワタシは黴菌に対して同情を禁じ得ないと、荒俣宏はまた吠えた。

「哀れでしょう。我々が妖怪関係者だというだけで、殺されてしまう可哀想な黴菌達！」

「荒俣先生」

香川がより一層眉尻《まゆじり》を下げて苦笑した。

「ご高説はご尤《もっと》もですが、私達は現状、他者の身を案じていられるような立場でないことも確実ですよ。それに、そういう見方をするならば、本来外の人達が排除したがっているのは妖怪なのであって、私達もまたとばっちりということになりませんか」

なるどころかとばっちり以外の何ものでもない。でも妖怪も連中の生命健康に影響を及ぼすような存在ではないでしょうにと湯本が言った。

「荒俣さんの言う通り、生きるために対象を害するという状況はあるし、ある意味自然界はそうやって成り立っておるんでしょう。しかし、妖怪は何もしません。ただ気味悪がられているだけです。気味が悪いから排除するというのはどうなんですか。不快だから、気に入らないから殲滅《せんめつ》していいなどという身勝手な話は、それこそ通用せんでしょうに」

「それが通用しているんですヨ。何となく気に入らないからやっつけてやれ、自分と違うから許せない、だから潰《つぶ》す――やっつけたり潰したりするにはそれなりの理由が必要だろうし、その理由も慎重に吟味されるべきものなんだけれども、気分とか雰囲気だけでそれをやってしまう。更にはそれが正義だというような、歪《いびつ》な風潮になっている訳でしょう。加えて妖怪なんてものは元々退治されるべくして考え出されたものなんだから、もう容赦はないですヨ」

「ぼ、僕ら」

死にますかと平太郎は気の抜けた声で言った。

「死んでしまうのですか」

「まだ判らないって」

荒俣は口吻《こうふん》を尖《とが》らせて泰然と構えた。

「私も別に死にたいとは思っていません。湯本さんはモノが残るから良いとお考えのようだけれど、私としては湯本さん御本人も、香川君も、ここにある妖怪遺産と同じだけ大事なもんですヨ。無形文化財のようなものです。今後世相が変わったとして、もしここにあるモノを展示できるような、妖怪博物館ができた暁には」

館長はあなたしかいないと荒俣は湯本を指差した。

光栄ですと言って湯本は畏《かしこ》まった。

「そして学芸員は香川君しかいませんヨ。現状妖怪で博士号を取った唯一の人なんだし」

「しかし、万が一にも活路はありますか」

「活路ねえ」

はい、と平太郎は手を挙げた。

「活路があるの？」

「いや、逆です。活路はなく希望もない可能性があるという発言をします。言いたくないですが。湯本先生は僕らが滅菌されてもモノは残ると仰《おっしゃ》いますが」

「残るでしょう」

「どうですかね。内部に生存者がいないとなると、それこそ容赦ないのじゃないですか？　いくら頑丈だといっても絶対に破壊できない訳じゃないですよね？　ここ」

そうだねと荒俣は簡単に答えた。

「ちょっとやそっとじゃ壊れないが、でも壊せない訳じゃない。人が造ったものだからね」

「壁に穴開けられて爆弾でも放り込まれたら、お終《しま》いなんじゃないですか？　いいだけ盛り上がってますからミサイル撃ち込むかもしれないですよ？　平気ですか？」

基本は自然災害対策だからねえと荒俣は言う。

「兵器攻撃は想定してないし、何度も言うけどもここは倉庫だからさ。まあ、榎木津君の言う通りかもしれないネ」

「それなら、無駄死にじゃないですか！」

「いや、これも何度も言うけども、死なずに済むもんなら死にたくはないヨ。ただ、方策がないと言っているだけなんだ。選択肢の中から少しでもマシな方を選び取って行った結果、まあじっとしているのが一番良いという判断になっただけだから」

荒俣は學天則を見上げた。

「まあねえ。でも、慥《たし》かに勿体《もったい》ないなあ」

「荒俣先生ッ」

湯本が横に立って、やはり金色の巨人を見上げた。

「いけませんよ。ここのモノは死守せねば」

「それもそうなんだけれど、この呼ぶ子石」

荒俣はポケットを叩《たた》く。

「私が死んだ場合、これをどうするか。それから」

これじゃなと、山田老人が細長い桐箱を示した。

箱には〝怪〟と記されている。

「この、絵が消えてしもうた絵巻」

「そうですよ皆さん。それ、どうするんですか。他のモノはまあ、残るかもしれませんし、残ればそれでいいのかもしれませんけど、それもそのままですか？　誰かが引き継いで研究してくれるとでもいうんですか？　僕らがやられたら、妖怪協会の人達だっていずれ」

「そうだねえ」

荒俣はポケットから石を出した。

「エノキヅ君の言う通り、この謎を解かずに死ぬというのは如何《いか》にも心残りだよねえ」

やはり――。

呼ぶ子は現れた。學天則の前に、ちんまりと立っている。平太郎の目には水木漫画の呼ぶ子に見えているけれど、他の者にはおかっぱの女の子に見えているのだろう。

「さて、どうにかなりませんか」

荒俣が誰に言うとなくそう言うと、

「サテドウニカナリマセンカ」

と、呼ぶ子が反復した。荒俣は巨躯《きょく》を曲げてまるで孫でも愛《いと》おしむような顔で呼ぶ子を覗《のぞ》き込み、それから再び學天則を仰いだ。

「これは本物の學天則かもしれないんだヨ。そうならこれは、数奇な運命の許《もと》に八十年以上世界中を流転し、その揚げ句に故郷に辿《たど》り着いたことになる。これは凄《すご》いことです。そして、世界中の文化や人種の和合と進歩を象徴して造られた、この国産ロボット第一号が、謂れのない誹謗《ひぼう》を受け、暴漢によって破壊されてしまう可能性もある——ということだよネ」

「ダヨネ」

呼ぶ子は反復した。

存在しないのに見える、質量がないのに触《さわ》れる、非合理の子供——妖怪である。

切迫した状況下だというのに、平太郎は何故か感慨のようなものを感じてしまった。

「百年近く前の合理の申し子の前に、百年経った今、非合理のカタマリみたいなもんが立ってるんですね」

それは違うよエノキヅ君と荒俣が応じた。

「天の法則に学ぶ——學天則は慥《たし》かにそうした理念で造られたものだ。この世に起こっていることは普《あまね》く天然自然の法則に従っている。その理を欲し学ぶ性質を理性と謂い、理を蓄え使う性質を知性と謂うんです。しかし天の法則は、人間なんかに学び切れるようなものではないんだ。従って天然自然の法則から外れたとしか思えないできごとも多々現出する。そうしたできごとに対面した時、我々はそれを不思議と感じ、それを是正するために妖怪は生み出されたんだ。妖怪は、人が理知的であろうとするための歯止めのようなものだヨ」

「歯止め——ですか」

「そう。情動と理性の中間に妖怪は涌《わ》く。だからバカなもんに見えるんです」

「バカ――ですか？」

「そうだよ。バカなんだよ。情動にどっぷり浸《つ》かっている者には己の愚かさなど判りはしないだろう。一方で、理が勝ち過ぎている者にとっては、情動に寄ったものはすべてバカにしか見えない。妖怪は狭間《はざま》に涌いて。思い切りバカな面体を晒《さら》すことで、人間にわきまえるということを示してくれる。そういうものだヨ。こいつらは」

補完し合っているんだよと荒俣は言った。

「妖怪はそうした、あそびの部分なんだナ。あそびを作らなければ、どんな機械も巧《うま》く作動しないだろう。本来機械には必要のない顔や手を作り、表情まで与えてしまう人型ロボットもまた、あそびではあるだろうしね。人間は理知を求める生き物だけども、情動を切り捨てることができないものでもあるんだヨ。その両輪が巧く嚙み合って回転しなければ、前には進めないんだな。だからこの學天則と、この呼ぶ子は、相反するものではないと思うネ。そうだろう」

「ソウダロウ」

「そうなんだ。外の連中は何だかんだ言って理性を捨てていますヨ。この學天則を造った西村真琴博士がこの現状を知ったらば、さぞやお嘆きになることだろうねえ」

「ニシムラマコト」

呼ぶ子が聞こえるはずのない声で繰り返した。

その時。

「大きな男だなあ。日本人かね？」

艶《つや》のある、男の声が聞こえた。

「はあ？」

「あんただよあんた。今が何年か知らんが、邦人も体格が良くなったのかねえ。僕の時代だとほら、そっちの君、君のようなのが標準だったからねえ」

「私ですか？　私はどちらかというと小柄ですが――」

「って、誰？」

學天則の横に、老人が立っていた。ベレー帽のようなものを斜《はす》に被《かぶ》った、中々の洒落者《しゃれもの》である。衣服のデザインはやけにレトロで、白髪交じりの髪は後ろに撫《な》で付けられている。

「だ、誰ですか。どこから侵入したんですか！」

「誰って、呼んだじゃないか」

「呼んだ？」

「あんたが呼んだんだろう、でっかい人」

「あ、あなたは」

「いやだな。西村ですよ。西村」

「西村真琴博士ェッ！」

荒俣が裏返った声を発した。同時に全員が二三歩後ずさった。

「何だよ、自分で呼んでおいて、その鳩が豆鉄砲喰らったような顔は」

「ゆ、幽霊ッ」

「幽霊？　幽霊なのかね僕は」

「だ、だってもうしししし」

死んでいるはずだ。五十年以上前に。

「まあ、そういう見方もできるのかもしれないが、幽霊という自覚はないな。そもそも、ひゅうどろんと化けておらんぞ。足だってあるし、生前のまんまだ。別にお前さん方に恨みもないしな。幽霊ってのは、ウラメシヤとか言うのだろ？」

い、言いますと平太郎は答えた。

「僕《ぼか》ァそんなことは言わないよ。ただ呼ばれたから出て来ただけだ。まあ、実体はない。概念だ。あんた達の記憶に呼応して、見えているだけだ。あんた達は幸い物知りで、皆僕の容姿を知っていた。だからこうして見えてるが、容姿を知らん奴にははっきりとは見えない」

呼ぶ子と一緒かと香川が呟《つぶや》いた。

「そうか。そうなんだ！」

荒俣は一歩前に出て、荒俣と申しますと幽霊――西村真琴に頭を下げた。

「で――何だ。察するにあまり景気の良い顔はしておらんようだね。どうですか、世界は平和になったか。世界中の不幸な孤児達は救われたかね」

「残念ですが」

いかんねえと西村真琴は眉を顰《ひそ》めた。

「現在、我々は暴徒に包囲されております。この建物には貴重な文化的資料が保管されているのですが、暴徒は我々ごとそれを破壊殲滅せんとしております」

「それで籠城しておるのか。雪隠詰《せっちんづ》めという奴だな」

「正に」

「で――何だ、兵糧攻めにでもあっとるのか」

「いいえ。後数十分で、毒ガスが」

「瓦斯《ガス》だと？　アウシュビッツでもあるまいに、そんな非人道的な攻撃を仕掛けるのは何処の国の者だね」

「同胞です」

「何だと！　日本人がそんなことを！」

益々《ますます》いかんねえと西村は口角を下げた。

「そうか。じゃあ、そうだ。これを使い賜えよ荒俣君」

西村は學天則を叩いた。

「が、學天則をですか？　どうやって？」

「まあ、僕がこれを造って何年経つかね」

「八十数年、九十年近くだと思いますが」

「能《よ》く保《も》ったなあ。独逸《ドイツ》あたりで壊れたと聞いていたがね。壊れていないね」

「はい。手入れはしております」

「なら平気だろう。九十年だろ？　それならまあ、四捨五入で百年だよ君」

「それだと――どうなるのですか」

「ものを識《し》らないな荒俣君。器物はね、百年大事に使うと、霊威を顕《あらわ》すことになっておる。これだってモノだ」

「つ、付喪神《つくもがみ》！」

「そうそう。いいかね、君達は理屈ばっかり捏《こ》ねるだろうに。それは良い。良いがね」

西村は人差し指で自分の頭を突《つつ》いた。

「こん中はもっと自由だよ。自在だ。僕がこうやって君達と会話しているという現状を先《ま》ず受け入れなさい。つまり現在、こん中のものが現実に漏れている、、、ということだろうに」

「漏れて――」

いるのだ。

それは呼ぶ子研究で荒俣が導きだした結論とも符合することではないか。頭の中の情報が何かの影響を受けて改竄《かいざん》され、その情報がデジタル情報をも書き換えているのだとか言っていなかったか。

「そういう状況なんだから、先ずそれを受け入れて、然《しか》る後に利用しなくてはしょうがないだろうよ。いいかね荒俣君。人は、天然自然の理を解明し始めるずっと前から、それを利用して生きておったのだよ」

「はっ！」

「太古の人類は、物理の基本定理を知らんでも応用しておったぞ。モノが何故燃えるのか、そんなことは知らんでも松明《たいまつ》は燃えておったじゃないか。モノが燃える理屈が解らん、だから燃えるのは不思議だと、普通は思わんのだよ、君。燃えるもんは燃える。だから熱源、光源として利用する。そうしておったじゃないか。理屈の解明は後から付いて来るのだ。先ずは使い方だよ荒俣君。そうでなくてはいかん。理が先んじてしまうと、使い方が解らんうちに使い出すことになる。そうなると、原子爆弾のような要らんものを創ってしまうんだ人間は」

科学は暴走しちゃいかんのだよと西村は言った。

「学問のための学問は、時に危険なのだ。理屈に合わんからといって現実を否定したりするのは愚の骨頂だ。先んじて現実があり、それを補強するようにして学問があるんだよ。先ず現実を受け入れ賜え。そして使えるもんは使わなきゃあ」

「ご説、至極ご尤も。心して承ります――」

荒俣は低頭し、學天則の付喪神ですかと呟いた。

呼ぶ子がガクテンソクノツクモガミと繰り返した。

同時に、告暁鳥がきゃあと鳴いた。

声に釣られて見上げると、學天則が手にした霊感燈《インスピレーション・ライト》が発光していた。

「あ、ありゃあ」

平太郎は一瞬、水木大先生の漫画のように、アリャマタコリャマタと叫ぶのかとも思ったのだが――。

荒俣宏の声は途中で止まってしまった。

學天則が——立ち上がったのである。

「あ、足が」

本来學天則に足はない。胸から下は巨大な箱である。その箱の下から、立派な足が生えているのだ。腰もあるようだ。他の人にどう見えているのかは判らないけれど、平太郎の目にその足は金属製のものに見えている。金属でできたものがあのように曲がるものなのかどうか、その辺は判らないのだけれど、一応関節部分にはそれらしい駆動パーツが確認できるし、質感もメタリックに——いや、顔と同じ金色に見えている。七〇年代後半に流行した、超合金ロボ玩《がん》具《ぐ》のようである。いや、もう少し大作りな感じだ。ブリキの鉄人28号に近いだろうか。

「ど、どういうことです！　西村博士」

「はっはっは。何を慌てておるんだね荒俣君。そんなに吃驚《びっくり》するようなことじゃあない。いいかね、思い出してみ賜え荒俣君」

「思い出す？」

「お化けの絵だよ。あるだろ？」

そうじゃ、そうなんじゃと山田老人が声を上げた。

「器物の化けもんというのは、みな手足が生えたり顔ができたりしておるじゃないですか、荒俣先生。百鬼夜行絵巻の化けもんは皆、足りないところが補われて、人や獣に擬態しとるんですわ。人に見立てる、それが付喪神のセオリーじゃあ」

「し、しかしこれは」

まるで。

特撮映画である。學天則はめきめきと大きくなり、勇壮なロボットになった。

天井に閊《つか》える。平太郎はアニメや特撮以外で巨大化するモノというのを初めて見た。

いや、まあアニメや特撮でもロボットはあんまり巨大化しないもんだとも思うが、普通。大きくなるロボットなんか、ゴジラ映画のジェットジャガーくらいだと、平太郎は判る人にしか判らないことを思った。

――すげえ。

これはカッコいい。というか、リアル『パシフィック・リム』じゃないかよ、こいつ。

およそスマートなスーパーロボとは掛け離れた容姿ではあったのだが、そこには武骨で強そうな、腰を屈《かが》めた黄金色の戦士が現出していた。天井の高さよりも大きいのである。五メートル以上はあるだろうか。確実に上半身の装甲も厚くなり、立派になっている。

何処となくゴールド・ライタンっぽい。この喩《たと》えは一層判るまい。

「これは――」

「人類の知と情の融和と世界の文化の融和の象徴、平和を守る――學天則だよ、君」

いやスーパー學天則とかグレート學天則とか、學天則ジャイアントとか學天則ＲＸとか、その手のものじゃないか、どちらかというと。

「こ、これで」

「まあ、蹴散《けち》らせ」

西村真琴はそう言った。

「戦闘用ではないから武器はないし、殺傷能力などは一切ない。だが強いぞ。暴徒を傷付けることはできないが除《の》けることは可能だよ。露払《つゆはら》いだね」

「し、しかし——その」

荒俣がそう言った時、すでに西村真琴の姿は掻《か》き消えていた。すっと消えたとかいうのではない。恰《あたか》も、最初からそこにいなかったかのように——事実、いなかったのだろうが。だが學天則ジャイアントは平太郎の眼前に厳然として見えている。これは、いる。いるのだが。

「ど、どうやって動かすのだ？」

「乗るんだと思いますよ」

平太郎は断言した。

「ど、どこに乗るんだね」

「必ず乗れるはずです。何故なら、この僕が見ているからですよ。僕はオタクなんです。とはいえ、ロボットアニメにはいまいち詳しくないんですが——僕の世代にとって、ロボットの多くは人搭載型戦闘ロボットなんですよ。鉄人のようなリモコン型じゃないし、人格を持ったアトム型でもない。これは、大きさから見て『ガンダム』のモビルスーツ——というより『パトレイバー』の汎用《はんよう》多足歩行型作業機械や『機龍《きりゅう》警察《けいさつ》』の機甲兵装のようなもんだと、僕は敢《あ》えて——断言します」

「は？　判るような判らないような――というか、これは機械じゃなく付喪神なんだから、これ自体に意志があるのじゃないか？」

「意志があったとしても――ですよ。それは『攻殻機動隊』のタチコマやフチコマのようなものですよ。あれだってAI搭載ですが、戦車ですから。人も乗れます」

喩《たと》えが全く解らないなと湯本が言った。

「ガンダムくらいしか聞き覚えがないね」

「儂なんかひとつも知らん。ロボットは三等兵だろ」

「いや――」

平太郎君の推測は当たってるかもしれませんねと香川が言った。

「いやいやいや、しかし五人は乗れないだろう」

「もちろん大きさから見て一人乗りだと思いますが――私、これでもロボオタなんです」

「そうなんか。でもそれじゃあどうにもならないんじゃないか？」

「いや――」

香川は顎《あご》に手を当てて暫《しばら》く考え込んだ。

「それでも活路にはなるでしょう。このまま中にいた場合、殺される可能性は依然として高い訳ですが――外に出た場合、確実に死ぬと予想したのは、まあ敵の人数が多いからに他なりません。この」

學天則ジャイアントですと平太郎は言った。その名が気に入ったのだ。

「まあこのジャイアントがあれば、抵抗は可能ですからね。攻撃はできずとも、防御はできます。必ず殺されるという確率が、かなり減ります。それに――」

香川は呼ぶ子に顔を向けた。

睨めっこでもしているようである。

「どうしたんです香川君」

「いや――この呼ぶ子は、基本鸚鵡《おうむ》返《がえ》しですよね」

「そうだね。極稀《ごくまれ》に自発的言語を発するけれども、基本は近くにいる者が発した言葉を繰り返しているね」

「そうですよねえ」

香川はより顔を呼ぶ子に近づけ、首を捻《ひね》った。

湯本と山田老人が固唾《かたず》を呑《の》むように見守っている。

「あ、荒俣先生ッ」

突然、香川が叫んだ。

「判りましたよ」

「何がだね？　何かひらめいた？」

「こんな非常時に呼ぶ子の謎が解けたとでも言うのかな？」

「いや、違います。依然理屈は解りません。しかし、使い方は判った気がします」

「意味が解らないがな」

「ほら、西村博士の言った通りです。どうしてこんなものが見えるのかは皆目解らないんですが、この、呼ぶ子の使い道は——判りましたよ！」

「使い道——だって？」

「ええ。この呼ぶ子は、その呼び名の通り呼ぶんですよ。呼び寄せるんですよ、概念の彼方《かなた》から。こいつは、人間の思考から漏れ出した——概念を実体化させる装置なんです」

「実体化させる？」

「荒俣先生、先程西村博士の名前を言いましたね」

「言いました」

「呼ぶ子は反復したでしょう」

「した——そ、そうか」

呼んでくれたんですよと香川が言った。

「だから西村博士が！」

「そうですよ。仕組みは解りませんが、この呼ぶ子に呼び掛けると、呼ぶ子が呼んでくれるんですよ、何処《どこ》かから。何処か判りませんけど、非存在を可視化してくれるんです。この學天則の付喪神だってそうじゃないですか。荒俣先生が口にして、そしたら顕現しましたよね。そうですよ。この予測が当たっているなら——そう、更に勝機は増しますよ皆さん」

「ま、増しますか？」

「それは大いに増しますよ。つまり」

呼ぶんですねと湯本が言った。

「そう。呼ぶんです。呼んでしまえば実体化する。実体化すれば、形やディテールはどうであれ、外の連中にも見えるはずなんです。取り敢えず可視化するんですよ。そうすれば更に攪乱《かくらん》できますすよ。YATが到着する前に表玄関から堂々と脱出できるかもしれない！」

「で、でも、できますかそんなこと」

「何でもアリなんですよ、たぶん。可能ですよ。お化けを召喚できるんですから」

「だが、この建物内の遺物はどうするんだ香川君」

「ですからそれも」

自分で脱出して貰《もら》いましょうと香川は言った。

拾漆

妖怪者、霊峰麓《ふじのふもと》に屯《たむろ》す

「何とかならないのかよ、久禮ちんさ」

村上健司が言った。

「俺達助けた時みたいに、乗り込んでくれよ。このままだと荒俣さんやられちゃうよ」

「そうはいかんですよ」

久禮旦雄《あさお》は頬を紅潮させる。

「私らは武装してる訳やないですからね」

「してたじゃん」

「催涙弾とフライパンですよ。催涙弾なんかもうないですし。一応迷彩服にガスマスクは装備してますけど、こんな人数に勝てる訳ないやないですか。私らは元々レンジャーじゃなくて学者やちゅうことですよ」

「解放戦線とかじゃないのかよ」

「解放連盟ですから。戦う訳じゃないですよ。いや、戦いますけど、兵隊と違いますし」

富士の裾野《すその》にある別荘地の一角である。

神保町の薩摩料理屋から助け出された全日本妖怪推進委員会は、一度埼玉《さいたま》方面に逃れた。

そこで潜伏していた数名の佐異《かいい》解放連盟メンバーと合流した。しかし彼らが関東での活動拠点としていたのはただのビジネスホテルであり、多人数が落ち着くことは不可能であった。加えて、薩摩料理屋の一件を考慮するに通報されている可能性も充分にあり、また尾行されている可能性も捨て切れなかったので、一行は乗っていた車を捨て、分散して更に移動することになった。

因《ちな》みに、レオがぐるぐる巻きのボンレスハム状態から完全に解放されたのはこの段階のことであった。足の縄だけは切って貰《もら》っていたのだが、後は放置だった。

移動先はすぐに決まった。

それがここ——富士の裾野、建物が点在する別荘地——森の中である。ここには元々、水木大《おお》先生の別荘があった。

あったというか、今もある。

いや、その水木大先生の別荘に大挙して押し掛けたという訳ではないのだ。

避難所でも公民館でもないのだから、いくら広い別荘だってそんなに大人数が収容できる訳はないのである。ところがどうやら、この別荘地——というよりもこの森全体が、妖怪関係者の秘密の緊急避難場所と化している——という情報が入ったのであった。水木大先生の別荘の周囲にある別荘が、すべて空き家になってしまったというのである。というか、まあ別荘というのは、ほぼ空いているものだろう。年に数日しか使われない別荘もある。

つまり概《おおむ》ね空き家状態ではあるものなのだが、この場合の空き家というのは、オーナーが手放した、という意味である。売り払ったか売りに出したか放棄したか放置しているか、とにかく誰も寄り付かなくなってしまったらしいのだった。

出るのだ。

熊ではない。変質者でもない。いうまでもなく、妖怪が出るのである。

何が出るのか詳しくは知らないが、どうも出るのは火のお化けであるらしい。森中に沢山の怪しい火が燈《とも》るのだそうである。鬼火、狐火、化け火、釣瓶《つるべ》火、何とか火にかんとか火と、まあレオが知っているのはそんなものなのだが、これは遠くからでも見える。だから誰も近寄らない。近寄らないまま、まあ権利を売ったり譲渡したり放棄したりしてしまって、別荘地まるまる文字通りのゴーストタウン――タウンなのかという話なのだが――になってしまったという具合なのであった。

だが――この別荘地には、そんなことを全く気にしない、気にしないというか寧《むし》ろ喜んじゃうようなオーナーが一人だけ存在したのだ。

水木大先生である。

夜な夜な怪しい火が燈る、そりゃあんたイイじゃないデスかという具合である。

そして――妖怪に対する風当たりが強くなり、訳の解らん取材だのインタビューだの、時に的外れな苦情やら言い掛かりなども増えたため、大先生は都会を離れ、その別荘に避難したのだった。

それはそうだろう。妖怪といえば水木、水木といえば妖怪という、正に妖怪の総本山的なお立場であることは世界中の認めるところだろうし、そんな大先生にとって今の世の中のあり方が好ましくないものであることは明白である。

とはいうものの、まあ、そこは流石《さすが》に大先生である。これだけ妖怪が毛嫌いされているというのに、表向き水木しげる個人に対する攻撃はなかったし、妖怪撲滅の過激派もまた、水木大先生に矛先を向けはしなかったのであった。妖怪は悪くないよね的な独り言を言っただけで連行されてしまうような世の中なのに、大先生だけはアンタッチャブルな存在ではあったのである。人類の敵妖怪の、その総元締めみたいな存在であるにも拘《かかわ》らず、それでもまだ漫画家として、人としての水木しげるに対する畏敬《いけい》の念の方が遥《はる》かに勝っていたということだろうか。

人徳というか、重みというか軽みというか、やはりその辺の小物とは格が違うのである。レオのようにぐるぐる巻きのボンレスハムみたいにされて焼き殺されかけるようなことはないのだ。ないのだけれど。

大先生は人の顔色を窺《うかが》って嘘を吐《つ》いたり誤魔化したりするようなことのない人だから、公の場でも尋《き》かれれば今まで通りの発言をされるだろうし、そうなら言葉尻《ことばじり》を捉《とら》えられてしまうこともあるだろう。炎上したりもし兼ねない。そうでなくとも、いつどんな言い掛かりをつけられるか知れたものではないのである。火のない処にでも煙を立てて、その僅《わず》かな火種に油を注いで全焼させるようなご時世である。用心に越したことはない。

と、いうことで水木大先生は富士の裾野に隠棲《いんせい》した。

結果、別荘が点在するそこそこ広大な森は、ほぼ水木大先生のプライヴェート・フォレストになってしまったのであった。そういう言い方があるのかどうかレオは知らないが、まあプライヴェート・ビーチからの発想である。

で。

こんな世の中ではあるが、それでも水木大先生に近いお方というのもいない訳ではないのである。お化け好きというのは世間的にはもう売国奴非国民人非人凶悪犯罪者黴菌《ばいきん》毒物汚物ゴミ扱いなのだけれども、それでも全くいない訳ではない。転向したものも多いが、まだ生き残ってはいる。そういう人達は、もちろん普通に生活できなくなっている訳なのだが。

彼らが——買った。或《ある》いは借りた。空いた別荘を。

最初に買ったのは某有名漫画家だったという。

もちろん、妖怪漫画を描いていた人である。

二束三文だったと聞く。売り手にしてみれば売れれば十円でもいいというような勢いだったようである。縁を切りたかったのだろう。妖怪と。

やがて——横の繋《つな》がりもあるのだろうが、お化け系の漫画を得意としていた漫画家さんたちがぼつぼつと移住を始めたのだった。漫画家だけではなく、小説家やゲームクリエイター、画家やイラストレーター、映像作家や一部の俳優、タレントなど、お化けに対してシンパシーを持っている——つまり現在のこの国では普通に暮らし難《にく》い人達が、大挙して——しかしひっそり粛々と移り住み始めたのであった。

富士の裾野の一角は、この国で唯一のお化け解放区となったのであった。まあ、解放していないところにも妖怪は出続けていたのだから、正確にはお化けを嫌だと思わない人解放区、と言うのが正しいのだが。

まあ敢《あ》えて名は秘すが、あんなものやこんなものを描いていた人達なんかがごっそりと森の中に隠棲している訳で、世が世ならこれは大変なことではある。

レオ達全日本妖怪推進委員会とアジア怪異解放連盟は、そこを避難場所に決めたのだ。

水木山荘の二軒先と三軒先が空いていたので、そこに落ち着いた。

薩摩料理屋脱出から三日後のことである。

他の人達は買ったり借りたりしているのだろうけれど、レオ達一行はまあ、一種の違法行為である。いや、一種のどころか、紛《まご》う方《かた》なき不法侵入の不法占拠なのだが、この際そんなことはどうでもいい感じではあったのだ。警察に捕まったら捕まった方が安全な気もした。手錠の方がぐるぐる巻きよりずっといい気もするし。そんなこんなで人心地はついたのだけれど、一同の心の中は全く人心地ついていなかった訳で。

杉並の荒俣秘密研究所襲撃事件の所為《せい》である。

「おいおい、何か差し向けるとか言ってるぞ。本気でヤヴァいよ。あれ？　多田ちゃんは？」

テレビに見入っていた村上が見回す。及川が答えた。

「さっき木場君と一緒に水木先生のところに肉喰《く》いに行きましたよ」

「肉？」

「はあ。さっき悦子《えつこ》さんがバーベキューするから一緒にどうって誘いに来たじゃないですか」

「え？　全然気付かなかったよ。何だよ。まったく」

「こんな時にねえ。能《よ》く喰えますよね」

「そうじゃないよ。それなら俺も行くって話だよ。それより本気でマズイ状況だよな。京極さんは？　肉？」

「いや、京極さんはなんか、日本推理作家協会《にほんすいりさっかきょうかい》からの密使が来たので対応してますよ」

「密使？　何だよ密使って」

「密使は密使ですよ。なあ、レオ」

「は？」

突然振られても困る。

「ええ、ミッシムラムラです」

こいつやっぱり置いてきた方が良かったなと村上が言うと、後一歩で忘れたフリができたんですけどねえと久禮が繋いだ。

「松野さんが気付いてしもたんですよ」

「と、と、いうことは、クレさんは実は最初から気付いていたのに見て見ぬフリを！」

「面倒そうでしたからねえ」

「それは少し酷《ひど》いと思いますよボクわ」

少しねと及川が言った。

「少しですか？　いっぱいじゃないですか」

「ほんの少しだよ」

まあまあと河上が意味のない仲裁をした。

「もう済んだことですし。レオさんも死んでないことだし」

「いいんだよレオなんかどうでも。死んでも。それよりも荒俣さんだって。レオがあそこで死んでても誰一人困らないけど、荒俣さんにもしものことがあったら世界的大損失だろ。それに聞けば湯本さんや香川さんも一緒らしいじゃん。何とかしなくちゃだって。おいレオ」

「いやです」

「何がだよ」

「死ね、とか言うんじゃないですか村上先輩」

「そういうこと言うからシネとか言いたくなるんじゃないかよ。お前の所為《せい》で、世間じゃ俺は毒舌暴言キャラだと思われがちなんだよ。みんな引くんだよ、シネとか言うと」

「それでは言わないで欲しいものですよ。干し藷《いも》も欲しいものですよ」

やっぱり死んだ方がええんと違いますかレオさんと久禮が極めて冷静に言った。

「そう思うだろ？　思うんだって普通の人は。だから俺もつい言っちゃうんじゃないかよ。誰彼構わず暴言吐《は》いてる訳じゃないから。あのさレオ、ちょっと京極さんに報《しら》せて来いよ。後何十分かで何とかが突入するって」

「なんとかでありますか」

ＹＡＴだよと及川が言った。

「ははあ。海から」

そりゃヨットだろと言われた。

「ひゃあ能《よ》く解りましたね海だけで。ボク自身何でそうなるんだと思いましたですよ今回は」

いいから行けよと言われた。

「きょ、京極さんはどこにいるのでせうか？」

「知らないよ俺は」

隣だよ隣と及川が言う。

「隣って、どっち側？」

「あっち。判んないのかよ」

「はあ。告白しますと、どっちを見ても樹が生えているばっかりなので右も左もさっぱりわからんちんどもとっちめちんです」

「で？」

「いや、トンチンカンチン」

早く行けよと尻をどつかれた。

外は本気で樹だらけである。隣といっても別荘同士が離れて建っているのでホイホイ行ける訳ではない。建物と建物の間にも樹が生えている。込み入った枝の隙間に屋根が覗《のぞ》いているだけである。

まあ、味噌汁《みそしる》の冷めない距離ではあるだろうが、カップヌードルが喰えるようになる距離でもある。レオがウルトラマンだったなら、ゆっくり歩けば着く前に飛んで行かなければならなくなるだろう。というか、変身しなければ普通に行けるようにも思うが。

いや。レオは基本的に方向音痴である。地図は読めるが体感として東西南北が判らない。建物から続く径《こみち》を抜け、少し大きめの道に出た段階で、もうあっちがどっちだか判らなくなってしまうのだ。

大きな道といっても両側は樹だ。右を見ても左を見ても景色はあんまり変わらない。これがまた、巧《うま》い具合に富士山が見えないポイントなのだ。目印は何もない。

「あー樹だ。樹ですよ樹」

独り言というのは概ね無意味なものだが、これまたひと際無意味な発言である。無意味の王様である。

「樹が生えていますよう」

だから何だ。

さてどっちだろう。

道に面した部分は生け垣のようになっていたりする。道の向こうは鬱蒼《うっそう》とした森である。

左右を見比べると、左側の生け垣の切れ目に似田貝が突っ立っていた。頰を肉まんのように膨《ふく》らませてスマホを弄《いら》っている。ならまあ、あっちなのだろう。

駆け寄ると、あらレオさんと言われた。顔を上げもしない。

「ここ電波ないですねえ。ワイフと連絡も取れないので気が気じゃないですよ。うふふ」

「うふふって、その、京極さんはどこでありますか」

「そこですよ。今、会談中です」

「エラい人が来てるでありますか」

「偉いですねえ」

「え、エラい！」

「どうしたんですか？」

「いや、村上先輩にですね、荒俣先生様が危機一髪なので京極さんを喚《よ》んで来いと命令されたのであります」

「荒俣さんが！　そりゃ大変ですね」

「でも、エラい人でありますね？」

「綾辻行人《あやつじゆきと》さんと貫井徳郎《ぬくいとくろう》さんですね」

「ひゃあ」

エラい。

「京極さん、先日の記者会見の後に行方不明になってる訳ですよ。僕らと一緒に。で、まあそれは表向き伏《ふ》せられているんですけど、それでも業界の人なんかは知ってる訳で、オフィスにもご家族にも連絡してないから、安否が判らないので心配されてて」

「連絡してないですか」

「できないでしょうに。同じオフィスの大沢《おおさわ》さんまで攻撃されちゃいますよ、妖怪撲滅派に命狙われて逃げたなんてことが知れたら」

「そうでありますか」

「ご家族には、死んだら連絡入れるから気にしないことと伝えてあるそうです」

「死んだら！　どうやって」

知りませんねえと似田貝はにやついた。

「何でも、現在活動休止中の推理作家協会の歴代理事長が秘密会談を持ったんだそうで」

「かっかか、活動休止中なのでありますか」

「まあ、ミステリも今や悪書扱いですからねえ。ミステリに限りませんけど。娯楽は敵ですよ敵。そうした状況を打開しようという会合ですよ」

「ははあ。能《よ》く解りません」

「いや、だから、ミステリは妖怪とかとまるで関係ないし、寧《むし》ろ極めて知的で合理的な娯楽なんであって、不謹慎でも不真面目でもないとかいうのをですね、アッピールしてですね」

「アッピール！」

ガアガアとか言ったら殴りますよと似田貝は言った。言うつもり——だった。口の形はすでにガになっていた。最近、レオは冗談が先読みされる傾向にある。

「まあそれで、妖怪といえば京極さんだし、この間の記者会見の一件もあるし、その辺のことに対する意見を聞いて調整したいから、こっそりコンタクト取りたいということになって」

「ミッシですか」

「は？　みっし？　ああ密使ね。そこで貫井さんが選ばれたんだそうですけど。でも京極さん行方不明で、それでまあ同じく行方不明のブラカン長」

「浣腸《かんちょう》！　郡司様でありますね」

「はあ、なんか違ってそうですが、郡司さんね。郡司さん。その郡司さんに、角川グループのもっとエラい人から連絡が入って、それでまあここが先方にナイショで伝わったので、貫井さんが隠密《おんみつ》でやって来たと」

「綾辻先生様は」

「綾辻さんは事情を聞いて、純粋に京極さんの身を心配して付いて来たと」

「ははあ。じゃあ、ボクのようなエラくない人は雑《ま》じり難《にく》いでありますね」

「そりゃ雑じり難いでしょうけど、別に雑じることはないでしょうに。レオさん単なるお使いでしょうよ」

「その状況ではお使えないです」

「使えない男というのはホントなんですねえ。少しは店長の図々しさでも学んだらどうなんですか。ヘタレですよチキンですよ。放屁鶏《ほうひどり》ですよ。でも急ぐんでしょうに」

似田貝はすたすたと径を進んだ。

「荒俣さんが危機なんでしょう？」

「キキであります。落ち込むことも多いけどワタシは元気であります」

「ウルサイよ。死んだ方がいいかもですよ」

結局そう言われるのだ。

暫《しばら》く進むと、樹々に囲まれたわりと瀟洒《しょうしゃ》な建物が見えて来た。ベランダに難しい顔をした郡司と、相変わらずの京極の姿が見える。背を向けている二人が貫井綾辻両氏なのだろう。

「言い難《にく》いんですけど、一部では京極さんを除名すればそれで済むんじゃないかという声も上がったようなんですよ」

貫井先生様らしき人物の声が聞こえた。

「そういう問題じゃないよね」

これはたぶん、綾辻先生様だろう。レオはもう竦《すく》んでしまった。

「まあ、でもそれは却って逆効果じゃないかというのが評議会の意見でして」

「評議会っていうのは、その理事長経験者の？」

「ええ。北方謙三《きたかたけんぞう》、逢坂剛《おうさかごう》、大沢在昌《ありまさ》、東野《ひがしの》圭吾《けいご》、今野敏の五人です。議長は真保《しんぽ》裕一《ゆういち》さんです」

「まあ、僕は脱会しても構いませんけど。というか、しようかと思っていましたけどね。ご迷惑でしょう、妖怪関係者は」

そう言うと思ってましたと貫井は笑った。

「でも、まあ寧《むし》ろ反対で、妖怪退治のエキスパート的な扱いじゃないですか。京極さん」

「この間の記者会見の報道も概ねそういう論調だったけど」

「まあ、真意は報道されないものなんですよ。僕は依然として妖怪推進委員会です。今起きている現象に就いては、検証し改善するのが急務だとは思いますけど、妖怪は推進しますよ。だから殺されかけましたし」

大丈夫だったのと綾辻が問うた。

「縛られて焼かれそうになりましたあはははは」

「笑いごとじゃあないよね」

「はあ、死んでたら笑えませんけど、生きてますから笑いますよ僕は」

「そうは言うけど、いつまでもここに隠れ住んでいる訳にもいかないでしょう」

そうですよと貫井が継いだ。

「そこで説得に来たんですよ」

「いや、それはいいんですけど、お二人ともこんなところに来ちゃ危険ですよ。この森は、反政府ゲリラのアジトみたいな感じになってますからね。それにしても、理事は沢山いるというのに、どうして貫井さんが？　まさか時代劇ファン同士という話ですか？」

そうですよと貫井は答えた。そうなのか。

「時代劇も危機ですからね。それでなくとも新作が減っているというのに、今や旧作の放送配信もされなくなって、ソフトも流通してません。戦時下の統制より厳しいですよ。国が禁止しているんじゃなく、自主規制ですから手に負えません」

ホラー映画も壊滅したからねえと綾辻が嘆いた。

「ソフトを所持していること自体が問題視され兼ねない状況だから。法的な規制はないけども持っていると知れたら抗議されちゃう」

「まもなくミステリもそうなります。元々境界は曖昧《あいまい》ですからね」

「うーむ」

京極は腕を組んだ。

「と──いうことは、ミステリは妖怪の対極にあるもんで、寧《むし》ろ対妖怪であると、京極さんに喧伝《けんでん》して貰おうということですか？」

郡司が問うと、そういうことになりますかねえと貫井は答えた。

「まあ北方さんも大沢さんも、京極さんの身を案じている訳ですけど。協会のイメージ戦略に協力してくれるなら安全を保障しようと東野さんが」

「いやあ」

京極は苦虫を噛《か》み潰《つぶ》したような顔をした。

「それはリスクが大きいですよ」

「京極さんにとってですか？」

「協会にとってですよ。僕なんか匿《かくま》ったらそれこそ根刮《ねこそ》ぎやられちゃいますよ。それでなくとも風当たりが強いんですから」

「いや、それでも利用価値はあると」

「そうかなあ」

「世間を騒がせている妖怪騒ぎとミステリ小説は無関係だし、逆に妖怪に対抗するためにミステリ的知的娯楽は必要だ――ということを示したい訳ですよ。まあ世間がホラーや怪談、延《ひ》いてはミステリや時代劇、アニメなんかまでをも排撃し始めたのは、妖怪騒ぎの煽《あお》りな訳ですから、ここで妖怪専門の京極さんに前面に出ていただいて、妖怪とミステリを切り離そうと」

そこが逆様《はんたい》なんですよと京極は言った。

「そういう風潮が先《ま》ずあって、そうなった理由が解らないから結局妖怪がスケープゴートにされたというのが実情なんです。ですから妖怪と切り離したところでどうにもなりませんよ」

なりませんよねえと貫井は苦笑いした。

「そういえば、小野《おの》さんもそんなこと言ってたなあ」

綾辻が言った。小野さんというのは、小野不由美《ふゆみ》先生様のことだろう。レオは益々《ますます》固くなってしまった。

「小野さん曰《いわ》く、こういう殺伐とした風潮に対して、バランスを取るために妖怪が涌《わ》いているんじゃないか、とか」

「バランス――ねえ」

京極は考え込んでしまった。

「それから、こんなことも言ってたな。あの、東京都知事の――仙石原さん？　あの人は逆妖怪だって」

逆妖怪ってなんですかと郡司が問うた。

「妖怪と正反対の存在、というような意味だと思いますけどね。ああいうタイプの人が必要以上に存在感を世間に示すので、バランスを取るために妖怪が涌いて来るんじゃないかと。そういうことなんじゃないかと」

「仙石原知事ねえ」

「そ、そのちち知事でありますッ」

そこでレオの緊張は限界に達した。何かがプツンと切れて、途端に大声を出してしまったのである。

「何だ。レオじゃないか」

「れ、れ、レオ☆若葉でありますッ」

「何だよ。何か用なのか？　帰れよ」

「は。あ、アヤツジ先生様、ヌクイ先生様、ご、ご機嫌宜《よろ》しゅう拝察つかマツリ囃子《ばやし》が聞こえますですお祭り日和」

この人おかしい人？　と綾辻が尋いた。すいません無視してくださいと郡司が答えた。

「むむ、無視されては困ります。その、知事がヨットで荒俣さんが危機なのでありますッ」

「ああ？」

綾辻貫井両氏が振り向いた。もうどうにでもなれとレオは続けた。

「そ、その、言い直しますです。都知事が何かを発動して、ヨットが急襲するのであります」

「荒俣さんの研究所を？」

「はいそうであります」

「ヨットが解らないな」

ＹＡＴじゃないですかと貫井が言った。

「東京都が組織した妖怪殲滅《せんめつ》チームの」

「ソレでありますッ」

「マズいなあ」

郡司が腰を浮かせた。

「化学兵器を装備してるという噂ですよ。いくらＮＡＳＡの防災壁でも、ガスは防げないいな」

「で、村上先輩がどうしようと」

「どうしようって、ここテレビありますよね」

「ありますよ」

郡司がベランダから室内に向かい、三人がその後に続いたので、レオと似田貝も玄関から中に入った。リビングのテレビには杉並騒動のライブ映像が映し出されていた。

現場レポーターの女性が捲《まく》し立てている。

――仙石原知事による特別治安維持条例第五条発令宣言から三十分が経過しました。既に自衛隊は出動しており、到着を待つばかりの状況です。ＹＡＴはヘリコプターによる屋上からの突入になるものと思われます。突入まで後、残すところ二十分です。

「残り二十分か。それじゃあ手の打ちようがないな」

「何分だって手の打ちようはないですけどね」

あそこに誰がいるのと綾辻が尋いた。

「あのマンション、ただのマンションじゃないよね？」

「強化防災壁装備の倉庫兼研究所なんです」

「倉庫？」

「妖怪資料や遺物、文化財の倉庫ですね」

そうだったのかと貫井が驚く。

「噂だと妖怪生成装置があるとか」

「ある意味で正解ですが、ある意味では大間違いですよそれは。で、まあ中には荒俣さんがいます」

「そうなの！」

これは大ごとじゃないかと二人のミステリ作家は画面に見入った。

「周囲を自衛隊で固めて、屋上からガスを注入するつもりなんだな。恐ろしい殺傷能力らしいから、弥次馬《やじうま》も過激派の暴徒も退かざるを得ないだろうなあ」

郡司が渋い声を出した。

「というか、これ公開処刑でしょうに」

「まあねえ。本来襲撃した暴徒を取り締まれば済むような話のはずだったんだけどねえ」

「荒俣さん――」

郡司が眼を細める。

走馬灯のように荒俣宏との思い出が駆け巡っているのだろう。

十三年に亘《わた》って行われた妖怪会議のあれこれ。指示されるまま海に潜って珍しい魚を捕ったこと。平凡社《へいぼんしゃ》に荒俣の原稿を取りに行き、荒俣の目の前で倒れて入院してしまったにも拘らず退院して挨拶《あいさつ》に行ったら最近グンジ君見かけなかったけどどうしてたのと言われたこと。土産に西瓜《すいか》を持って行った時、スプーンもないのにどうやって半分に割っただけの西瓜が食べられたのか不思議だったということ――いや、郡司ブラカン長と荒俣さんの間には、もう人には言えないあれやこれやの歴史があったと聞く。

のみならず、荒俣宏には伝説《レジエンド》がある。風呂《ふろ》に入れない時は砂場で砂を浴びるとか、鯛焼《たいや》きしか喰わなかった時期があったとか、枚挙に遑《いとま》がない。それらアラマタ・レジェンドは、どう聞いてもツクリにしか聞こえない話ばかりなのだが、事実も多くあるという。

いやいや、そうしたことは置いておいたとしても、荒俣宏の功績というのは計り知れないものがある。荒俣宏という人がいなかったなら、本邦の幻想・ホラー文学はどうなっていただろうか。レオは馬鹿だが、馬鹿でもそれくらいのことは解る。

郡司の心中は複雑だろう。それは京極にしても同様だろうと思う。

そもそも、そんな偉い人でなくたって、それ程深い付き合いがなかったとしたって、単なる知り合いであったとしても、その人が殺害されるところをテレビの実況中継で見物するなんぞということは、まあ普通大抵あり得ない状況なのであって。

「どうするの京極さん？」

綾辻が問う。

「策はありませんね。あったとしても遠方過ぎます。見守るしかないですね」

「ひゃあ」

画面には機動隊らしき一団と元々攻撃を繰り返していた暴徒——ＮＪＭ《日本の情操を護る会》との小競《こぜ》り合《あ》いが映し出されていた。バリケードを築こうとしているのだろう。危険ですから下がってくださいというアナウンスと、浄化浄化というシュプレヒコールが入り交じって聞こえる。

「何だか茶番だなあ。こいつら、目的一緒なんじゃん」

「そうねえ——」

「あれ？」

京極が妙な声を出した。

「ドアの処。防災壁が動いてる。上がってる気がするけど——もしかして投降するつもりなんですかね、荒俣さん」

「投降？　いや、でも——まあ暴徒が後方に下がればなあ。出るなり暴行されるということもないんだろうけど。機動隊は流石にそんなことしないでしょう」

「暴徒が下がれば、でしょ」

下がってないですねと貫井が言った。

慥《たし》かに下がっていない。いや、寧《むし》ろ近付いている。

ＮＪＭの一団は、防災壁が開き始めたのを確認するや否や、機動隊を押し退けて砂糖に集《たか》る蟻のように扉に群がったのだ。機動隊にそれを制止する気はない――ように見えた。

「まあ、ガスでやられるよりいいのか」

「良くないでしょう。これ、黙殺されちゃうでしょう文字通り」

「あ？」

全員が声を失った。

「あー」

レオも何だか判らなかったが判らないなりに声を失った。

「手？」

「かな？　いや、手じゃないでしょう」

「いや、手に見えたけど。手でしょう」

「手って、何でありますか」

さっぱり判らなかったのでレオは似田貝に尋いた。

「今なんか出たでしょう。ぺろっと」

「ぺろ？」

人間がごちゃごちゃしていて能《よ》く見えない。映像はスタジオに切り替わった。

――何でしょう。何か見えましたが。

――今のはなんですか？　現場の北紋別《きたもんべつ》さん？

——はい。何でしょう。今、慥《たし》かに何かが出て来たんですが、私の処からはちょっと確認できません。突然シャッターのようなものが開き始めまして、ガラスの扉をこう押し開けるようにして、金色——金色に見えたのですが。

「金色って」

——あ。シャッターが——シャッターなのかどうか判りませんが、そのようなものが完全に開きました。あれは、あれは何でしょう！

ガラスの扉が開いて、にゅっと何かが二本出て来た。

「腕——に見えるけどなあ。かなり大きいけど」

「何か持ってますね。何だろう。鳥の羽根？」

「ペン——ですね」

京極が言った。

「ペン？　羽根ペン？」

「そうですよ。あれは——」

が。

學天則かと郡司が叫んだ。

「學天則ってあの、ロボットの？　『帝都物語』に出て来た？　あんなに大きいですか？」

「いや、あんなに大きくない——と思いますけど」

「あ。いや、そうですよ」

扉から金色の顔が覗いた。月桂冠《げっけいかん》のようなものを被《かぶ》った、巨大な顔である。

——何でしょう。あれは、あれは顔です。よ、妖怪でしょうか！　きょ、巨大な妖怪が。

「妖怪じゃないだろうが、それ以前に學天則ってロボットなんだから」

「というか、それ以前に學天則ってあんな風に動くものなんですか？」

「いやあ、字を書くだけですが——」

テレビ画面の中は大混乱になっていた。

ぬっと顔を出した黄金の巨人はそのまますするすると扉を抜けて——どう考えても扉の幅より大きいと思うのだが——ゆっくりと立ち上がった。

「で——でかいな」

——巨人です。巨人、というよりも巨大ロボットでしょうか。五メートル、いや、もっと大きい、マンションから巨大ロボットが。

そこで音声が乱れた。

どうやらレポーターが逃げ惑う人々の波に呑《の》まれたっぽかった。画面も大きく揺れて、何が映っているのか判らなくなった。

「どういうことすか」

郡司が呆《あき》れた顔で振り向いた。

「あのさ、ああいう秘密兵器を開発していた訳？　妖怪関係者は」

綾辻の問いに京極は首を傾げ、

「そんな資金と技術があったらもっと楽に暮らしていますよ妖怪関係者は」

と、沈んだ声で答えた。

「でも、あれは人工物でしょう。なら正に、二足歩行の人間型巨大ロボットだよね？」

「いやあ。違うと思いますよ。そんな科学技術の最先端みたいなもんじゃなく、もっと頭の悪い感じのものだと僕は思うけどなあ」

「頭悪いって？」

「お化け関係者にその手のテクノロジーは皆無かと」

「じゃああれは集団幻覚のようなもの？　ホログラムみたいな？　それにしてはテレビカメラに映ってるよね」

「ああ、画面が切り替わりました！」

貫井の声に慌てて画面に目を遣《や》る。

空撮――のようだった。

――大変なことになりました。一部で妖怪の巣窟《そうくつ》と噂されていたマンションから金色の、あれはロボットでしょうか？　ロボットが出て来ました。これはどうしたことでしょうか？

――ロボットって非常識ですよ。現在の技術で、まあ二足歩行や何かは可能なんでしょうけど、あんな巨大な、あれ、どのくらいの大きさでしょうかね。四階くらいまでの高さがありますね。能《よ》く判りませんけど、十メートルくらいはあるんでしょうか。あんなものは造れないでしょう。特撮映画じゃないんですから。

——はあ、あ。ただ今、視聴者からの情報が寄せられた模様です。あれは、昭和三年に造られたガクテンソク——ガクテンソクというロボットではないか、ということですが。ご存じですか？

——ガクテンソクって、學天則ですかね？　詳しくは知りませんが、それならもっと小さくて、歩いたりしないもんじゃなかったですか？

——はあ、あ。ただ今取材のヘリが近づいているようですが。おや。人が、人が乗ってますか？　人間が搭乗している模様です。顔まではちょっと判りませんが。

「荒俣さんだ——」

郡司が茫然《ぼうぜん》として言った。

「もう、体形で判る。あれは荒俣さんだ」

「荒俣さんが操縦しているんですか？　ロボを？」

「操縦してるよ。頭の上になんか座ってるじゃん。あれは絶対荒俣さんだよ。どうなってるんだ？　あんなものいつ造ったのよ」

「が、學天則GO！　ぱ、パイルダーオン、ってな具合ですかッ。それで動くデスか！」

動かないよと言って京極がレオを睨《にら》んだ。

「でも動いてますよ。人波を掻《か》き分けて、どんどん進んでますよ」

凄《すご》い。

こんな臨場感のある、しかもリアルな特撮映画をレオは観たことがない。

というか、映画じゃないからリアルなのは当たり前なのだが。

「でも、どうする気なんだろう。自衛隊もそこまで迫っているんだろうに――」

「いや、自衛隊は今回、あくまでYATのサポートとしての出動要請のようだから、重火器装備の部隊が向かってる訳じゃないでしょう。戦車も出ないと思うし。だから――これは有効かもしれないなあ」

「有効かなあ。こんな目立つもの、何処に行ったってまる判りじゃないですか？　逃げられないでしょう」

「いやあ」

京極は眉間《みけん》に皺《しわ》を立てた。

「これは、本当はこんなに大きくないんですよ」

「え？」

「それに、誰も何も言わないけど――あの人垣を観てくださいよ。空撮なので判り難《にく》いけども建物から出て来たのは學天則だけじゃないですよ」

慥《たし》かに人垣が多少乱れていて、処どころに筋ができており、その筋に沿って何かが移動しているようだった。

「あれ――何ですかね」

「箱みたいに見えるけどなあ」

「箱でしょう。前に一度見たことがありますよ。あれは例の妖怪文化財を入れた桐箱です」

「え？　じゃあ、あの倉庫に収蔵されてるもの？　しかしどうやって運んでるんだ？　台車にでも載せて、學天則で引っ張ってるのか？」

それは無理でしょうと貫井が苦笑した。

「現実的じゃないですよ。そんなもの、何メートルと進まないし、すぐ暴徒に粉砕されてしまうでしょ」

「でも——」

箱は行列を成して學天則の後に続いている——ように見えた。

「箱だけじゃないなあ。なんかヒラヒラしたものとか妙に装飾的なものとかもないか？」

「ありますねえ。あれ、飛んでないですか？」

付喪神ですねと京極が言った。

「ああ？」

「あれ、箱が自分で移動してるんですよ。たぶん、脚か何かが生えてるんでしょうね、箱そのものに。箱に入っていないものは、それぞれが飛んだり歩いたりしてるんですよ。あれ、要するに器物の妖怪です」

そんな馬鹿なと言ったのは、綾辻でも貫井でもなく郡司だった。

「そりゃないでしょうよ」

「この期に及んで何が馬鹿なですよ郡司さん。もうイイだけ馬鹿なことばかり起きてるでしょうに」

「しかし京極さん、京極さんが言ったんですよ。妖怪は出てるけど、物理的作用は及ぼしていないって。物理的作用の後講釈的に出現するか、出現したことによって動転した人間が転んだりぶつかったり、事故起こしたりしてるだけだって」

「言ったけどもね。そうでない妖怪もいたでしょうに」

「そうでない妖怪？」

「例えば及川が出合った死に神。あれは及川と会話してるでしょ。意思の疎通ができる。自発的に発言してる」

「あれは及川の脳内反応なんじゃないの？　あいつ妄想癖があるでしょうに。それに、喋《しゃべ》るというなら多田ちゃんの出合った一つ目小僧だって喋ってるでしょ」

「あれは伝統的なセリフだから。お化けの属性のうちですよ。それよりも何よりも——」

呼ぶ子ですよと京極は言った。

「あれは、まあ見え方は人それぞれなんだけど、それこそ自発的に何かを喋ったんでしょ。それも一人だけが聴いている訳じゃないよ」

「そうですけど」

「その、呼ぶ子石を持ってるんですよ、荒俣さんは」

「その所為だと？」

「ここ、電波通じないんですね？　でも有線電話はありましたよね。平太郎君だっけ。あのバイトの子に電話できないかな。たぶん、この大混乱に乗じて脱出していると思うんだけど」

岡田ア、平太郎に電話してみてよと郡司が叫んだ。

程なくして隣室から目を剝《む》いた岡田が顔を出した。

「が、學天則ジャイアントだそうです」

「あ?」

「ひゃ、百鬼夜行ならぬ、百鬼黄昏《たそがれ》行だそうです。それでもって、至急救援乞《こ》うと——」

「救援? 救援ってどういうことだよ?」

郡司が眉《まゆ》を顰《ひそ》めて問うた。丸顔ではあるのだが目付きが著しく鋭いというか悪い感じなのでかなり怖い。レオには恫喝《どうかつ》しているように思えてしまう。しかし慣れているのか、岡田は動じることなく普通に答えた。

「ええと、トラックとかコンテナとか、何でもいいからそういうものを現場付近に寄越して欲しいと平太郎君は言ってます。それと肉体労働系の人手が要るとか。無理かもしれないけど運搬用のヘリコプターなんかだとすごく嬉《うれ》しいとか」

意味が解らないよと郡司はいっそう怖い顔で言った。

「あのさ、殺されそうになってる訳だろ? で、何だか判らないけどあの変梃《へんてこ》なもんが涌《わ》いて出た訳よ。で、荒俣さんがそれに乗ってるんだよ。でもって、何か箱がぞろぞろ続いて歩いてるんだよ。ほら——」

郡司はテレビに目を遣った。

巨大な金色のロボがビルの谷間を悠然と進む画《え》が映っていた。空撮である。

「——もう気が触れた状況だよ。何をどうしたらトラックだの寄越せって話になるのよ」

岡田は苦笑いをした。

「ビルの中のものを運び出して安全な処に移したいんだそうですが」

「移動してるじゃん、自分で。見ろよ」

まあ、箱だの絵巻だのが自分で歩いているのだが。もちろん画面の中では——ということなのだが。暴徒達は一定の距離を取ってその行列を囲み、一緒に移動を始めている。機動隊がその間に入り退けようとしているようで、至る所で小競り合いが起きている。道の両端には弥次馬がマラソン見物でもしているように、ずらりと詰まっている。

「あそこにトラックで付けろって？　殺されちゃうだろうよこっちが。つうか無理だって。道路封鎖されてるだろう。突っ込むのか？　人垣に」

だからヘリなんじゃないすかと似田貝が言った。

「いや、ヘリでも無理ですよ。着陸できないでしょ？」

貫井が言う。その通りだろう。飛ぶんじゃないのと綾辻が言った。

「もう、何でもアリって感じでしょう。この世界、物理法則とかまるで無視されてるみたいだから。実際、飛んでるのもあるじゃない」

「ならみんな自力で飛べば済みますよね」

「そうだねえ」

「いや、あの」

岡田が説明に困っている。岡田の所為《せい》ではない。平太郎が悪い。で、オレは悪くないとレオは思った。京極が立ち上がり、ちょっと貸してと言って岡田から受話器を受け取った。

まるでスペクタクル特撮巨篇のようなライブ映像を残念そうに眺めて、これそもそも収拾が付かないよなあと郡司が呟《つぶや》いた。

「荒俣さんの行動とは思えないなあ。あれ、戦闘できるのか？　というか、戦ったとしてYATとか自衛隊とか殲滅しなきゃ生き残れないでしょう」

無理でしょうと綾辻が応《こた》えた。

「あれ、操縦してる部分剝き出しだよね。どんな武器があるのか知らないけど、戦う前に荒俣さんが狙撃されたら終わりだよね」

「それこそ弾除《たまよ》けみたいな機能があるんじゃないんですか？　見えないけど。こんなの、我々の常識ではもう判断不能でしょ？」

「え、A．T．フィールド的な！」

貫井の言葉に反応し、レオはつい口走ってしまった。

全員に睨まれた。

今回は間違ってはいないと思うが。

「ええと、じゃあその」

言い直さなくていいでしょと似田貝に止められた。

「違うんですよ」

突然、京極の声がした。

「あ？」

「移動なんかしてないんです」

「あ？」

「何も、何一つ移動してないんですよ。あれは、荒俣さんが一人で歩いているだけですね」

「あ？」

「何かエライことになってますけど、実際には防災壁を上げて、玄関から荒俣宏が出て、悠然と歩いているだけなんです。我々に——というか、現場にいる人間に見えているだけなんですよ、あの付喪神は」

「つくもがみ——なの？」

「學天則の付喪神だそうです。平太郎君は學天則ジャイアントと名付けたようですが——あれも、他の妖怪同様に物理的存在じゃないんですよ」

「でもテレビ画面に映ってるけど」

「今涌いている妖怪は——情報を改竄《かいざん》するんです」

「改竄って——」

「あの場にいる人達にどう見えているのか判りませんけども——」

　そこで京極は似田貝にテレビのチャンネルを変えるよう指示を出した。似田貝は何故か一瞬膨れた饅頭《まんじゆう》のような顔をして見せてから、リモコンを操作した。何の意思表示なんだ。

「他でもおんなじですよ」

「いや——多少違うはずだよ」

「え？　同じ——じゃ、ないな」

まあ、局が違えばカメラアングルも違う。だから全く同じ画という訳ではない。だから構図や何かは違って当然である。しかし、被写体は一緒なのだから、まあ概ねは同じような画面になる訳で——。

違うねえと綾辻が言う。

「何処がどう違うのかは判然としないけれども」

「こ、コクピットに覆いがあるな。この局だと」

呆然《ぼうぜん》とした郡司が呟いた。

學天則ジャイアントの頭にマジンガーZ的なコクピットが付いている。まさに。

「パイルダーオンでありますか！」

レオの、これもまた間違っていないはずの発言は軽く無視された。郡司は似田貝からリモコンを奪い取ると再びチャンネルを変えた。

「あー。違うなあ。顔が違う。學天則の」

「違いますか？」

「さっきの局のは初代のリサイズレプリカ版、この局のは映画の帝都物語版の顔ですね」

細かいなあ京極さんと貫井が呆れた。

「あッ。また違う」

既にただのザッピング親爺《おやじ》と化している郡司は次々とチャンネルを変え、いちいちアレとかオヤとか声を上げている。

「NHKのはオリジナルに近い！　これって」

「でしょ。朧車と一緒で、まあ撮影者の——いや、これは生中継だからプロデューサーなのかな。とにかく放映されてるのは撮影主体の脳内映像なの。受け取る主体の視覚情報がデジタル情報を改竄しているだけ」

「ということは、中には真実を見ている人間もいるということですか？」

貫井が問う。

「現場にはいるかもしれませんね。ただ、テレビに映っているのは既に改竄されている情報ですからね。テレビ放送のような場合、どの時点で改竄されるのか判りませんが、改竄されたデジタル情報はそのままの形で配信されたり記録されたりしますから、そっちを見ている我々には、物理的な真実は知りようがないですね」

「テレビ観てる人には判らないってことね」

「判らないでしょうねえ。実際、今は各局バラバラなんだけど、段々統一方向に向かう可能性がありますよ。現段階ではプロデューサーも他局の映像を細かくチェックしていないでしょうけど、そのうち気付き始めるでしょうから」

「微妙な差異が修正されて行くということ？」

「そうですねえ、人間は自分の見たものを無批判に信じてしまう傾向にある訳ですが、一方で対象を隅々までちゃんと観ていることなんかほとんどない訳ですよ。例えば、画像を見なくても、コクピットが云々《うんぬん》という他人の言葉を聞いただけで、ああコクピットがあるんだと認識しますね。それまで見えていなくても、あるという客観的な証拠が提示された場合、これはただ気が付いていなかっただけだ——と思う訳です。それ以降は見えるようになる。また、見えていなかったことを公言していなかった場合は、見えていなかった頃の記憶は補正される。最初から見えていたと——思い込みます」

脳はそうやって騙《だま》すんですと京極は言った。

それは他社のシリーズの小説みたいじゃないかとレオは思った。

「そうでない場合——例えば自分の見たものの方を信用する、ある意味で傲慢《ごうまん》なタイプなんかの場合は、今までなかったコクピットが急に現れたとか、自分にだけ見えないとか、自分には見えるとか、そういう理不尽なことを言い出す訳で。そうなると不思議だとか何だとかということになる訳ですね」

不思議なことなどないんだよねえと綾辻が言った。

決して京極を茶化しているという訳ではないのだろうが、眼と口許《くちもと》が綻《ほころ》んでいる。

「ないですよ」

「まあ、でもこれだけ見た目不思議なことが起きまくっていてもブレない京極さんは、ある意味で立派な気もするねえ」

「起きていることを受け入れない偏狭な姿勢と、自らの知識不足や理解力のなさを認めたがらない驕慢《きょうまん》さこそが不思議を生むんですよ。解らんものは解りませんという姿勢になれば、不思議なんかないですよ。妖怪者は馬鹿が多いので、吃驚《びっくり》したりはしますが、そんなに不思議だとは思いませんよ」

受け入れる訳ねと、綾辻が微笑《ほほえ》みながら言った。

「受け入れて、楽しむんですよ、妖怪者は。悲しみも苦しみも受け入れて、それで笑い飛ばすんです。それが基本ですね。だから馬鹿ばかりなんですよ」

「あ。ホントにコクピットができてますね。なかった局の映像にも。若干形が違うけども」

貫井がチェックしていたようである。

「これ、脳内映像なんだ」

それって——郡司が京極に向き直った。

「今放映されてる映像も遡《さかのぼ》って書き換えられちゃうってこと？　見直したら顔が統一されてる？」

「いや——既に記録されてしまったデータに就いては動かせないようだね。書き換えはデジタル情報になる前の段階で行われるようで、ハードディスクなり何なり記録媒体に記されてしまうと動かなくなっちゃうみたい。アナログな記録媒体だとそもそも劣化してしまってあの手のものは記録しにくいようだし。脳内では平気で遡行《そこう》して補正されてしまいますけどね」

うーん、と唸《うな》って郡司は腕を組んだ。

「つまり巨大ロボットなんかは存在しない——ということですね」

「はい」

「あれは荒俣さんが歩いているだけだ、と」

「はい」

うーん、と郡司は再び唸った。

「あの、コクピットの荒俣さんと學天則ジャイアントの動きが妙に同じに見えるのは、あれがアクションシンクロタイプのロボだからじゃなくて」

荒俣さんの動きだからですと京極は言った。要はモーションキャプチャーなのか。

パシフィック・リムでもジャンボーグA《エース》でもなかったようである。

「これさ」

荒俣さんが化けてるという見方もできるよね、と綾辻が言った。

「能《よ》く知らないけどさ、狸が大入道に化けるとか、茶室に化けるとか、そういうのと一緒に思えるけど」

なる程、と京極が手を打った。市川崑《いちかわこん》の横溝《よこみぞ》映画の加藤武《かとうたけし》の警部のヨシワカッタのポーズだなとレオは思ったが、黙っていた。

「まさにそういうことでしょう」

「で？」

と——郡司が尋いた。

「つまり、あれは一種のフェイクで、香川さんとか湯本さんとか平太郎は、妖怪文化財と一緒に、まだあのビルの中にいるということ？　それで救援を？」

「そうね。中の文化財諸共《もろとも》出て来て練り歩いている訳だから警官も暴徒も後を追うでしょ。というか現に追ってます。テレビ中継だってあっちを追いかけますよ。ものがものだから、自衛隊もYATも、当然學天則に狙いを定めますよ。ならマンションの前は手薄――というかガラ空きになるだろうし、救出も搬出も不可能ではないかも。より安全を求めるなら、まあ再び防災壁を下ろした上で屋上から搬出ということになるんだろうけど」

それでヘリかよと郡司は忌々《いまいま》しそうに言った。

「運搬用のヘリコプターなんか調達できる訳ないじゃないかよ、この日陰者に。レンタル料幾らかかると思ってるんだよ実際」

「トラックだって難しいね。まあ不可能じゃないけど――時間かかりますよ。ここ、富士山麓《さんろく》ですからねえ。救援は無理ですね」

鸚鵡《おうむ》鳴くと言うのはよそう。

「いや――寧《むし》ろ、少し時間は空いた方がいいんじゃないの？　今はまだ結構ビルの周りに人が残ってると思うけど、あんなスゴいもんが出て来れば世間はそっちに注目するし。弥次馬だってビルよりロボだと思うし。数時間もすれば人はほとんどいなくなるんじゃないか？　日本の情操ナントカが居残って徹底的にマンションを破壊する――ようなことはあるかもしれないけど、それだって先《ま》ず倒すべきは學天則でしょう」

「倒す！」

荒俣さんどうなるんですか倒されちゃいますよと似田貝が問う。

「倒すったって、実はないんだから、倒しようがないじゃないか」

「でも荒俣さんだけは実体ですよね？」

それもそうである。狙撃されちゃったりしたらイチコロだ。貸本版『悪魔《あくま》くん』のラストみたいになっちゃうじゃないか。

「まあミサイル撃ち込まれるとか手榴弾《しゅりゅうだん》投げ込まれるとかされちゃえば荒俣さんはイチコロでしょうね。生身なんだし。ガス攻撃でも駄目。でも、どれも無理でしょ。周りは人だらけだし。それに狙撃しようとしたとして、狙撃手に見えている荒俣さんは実際の位置よりも十メートル以上も高いんだから、狙撃も無理じゃないか？　当たらないでしょ」

荒俣さんは地面を歩いているのだ。実は。

「まあ、いい処まで敵の軍勢を誘導したら、あの學天則は消えちゃうでしょうねえ。そりゃまあ、荒俣さんが何処かに隠れ遂《おお》せたら——ということでもあるんでしょう。陽動というより誘導作戦ですねえ」

謂《い》わばハーメルンの笛吹きみたいなものかと郡司が言った。

「なら——間に合うってことね。じゃあまあ、手を打つかなあ」

郡司は悪人の顔でそう言った。

拾捌

古きもの、信者と共に発動す

うっひゃっひゃっひゃっひゃ。

実に愉快そうな笑い声である。肚《はら》の底から涌《わ》き上がって来るような、純真無垢《むく》な子供の掛け値なしに人生を楽しんでいる笑いと、抜け荷と賄賂《わいろ》で肥え太った悪徳商人の腹黒いドヤ顔の笑いと、どっかの酔っぱらったオヤジの品のないバカ笑いを足して、特選爆笑ライブの最前列に座ってしまった笑い上戸の女子高校生の笑いで割ったような、もう本気度一二〇パーセントの笑いである。

発しているのは平山夢明だ。指差している。テレビを。

テレビには――。

「ロボだよロボ。バッカじゃやねえの」

この場合、誰が馬鹿なのか。ロボなのか。それ以外の連中なのか。こういう状況そのものが馬鹿なのだという意味だと受け取ろう、と黒史郎は思った。

「あり得へんて」

松村進吉が手にした割《わ》り箸《ばし》を落とした。

「これ、二足歩行型の人搭載型巨大ロボ――やないですか？　無理や。無理過ぎるて。こんな作れる技術あるんやったら世界征服できますよ」

「知らねえけどよ、こうなると使徒とか来るんじゃねえか？　ひゃひゃひゃひゃひゃ。本気で馬鹿な世の中に成ったもんだなあ、おい」

笑ってるのあんただけですよ平山さん、と福澤徹三が言う。

「実際、何処が笑いどこか解らんですよ。平山さん、笑うツボが人と違うから難儀ですわ」

「何で。何でよ。おかしいだろ？　こんなよ、成金の風呂《ふろ》の置物みてえなもんが歩いてるんですよ？　これ、あれだろ？　みんな踏み潰《つぶ》してミンチみてえにしちまうんじゃねえのか？　ぐちゃぐちゃだって。けっけっけ。踏んだ？　踏んでねえ？　今ちょっと踏んだよな」

踏んだってアレ潰れてんじゃねえのけっけっけ、と平山ははしゃいだ。

「ちょっと静かにしてくださいよ。何にも聞こえないですよ」

「いいじゃねえかよ。どうせロクでもねえことしか言わないんだってテレビの中継なんてものはよォ。あら今転びましたわよおほほほほ今度は立ちましたわよーなんて、見りゃ判るってことしか言わないだろくだらねえ」

「まあ、そんなけったいな口調のアナウンサーやレポーターはいませんけどね。大体はそうですね」

黒木あるじは残念そうにそう言った後、しょぼしょぼと生えたモヤシのような顎髭《あごひげ》を撫《な》でて黒の方をちらりと見た。

「あれ、荒俣先生に見えるのは私だけですか？　あれが學天則だからそう見えてしまうだけですか？」

荒俣さんですよと黒は答えた。

真藤順丈がマジすかと言って眼を円《まる》くした。真藤は日本ホラー小説大賞も受賞している。その時の選考委員の一人が荒俣宏なのだ。まあホラー大賞もというあたりがミソなのであるが。

何でよと平山が振り向いた。

がちゃがちゃしている割に耳聡《みみざと》く細かいことを拾うのである。

「荒俣さんって、大きな人だけどさ、それだってあんなにでっかくはないだろ？　あんなでかかったっけ？　あれナニ、荒俣さんが被《かぶ》ってるのかい？　え？　C《シー》―3PO《スリーピーオー》みたくなってんのかよ。やー、これはでかいね。あれぐれえだとよ、大魔神《だいまじん》とかと相撲とれんじゃねーの？」

黒木が鼻炎のイタチのような顔になって平山を眺めている。

「あれだと着る服も大変だよなぁ。何かあったよな、ピンサロの巨人とかよ。あれは全裸だよな。真《ま》ッぱ」

「進撃」

と、黒木が呟《つぶや》く。

突っ込みではなく、独り言である。

「しかもでかくないだろ、と否定しておいて、でかかったっけと疑問を呈した後、誰かが答える前にでかいこと確定になってるし。自己完結してるし」

「ぶつぶつうるせえなあ。だから駄目なんだよ黒木はよう。そうやって文句言うヒマがあるならよ、腕立て伏せでもしろよ」

「腕立てですか？」

「立て、伏せだって。立て、伏せ。立てるばっかりじゃいけませんよ実際。立て、伏せでいい汗かけばそんな不平不満はふっとんじゃうもんなんだよ。溜《た》まってるとそうやってうるせえこと言い出すの」

「あーもうウルサイッ」

宍戸レイが鉄切《かなき》り声を上げた。

「ヒラヤマさんがウルサイんだよー。黙れ」

「はあ？　いや、まあすいません——って何だよペコ」

「ウルサイんだよん。みんなテレビ観てるんだから静かにしなサイよ」

ああああと真藤が声を上げた。

「ホントだ。荒俣先生だ！」

「見えた？」

「乗ってますよ、頭部に。スゲえ。スーパーロボットリアルヒーローですよ！」

いや、ヒーローではなくヒールの方である。悪役の方なのである。スパロボに倒される方なのだ我々は。ロボはロボでも機械獣《きかいじゅう》とか鉄面党《てつめんとう》とかダーク破壊部隊《はかいぶたい》とか、そっち方面である。

最後は必殺技で粉々にされ、鉄クズになるのである。

しかし。

いつの間にあんなものを作ったのか。というか、あまりにも嘘臭いので黒は感想が持てないでいる。荒俣宏が巨大な學天則を操縦して杉並の街をのっしのっしと進んでいるのだ。これはもう、酒の席の与太話である。村上健司とか京極夏彦あたりがゲラゲラ笑いながらテキトーに話しているのなら解る。でも、これは漫画でもＮＧだと思う。小説なんかに書いたりしたら連載は打ち切り単行本は絶版在庫は断裁で二度と依頼は来なくなるに違いない。読者は見放し既刊本は全て二束三文で売り払われ未来永劫《えいごう》読まれることはないだろう。

ああ恐ろしい。

でも現実なんだから仕様がないじゃないか。まあ、暗黒邪神にひっつかれている黒だって大差ない訳で、この現実だって五十歩百歩に他ならない。

「あー」

黒は大きな溜め息を吐《つ》いた。

「あれよ、ミサイルとか出んの？」

暫《しば》らくおとなしくしていた平山が再起動した。

「あれだろ、ペコとかが乗ってるならこう」

平山は両手を胸に当てて、まあ猥雑《わいざつ》な感じのパフォーマンスをした。

「ドーンドーン、とか出るだろ。パインパインって」

どういう擬音ですかと福澤が顔を顰《しか》める。

「アニメじゃないんだから。出ないでしょうよミサイルなんて」

「じゃあビームとか。出るんじゃねえの？　叫べばね、大抵出ますよ。後、でっかい包丁持ってるとかよ」

「持ってないでしょ」

黒木も顔を顰めた。

「マジシャンじゃないんですから。今持ってないものどうやって出すんですか」

「これだから観察力のない人間は駄目だな。なあ、駄目だよな、徹」

「知りませんて」

「観ろよ。何か尖《とが》ったもの持ってるだろ。あれはね、圧縮してあるんです。あれがこう、有事にはぎゅいんと牛刀の如くに膨張して、群がる豚をざっくざくですよ」

また豚ですかと福澤が残念そうに言った。

「あれ、羽根ペンじゃないですか？」

水沫流人が両手を合わせ、小首を傾《かし》げた。

「ペンは剣よりも強いんだろ。そうでなきゃこんなのすぐにやられちゃうじゃないかよ。さっきから歩いてるだけだよこれ」

平山さんの好きな使徒っぽいじゃないですかと黒木が投げ遣《や》りに言う。

「これでビル壊したりしたら怪獣っぽいですけどね。でも使徒って概《おおむ》ね出て来るだけですよね？　攻撃はされますけど」

歩いてるだけでスゴいやないですかと言いつつ松村は画面に見蕩《みと》れている。どうもすっかり二足歩行にやられてしまったらしい。

「普通に歩いてますよ。しかもこの大きさですよ。あり得へんわ」

「使徒はともかく、実際には歩いてるだけだと自衛隊なんかは攻撃できないんじゃなかったですか？　建物か何かを意図的に壊したり、人を殺傷したりしないと、出動もできないんじゃ」

小松エメルの言葉を福澤が遮った。

「そりゃ平時ですよ」

「有事は別なんですか？」

「いや、今この国は無法ですよ。有事じゃないけど平時ではない。警察同様、今まで介入できなかったことにも介入して来ますって。つうか、こっそり法改正してる可能性もあるし」

してんだろ、してますと平山が茶々を入れる。

「もう国民は無視だから。というか、その国民がこんなだからよ。まあ、どっちもどっちだねえ。変なものも涌くわなあ。まあ、ただ歩いてても、今にミサイル撃ち込まれるからよ」

それは拙《まず》いのじゃないか。

「あんなに人がいるんですよ。そんなことしないでしょうに。警官も暴徒も、民間人だって何百人もいるんですから」

「いやいや見物人諸共《もろとも》ぐっちゃぐちゃだよな。そういうことしますよ、今の政治は。木端微塵《こっぱみじん》です」

そんなことになったら荒俣先生が大変じゃないですかと真藤が真顔で言った。

「大丈夫。あんなに大きい人はそのくらいじゃ倒されません。平気です。もうもうと上がる黒煙の中にすっくと立ってますね。カッコいいねえ」

適当だなあと言って福澤が立ち上がった。

喫煙するのだろう。吸い殻が溜まったバケツを持って窓辺に向かう。地球が壊滅し人類が滅亡し、最後の一人になろうとも煙草を止《や》めないと豪語するこの漢《おとこ》は、しかしマナーだけは人一倍心得ている。無頼な言動や凶悪な外見とは裏腹に、繊細な気遣いの人でもあるのだ。

モニタの中の學天則は悠然とビルの谷間を進んで行く。大きさが微妙なのでよりリアリティがある。

平山は大魔神と相撲取れなどと言っていたが、慥《たし》かに大魔神くらいの半端な大きさは妙にホンモノっぽくて怖い感じがする。これが、実写化された巨神兵《きょしんへい》くらいになると、もうデカ過ぎて現実感の方は乏しく思えてしまうのである。怪獣はケダモノなので、ある程度デカくてもそれなりには見えるのだけれど、ヒト型の場合はやはり微妙である。

まあ興味のない人には何の話か解らないだろうけれど。

ただ、風景とのバランスというのはある。スケールそのものではなく、スケール感の問題なのだ。ゴジラだって後の方になる程にデカくなる訳で、あれはビルが高くなったからに他ならないのである。ファーストゴジラが今のこのこ出て来たら、やっぱりサマにはなるまい。スカイツリーが六百三十何メートルで、初代ゴジラは五十メートルである。ちっさい。

一方でハリウッドリメイクのゴジラが昭和三十年代の東京に現れたら、まあどんなにＣＧが良くできていたとしても、何だか嘘臭くなる気もする。

屋台の焼きそば用の容器に豪勢なフレンチのメインディッシュを盛り付けたとして、まあ料理も容器も台無しである。そういう釣り合いというのはあって、まあトンカツくらいならあの容器でもイケるのだろうし、たとえ百均ショップで買ったものでも、陶磁器系の皿ならフレンチも許してくれそうである。何であれ、ぎりぎりの線というのはあると思う。

ぎりぎりだよ。

學天則。

たぶん、その場で見ている人にはデカくて勇壮な巨大ロボットに見えていることだろう。でも、空撮で映し出されるそれは、まあ、やっぱり、何というか、ややショボいのだ、間違いなく。

松村はやたら興奮しているが、あれは二足歩行の大型ロボットという点にこそ興奮しているのであって、冷めた目で見ればそんなに凄《すご》いもんではないのだ。平山の言い方だと強そうに聞こえるが、あれではビルは壊せない。公園のベンチも無理な気がする。例えば黒は、それがどんなオンボロの小屋であっても、一人で壊すことはできないと思う。同じように、あの學天則もビルは壊せないだろう。そこそこ大きいが、でも無理だ。パワーショベルの方が数十倍強そうである。というか、バスにも負けると思う。あんなもの、バスが突っ込んだら一発で壊れるだろう。

だから、まあ世の中の人達はあれを巨大ロボットみたいに思っているのだろうし、テレビのキャスターなんかもそう連呼しているのだけれど、それは間違いだと思う。

あれはロボットとかモビルスーツとかという類《たぐ》いのものでは決してない。

ロボットというのは、必ず何かしらの用途があるものなのである。知能があるとかヒト型だとか、そういうことは無関係なのだ。合体する必要もない。が、まあそこは置いておくとしても、だ。たとえヒト型をしていたとしたって、使い道のないロボットは、ない。いや、二足歩行するだけのものもあるじゃん――という人は当然いるのだろうけれども、あれは〝人間の動作を再現する機械の実験〟という目的があるのだ。たぶん、色々応用できるからだ。

元々の學天則だって、〝字を書くとか表情が変わるとかして、見た人を驚かせたり感心させたりする〟という用途で作られたもののはずだ。

絶対に兵器じゃあない。戦闘用ではないし、搬送用でもない。それ以外の役には立たない。立ってはならないのである。

どんなに大きくなろうと歩こうと、あれが學天則である以上、平山の言うようにビームが出たりブレードが出たりはしないと思う。攻撃されたらイチコロだ。イチコロでなくてはならないのだ。何故なら、學天則は世界平和の象徴なのだから。壊れても、何も壊さない。

だからあれはロボットというよりも。

どっちかというと――。

妖怪だ。

妖怪というのは、変梃《へんてこ》で、ちょっと怖くて、そこそこ気持ち悪くて、まあある意味でスゴいのだけれど、それでもへっぽこで、結局弱いものなのだ。

出会ったところで、吃驚《びっくり》する程度なのである。殴りかかって来たり蹴《け》り付けて来たり齧《かじ》って来たり、あんまりしないもんなのだ。人を喰《く》ったり街を壊したりするのは少数派である。ゾンビはもりもり人を喰うし、怪獣はバコバコ街を壊すが、妖怪は舐《な》めるとか服を切るとか、その程度である。これはもう変態の方に近い。

そうしてみると、昨今の風潮は微妙におかしいような気がしてくる。

妖怪がどんだけ出たって、別に構わないじゃないか。

ゾンビの大量発生の方がずっと大変なことになる。というか怪獣一匹の方がエラいことになる。被害は甚大である。ほっぺを舐められたってカーテン切られたって死にはしない。気持ち悪くて迷惑なだけである。しかも妖怪は弱いから退治もできる。

何でこんなに目くじら立てているのだろう。

それに、あんだけ妖怪妖怪言い続けているのに、この學天則を見て何故妖怪と言わないのかテレビ。妖怪の製造元という噂のあるマンションから出て来たというのに。何でロボットなんだ。見た目はともかく、そもそも、あの大きさであの入り口から出て来られる訳がないだろうに。金属が伸び縮みするんかい。その段階でもうロボットじゃないし。なら妖怪が出ましたと言った方がやっつけ易いだろうに。

と――。

そこで黒は気付いた。

もう、世間の人々に区別はないのだ。

怪獣もロボットも宇宙人も超能力も忍者も変態も犯罪者も下品なオヤジも、とにかく気に入らない下劣なものは全部一緒なのだ。一緒くたで忌み嫌っているのだ。

で、その総称が妖怪なのだ。

つまり。

今や、巨大ロボットというのは妖怪の一種なのである。ロボットです！　ロボットが出ました！　というのは、大入道です！　大入道が出ました！　とほぼ同義なのだ。

これって、オカルトじゃないか寧《むし》ろ。

オカルトの本義は隠秘学である。肝心なところは隠してあるのだ。

ブラックボックスなのだ。だから、まあ色々と都合がいいのである。

でもってこれは否定する方にも都合がいい、ということにもなるのだが。

胡散臭《うさんくさ》いものをみんなブラックボックスに放り込んで蓋《ふた》をして一括梱包《いっかつこんぽう》してオカルトというラベルを貼って否定する――いいや、否定するためにブラックボックスに放り込む。

これは楽ちんだ。

いちいち検証しなくていいし。

と――。

そこでまた黒は気付いた。

悪いのは何か他のものなのだ。それが何かは知らないけれども。例えば、今ゾンビが涌いてもりもり人を喰ったら、それは妖怪の所為《せい》にされてしまうに違いない。何でもいいのである。気に入らないものは妖怪なのだ。

何なんだ。

黒は段々肚が立ってきた。

ぺたり、とタコの足のようなものが額に貼り付く。

偶《たま》に動くのである。この邪神は。

この黒の頭に乗っかっているモノだって、世間的には妖怪なのである。でもクトゥルーの神々は創作なのであるし、まるっきり妖怪じゃあない。

でも、まあ世間では妖怪なのだ。

「うー」

黒が唸《うな》ると下痢ですかと水沫に尋《き》かれた。

「黒さん、暫くトイレに行ってませんけど、大丈夫ですか？」

「忘れてたんですよ。思い出しちゃいましたよ」

「あ！　すいません。でも、もうその大きさじゃ入れないいんじゃないですか」

「は？」

見上げる。慥《たし》かに大きくなっている。いい加減にして欲しいものである。もう、天井に付いている。

「思い出させてしまいましたか。でも、動けないと困りますから、私がおまるでも買って来ましょうか?」

「お。お、おまるは結構です。みんなのいる部屋で脱糞《だっぷん》はちょっとマズくないですか」

「その時はみなさん隣の部屋に移動していただいてですね、私が」

水沫は何かを差し込むような手付きになった。

「恥ずかしくないですよ」

「いやいやいや、恥ずかしいとかいう話じゃなく、臭《くさ》いですから。瀉《くだ》ってるんですから。僕も部屋でしたくないですし。大体、水沫さんにシモの世話して貰《もら》うのは問題ですって」

「でも、漏れてしまいますよ黒さん」

「あいやー、でも」

大丈夫だと思う。この邪神は、あの學天則と同じ——ようなものなのではないか。なら、ドアは抜けられる気がする。

何だい黒ちゃんこんなとこでクソしないでくれよと平山が言った。

顔をくしゃくしゃにして嫌悪感を剝《む》き出しにしている。

「臭《くせ》ェだろうよ。勘弁してくれ」

「平山さん、さっきクソされたくらいじゃ死なないとか言ってませんでしたか? 精々臭《にお》うだけだからいいんだとか。私を叱りましたよね?」

「それは他人ごとだろ。これは自分ごとだって」

「ひ」

ヒドい人ですねと言って黒木が恨みがましい顔をする。

「ヒドくないだろ。誰だって嫌ですよ。リビングで糞《くそ》なんかされたらさ。地獄絵図だってそれは。だってここで飯喰うんだぞ、みんな」

黒の家なのだが。

「まあボッ吉なんかは知らねえけど、そっちの趣味はないからね、オレは。ボッ吉はさ、まあ女児の便なら」

「やッ」

止《や》めてくださいよと松村がそれはもう恨《うら》めしそうな怖い顔で平山を睨《にら》んだ。

「誤解されるでしょう、先生。どうしてそうやって適当なことばかり言わはるんですか。本気で迷惑ですから」

「ああ、悪い悪い。便はないね。そこは撤回。ホラみんな嫌いだって糞は。大体黒木は細かいこと覚えてい過ぎなんだよ。あのな、神が人に与え賜《たも》うた何よりの贈り物、何だか判るか？」

「さあ」

忘却力です忘却力、と平山は言った。

「そうですか。そう——かもしれませんけど」

「かもしれないじゃねェんだよ。忘却ですよ万事。何もかもは。幸せは忘却の先にしかねえから。その、折角神様がくれた宝物を無駄にしたら、バチが当たるって」

幾ら黒木でもバチ当たりの王様に言われたくはないだろうと黒は思う。

「もう、そんなじゃいけませんよ。黒木はなあ。だから駄目なんだって。なあ？」

「なあって、わたし本人に同意求めますか？　まあわたしはどちらかというと大雑把な方だと思いますよ、本人的にはね。だからまあ、細かくしようと心掛けてはいますけども。というかそんな細かくないじゃないですか、今の話」

「いいんだよそんなことは。あんまり細かいと、京ちゃんみたいになっちまうぞ」

「いいですよなって」

「馬鹿、あれは泊まる旅館の部屋の畳の目まで勘定するような男なんだよ？　異常だよ？　異常ですよ。さっきの部屋より今度の部屋の方が百十二も目が多いでありんすとか、この旅館のお風呂は何ガロンでおますとか、スリッパは全部で三百二足半よ〜ん、とか言うぞ」

もし言ったとしても絶対そんな風には言わないでしょうと真藤が突っ込むのと、静かにという福澤のドスの利いた声が響いたのは、ほぼ同時だった。

「何だよ。テレビの音聞きたいんなら近くに行けばいいじゃないかよ、徹。そんな隅っこの窓辺でよ、波止場《はとば》のマドロスみたいな恰好《かっこう》して気取ってんじゃねーよ」

「気取ってませんて。そうじゃないんですよ。テレビの中の話じゃないかもって話ですよ」

「どういうことです？」

耳聡く聞き付けた黒木が、福澤がいる窓の横まで進んで、ヒッと癇《ひきつけ》を起こしたような声を発した。カーテンが閉められているから外の様子は判らない。

「あらららららら」

「何だよ。轢《ひ》かれた蛙かお前は。だから」

「だからわたしは駄目なんですねはいはい解りましたから静かにしてください」

黒木は抑揚なく早口でそう言うとカーテンの隙間から窓の外を覗《のぞ》き、動きを止めた。

「おいペコ、聞いたかよ今の。ああいう言い方するんだよこの男は。もう、天狗だな。天狗サマだ。ウソ吐《つ》いたピノキオより鼻が高《たけ》えよ」

「頼むから黙ってくださいよ」

「何だよ」

それまで弛緩《しかん》していた平山が、居住まいを正した。顔からは笑みが消え、すっと険しい表情になる。怒ったのかと思いきや——。

「来たか、何か」

平山は短くそう言うと、そのまま身を起こした。

来た？

来たって何が？

「ちょっと、ちょっと来て見てくださいよ」

黒木が手招きする。黒を除く全員がわらわらと窓の方に近付く。黒も行きたいところなのだが、止《や》めた。移動は可能なのだろうが、何であれ天井に届くような見た目のものが室内を移動するのは好ましくあるまい。

いち早く外の様子を確認した平山がむう、と唸ってカーテンを閉めた。

「何です先生。何で閉めちゃうんですか」

「いいんだよ。全員で面《つら》ァ晒《さら》すことはないだろ」

「晒す？　晒すって何なんですか」

「うるせえな。ガタガタ言うなよ。見たいならこっそり見ろよ。見てもビビるなよ」

平山が窓辺から離れ、松村がカーテンに取り付いた。

日焼けした肉厚の顔面がみるみる強張《こわば》る。

「ま」

松村はそう言ったまま後退《あとずさ》り、ぺたんと座り込んだ。

真藤と水沫が代わりに窓に取り付く。ペコイチとエメルもその後ろから続いた。

「――拙いやないですか。何なんですかアレ」

松村の声は漸《ようや》く言葉になった。

「多いな」

「多い――多いってどうなってるんですか？　教えてくださいよ。ここは」

黒の家なのだ。

「まあ、遠からずこうなると思ったけどな。さあどうなるかなあ」

「何ですよ。勿体《もったい》付けないでください」

「まあ、テレビの中の他人ごとが、窓の外の自分ごとになったということだね」

「は？」

「ととと、取り囲まれてますわ」

松村は這《は》うようにして黒の方に近付いてきた。

「ひゃ、百人で利きませんわ」

「あ？」

「ですからね、この家はさっきのマンション状態になっとるゆうことですわ。こんなんアリなんですか？　私は何も悪事は働いてないですよ。まあ、多少は悪いこと考えたこともありますけど、考えただけですよ。やってないですよ」

「僕だって不謹慎なのは筆の上だけですよ。というかそんなにいるんですか？」

百人どころじゃないですねと真藤が言う。

「たぶん、ぐるりと囲まれてる感じですから、まあ、あのマンションの暴徒に匹敵するくらいの人数じゃないですか」

「そんなに！　やっぱり松明《たいまつ》とか持ってるんですか」

焼き打ちか。

ここは普通の住宅である。黒はただの普通の一般の住民だからだ。荒俣の立て籠《こも》っていたマンションと違って、火なんか付けられたら即燃えだ。全焼だ。焼死だ。

そういうものは持ってないですねとエメルが答えた。

「ただ、遠巻きにじっとこっちを見てます」

その方が怖いぢゃないか。

「こ、ここはアレですか、黒さん。耐火シャッターとか迎撃用のロケットランチャーとかそういうもんは装備してないですか？　バーカウンターの後ろの壁がどんでんになってて、そこに拳銃《けんじゅう》やなんかがコレクションしてあるとか」

「僕はスパイでも工作員でもないですからね。ゲリラでもテロリストでもないです。僕は善良な、お腹の緩い物書きです。小市民ですよ。しかも妖怪好きだったというだけで白眼視されている社会的弱者ですよ今や。更にはこんなもんに乗っかられている哀れな被害者ですよ」

ぬるりと触手が動いた。

「トイレ行くのだって不自由で水沫さんに心配されておまるまで買われかけた、徹底的な弱り者ですよ。押し入れに入ってるのはキンケシとか心霊ＤＶＤとかゾンビのビデオとか糞ゲーですよ。最弱ですよ、最弱」

消しゴムじゃ勝てませんねえと松村は萎《な》えた。

「少し近付いて来たよー」

ペコの声がした。

「何か、キモい感じ」

「キモいって、そういう問題ですか。どうするつもりなのかなあ」

黒木が再び覗く。

「うーん」

「何がうーんですか黒木さん。気になるからそういう言い方止《や》めてくださいよ。何か言うなら具体的に言ってくださいって」

「いや、言葉を選んでいたんです。慥《たし》かにペコさんの言う通り、何となく異様ですね」

「異様って、全然具体的じゃないですけど」

「すいません。語彙《ごい》が少ないんです。だから駄目なんでしょうねわたしは。えーと目に精気が籠ってないというか、違うなあ。それなりに何かは宿っているんだけども、何でしょうね、あれは。何か、あの手の目付きには覚えがあるんだけども、どうも思い出せませんね。ええと」

「はっきりしねえなあ」

平山が顔を顰《しか》めた。

「そういう抽象的なこたァどうでもいいんだよ。それはお前の主観だろ。お前の感想なんか聞いても仕様がないだろ。棒持ってるとか青竜刀持ってるとか。そういうことを言えよ」

「何も持ってませんね。何かプラカードのようなものは持ってますけど——読めないなあ」

「あれやろ、妖怪死ねとか怪談滅びろとか、そうゆうのとちゃうの?」

「まあ、そうなのかなあ。でも、こんなに人が集まってるなら、シュプレヒコールとかヘイトスピーチとかありそうなもんですけど、妙に静かなんだよなあ。それに行儀がいいんですよ」

「行儀?」

「ええ。暴徒って雰囲気じゃないですねえ——少なくともテレビの中の、何でしたっけ、日本の情操を護る会でしたっけ。ああいう感じじゃないですね。それに服装がなあ」

「服が何だよ」

「ええ。制服とかそういう揃いのもんは着てないのに、妙に統一感がありますね。何となくですけど、オタクの香りがします」

「あ？」

我慢ができなくなったらしく、平山は黒木を押し退けて窓辺に立った。

「テレビの暴徒は同じライフジャケットみたいの着てたりヘルメット被った奴がいたり、何となくそれっぽい感じでしたよね。でも、そういう戦闘系の人はいません。地元の自警団にしては——ちょっと変ですよ。年齢層もバラバラだし——外国の人もいませんか？」

「ああ、いるね。外国人が」

「がが、外国からも攻撃が？」

「いや——攻撃する様子はないですねえ。その気が感じられないですよ」

「何か武器の到着を待ってるんじゃないの？」

「いやあ」

黒木は丸っこい肩を竦《すく》めて、小首を傾げた。

「あ」

「何ですよ」

「あれ、ストーカーの目付きっぽい」

「何アホなこと言うてるの。何やのストーカーて。黒木君ストーカー被害に遭《お》うてるんか」

「そこはそれ、いや――そう、松村さんも覚えがあるでしょう。何というか、何かをこう信じ切ってしまった人。取材とかでも出会《でくわ》しませんか？　偶《たま》に。疑いを捨てた人。聞く耳を捨てた人。あんな感じがするんだけどなあ」

黒は鴨下沙季を思い出している。

この暗黒の邪神の前身であるしょうけらの、更に前身であるカボ・マンダラットを目撃した女だ。つまり黒に降りかかっているこの災厄の元凶となった人物である。

鴨下も、そんな感じの目をしていた。

「おいおい」

平山が鬼のような顔になって振り向いた。

「あれよ、何だ、セイアじゃねえか？　変な服着てるけども」

「セイアって、田辺青蛙《たなべせいあ》さん？　ならまあ変な服というかコスプレしててもおかしくはないですけど――」

「いや、そうだって。だって隣にいるの、円城《えんじょう》さんだろあれ」

「円城塔《とう》さん？　いや、まさか」

田辺青蛙は怪談幻想系の作家で、デビューする前から黒の友人である。円城さんはその配偶者で、こちらは芥川賞《あくたがわしょう》作家だ。ジャンルとしてはＳＦ系なんだろうけれども、発禁になる前の『幽』にラフカディオ・ハーンの翻訳なんかも寄稿していたから、まあこっち側の人だ。

ホントだと黒木が言った。

「どう見てもそうですね」

「セイアめ、あん野郎《にゃろー》、裏切りやがったかね。アレは、何だろ、てのひら怪談とか書いて、ホラ大かなんか獲《と》ってんだろ」

「元々は妖怪系です」

「敵方についたのかよ」

「いや——そうかな」

そう言ったのは沈黙を守っていた福澤だった。

「そうかなって何だよ徹」

「その後ろにいるの、菊地《きくち》秀行《ひでゆき》先生じゃないか？　それから——あれは伊藤《いとう》潤二《じゅんじ》さんだと思うんだけど」

「みんな纏《まと》めて寝返ったのかい」

「いや——そうじゃないいんじゃないかな」

攻撃する気ならもうとっくにしているでしょうと福澤は言った。

「何か武器を待つって、一応まだ法治国家ではあるんだから、住宅街にこんなに人が集まったら警察がやって来ますよ。他の住民だっているんだから、通報するでしょうよ。その前に突撃してくるでしょ。急襲ってのはそういうもんで、あんな遠巻きに眺めていたら逆に取り締まられちゃいますよ」

そうかあ、と平山が返す。

「取り締まらないだろ。お前だってさっきの観てただろうよ。こと、対妖怪ってことになると暴徒も警察も一緒になンだよ。取り締まりったってナーナーの茶番じゃねえかよ」

「そうだけどさ。何か妙だよ」

福澤がそう言った、その時。

玄関のチャイムが鳴った。全員が数センチ飛び上がった——ように思えた。黒は、まあ括約筋を締めた。上が閊《つか》えて飛び上がり難《にく》いのである。

「だ、だ、誰か来ましたよ」

「お前が言うまでもなく判ってるんだよ。耳があるんだからよ」

「でで、出ますか？」

「で、出ん方がイイでしょ」

「で、でも」

「だ、だって宅配便かもしれないですよ」

「何言うてンの。そんな訳ないやないですか」

「いや、絶対に出ない方がいいですって。確実に死にますから」

ガタガタ騒ぐなよと平山が一喝した。

「いいよいいよ。放《ほ》っといたって攻めて来ンだろ。なら応対すりゃあいいじゃないかよ。出ろよ黒木」

「わわわたしですか？」

「嫌かい？」

「僕が出ますよ」

黒はそう言った。

「ここ、僕の家ですからね」

「やー、流石《さすが》に黒ちゃんはマズいんじゃねえか？　そもそも動けンのかよそのタコ背負《しょ》って」

「動けますよきっと」

黒は立ち上がった。ぬるぬると触手がくねり、暗黒の古きモノもまた姿勢を変えた。黒の姿勢に応じて動くようだった。

「僕が出ます。というか、このまま僕は外に出ちゃいますよ。そしたらみんな僕の方に来るでしょうから、大混乱になると思います。そしたら、みなさん隙を狙って逃げてください。みなさんここにいるって誰も知りませんから」

いやあそれはなあ、と平山は頭を掻《か》いた。

「どうかなあ。そういう自己犠牲的な展開はオレはあんまり好きじゃないんだよ」

「わ、わたしは生《い》け贄《にえ》にする気だったのに！」

「お前はいいんだよ黒木。どうせそのソツのねえ感じで敵方に取り入るんだろ」

「ひ、ヒドいですよ平山さんッ。まあ何とか切り抜けようと嘘八百並べる気もしますが」

「そうだろ。あらそれはお隣よ、お間違えになっちゃイヤんかなんか言うだろ。でも黒ちゃんじゃ言い訳のしようがねえからなあ」

「いいんですよ」

何か、黒はもういい気がしている。潮時というか。年貢の納め時というか。運命に従うというか。身を任せるというか。いずれこんな不自由で不自然なあり方は、遠からず破綻《はたん》するのだろうし。

「死ぬとは限りませんからね」

「いや、ちょっと待てって」

黒が玄関の方に向かおうとしたその時。

「あー。コンニチワー。お久しぶりですー」

という、ペコイチの甘ったるい声が聞こえた。

って。

ドア開けてるし。

「お、お前何やってんだよペコ」

「え？　だって」

「だってじゃねえよ」

平山が前に出て、あれえと変な声を上げた。玄関口には知った顔が並んでいた。

「ひ、東さん？　それと天野《あまの》さん？　高橋《たかはし》先生？」

そこには——元幽編集長の東雅夫と、造形作家の天野行雄《ゆきお》、漫画家の高橋葉介《ようすけ》が並んで突《つ》っ立っていた。

「な、何で？」

「こっから覗いたらヒガシさんだったから！」

「だったからーってよ。それにしたってお前、不用心だろうが。知り合いだから味方とは限らねえだろ。というか――どういうことなんだ？」

「いやあ」

話せば長いんだよと東が佳《よ》い声で言った。

「いや、平山さん、ご無沙汰《ぶさた》してます。みなさんご無事ですか？」

「ご無事ですかって――まあご無事ですけども。でも納得行かないなあ。なあ黒ちゃん」

「納得も何も、既に僕は理解することを放棄してますけどね。世界の何もかも納得行きませんからね」

すげえと天野が声を発した。

「あーホンモノですねえ。これは――ちょっと感想の言いようがないというか。感動しますよね。イメージ通りというか――こういう造形物は作れるんだけど、実際に動かすとなるとＣＧとか使わないと――こういう風にはならないですもんね。質感とか、ディテールとかは再現できたとしても、このぬるぬるした動きというか、変化はなあ。ちょっと作れないからなあ。それに大きさもかなりなもんだし――これ作るとしたら」

「いや、作りもんじゃないです」

黒は天野の語りを妨げた。

「それより説明してくださいよ天野さん」

災難だねえと東が言う。

「災難ですよ」

「心配してたんだよな。実際」

「で、助けに来てくれたんですか？　ホントに？　何か武器とかの差し入れですか？」

そうじゃないよ黒木、と東が言う。

どうも黒木に対する風当たりというのは各方面、誰でも同じのようである。

「そ、外の人達は敵じゃないんですか？　味方？」

「まあ味方かなあ」

「味方は味方でしょう」

「み、味方なんやあ」

そう言って松村は空気の抜けた風船みたいにへなへなと倒れた。

「なら殺されしませんね」

殺さないですよと高橋が言う。

「外を取り囲んでる人達は、世界中から集まったラヴクラフトの信奉者達なんです」

「信奉者？」

「それって、うーんと、高橋先生、その、クトゥルー神を信仰している信者さん達——ということですか？　マジで信じちゃってる？」

違いますと高橋葉介は言った。

「マジではありますが、彼らは、それが創作であることを自覚してます」

「それじゃあ」

「クトゥルー神話が、H・P・ラヴクラフトとそれに連なる人々の想像力が生み出した純粋な創作であるということを彼らは充分承知してるんです。つまり、その、黒さんの上に乗っているグロテスクなものは――」

「偽物だと言うんですか？」

まあ、ホンモノというのはこの場合ないのだが。だから何か別なものではあるんだと黒も思うのだけれど。

違いますと高橋は否定した。

「違う？」

わかんないなあと平山が言う。

「創作だって知ってるんでしょ？」

「知ってるどころか、創作している人達も多く混じっていますよ。ですから、そのタコみたいな怪物は、純粋な創作物の奇跡的な具現化だとあの人達は考えているみたいです」

やっぱわかんねえと平山は言った。それから、まあ上がって座りましょうよと、続けた。

「オレの家じゃないけどさ。あの、外の連中は襲って来たりしないんでしょ？　なら落ち着きましょうね。コーヒーかなんか飲んでサ。ね、黒ちゃん」

「あー。いや、その」

それはまあそうなのだろうけれども、黒の不安はなんら解消していないのだ。相変わらず腹は痛いし。じゃあ私、コーヒーを淹《い》れますと何故か水沫が台所に向かった。東と高橋はソファに座り、天野は黒の横に来た。目が輝いている。

「これ、触っても大丈夫？」

「大丈夫ですけど、普通触らないですよ」

「いや触るでしょう。これは触らないでどうするって話ですよね。あ。この辺は硬いんだ」

喜んでいる。

「気持ち悪くないんですか天野さん。あんまり触ると乗り移っちゃうかもしれませんよ。その方が僕は有り難いですけど」

「黒ちゃんこそ不便だよね、これ。立ったり座ったりも不自由ですもんね。ああ、何だか生ッぽいなあ。これは再現できないよね。樹脂でもウレタンでもこの感じは無理だからなあ」

「本気で移っちゃいますよ天野さん」

「移ったら移ったですけどね。ちょっと体験してみたい気もするし。ああでも、実際乗られてる人に対して、なんかこういう言い方は変かなあ。ごめんね」

「というか、天野さん。僕は外の人達のことを聞きたいんですよ。襲って来ないとか言われてもまるで信用できないですし。僕は外の様子見てないんです」

で、何——と、平山の声がした。

「その創作の具現化とかいうのは？」

「いや、ですからね。どうやらイマジネーションの物質化だと彼らは考えているようなんですよ。クトゥルーって、優れた創作であり、かつ個人の枠を超えた大勢の想念が紡ぎ出したモノでしょう。その架空世界の存在が、優れているが故に何かの契機《きっかけ》で現実のものとして物質化して、現れた――と」

「まあ」

そこまではイイですよ良くねえけどと平山は言った。

「こんないい加減な世界だからね、何がどうやって出て来ようとイイやね。どんなもんが出現してもアリで、ないとは言えないですよ。それにどんな小理屈付けたって、まあ違うとも言えないから。解んねえからね誰にも。で、そう考えた奴らがいたとして、ですよ。問題はあの連中が何だって集まって、何をしようとしてるっての？　というところですよ実際。それで何で東さんと高橋さんなワケよ」

「そこがねえ」

と、東が苦笑した。

「彼らはね、まあ黒木と松村君が流したツイッターの画像を見て、確信したらしいのよ。これは本物――ホンモノというか、まあ今、高橋さんが仰《おつしや》った通りのね、モノだろうと。そこでまあ、あっという間に世界中に広がっちゃったと」

恐ろしいですわ情報化社会と松村が震えた。

「リツイートがリツイートされて、まあ、あっという間のことだったようだけども。それでですね、今、この日本が妖怪に侵食されている妖怪汚染国家だということは、まあ世界中が知ってることで」

知ってるんだ。

「で、国を挙げて妖怪を駆除しよう、排除しようとしていることも有名なんだよ、既にさ。アメリカなんかでも連日報道されてるみたいだし、中国でもロシアでも、みんな知ってるわけです。YOKAI・JAPAN。そこで彼らははたと気付いた」

「何を?」

「このままだと、あの邪神も駆除されてしまう、と」

「ああン?」

平山が呆《あき》れたような声を上げた。

「そうなるかね?」

「なったんですよ。他のことはともかく、日本の技術力だけは定評がある訳で、まあどんな難儀なもんだって駆除しちゃうだろうとは他国は思ってますよ。それから、何か目的を持つと秩序を以《もっ》て団結する民族だとも思ってるみたいですからね」

そうでもねえよなあと平山が言うと、少なくともあなたに秩序はないねと福澤が答えた。

「ニッポンは右傾化が懸念されたりもしてたからさ、そっち系のイメージが強いんじゃないの? サムライだのハラキリだの言うし。リメンバーパールハーバーですよ」

能《よ》く解りませんがそれもそうでしょうと東は困った顔をした。

「でね、まあ、他は知らないけど、あれは、その、妙ちきりんなヨウカイとかいう愚劣なものじゃないぞ――と。一緒にされちゃ困るぞ――と。そういう人達が、邪神を救おうと」

「救う？」

「そうなんだよね。でもって、邪神救済ネットワークみたいなものができて――世界中にですよ。それから、そもそもヨウカイも駆除すべきでないという、ものが解ってるんだか解ってないんだか解らない人権団体みたいな人達が――」

「妖怪に人権はないと思いますけどね」

人じゃないから。

「まあ――風潮としては今黒さんが言った通りで、圧倒的に反妖怪派の方が多いみたいですけどね、国際社会では。ただ、そういう多数派に対し、必ず異議を唱える人達というのもいるんだよね。で、まあ国内だけならともかく、世界中見渡せばそれなりの数にはなる訳で、ヨウカイも救え的な団体がですね」

ヨウカイ・サルベージ・ボートですよ、と高橋が言った。

「ボートってのは何？」

「さあ。ボートに乗って来たんですかねえ」

「まあとにかく、そういうのも結成されて、まあその人達が続々と来日した訳です。で、国内の同志と合流してですね」

大丈夫なのかよソレと平山が口を挟んだ。

「だって、今この国で妖怪擁護なんかしたら、それこそ攻撃対象にされっだろ？　さっきだって荒俣さんがロボ乗って戦ってただろうよ」

あれは荒俣さん。　と東が驚いて声を上げた。

「らしいよ。なあ黒ちゃん！あれはまあロボに乗ってたけどさ、そういうのがなくて、それでそんなこと」

「いや、まあヨウカイ・サルベージ・ボートの方はともかく、邪神救済の方は、あれ——というか、これ」

東は黒を指差した。

「——これは、妖怪じゃないというのが建前ですからね。妖怪なんかと一緒にするなということで、とにかくそこを認めて貰おうという運動なんで」

「はあん」

「まあねえ、はあん、というようなところはあるんだけども、みんな真剣なんですよ。で、まあ集まってはみたものの、肝心の邪神様がどこにいらっしゃるのか判らない、と」

当然である。

黒の居所を世界中の人が知っている訳がない。というか知られていたら困る。それ以前に邪神を乗っけてるのが黒だということも判るまい。判ったところで黒史郎って誰？　という話だろうし、知っていたってやっぱり住所は判るまい。

「そこで、まあ回り回って、クトゥルー系の作品を書いてるような作家さんに話が行き、そこから黒史郎の名前が割れ、ツイートしたのが黒木と松村ということも露見し――まあ、これは私らは知っていたんだけどね、それで、黒、黒木、松村というメンツなら、もろにFKBなんだから、と」

「オレ？」

「そう。平山さんに注目が集まったんだけど、これがまた居所が判らない。なら京極さんということになったんだけども、京極さんも数日前から行方不明」

「行方不明なんですか？」

やっぱり襲われたらしいですよと東が言った。

「襲われた！」

大丈夫ですと天野が答えた。

「無事に逃げ遂《おお》せて、村上さんや多田さん達と一緒に富士の裾野《すその》に隠れてるみたいですよ。水木先生のところらしいですけど」

「はあ」

「伊藤潤二さんの話だと、そこにはかなりの数の妖怪関係者が隠れているみたいで。伊藤さんの奥さんの妖怪画家、石黒亜矢子《いしぐろあやこ》さんもそこにいるそうなんですけど、石黒さんの話では、何でも、妖怪推進委員会の人達は焼き殺されそうになったんだとか」

「マジすか」

「まあそういう訳で京極さんも動けない。そこで、まあ両方と関わりのある元『幽』編集長の私に白羽の矢が立った、という運びです」

「その過程で、私や菊地先生なんかが巻き込まれたんですよ。私は自宅で温順《おとな》しくしてましたから。他の先生方はやっぱり所在不明で」

みんな潜伏しているのだろう。

「それで青蛙やら円城さんなんかもいるのか」

「円城さんにはアメリカの人達の窓口になって貰ってるんですよ」

「まあ、判った」

平山が立ち上がった。

「能《よ》く判んねえけど、まあ判った。つまり外の連中はこの黒ちゃんの上にいる化けもんの熱烈なファンで、これを救うために世界中から集まった、頭のネジの緩んだ方々、ということなのね？」

「ネジは置いておくとしても、そういうことですね」

「でもって、どうする気なの？　ああやって大勢でオレ達を見守ってお終《しま》い？　熱い視線《まなざし》プレゼント？　いつまでも観てる気なのかい？　そもそも何人いるんだ？」

「およそ」

二千人ですねと東が言った。

「に――何？」

「二千人。来日した人だけで七、八百人はいるんだよね。それから国内の賛同者が千人を超してて、ラヴクラフト関係以外もかなりいるので、そんなもんじゃないかなあ」

「二千だあ？　それが、全部表にいんの？」

「いや、今ここに来ているのは五百人くらいですよ、慥《たし》か。そうですよね？」

「最初は三百くらいだったんだけど、どうしても現物を拝みたいという信者がね」

「あー」

拝むか。これを。

「という訳で、相談なんだけどもさ。黒さん、ずっとここにいるつもりですか？」

「ずっといたら――まあ死にます。餓死します。下痢もしてるので脱水します」

「みなさんは？　何か手を講じてた？」

「いやいや、そんな下痢して死ぬのをぼけっと見てるつもりもないんだけどさ。でも、だからといってどうにもできないしねえ。まあ出るに出られず、和気靄々《わきあいあい》ってとこだねえ」

「出ましょう」

東はそう言った。

「出るって、外にかい？」

「外に」

「これだよ？」

平山は黒を顎で示した。

「これですよ。これを——二千人が守ると言ってるんですよ。しかも半数は海外の人達だからさ。下手に手を出したら国際問題に発展しかねない訳ですよ。別に何か悪いことする訳じゃないし、警察だって自衛隊だって手出しはできないだろうし、過激派も二千人相手となれば」

「ハイ。決まり」

平山は軽やかにそう言った。平山は一転、機嫌良さそうに破顔《はがん》していた。

「出よう出よう。黒ちゃんが無事ならイイの。ここ出ちまえば俺達は勝手にできるしね。ハイ撤収撤収撤収」

平山がぱんぱんと手を叩《たた》いたその時に——。

水沫流人がコーヒーを持って来たのだった。

拾玖

怪談蒐《しゅう》集《しゅう》家《か》、突撃す

「荒俣さんは大丈夫なんですかねえ」

湯本豪一が心配そうに言う。

「何だかんだ言って、テレビを見る限り作戦は成功しているんだけれども、依然として人集《ひとだか》りは残ってますしねえ。そもそも、あの學天則は」

學天則ジャイアントですと平太郎は言い直す。

「本物——というか、本体はまだそこにありますから」

そう。

學天則は前と同じところに今もある。

付喪神の場合はどうやら見えているだけで、本体の道具が動く訳ではないようだった。

ただ、その道具の近くにいる人間には本物の道具の方が見え難くなってしまうようで、恰《あたか》も道具そのものが動き出したかのように——思えてしまうのである。付喪神が道具から一定距離離れると、道具も見えるようになる。離れた付喪神が消えていなくとも、道具はちゃんと元の場所にあるのだった。最初からそこにあるのだ。動かないのだ。道具だし。

「ジャイアントか。まあ何でもいいんですけど、要は幻覚のようなものでしょう。荒俣先生は生身ですよ。あんな暴漢どもが渦を巻いてる中に、まるで銭湯にでも行くようにふらっと出て行った訳ですよ、実際には」

「そう思われてはいないようですけどねえ」

香川雅信は眉《まゆ》を八の字にして、慥《たし》かに心配ではありますねえと言った。

「誰かに見破られたらお終《しま》いですからね」

「そうでしょう。そもそも、あの幻覚――まあ幻覚とは違うのかもしれないけど、あの、學天則――ジャイアントか。あれはいつまで保《も》つんですか。時間が経てば消えるのか、本体との距離が関係してるのか、その辺はまるで判らんのですよ」

それはそうである。

活動限界があるのだとすると、荒俣も危ない。

ただ、あれは一般的なものではない。だからエネルギーを消耗すると消えるようなもんではない、と平太郎は思う。生き物と違って魂の緒で肉体――この場合は道具本体――と繫《つな》がっているようにも思えない。つまりカラータイマーもアンビリカルケーブルもない、ということである。そこは荒俣次第なのではないか。

荒俣先生は平気だと山田老人が言った。

「今は、そう信じるしかあるまいて。それより、この文化財の搬出をするための救援は来るのかな」

「頼みはしましたけどね」

岡田からの電話はナイスなタイミングだった。

防災壁を上げ、荒俣を外に出してまた閉める——その間はスマホが通じる。こちらからかけようとも思ったのだが、誰にかけていいのか判らず、試しに何人かにかけてみたものの一向に通じず、もう限界と思った時にかかって来たのである。

「ただ、向こうも襲撃されて命からがら避難しているという状況みたいですからねえ。どこまで当てにできるかは不明ですよ。敵は武装してますが、味方は丸腰、ゲリラですらない逃亡者や敗残者や——足りないお化け馬鹿ばかりですから」

「ま、中のものの付喪神もあのように健気《けなげ》に學天則に付いて行っておるし、ここに儂《わし》らがおるちゅうことは敵さんにも判らんことだからのう。もう過激な攻撃はないようにも思うが——でも油断はできんしなあ」

「というか雪隠《せっちん》詰めの状況に変わりはないんですよ、山田さん。やっぱりあの、荒俣さんが出た段階で、あの大混乱に乗じて脱出してしまった方が良かったたんじゃないですか？」

そうは行きませんと湯本が言った。

「妖怪資料を置き去りにして逃げ出すなんてことができますか」

「いや、ですからね。とにかく一旦《いったん》外に出て、安全を確保して、ですよ。然《しか》る後に頃合いを見計らって回収、の方が現実味があったんじゃないかと」

「然る後があるかどうかは判らんでしょう」

「いや、そうなんですけどね、というか、じゃあこうして再び立て籠《こも》ってですよ、この現状で然る後はあるのかといえば、ない訳でしょう。これじゃあ救援が来たとしたって、来たことも判らないですよ」

　既に電波は遮断されている。

「テレビ見ていれば判るじゃろう」

「それは違いますよ。山田さん」

「どう違う？　映っておるぞ」

「あのですね、何のために荒俣さんは決死の覚悟で出て行ったんですか」

「そりゃあ暴徒と弥次馬《やじうま》と、そのＹＡＴとやらを」

「そうです。引き付けてくれているんです。湯本さんの言った通り、成功してます。ＮＪＭの連中はほぼ學天則ジャイアントに付いて行きましたし、弥次馬も数える程しかいなくなりました。ＹＡＴの突入時間はとっくに過ぎていますが、いまだに来ませんし、自衛隊はたぶん學天則ジャイアントの方に向かったのでしょうから、ここの浄化計画は中止されたと考えてもいいかもしれません。もちろん油断はできませんけどね」

「いいじゃないか」

「良くないです。いいですか、今はね、まだ偶《たま》にこのマンションの中継が映ります。機動隊だけは残ってますからね。たぶん、學天則ジャイアントの取り締まりの方とは係が違うんでしょうね。あっちは移動してますし、道路ですからね」

「縦割《たてわ》り行政じゃな。だが、このまま我々が温順《おとな》しくしておれば、見張っておる機動隊どもも去るのと違うか、平太郎君。彼らはそもそも、このマンションを見張るために出動して来たのじゃないのだぞ。暴動を鎮圧するために出張って来よったのじゃ。暴徒がいなくなれば、任務は終わるじゃろ？」

「ええ。去るかもしれないし、去って欲しいですね」

「なら」

「それをどうやって知るンです？」

「だからテレビ」

「あのですね、山田さん。救援が来るとしてですよ。それは機動隊がいなくなるのを見計らって、ということになるでしょう。同時に」

「同時に何だ？」

「救援は、テレビ中継がされなくなってから来ることになると思いませんか？　普通」

「そ、そうか？」

「当たり前でしょう。そんな、トラックが玄関に横付けされて、荷物が次々に運び込まれる様子が全国に中継されたら元も子もないじゃないですか。荒俣さんの決死の行動が水の泡になるでしょう。暴徒もすぐに引き返してくるし、ＹＡＴだって速攻でやって来ますよ。文化財も我々も、救援の人達も、秒殺であの世行きです」

そうかそうじゃなと老人は自分の額を叩《たた》いた。

「學天則ジャイアントの中継は、あれが消えるまでずっと続くでしょう。こっちのマンションの中継の方は、まあ、完全にはなくならないでしょうけど、リアルライブの中継はされなくなりますよ。そこを狙って来るはずですよね、救援隊。その場合、僕らはどうやってそれを知るんです？　こっそり来ますよ？」

「うーむ」

「それに加えて、ですよ。今、我々四人は運び出し易いようにこうやって玄関ホールに荷物を集めていますけどもね、もし、もしですよ。推進委員会の人達がヘリで来たとしたらどうするんです？　ヘリなら屋上ですよ。これ、まだ半分くらいしか運んでませんけど、屋上まで運び直すんですか？　到着してから？」

「まあなあ」

「今僕は到着してからと言いましたけど、到着したこと自体がまず判らないんです。こうしている今だって、もしかしたらもう屋上にヘリが着いてるかもしれないいんですよ。でも我々にそれを知る術《すべ》はない訳です。救援に来てくれた人は屋上で立ち往生ですよ。そんなの、怪しまれるに決まってるじゃないですか。ヘリなんかが屋上に着いたことが発覚したりしたら、どうなります？　確実にテレビが映しますよ。そうしたらどうなっちゃうんですか？　同じことじゃないですか。もたもたしてはいられないいんです。迅速《じんそく》さが勝負です。速やかにこの荷物を運び出して速やかにここを立ち去るためには、外部との連絡は必須《ひっす》です必須」

逃げられそうになった途端に弁が立つようになったねえ榎木津君、と香川が言った。

「でも、まあ彼の言う通りですよ。この状態で防壁を上げるのは危険ですが、何らかの形で外部と連絡を取り合わなきゃ活路はないかもしれない。榎木津君の言う通りあの混乱時に誰か出しておくべきだったかもしれないですね。もちろん、予《あらかじ》め段取りを決めて、諒解《りようかい》事項を共有しておく必要はあった訳ですが」

あの時はそんな時間も余裕もなかったでしょうと湯本が言った。

それはその通りである。

もたもたしていたら突入されていた。突入というより注入、かもしれないが。毒ガスの場合は逃げも隠れもできないし、待ったもナシである。

「まあ、済んだことを言っても仕様がありませんから何か対策を立てましょう」

香川の言葉を受けて湯本が言った。

「たぶん、今、この状態で投降したらですね、逮捕はされるかもしれないですが、殺されることはないと思うんですよ。暴徒はほぼいなくなった訳ですから、幾ら人心が荒廃しているとはいえ、警察が民間人をいきなり射殺なんてことはないでしょう。ないと思いたい。場合によっては逮捕もされず、保護、というケースもありますよ」

「そうかのう」

山田老人が額に皺《しわ》を寄せた。

「どうも信用ならん。儂は国家権力に対して抱いとる大いなる不信感をどうしても拭《ぬぐ》えん。今の警察は戦前の特高警察と変わらん。いいや、もっと悪い」

「そうですかねえ。しかし外部と連絡を取るなら誰か出すしかない訳でしょう」

「出た途端に蜂の巣、ということはあり得る」

まあ、想像はできるが。

想像の中で蜂の巣にされているのは平太郎自身だったりするのだが。

「そんな映画みたいなことあるかなあ」

「ありますよ。バイト先の上司なんか警察に蜂の巣にされたらしいですよ。人質だったのに」

ほらなと山田老人は言った。

「荒俣先生は學天則の化け物に化けておったから助かっただけじゃ。警察は敵だと思うた方がいい」

「しかしなあ」

平太郎の部屋から持ち出され、玄関ホールでも見られるように研究室の入り口付近に無理矢理設置したテレビには、その荒俣宏――いや、學天則ジャイアントが映し出されていた。

「あれはどの辺りかな。まあ、早く移動できる訳ではないからのう。まだそんなに遠くまでは行っておらんと思うが――」

「もう二回りくらい大きい方が迫力ありますよね。でも歩く速度を考えれば、あのくらいが限界なのかなあ」

最初見た時は腰を抜かす程驚いたが、見慣れてしまえばこんなものである。肉眼で見ればかなりワンダーなものなのだが、画面でみると卑小に感じる。

テレビに映っている限りは映画の作り物と変わらない。で、また映画のロボはもっと派手なのだ。というか、最近の作り物はどれも良くできているんだと思う。画面映えがするように作るのだから、リアルよりリアリティがあるのだ。

と。

突然画面がアナウンサーに切り替わった。

——中継の途中ですが、ただ今動きがあったようです。突如現れた巨大ロボットですが、現在三鷹《みたか》方面に進行中ですが——どうやら仙石原都知事が現場——これは、このロボットが出現したマンション付近ということでしょうか。都知事が現場に到着した模様です。そちらの現場には五所川原《ごしょがわら》アナウンサーが行っています。五所川原さん——。

——はい。現場です。ええ、仙石原都知事は先程、装甲車のようなものに乗って到着しまして、あの、あそこに停まっている車ですね。知事はあの辺りで車を降りまして——こちら。問題のマンションの、道路を挟んで丁度真向かいにあるこちら、このビルですが、このビルに入りました。こちらはオフィスビルになりますが、どうやらこのビルの何処かに、対策本部を設置する模様です。

「ありゃあ」

「マズいですねえ。あれ、向かいのビルですよね。折角人が減り始めたのに、都知事なんかが来たらまた目立っちゃいますよ」

「今更何をするつもりなんでしょうね」

「儂はあの都知事は好かん。今のところ賄賂《わいろ》も取っとらんようだし使い込みもせんし、問題発言も連発せんが、それでも好かん。公費で漫画本買ったり饅頭《まんじゆう》買ったり温泉付き別荘に行ったりもせんが、それでも好かん。儂は都民で、税金も納めておるし、投票もちゃんとしちょるから、これくらい言うてもいいじゃろ。嫌いじゃ。どっか行ってくれ」

「まあテレビ画面で見てますから、まるで他の場所のできごとのようですけど、実際にはその扉の、すぐ外なんですよ、この画面は。まあ、學天則が出ようと何が出ようと、簡単にはこのマンションを忘れないゾ、ということなんでしょうねえ」

「暴動は収まっとるじゃないですか」

「はい。収まったというか、荒俣さんのお蔭《かげ》で暴動がそのまま移動している訳ですが——それで、ここがノーマークになるかというと、どうも僕らの見込みが甘かったようですねえ。やはりそうそう思い通りには運びませんよ。マスコミや暴徒の目は眩《くら》ませたとしても」

あの知事は騙《だま》せなかったということか。

「學天則は學天則で大変なんだけど、やっぱり元を断たなきゃ駄目、ということなんでしょうねえ。生ゴミの悪臭みたいですね。僕らがゴミか」

画面にまた外の景色が映った。

——現場の五所川原です。たった今情報が入りました。都は、杉並妖怪災害特別対策本部をこのビルの屋上に設置する模様です。繰り返します。東京都は、杉並妖怪災害特別対策本部をこの、私の後ろのビル屋上に設置すると発表しました。

——それは警察や防衛省ではなく、都の、ということですか五所川原さん。

——はいそうです。東京都の災害対策本部です。これに就きまして、間もなく仙石原都知事の会見が行われるということです。

——そうですか。判りました。五所川原さんありがとうございました。さて、これはどうなんでしょう、大東島《だいとうじま》さん。これ、あの巨人、巨大ロボットですね、あれに対する対応とは、また別ということなんでしょうか。

——そうですね。あのロボットのようなものは、今のところ暴れたりはしていませんが、もし暴れだしたらもう自衛隊などで応戦するしかありませんね。しかし現状では難しい。住民の避難や——それよりもまず取り囲んでいる人達を何とかすることですよね。活動家や弥次馬を排除しないといけない。それから周辺住民の安全が確保できないと攻撃はできません。そうしたことに対する対策本部、ということでしょうか。それからこの妖怪の製造工場そのものをですね——。

「製造工場と断定されてますね、いつの間にか」

「いやまあ、あんな非常識なものを出してしまいましたからねえ。そう思われても仕方がないといえば仕方がないですが」

「しかし、この大東島とかいう人は、軍事評論家じゃなかったですかね。これ、軍事なんですかね」

「軍事らしいです」

――都による一般市民の安全確保、然る後の迅速、且つ適切な軍事行動、これが肝心になりますね。更にその後の速《すみ》やかな消毒除染、これも大切です。そこを疎《おろそ》かにしますと、また涌《わ》きますからね妖怪は。それで、この消毒除染も、地方自治体の仕事になりますから。ここは自衛隊、警察、そして自治体の足並みの揃った連携こそが大事、ということになるでしょう。

――なる程。そのための対策本部、ということですね。あ、そろそろ都知事の会見が始まるようです。屋上には南《みなみながさき》長崎レポーターがいます。南長崎さん。

――はい。南長崎かをりです。えー私は今、インテリジェント杉並屋上に設置されています杉並妖怪災害特別対策本部前に来ています。えー間もなく仙石原都知事の会見が始まる模様です。あ、始まりました。

――えー、この度の妖怪災害に就きまして、東京都はただ今、妖怪災害特別対策本部を設置致しました。これは、現在、杉並区内を移動しております巨大な物体、これは、一部でロボット――人工物であるかのような報道がなされておりますが、形状はともかく、出現の仕方などから、東京都ではこれは物体――質量を持った存在ではなく、妖怪の一種であると捉《とら》えております。この巨大妖怪の駆除と、その妖怪を生成させたと考えられておりますマンションの処置を速やかに行うことを先程議会で決定致しました。当本部は、それに伴う都民の避難及び安全の確保を第一義に、また公共施設及び個人資産の保全、治安の回復等を目的として――。

「あらら」

「やっぱり甘くなかったですね。というか、完全にターゲットにされてますよ」

香川は眉根を寄せた。

「しかも、學天則が金属製の機械ではなく、可視化した想念だということも——見抜かれていますね」

そう言って、湯本が口をへの字にした。

「愈々《いよいよ》嫌いになったわ」

山田老人が顳顬《こめかみ》に血管を浮かせた。

——巨大ロボットに対して、自衛隊などの攻撃はあるのでしょうか？

——自衛隊等への攻撃要請は今のところしておりません。居住区、公道での物理的攻撃は危険が大き過ぎます。政府の判断はまた別になるかと思われますが、道路や沿道の家屋などを破壊してしまう可能性が非常に高いので、都としては寧《むし》ろ許可をしないという方向で考えております。また、先程申し上げました通り、都はあの巨大なものを質量のある物体とは考えておりません。従って、銃器等による攻撃は無効である、と認識しております。現状あの巨大妖怪は一切の破壊活動を行っておりません。警察による警備態勢さえしっかりしていれば、被害は当面ないものと考えております。

——すると、このまま放っておくということですか。

——いや、それはありません。現在、ＹＡＴによる駆除計画が進行中であります。

——ＹＡＴというと、化学兵器ということになるのかと思いますが、安全性は大丈夫なんでしょうか。毒ガスのようなものという噂があるのですが。

――もちろん兵器ではありません。東京都が都として独自に兵器開発をするなどということは、過去、現在、未来に於《お》いて断じてございません。ＹＡＴが使用致しますのは妖怪駆除剤であります。これは殺菌、除染といった所謂《いわゆる》清掃に使用するものであります。

――それは人体に影響はないのですか？

――当然ございます。そのための準備を粛々と進めているところであります。

――それは住民の避難ということですか。

――避難も含めた準備、ということであります。因《ちな》みに作業中は危険でありますが、作業終了後は害虫、害獣なども駆除され、完全な無菌状態になりますので、それまでよりも街は清潔になります。

――その妖怪駆除剤であの巨大妖怪が駆除できるとお考えなのでしょうか。

――確実に処理できると考えております。進行速度を考慮し、粛々と準備をしておるところであります。ただ、それよりも先に、この向かいにありますマンションの処置をすることが急務となると――考えております。

「何だって！」

「榎木津君、静かに」

――こちらは、本来ＹＡＴ投入の予定でありましたので、周辺住民の避難等、手続きも含めて既に完了しております。従いまして、報道関係者のみなさんの避難が完了し次第、作業を開始することになります。

――それは、具体的にいつですか。

――十五分後を予定しております。現在、マンション前の報道陣の撤退は完了しており、ここにいらっしゃるみなさんの安全圏内への移動が済み次第、ということになります。

「おいおいおい。やはり瓦斯《ガス》じゃ」

「十五分ですか」

香川は考え込んでいる。

「しかし、今の話だと、現在このマンション前の報道陣はいなくなってる――訳ですよね」

「そうなりますね」

「中継はなくなるんですよね」

「まあ遠くから望遠で狙ってるかもしれませんけど」

「いや、ここの玄関は――遠くからはちょっと狙えないんじゃないですかね。ライトもないですし。あの向かいのビルの屋上の対策本部からも角度的に玄関は見えないと思いますよ。庇《ひさし》みたいのがあるでしょう」

「だから何なんじゃ香川先生」

「チャンス――なのかもしれませんね」

香川はポケットから呼ぶ子石を出した。

「平太郎君」

「あ？　僕ですか？」

「平太郎君、外に出てくれますか」

「はあ？　今、ＹＡＴが来るんですよ？　死ねというんですか僕に」

「いや」

このままだと絶対全員死にますがと香川は言った。

まあ、そうなのだろう。

「一度防災壁を開けますから、平太郎君はこの石を持って、外に出てください。そして――そうですね、向かいのビルの後ろ辺りまで行って、この呼ぶ子を使って」

「ヨブコヲツカッテ」

呼ぶ子は香川の横に立っている。

「何か、目立つ妖怪を出してください」

「妖怪を――出す？　出すって」

「出る――はずです。私の予測が当たってるなら、その名を呼べば、必ず出ます」

「出ますか」

「出ます。出るはずです」

「出たとしてどうなります？」

「まあ、またもや攪乱《かくらん》作戦なんですが、ただ向かいのビルも一棟まるまる除染、とかいう運びになれば結構時間は稼げますよね。あの対策本部が一時的にでも機能しなくなれば、かなり脱出というか、搬出できる可能性は高くなりますよ。今、この辺はがら空きですし」

そうかもしれないが。

「外なら救援隊と連絡も取れるでしょう」

そう言って、香川は呼ぶ子石を平太郎に握らせた。

呼ぶ子は消えた。

「まあ、外なら連絡は取れるでしょうけど」

妖怪を——出すのか？　平太郎が？

平太郎は石を握り締めた。この石、結構長く見続けているのだが握ったのは初めてである。

「で、な、何を出します？」

「細かいのは駄目ですよ。できれば、うんとデカいのがいいですね」

「デカいのですか？　大入道とか？」

「いやあ——江戸時代なら充分大きかったでしょうけどね。現代じゃどうかなあ。もっと大きいのいませんかね？」

手洗い鬼なんかどうです、と湯本が言った。

「それだ。あれならビルよりも大きいでしょう。榎木津君、手洗い鬼を召喚してください」

「手洗い鬼ですか？　あの、『繪本百物語』に出てる巨人ですよね？　でも、そんなもの出るんですか？」

「ですから、予測では」

「よ、予測なんですよね？」

予測は予測なのであって、中《あ》たるとは限らないものではないのか。

「も、もし出なかったらどうするんですか」

そん時は一人で逃げいと山田老人が言った。

「お前さんの顔なんぞ誰も知らんだろう。報道陣の逃げ遅れか何かだと言えい、若いの。建物から出てしまえば何とかなるじゃろ」

「いや――それは」

考えないでもなかったのだが、それはどうなのか。

「いいんじゃ。儂はここで死ぬ。もういいだけ長く生きたわ。だからそれでもいいんじゃや。いいや、何ならお三方、皆出て良いぞ。出たら儂が防災壁を下ろす。そしてこの文化財は――守る。必ず守るぞ。荒俣先生も言ってたが」

毒瓦斯で死ぬのは生き物だけじゃよと山田老人は言った。

「後は任せた」

僕も残りますと湯本が言った。

「僕とてそんなに若くはない。途中で転んだりして足手纏《あしでまと》いになるかもしれない。香川さんと平太郎君、二人で行ってください」

香川は下がり気味の眼を細めた。

「しかし――湯本先生」

「いいんです。二人は生きて、ここの宝を運び出し、何が何でも後世に伝えてください」

「いや、必ず助け出します。無駄死にさせるようなことは絶対にしません。いいですか、巧《うま》く行ったら十五分後の攻撃はありません。ですから」

二十分後にまた防壁を上げてください、と香川は言った。

「私が戻ります。それまでに救出の子細や段取りは決めておきます。何もなければ、必ず戻ります」

「諒解しました」

湯本は香川の手を握った。

「生きていたら——必ず二十分後にここを開けます」

「なら早い方がいい」

山田老人がスイッチを入れた。

防災壁が上がり始めた。

「今のところテレビには何の反応もないな。ここが開き始めたことは知られてないぞ」

「よし、出よう」

香川が半開きの防災壁を潜り、ガラスの扉を開けた。

平太郎も慌てて続いた。平太郎が出るなり、また防災壁は閉まり始めた。

「さあ、走って」

香川が駆け抜ける。

外はもう暗い。

マンションの前は、人っこ一人いなくなっていた。たぶん、かなり遠くにバリケードのようなものが築かれていて、立ち入り禁止になっているのだ。

「あれ、遠くに見えるの警官ですよ。気付かれないうちに早く」

道路を駆け抜ける。

数日ぶりに触れた地上の外気と、空腹と疲労で平太郎は何だか宙を歩いているような心持ちになった。しかし転ぶ訳にはいかない。縺《もつ》れ気味の脚を振り上げて、平太郎は走った。

対策本部があるビルに至った。

「ヘリが飛んでますね。まあ地上は暗いので空からは見えないと思いますが、最近の暗視カメラなんかは高性能ですからバレてるかもしれませんね。早くしましょう」

「ええと」

「ええとじゃないですよ。石を出して」

「ああ」

平太郎は握っていた手を開いた。呼ぶ子が現れた。

「手洗い鬼ッ」

香川が呼ぶ子に向けて怒鳴った。

「こ、声大きくないすか」

「手荒い鬼ッ」

「テアライオニ」

その途端。

天を衝《つ》くような巨人がその雄姿を顕《あらわ》した。

これは——デカい。學天則ジャイアントなんか比べ物にならない程にデカい。デカ過ぎて上の方が見えない。足だけで大型ダンプくらいの大きさだ。足の甲に生えている毛の太さが、もう、相撲取りの太股《ふともも》くらいある。

「で、出ましたね」

「出たでしょう！　丁度、対策本部のあたりが胸くらいじゃないですか。今頃大騒ぎですよ」

「地上も大騒ぎっぽいですよ」

バリケードの辺りが騒がしくなっている。

「さあ、どうなりますかね」

「どうなるって、この鬼は何をしますか？　対策本部壊してくれるんですか？」

「いや」

手を洗うだけでしょうと香川は言った。

まあ、そうなのだろう。そういう妖怪なんだし。

手洗い鬼は、どうやら脚に力を込めているように見えた。きっと屈《かが》むのだろう。屈んだところで手を洗う水はないのだが。

「これは連中にしてみれば攻撃行動——じゃないですかね？　これは大攪乱ですよ。さあ榎木津くん、ぼやぼやしてないで、救援隊に連絡して」

「あ。そうか」

平太郎がスマホを出したその時である。

「あれ？」

上方を見ていた香川が妙な声を上げた。

「あれ、あのヘリ。あれは——民間機ですね。というか確実に動きが変ですね。探照灯で照らされてるし。アレ？　拡声器みたいなもので何か言ってますね」

「は？」

「えーこの世に害を為《な》しているのは、妖怪ではなーく、えー仙石原都知事であーる。我々はこの、人の姿を借りた妖魔にー、えー天誅《てんちゅう》を下すものであーる！」

「ななな何だ？」

「どこかで聞いたような声ですね」

「外道照身《げどうしょうしん》！　そこなる都知事が人ならぬものであることは明白。我が命、我がものと思わず、日本の未来と怪談と妖怪のため、この」

キハラが一撃、しかと受けてみよ——。

「き、木原って、まさかあの木原さん？」

「あ。誰か降下しましたよ！」

手を洗うべく半身を曲げつつある巨大な手洗い鬼の真上を飛ぶヘリコプターから、何者かが飛び降りるところがサーチライトに照らし出された。

既にこの世のものとは思えない光景であった。

「き、木原って木原浩勝さんですかね？」

「さあ。でもあの声とか喋《しゃべ》り方はそうっぽいですけど」

というか、間違いないだろう。小さいとはいうものの、ちらりと見えたあの人影のあの体形は、『新耳袋《しんみみぶくろ》』の生みの親の一人、木原浩勝その人であった。

「ヘリからパラシュートで降下した人が？　あの木原さんですか？」

香川は博多《はかた》のにわか面のように眉尻《まゆじり》を下げて夜空を見上げた。

探照灯が空に筋を作っている。真っ黒なヘリの影とちかちか赤く光るライト。まるで映画で見る第二次大戦中の独逸《ドイツ》の夜空のようだ。そして巨大な手洗い鬼は既に腰を屈めつつある。顔が徐々に見え始めている。

やっぱり――。

この世の光景じゃない。

「う、上では何が起きているんでしょうか」

屋上の特別対策本部からは喧騒《けんそう》と混乱の気配が緊々《ひしひし》と伝わってくる。騒ぎになっているのだろう。

そりゃあなるさ。

当たり前である。進撃してる訳でもないのに突然巨人が現れたのだ。加えてレンジャー部隊でもないのにヘリから人が降下してきたのだ。そんな状況で驚くなという方が無理だろう。

それに対策本部はあくまで対策するための本部なのであって、前線基地ではない。運動会の実行委員本部席と変わらない。武器も何もないだろう。とはいえ、現場にいるというのに状況は皆目判らないのだった。テレビを見ていた方がたぶん判り易い。

「まあ突発的なできごとに左右されていてはミッションが完遂できないですよ。平太郎君、すぐ富士の郡司さんに連絡をとって段取りを決めちゃってください。いいですか、防災壁が開くまで、時間はもう十分くらいしか残ってないですから、できるとかできないとかぐだぐだ話し合って決めるんじゃなく、今はともかく連絡を取り合うポイントとタイムスケジュールだけをきちんと決めてください」

香川は早口でそう言うと、平太郎の横に突っ立っている呼ぶ子に顔を向けて、

「こうなったらもう大混乱陽動作戦しかないですね」

と言った。

「だ、大混乱？」

「平太郎君、私が声を出したら、急いで建物の陰に隠れてくださいよ。その柱の後とか」

「へ？」

能《よ》く意味が解らない。解らないけれど仕方がない。平太郎はスマホを操作しながらタイミングを待つ。香川は大きく息を吸い込み、呼ぶ子に向けて、

「後に百鬼夜行絵巻と呼ばれる絵巻に載る妖怪全部ッ」

と叫んだ。学芸員だからか、呼称が正確である。

「ヒャッキヤコウエマキ——ノ、ヨウカイ」

呼ぶ子が反復する。

「さ、さあ早く。私らの場所が特定されちゃいますよ」

「へ？　へ？」

平太郎はすっ飛んで柱の陰に隠れた。

呼ぶ子もぴったりとついてくる。

石との距離は一定なのか。

香川も身を屈めて隠れた。

出た。

いやはや、ドンドロドンドロという効果音がないのが不自然な感じだった。

幟《のぼり》やら纏《まと》いやらを持った鬼。毛むくじゃらの獣人。仏具やら楽器の付喪神《つくもがみ》。何本もの角を生やした大きな鬼。野菜の化け物。道具の化け物。猫や狸や狐。河童。異獣。顔の大きな女官やら一つ目の僧。ぶよぶよとした赤い塊《かたまり》。牛のように巨大な蛙《かえる》が引く牛車から天狗のような鼻高の馬鹿でかい顔が覗《のぞ》く。嘴《くちばし》のあるもの、爪の長いもの。頸《くび》の伸びたもの。眼の多いもの。過剰と欠損、融合と異化、擬人化と戯画化された、化け物どもの大パレード。

まってました、と声を掛けたくなる。

これぞ妖怪——である。

見慣れたものも見慣れないものもいる。

百鬼夜行絵巻にはいくつかの系統がある。それぞれ成立年代が異なっており、描き写す際に描き足されたり省かれたりするので異同も多い。嘗《かつ》て小松和彦《かずひこ》先生が中心になって進めていた百鬼夜行絵巻の成立と変遷に関する研究プロジェクトには、香川も参加していた。

香川自身、ミッシングリンクとなる絵巻を発見したりしてるのだ。

たぶん——。

今涌き出た連中は、一揃い揃っているのではないだろうか。こりゃあ凄《すご》い。壮観だ。妖怪好きは卒倒する。しかも、リアルで3Dである。モヤモヤして形の判らないようなのも混じっているが、それは平太郎の知らない姿形のお化けなのだろう。

——つうかそいつの形の方が知りたいんですけど。

「なあに見蕩《みと》れてるんですか！」

香川に急《せ》かされ、平太郎は慌てて電話を掛けた。本気で時間がないのである。

ツーコールで岡田が出た。

「お、お、おかだしゃん」

——落ち着いてくださいよ平太郎君。いったいどうなっているんですか？　何だか展開が読めないんですけど。こっちは報道を観てて大騒ぎですよ。

「て、展開が読めないのは僕もです。少なくともお化けを出したのは僕らですが」

——木原さんは？

「そんなもんは出せません。というか救助の話を」

——今、郡司さんがあれこれ裏工作をしてるようですけど、まだ時間がかかりますね。

「じじじ時間がかかるのはいいんですが、ええと、何だっけ、ああ、連絡するためには外に出なくちゃいけなくてですね、でもってその、タイムのスケジュールをですね、あの、速やかにミッションが」

——いいですから落ち着いてください。つまりこちらからは連絡ができないということですね？　ヘリの線はないようですから、引っ越し屋のトラック的なものになると思いますが、到着のタイミングは——まだ読めないようですねえ。もう一日は籠城《ろうじょう》して貰《もら》うことになるのじゃないかと。

「い、一日くらい持ちますよ。腐った飯ありますし。菓子パンは喰《く》っちゃいましたが。じゃあそうですね、ええと、どうしよう」

——だから落ち着いてください。どうします？

岡田は受話器を手で押さえ、郡司と話しているようである。と、いうか助かる見込みがあるのなら一日でも二日でも待つことは可能だろう。便所なんか流れなくたって平気だ。便所そのものは沢山あるのだし、しっ放しでも次の便所があるのだから。使い捨て便所だ。何はともあれ、助かる当てがないのとあるのとでは、気分的に大違いである。

さっきまで死ぬ以外の選択肢はなかったのだ。

——それでは、明朝の、そうですね、午前十一時に、もう一度連絡がとれる状態にしてください。それまでに詳細を決めて、メールを送っておきます。

「ああ」

こっちが受信可能になったらすぐに届くという寸法である。それなら屋上の防災壁をちょっと開けてスマホを出せば済む。

「お。お。岡田しゃんありがとう」

「平太郎君！　もうそろそろ戻る準備しないと」

「ああ、みみなさんによろしく。みんな、みんなありがとう！」

「いいですから。アイドルのコンサートツアーのグランドフィナーレじゃないんだから。あの防災壁が上がったらすぐ走らなきゃいかんのですよ」

「は、はあ」

さあ、と短く言って、香川が柱の陰から素早く飛び出す。平太郎も慌てて後を追う。通りに面したところで香川が手を翳《かざ》す。

止まれ、ということだ。平太郎は転びそうになって止まり、身を低くして道を挟んだ向かいを見た。

まだ防災壁は上がっていない。百鬼夜行の群はどういうつもりなのか、荒俣と同じ方向に進んでいる。既にバリケードに至り、一部は突破しているようだった。戦闘しているという様子はない。ただ悲鳴やら怒号やらは聞こえている。

騒乱、というより恐怖、いや――。

――ありゃエンガチョ、という感じか。

お化けに触ると何かヤだ、的な雰囲気である。弥次馬連中はきゃあきゃあ騒いで逃げ始めているし、機動隊すら腰が引けている。行く手を阻むどころか後方に下がり道を空けて、少しでもお化けから離れようとしている。

一方お化けはといえば、何だかお気楽な感じでのったりと歩いているだけである。別にお前らなんかどうでもいい——というか眼中にないという感じである。お化け撲滅の人達も、ヒステリックに鉄切《かなき》り声を上げてはいるが、結局遠巻きで、後退している。

まあ、仕方があるまい。真打ち登場的なメンツ総登場ではある訳だし。

それに、人間は殺せてもお化けは——殺せない。

キモいだけなのだし。

そんなところにでっかい手がぬっと降りてきた。手洗い鬼である。その時点でバリケードを築いていた機動隊も弥次馬も暴徒も散り散りになってしまった。反対側のバリケードを護《まも》っていた連中も隊列を崩した。

「総崩れですね、警官隊」

「まあ拳銃《けんじゅう》程度じゃどうしようもないですしねぇ」

それは最初から判っていることなのだ。武装しているのは、暴徒対策及び平太郎のような不埒《ふらち》な人間を威嚇するため——でしかない。いや、考えるに自衛隊の火力も、YATの殺菌ガスとやらでさえも、妖怪には効かないだろう。やられるのは人間だけである。

人間だけというか、平太郎達だけなのだ。死ぬのは。

「山田さん——覚えてますかね」

「って約束したの二十分前ですよたった」

「いや、その、お齢《とし》ですし、短期記憶が」

「タンキキオクガ」

「あ」

呼ぶ子を忘れていた。

「石、しまいます」

足手纏いになることはないのだろうが、目立たないに越したことはない。お化けは死なないが、平太郎と香川だけは撃たれれば死ぬのである。もうかなり離れているが、ライフルなんかだと射程範囲内の距離だろう。

石を握ると呼ぶ子は消える。

ポケットに入れようとするとちょっと待ってと言われた。

「こうなったら序《つい》でだ」

香川は少し下がった眼鏡を人差し指で戻し、呼ぶ子に向けて自棄糞《やけくそ》気味に叫んだ。

「ええと、絵巻のぬりかべ、大首、赤舌！」

「ヌリカベ、オオクビ、アカシタ」

「へ？」

その時、壁が上がり始めた。

「走って！」

平太郎は石とスマホ――命綱である――を握り締めて、全力で走った。

道を塞《ふさ》ぐように巨大な狛犬《こまいぬ》のような三ツ目の獣が涌き出し、ビルの隙間に口を開け舌を出した真っ赤な獣が浮き上がり、空いっぱいに品のない女の顔が現れた。

廿

百鬼百怪、大翁の許を目指す

何すかあのパラシュートは――と、及川が妙な声を上げた。

「あれ、味方すか？」

「まあ、僕達的にはパラシュートで降下した人より突然現れたあの巨人を問題にしたいところだけど、その辺このあたりの人達にとってはどうでもイイ感じなのね」

綾辻が呆《あき》れたように、半笑いになって言った。

貫井も同じように苦笑し、あれは何ですかと問うた。

郡司と、駆けつけたばかりの村上が、

「手洗い鬼ですね」

と間髪を容《い》れず異口同音に言った。

「常識なんだ」

「いやまあ」

郡司が照れ笑いをした。全く似合わない。というか、照れるところじゃない。

「というか、何ですか、あの人――なんか見覚えがあるんですけど、誰です？」

木原さんだと京極が言った。

「はあ？」

「木原浩勝その人だ、あれは。間違いない。この僕が見間違う訳がない」

「いやいやいや」

村上が頭《かぶり》を振る。

「あり得ないでしょうよ。特殊部隊やコマンドーじゃないんだし。木原さんは武闘派じゃないでしょ？」

「いや。武闘派だよ。戦うの好きだし」

「って、肉体派じゃないでしょう」

「いや――」

似田貝が口を半開きにしてだらしなく言う。

「あれ――木原さんっすね。いや、木原さんですよ」

「ホントかよ」

「いやー、あの人は見間違わないですよ。うはあ大変だこりゃ」

まあ大変――なんだろう。ただレオとしてはどこがどう大変なのか今一つ解らないのだが。

「あれれ、レポーターが何か言ってますよ」

カメラマンも走っているらしく、手持ちのカメラがブレている。レポーターともども、避難途中で舞い戻ったということなのだろうか。

——た、大変です。ただ今、民間のヘリコプターから武装した人物が妖怪災害特別対策本部に降下した模様です。

——民間機なんですね。それは今回の妖怪駆除作戦の一環ではないということですか？　何かメッセージを発していたようですが、聞き取れましたか？

——ええと、私達は安全な場所に移動するように指示されて移動中でしたので、ちょっと聞き取れませんでしたが——巨人が。巨人が凄《すご》いです。キャー。

——危険ですから離れてください！　あ、その映像が——流れますか？　屋上の取材クルーが撮影した映像ですか？　流れますか？

スタジオの映像が切り替わった。酷《ひど》く乱れている上に画像が悪い。スマートフォンで撮影というテロップが出ている。

何だか——判らない。

ただ、がーがーいう声が聞こえた。

——この世に害を為しているのは。

——妖怪ではなく。

——仙石原。

——人の姿を。

——天誅《てんちゅう》。

「て、天誅？」

――外道照身。

「だ、ダイヤモンド・アイ？」

「何だこれ。桃太郎《ももたろう》侍《ざむらい》みたいなこと言ってますよ」

大江戸《おおえど》捜査網《そうさもう》だよと京極が言った。

「我が命我がものと思わないのは隠密同心《おんみつどうしん》だ」

どうでもいいと思うが。

漸《ようや》く画面が安定した。迷彩服を着た長髪で小柄な男が映っていた。

――この木原が一撃、しかと受けてみよ！

拡声器でそう叫ぶや否や、男はヘリコプターから飛び降りた。そこでまた画面は反転し、回転し、どやどやという訳の判らないものになって、それまでワイプの小画面で映っていたスタジオのキャスターだかアナウンサーだかに切り替わった。

――こ、これは、都知事を狙っているということでしょうか？　テロリストと考えていいのでしょうか。

――日本の未来と怪談と妖怪のためなんて、言語道断のことを言ってますからね。到底正気とは思えないですが――仙石原知事が公の場に生身で現れたのは久し振りなので、チャンスを狙っていたのでしょうね。

――大変気になるところですが――あ、屋上のカメラに繋《つな》がるようです。南長崎さん。無事ですか。屋上の南長崎さん。

繋がったものの、レポーターの返事はなかった。

というか姿も映らない。

――どうなっているんですか？

悲鳴と、怒鳴り声のようなものが流れた。

カメラが乱暴にパンし、テレビ画面には――。

背中にパラシュートを付けたまま――その昔の沢田研二《さわだけんじ》のＴＯＫＩＯの舞台衣装のようなスタイルで、槍《やり》のようなものを突き出した木原浩勝が映し出された。

槍の先には仙石原知事がいる。

切っ先は知事の左目を深々と貫いていた。

「や、ヤバいすよ！」

「色々な意味でヤバいだろうなこれは」

――正体を顕《あらわ》せ！　貴様が世に害を為す悪鬼だと天下に知らしめろ！　そして滅びよ外道！

「き、きはらさあん」

突っ立っていた似田貝が尻餅《しりもち》でもつくようにぺたりと座り込んだ。

「こりゃ取り返しつかんでしょう」

「取り返すってのがまず解らないよ似田貝。こんな特攻するんだから、まあ覚悟の上でしょ」

「って刺してますよ」

「刺してるなあ」

殺人ですよねと及川が怯《おび》えた。

「しかし――正体顕せと言っている。この都知事を怪しんでる人は多い訳でしょう。小野さんもそれらしいことを仰《おっしゃ》ってるのでしょう？」

京極が問うと、綾辻はまあねえと生返事をした。

「どういう意味なのかは今ひとつ解らないんだけども。比喩《ひゆ》かもしれないしね」

「加門さん達も、あれは人じゃないとかいうようなこと言ってましたけどねえ」

「木原さんも気が付いたということ？」

「いや、それだって殺人は殺人でしょ」

画面はもう切り替わっている。

あんなシーンが生で流れるなんて前代未聞――ということだろう。それでなくとも現在、残酷なシーンは総《すべ》てカット、公序良俗に反さない健全放送が建前である。エログロナンセンス全《すべ》て排除が基本姿勢だ。

「アナウンサーも困っているなあ」

実況でも解説でもない、アナウンスですらなく、もう絶叫みたいになっている。間違って映しちゃったのだ。あんな状況だから中継を中止できなかったのだろう。

「SPとかついてなかったんですかね」

「要人ではあるけどなあ。こういう場合SPじゃなくても警護くらいはつくんじゃないかな」

「警護をやっつけたんじゃないですか」

「木原さんが？　そんな強いか？」

「そりゃいざとなれば。不意打ちだし」

「槍で？　あれ槍でしょ？」

「何で槍なんだろう」

みんな、口々に勝手なことを言っている。

そしてレオは、まあこれが大ごとだということにやっと気付き始めている。いるのだが、まだ現実感はない。映画でも見ているようである。先だってはレオ自身も縛られて焼き殺されそうになった訳だが、そういう体験も含めてどうにもフィクションっぽい。

木原の行動だって、まあ実際にはまず起きないような椿事《ちんじ》なのだろうが、映画やドラマやアニメや漫画や小説ならば、ままあることである。ただ、そういう物語の場合は悪人をやっつけてメデタシメデタシなのだが、現実ではそうはいかないというだけだ。

そうはいかないところが大ごとなのだ。

大体、ホラー映画なんかで大殺戮《だいさつりく》があった場合、まあ主役は六割方生き残る訳だが、彼らはいったい駆けつけた警察にどうやって状況を説明するのだろう。お化けに殺されましたで通る訳はない。生き残りが疑われることは間違いないし、疑惑は絶対に晴れない。レザーフェイス的な殺人鬼の場合、犯人は人間だし、それをやっつけても正当防衛で済むのかもしれないけれども、ジェイソンになればもうダメだ。やっつけたって死なない。さもなければ消滅している気がする。お話が終わった時点で犯人も犯人の死体もないことになる。

なら罪は生き残りが被《かぶ》るんじゃないのか。

加害者が超自然的なものになってしまえば、もう言い訳のしようがないと思う。犯人に悪魔が乗り移っていたんですとか、悪霊に取り憑《つ》かれて死にましたとか、そんな言い訳が通るはずはないじゃないか。魔物に取り憑かれていようが宇宙人に乗っ取られていようが人は人で、相手がどんな殺人鬼だって殺しちゃったら殺人ではある。イカレまくった状況では正当防衛だって成り立つかどうか怪しいじゃないか。

今起きていることが正にそれだ。

本当にあの都知事が人外の何かなのだとしても、殺しちゃったらただの人殺しである。しかもその瞬間を全国放送されちゃったら一切の言い訳はできまい。

ただ。

その殺人現場の横には非常識な巨人がいる。少し前には巨大ロボが闊歩《かつぽ》している画面が映っていた。

だから、まあ何もかも嘘臭く感じるのである。

レオがぼんやり思っていたことと言えば――。

昔の大映映画の『妖怪大戦争』で、巨大化した吸血ダイモンを攻撃するため、唐傘《からかさ》お化けに捉《つか》まった油《あぶら》すましが、烏天狗《からすてんぐ》の羽根《はね》団扇《うちわ》に扇《あお》がれて飛翔《ひしよう》し、手にした杖《つえ》でダイモンの眼を突き刺すシーンなのだった。

――何か似てます。

そんな馬鹿なという感じではあるのだが。

妖怪大戦争みたいですねと及川が言った。

やっぱりそう思いますか。

「そんなお気楽な話じゃないんじゃない？」

郡司が言ったその刹那《せつな》、画面が切り替わった。

——よ、よ、よう。

もう中継になっていない。

ただ映像だけは見えている。

「あら——百鬼夜行来ましたー」

及川が呆れたように言った。

「マジか！」

村上が喰《く》い入るように乗り出す。

テレビにはリアル百鬼夜行が映し出されていた。人間の扮装《ふんそう》したものとは違い、大きさが微妙に人間サイズではない。少し大きかったり、やや小さかったり、飛んでいたりもする。

——妖怪です。これは妖怪の群れです！

——どうやらYAT投入に対抗し、妖怪サイドも徹底抗戦の構えのようですねえ。これは恐ろしいことです。

——あそこが製造元だったんでしょうか。

そう思われたってしようがない。

あれじゃあなあ。

――こんだけ出て来ましたからねえ。

――あのマンションから涌《わ》いたということですね？

――このタイミングで出たんですからそうとしか考えられませんよ。巨人も含め、あのテロ行動に合わせた破壊活動と考えて差し支えないんじゃないでしょうか。

――それにしても物凄《ものすご》い数ですね。百匹はくだらないでしょうか。

「まあ百鬼夜行だしなあ」

「一匹二匹でいいのか？　単位」

「でも道具は一個二個じゃないの？」

「箪笥《たんす》のお化けは一棹《さお》とか？　一体二体でしょう」

どう考えてもかなり緊迫した状況だと思うのだが、妖怪関係者の反応というのはどうしてもお気楽な感じになるものらしい。基礎がもう馬鹿なのだろう。

――しかし大東島さん、これ、映していいんですかね。電波を通じて一般家庭がケガれるようなことはないですかね？　そこは大丈夫ですか？

――いやあ、妖怪ですからねえ。普通は考えられないことですが、用心するに越したことはないでしょうねえ。ケガれるかもしらんですよ。しかしこの大事件を中継しないという訳にもいかないでしょうし。

――念のため、ご覧になっている皆さんはテレビ画面から離れてご覧下さい。

「何言ってんだろうねこのアナウンサー」

「苦情が来た際の責任逃れでしょうね、単なる」

「それにしたって、いったいどういうつもりなんだろうなあ。これも荒俣さん達の仕業なのかよ。派手だよ。こんなじゃ救出無理になるだろう」

郡司は顔を顰《しか》める。その時、隣室でスマートフォンの鳴る音が聞こえた。

「平太郎君からです！」

岡田が一度顔を出して、すぐに引っ込めた。はい岡田ですという声が聞こえた。

何か素早い。

「あのお化け、平太郎達が出してんのかなあ。てか出せるのか？　あの馬鹿、調子に乗ってんじゃないの？」

やっぱこういうの出せるんだと貫井が感心する。

「イリュージョンですよね」

「いや、その、判んないですけどね。でも、どうであれ木原さんのこともあるし、こんなになるとちょっと助けに行くのは――」

「いや、意外に効果あるかも」

京極が言った。

そこで、岡田が顔を出した。

「あの」

「ヘリは無理。車両は手配したけど協力してくれる人間皆無なので現在裏工作中。本日中に返事が来るはずなんだけど不確定。決まっても到着は明日の昼以降かな。現場付近に到着できても状況次第では作業中止」

何も聞かないうちに郡司はそう答えた。

「はい」

岡田はまた引っ込む。

というより無理だなあと郡司は続けた。

「これ、だって警察引かないでしょう。寧《むし》ろ増員でしょう。知事殺害だよ？　テロだよ。封鎖されちゃって到底入れないよな」

KEEP OUTっすねと及川が言う。

明日十一時までに決めてくださいと岡田が言った。

「何を？」

「救出の手順です」

「いや、だから無理だろ――」

郡司が文句を言おうとしたその時。

「き、木原さんが」

アップで髭面《ひげづら》が映った。鬼気迫る形相《ぎょうそう》だ。

——皆さんは騙《だま》されてます！　そッその都知事は仙石原氏ではない！　せッ仙石原氏はスッ既に、随分《ずいぶん》前に死んでいるッ。

「と、仰ってますが」

きぃはぁらさあんと似田貝が情けない声を発した。

「マズイなあ。あれ、警官隊に囲まれてるっぽい。背後はもうフェンスだよ。追い詰められてるよ」

「逃げられませんね」

「でもパラシュートつけたまんまだから、飛び降りても平気なんじゃないですか？」

「そんな訳ないだろ。というか、落下傘は外せよ。だから逃げられないんじゃないか？　引っ掛かってて」

「飛び降りられたとしたって、後どうすんだよ」

画面の中の木原はカメラ方向に槍を構えた。

——だッ誰かがやらなきゃいけないんだッ。

無駄な抵抗をせず温順《おとな》しく投降しろと拡声器が言う。

——皆さん！　この国を滅ぼすのは妖怪でも怪談でもない！　天変地異でもない！　わッ私達国民の心の荒廃ですッ。あのニセモノの知事は、それを扇動しているんですッ。あッあの男の正体は——。

そこまで怪談蒐《しゅう》集《しゅう》家《か》が言ったその時。

画面が大きく揺れて、何が映っているのか全く判らなくなった。

乾いた音が続けて聞こえた。

爆竹か何かのようだったが、たぶん銃声である。

画面が一瞬ブラックアウトして、またアナウンサーが映った。たぶんモニタを眺めて、口を開けている。たっぷり三秒あまり固まっていたアナウンサーは、ハッと気付いてカメラに顔を向けた。

――あ、ええと。

言葉に詰まっている。原稿も出ていないのだ。

画像が乱れてスイマセン的なことをもごもご言っているのだが、要領を得ない。まあ前代未聞の乱れ打ちのような状況であるからやむを得ないようにも思う。

これなら、普段のレオと変わらない。

――えーと、そのですねえ、て、て、テロリストのですねえ、あー。

撃たれましたよねえ、と似田貝が言った。

「撃たれただろうなあ。ぐるっと囲まれてたし、一斉射撃って感じだろうなあ」

「あれで当らないってことは――ないねえ」

蜂の巣ですと及川が言う。

「私、吉良さんが撃たれたとこ見ましたけど、容赦ないです。悲惨です。映画とかよりずっとヒドイですよ。一瞬ですし」

撃たれたら墜《お》ちただろうしねと京極が言った。

「助からないだろうな」

「あのビル、かなり高いですよね？」

「墜ちただけでもアウトだよなあ」

「でもパラシュートが引っ掛かって途中でぶら下がったりしませんか？」

「でも撃たれてるんだし、引っ掛かったりしたら余計に悲惨なだけだって。百舌《もず》の速贄《はやにえ》みたいになっちゃうだけだよ」

晒《さら》し者である。

——今、速報が入りました。テロリストは射殺。テロリストは射殺されました。

アナウンサーが咬《か》みながら繰り返す。

似田貝が右手で顔を覆った。その昔、怪談がまだ流行していた頃、似田貝は木原の担当だったのである。京極も腕を組んで怖い顔をしている。まあ概《おおむ》ね怖い顔なので見た目にはあんまり変わりはないが、たぶん木原とは付き合いが長いはずなので、思うところもあるのだろう。

「殺害の現場実況されちゃ弁護できんな、これ」

「でも、木原さんの言った通りなら、諸悪の根源は絶たれたことになるんじゃないですか？」

及川が言う通りである。

木原が言ったように仙石原知事が贋物《にせもの》で、しかもそれがこの荒《すさ》んだ社会を扇動する魔物だったとするなら、これで万事解決のはずである。

どういう仕組みなのかレオにはまったく解らないのだが、もしそうだったなら、もしかしたら妖怪者も怪談者も、謂《いわ》れ無き理由で日陰の身に甘んじている必要はなくなる——のかもしれない。木原の死は無駄にならなかったということか。

え、英雄ですねとレオは口にしてしまった。

「あ？」

京極がいっそう怖い顔になった。

「死んで英雄ってのはどうなんだ？　違うだろ。まったく、あの人も策に溺《おぼ》れる程の策士だった癖に、早まったことをしたものだよ。余程我慢ができなかったのだろうなあ。ま、ヘリまでチャーターしてるんだから準備は入念にしたんだろうが、こんな自棄《やけ》っぱちの作戦はあの人らしくない。それに、これでもし世の中が変わったとしたって、だ。彼のお蔭《かげ》だと思う者は僅《わず》かだよ。命懸けたのに見返りは少ないだろう」

精々怪談馬鹿の称号をひっそりと与えられるだけだと京極は言った。

「いずれにしろ特攻というのはいただけないよ」

「それでも目的は果たした訳でしょう」

果たしてないみたいよと綾辻が冷静に言った。

「いや、だって知事は死んだでしょ」

「いや——死んでないですね」

「ア？」

「死んでないようよ。仙石原知事」

テレビにはテロリストは射殺・知事は無事——というテロップが出ていた。

「ぶ、無事って、無事な訳ないじゃん。頭刺されてたよな？」

「左目にザックリ刺さってましたよ」

「傷浅かったってことか？」

「いやあ。一瞬だったけど、相当刺さってましたけどねえ。突き抜け寸前って感じだったけどなあ。あれで死なないもんなのかなあ」

「死んでないというんだから、まあ死んでないんだろうけど、生きてるってだけなんじゃないの？　どう見積もっても重傷でしょう。死んでないだけで意識不明の重体ってことなんじゃないの」

「いや」

無事と言っていると京極が言う。

「重傷を無事とは言わない」

「そう——だな」

郡司が顎《あご》を撫《な》でる。

「報道が嘘ってこと？」

「虚偽の報道して何の意味があるんです？」

「それでなくても大騒動なんだし、民衆の動揺を少しでも抑えるってこと——だろうねえ」

あんまり意味ないですよと貫井が言った。

「妖怪出捲《でまく》りでしょ。金色のロボットに巨人に百鬼夜行ですよ？　それで今更知事が生きてると言われたって」

「じゃあ」

無事なんでしょと京極が言った。

「無事って――」

そこで漸くアナウンサーらしい喋《しゃべ》り方の声がテレビから流れて来た。

――えー、情報が入って参りました。知事を襲撃したのは、か――怪談蒐集家で作家の木原浩勝――容疑者？　現行犯ですよね。ああ、そうですね。木原浩勝容疑者と判明しました。

「容疑者なの？」

「逮捕も送検もされてませんし。死んでても罪状確定してませんからね」

「あんなはっきり刺しててもですか？」

――木原容疑者は警察の説得に応じず抵抗を続けたため射殺された模様です。襲われた仙石原知事は命に別状はないということです。繰り返します。仙石原知事は無事、命に別状はないということです。

――それは何よりですが、これはいったいどういうことなんでしょうか、大東島さん。

――妖怪ですよ妖怪。彼、木原容疑者ですか？　彼もまた妖怪の被害者ですよ。普通の人間ならあんなことはしないでしょう。妖怪が影響してるんです。

——怪談を仕事にしていた人物のようですが。

——怪談蒐集家ですか？　それってどういう職業なのか、能《よ》く判りませんけどね、そういう不埒《ふらち》なことを生業《なりわい》にしていたからこそ、妖怪に汚染されて精神に異常を来《きた》したのじゃあないですかねえ。

——慥《たし》かに現場付近には相当数の妖怪が涌いているようですが、あそこが製造工場というのは事実だったと考えていいということですね。

——そう考えるしかないでしょうねえ。ならば最悪です。市民生活に多大な悪影響を及ぼしますよ。これはもう一帯の全住民に避難勧告を出してですね、立ち入り禁止区域に指定してしまった方がいいのじゃないですか。一刻も早く妖怪を殲滅《せんめつ》し、そのうえで、徹底的に除染・消毒しないと、人は住めないでしょう。このままだと東京全体が、いや日本全土がやられてしまいますよ。

——早急な対策が望まれますが——ええ、ただ今現場に、きょ、巨大な顔と、怪獣？　怪獣が数匹出現した模様です。今度は怪獣ですか？　あららら。

画像が切り替わった。

LIVEとなっている。

「ああ。大首と赤舌だ」

村上がちょっと呆れた感じで言った。

「何でもアリすね。驚かないですよもう」

「何か変なのいますね、道塞《ふさ》ぐようにして」

「あれ、ぬりかべですよ。あの変な絵巻の」

「塗り壁って、あのコンクリート塀みたいな奴じゃないんですか？」

貫井が問うた。

「アニメで観ましたけど」

「それは水木キャラですね。あれは絵巻に出てた方ですよ。同じもんなのかどうか判りませんが、ぬりかべって名前が書いてあって――」

「壁じゃないですよねえ」

でもかなり行く手を阻んでいる感じはある。まあ明らかな通行妨害。進路妨害、障害物、邪魔、といった感じではある。ぼてっとしていて行き詰まり感もある。

ただ、壁の形じゃない。

――これはもう処置ナシです。杉並はまずいんじゃないでしょうか。こんなもの、駆除できるんでしょうか。自衛隊の兵力で対抗できますか、大東島さん。

――難しいでしょうねえ。いや、これって怪獣みたいですけど、やはり妖怪でしょう。通常の火力で退治できる代物ではないと思いますねえ。まあこれが怪獣だったとしても、映画などの場合、自衛隊は概ね負けてしまう訳ですが。ホンモノが出たことがないので実際のところは判りませんがね。

――すると、やはりＹＡＴのようなものでないと処置できないということでしょうか。

――そうですね。しかしいずれも巨大ですし、天空に浮かんでいるものまであるようですからね。薬剤を散布するにしても、そうとう広範囲に撒《ま》くということになりますね。これは、知事の説明にもあった通り、人体にも影響の出るもののようですから、近隣というよりもっと広いエリアの住民避難が必須《ひっす》となるでしょう。しかし、避難指示を出すにしても、肝心の仙石原知事があの状態ではねえ。ＹＡＴは都知事の権限でないと動かせないようですからね。そのあたり――。

――それは心配ないようです。都知事は怪我の手当てが済み次第、執務に戻る――ということですね。

――無事って、そんなに無事！

軍事評論家も驚いている。

あれで全然無事っていうんなら、もう完璧《かんぺき》人じゃないでしょうと村上が言う。

「さっきの刺されよう、ゾンビだってＮＧでしょ。頭やられてるんだから」

まあ、あの刺さり具合ならゾンビも死ぬ。

って元から死んでるのかゾンビ。

「生きてるようですねえ」

「やっぱり人間じゃないってことか――」

そもそも――と京極が言う。

「人間じゃないから征伐するっていうことだった訳だから、驚くに価することはないよ」

「じゃあ人間じゃない認定するの？　京極さん」

　綾辻が意外そうに尋《き》いた。

「それでも不思議じゃないの？」

「生きているなら生きているという事実を受け入れるよりないですよね。もちろん、何らかの理由があるんでしょうが、その理由は判らない。人間じゃないというのも選択肢としてはあるんでしょうし、事実、木原さんはそう考え、信じ切ってあの行動に出た訳でしょうが」

　相当信念がなければあんなことは絶対できないとレオは思う。

　レオなんか、自分自身がまず信じられないから真っ直ぐ歩くのだって戸惑ってしまう。飲食店でメニューを見たってめちゃ迷う。まるで決断できない。注文した後に変えることだってある。そして怒られる。怒られたら怒られ切る前に謝る。命どころか十円だって賭《か》けない。リスク回避のためなら何だってする。土下座だろうが逆立ちだろうが何だってする。命が惜しくて惜しくて堪《たま》らない。命乞《いのちご》いのプロという自覚がもりもりとあるくらいだ。

「何か確信できるような証拠でもあったんでしょうかねえ」

　そこですよと京極が人差し指を立てる。

「そう考えるよりないんだけれども、そうなら、この事態は当然予測されることですよ。だから、軽挙妄動だったと言ってるんです。もし、本当にあの知事が人外なのだとしたら、槍で刺したくらいじゃ倒せないでしょうに。自己犠牲前提なら成功率百パーセントでなくちゃいかんですよ」

京極は苦虫を噛《か》み潰《つぶ》したような顔になった。命を落としたことよりも計画が失敗したことの方が我慢ならないようである。なんか——冷血だ。

思っただけで睨《にら》まれた。

「木原浩勝という人は、激情に走って落命するようなタイプじゃないんだって。奸計《かんけい》を弄《ろう》した揚げ句にやり過ぎて自滅したとかいうならともかく。どうであれ腹黒い人間は英雄的行動なんかとらないでしょう。郡司さんだってそんなことはしませんよ、悪人だから。僕はそれを能《よ》く知っているから、悔しいと言ってるんだって」

褒めているのかそれは。

「何か、特殊な槍だったとか」

似田貝が言う。

「だってテロで槍っておかしくないですか？　そんなテロリストいないですよ。あれはあの知事に化けた何かに効く槍だったんじゃないですか？　聖なる槍的な」

「ろ」

ロンギヌスとか言わなくていいからと及川に止められた。レオも堕《お》ちたものである。まるで軽口が叩《たた》けていない。叩く場面でもないが。

「情報が少ないから彼が想定していた人外がどのようなものなのか判りませんけどね、それが何であったにしても、いずれにしろそんなマジカルアイテムは存在しないでしょう。咒《まじない》なんてものは文化的なもんで、そういうのはみんな作り話なんだから」

やっぱりブレないねえ京極さんと綾辻が苦笑した。

「でも、魔物がいるんだとしたら、魔法アイテムもありなんじゃないの？」

「いま画面に映っている百鬼夜行とか手洗い鬼とか、その手のものなら効くかもしれませんけどねえ。あの手のものは概念の視覚化だから、お約束もアリでしょう。呪文《じゅもん》もお札も効く設定だったなら効くはずですよ。でも、あの知事は違いますよね——」

「まあ、あの手のものではないようですねえ」

「それが何者であろうとも、実在はしている訳で」

「人間——じゃないとしても人間だもんなあ。都知事だし。少なくとも架空じゃないね。実体を伴って存在するもんでしょうね」

慥《たし》かに他の妖怪とは違うのである。涌いたり消えたりするもんではないだろう。刺したら血も出てたし。

「なら、一般的に物理攻撃で殺傷できるんじゃない」

「そう思ったから槍にしたんでしょ？」

待て待てと京極が一同を制した。

「一口に人間じゃないと言っても、幾つか選択肢があるでしょうに。まず、最初に考えられるのは比喩ですよ。人の皮を被《かぶ》ったケダモノとか、あんたは鬼だというのと同じ。これは彼の内面が非人道的だという意味ですから、普通に殺せますね」

そりゃ当たり前だと思う。

「ただ木原さんがそう判断したのだとは思えない。そうなら、殺害するというのは到底有効な手段とはいえないからです。どんなに極悪非道な相手でも殺害すれば単なる殺人ですし、それで何かが変わることなどない。どれだけセンセーショナルに演出したところで、今日本に起きている何かが変わることなんかないでしょ」

「能《よ》く解らないけどきっとない気がするよ」

「殺人者となり、命まで落とす。弁解もできない。騒ぎにはなるが長くは続かない。語り継がれるとしても稀代《きたい》のテロリストとしてだ。かなーり割に合わない」

「まあ、普通の判断力があれば殺さないでしょうねえ」

それも当たり前だと思う。

「次に、人間以外の何かが人間に成り済ましているというケースですね。この場合は、狸や狐が化けるというような民話的なものから、地球外生命体が変化しているようなSF的なものまでを含む訳ですが——いずれ破天荒で、およそ非現実的ですね。個体が変形するというのは考えにくい。ただ、荒俣さんが學天則ジャイアントに見えてしまったように、他者にそう見えているだけという可能性なら、まあ多少はあるかもしれない」

「それって今出てる妖怪と同じということじゃ？」

「仕組みは同じだけど、この場合は外見は人間で、中の人がいる訳ね。人じゃないけど。つまり、その中のモノが生物であるなら、殺せるということになりますね」

「生物ならね」

「刺したり切ったり毒を飲ませたり嗅《か》がせたり殴ったり蹴《け》ったり絞めたり、まあ何でもいいんですが、殺せる。ただこのケースは中味が何だか判りませんからね、もしかしたらそれを殺害することによって何か状況に変化があるという可能性は多少なりともある——かもしれない」

ないというような口振りだねと綾辻が言う。

ないでしょと京極は即答する。

「百歩譲って地球外生命体のような人智を超えたモノが中の人だったとしても、一個体を殺害しただけで社会情勢が変わることなんか考え難《にく》いですよ。しかも——」

殺し損《そこ》ねている。

「でも、それだと槍で殺せるんですよね」

「刺されればね」

「刺さってたでしょ」

「刺さってたように見えてただけってことですね」

貫井が言った。ミステリ作家は飲み込みが早い。及川や似田貝はぼけっと考えている。

「実際の肉体はそこにはなかった、と」

「そう、學天則ジャイアントのコクピットを狙って撃っても荒俣さんに当らないというのと一緒です」

じゃあ腹狙えば良かったんすかと言って、及川は槍を繰り出すポーズをとった。

「この辺が頭？」

「そうじゃないって。もっとずっと小さいかもしれないだろ。何だか判らないんだよ？　槍なんかじゃ刺せない程細かいモノかもしれないし、流動体生物かもしれないし、刃物より硬い奴かもしれないし」

「でも木原さんは知ってたんじゃないんですか？　だからわざわざ槍を選んだんじゃないんですか？」

失敗してんじゃんと郡司が言い放つ。身も蓋《ふた》もない。

選択の余地がなかっただけだと思うと京極が言う。より身も蓋もない。

「ヘリをチャーターするのは簡単ではないので、ヘリで急襲するというのは最初から決めていたんだと思う。なら至近距離で殺傷する凶器はNGでしょ。短剣のようなものはダメ。こっそり近付く暗殺じゃないですからね。この場合、ライフルなんかで狙うのが常套《じょうとう》ですが、スナイパーを調達することもできなかったんだろうね。そこで自分が飛び降りるしかなかった。しかし、拳銃《けんじゅう》なんかは入手できない。普通手に入りません。調達したとしても彼には射撃の経験がないでしょ。ピストルというのは意外に当りませんからね。的が止まっていても当らないんだから、自分まで動いていて、当る訳がない」

そう言われればそうである。射撃訓練なんかでも板人形は動かない。ここに撃ってくださいという目印までつけて、ほら撃って私を撃ってといって止まっている。精々がスローな横移動だ。それでも、素人はまともに当てられない。的どころか人形にすら当らない。人形が好き勝手に動いていたりしたらほぼ当らないだろう。

でもって自分も動いていたりしたら絶対確実に当らない。当る訳がない。そのうえダイビングの途中だったりしたら、もう何もできない。落とす。レオなら自分を誤射する。

というかレオならダイビングができない。怖《お》じ気づきまくりのはずである。

「で──まあ、弓矢ボーガンの類《たぐ》いも無理でしょうからね。飛び道具はダメ、接近戦用凶器もダメ。すると意外に選択肢がない。毒薬はもっとダメだし、毒ガスなんかもダメでしょう。拳銃以上に入手は難しいですよ」

「飛び降りて毒飲ますのは難易度高いすからね」

「でもガスは？　こう、撒きながら──」

「ガスなら命中させる必要ないし、わざわざ自分が飛び降りなくてもいいだろ。ただ暗殺じゃなくて大量殺戮になっちゃうから。一人殺すだけじゃ済まないでしょ」

風向き次第ではエラいことになる。

「同じ理由で爆発物もNGにしたんだろうね。あの場合自爆テロなら確実だし、爆弾は材料さえあれば素人でも作れないこともない訳なんだけれども──無関係な人を巻き込むのを避けたかったということでしょうね」

「あくまでピンポイントで仙石原狙いだった、と」

「で、そうなるともう何も残ってないでしょ、武器。それなりの距離を保ったままで相手を殺傷できる凶器となると、もう柄《え》の長い槍くらいかなあ、と。日本刀よりも槍の方が長い訳だから。模造刀だとしたって、斬るのは難しいけど、先が尖《とが》っていりゃ刺さるでしょ」

「で、槍？」

「槍。そう思う。消去法」

「槍が良かったんじゃなく、槍しかなかった？」

「そう思う」

ダメじゃん、と郡司が切り捨てた。

「まあダメというか、そもそも何かが化けてだ的な可能性は低いと思うんですよ。あの知事は実体があるようだし、どちらかというと、これは憑依《ひょうい》系というか乗り移り系というか、そっちなんじゃやないかと」

「あ、悪霊？」

「そんなもんはないだろ」

ないんだと綾辻は笑う。

「いや、当然、京極さんには何かあるなしの基準があるんだろうけど、判り難《にく》いよね。一般的には妖怪がいるなら悪霊もアリだと考えられちゃうでしょう」

「いやいや、基準は簡単ですよ。いま妖怪と呼ばれてるのは可視化した概念ですよね。原理はともかく、そういう事象は実際に起きています。だから悪霊という概念が可視化するというのならあるんだろうけど、悪霊が憑くとなるとまるで話が別ですね。霊というものがあるということになってしまう」

「ないの？」

「あるということは現状証明不可能ですね。で、反対に、ないと考えるだけの根拠たるものは沢山ある。山のようにある。鬼みたいにある。腐る程ある。掃いて捨てる程ある。しかし、それでもないことは証明し難いんです。一方、あることはあると示せばお終《しま》いなんですが、それができない訳。現在、常識を覆すような事象が日常的に起き捲っている訳ですが、これだけ色々起きていてなお、あることを示せないんですよ？　霊。少なくとも今起きている様々な事象のどれを取っても、霊の存在を証明するようなものではないんですね。寧《むし》ろ、否定するようなことになってるでしょ？」

「出なくなりました。幽霊」

「それ、霊が心的な表象であり文化的装置である証左とはなるけれど、霊の存在を示すものではないよね」

「なら何が憑くんです？」

知らないよと京極は言った。

「ただ、それのお蔭でこの国がおかしくなっているという木原さんの言い分を信用するんならさ、それはそういう機能を持ったモノと考えるよりないし、ならば簡単なものではないでしょう。使いたくはないけれど、超自然というか超自然科学的な存在と仮定するしかない。因《ちな》みに一般に超自然――スーパーナチュラルな事象と謂《い》われるもののほとんどは、反自然的解釈がなされているというだけなのであって、超自然じゃないです」

「ブレないんだなあ」

「フィクションだと能《よ》くあるでしょ。星人だの改造人間だの魔法使いだの、そうしたものが肉体を乗っ取るという話が。何故に改造人間にそんなことができるのか、そこは全く解りませんけど、ショッカー怪人もドルゲ魔人も乗り移ったり操ったりしますね？　宇宙人に乗り移られるとすげえ隈《くま》が出たり照明が緑色になったりしますね？　ああいうものに近い何かが起きている可能性もある」

「なら、肉体そのものは仙石原のものでしょう？」

殺せるよなと郡司が言うと、殺せますねと村上が答えた。

「ただ本体はどうなんでしょうね」

「そういう場合、特撮番組だと正体を顕すね。取り憑いてる肉体が滅びれば、まあ本体がドンドロと出現する」

「で、まあヒーローにやられます」

その線を狙ったんだろうなあと京極は言う。

「テレビ中継が入っていることが前提にはなっているんですよ、あの作戦。こう、槍で刺せば何かがびろんと顕れて、それが全国に中継されれば、まあ退治できなかったとしても彼の目的の半分は達せられる。だから、爆弾や毒ガスじゃダメだったんだろうけども」

「何も出なかったと」

「出なかったねえ」

「む、無駄死にじゃないですか」

似田貝がいっそう情けない声を上げた。

「いいや。無駄でもないでしょう。あれで無事だというのは明らかに変だと、まあ——多くの人は思ったはずですよ。軍事評論家だって驚いてたでしょう。つまり、あれは人間じゃないんですよ。そして何か別なモノが化けていたのでもない。だから——まあ何かが乗り移っていたんでしょうねえ」

「でしょうねえって、でも正体は顕さなかったんだから違うんじゃないの？」

「フィクションじゃないんですからそう都合よくは行きませんよ」

特撮が好きだったからなあ木原さん、と言って京極は顎を掻《か》いた。

「そうそう、彼が死に際に言ってたでしょう。知事はもう死んでいるとか」

「言ってました。『北斗《ほくと》の拳《けん》』の真似ですか」

「いや、あの状態でそんなレオみたいな冗談が言えるなら尊敬するけど、違うでしょう。ホントに死んでたんでしょう」

「いやいや、だって無事だって——」

「死体は殺せないでしょ」

「あ？」

「例えば——死体に何かが乗り移って動かしていたとするなら、心臓刺そうが背骨折ろうが平気なんじゃないか？　だって元々死んでるんだから。死体自体が動き出すアンデッドなんかと違って、それだと死体は謂わば乗物みたいなものなんだから多少傷が付いたって平気だよ」

「それは——あり得るんだ」

綾辻は腕を組む。

「まあ、不可能な事柄を消去していって最後に残ったものは、どんなにあり得ないことでも真実だ、と——そこから推理は始まるというのはホームズの台詞《せりふ》だけど」

神秘家のドイルにしては論理的な台詞ですよと京極は答えた。

「ホームズは偉大ですね。そういうことですよ」

「いったい何が——乗り移ってたんだろう」

「判りませんって」

京極は説明は長いが判らないことを判らないと認めるのは異様に早い。

「でも、当面の我々の敵がその判らないモノだということだけは、間違いないんじゃないですか？」

「うーむ」

「戦っているつもりはないんだが、そうなるかもね」

救出は急務ですねと岡田が言った。

そこに突然、妙な声が聞こえてきた。

慌てている。

「ねえ、記録した？　記録」

多田克己であった。多田妖怪講座の生徒を二三人引き連れている。

「記録してた？」

記録って何だよと村上が返す。

「あのさ、解るように言いなさいよ」

「実は今、百鬼夜行や手洗い鬼や大首がテレビに出たんですよ。映ってたんだって」

「知ってるって」

「だから」

ああ録画かと村上が言う。

「録画しといたかってこと？」

「他にどんな意味があるのさ。あの百鬼夜行、足りないとこないいんだよ」

やっぱ意味解んねえよと村上が吐き捨てるように言った。

「足りないとこ？　足りないのおつむじゃないの？」

「意味解んないのそっちだよ村上さん。あの、絵巻は色々あるけど、みんな違うんだって。でも」

解った解ったと村上は言った。

解ったんだ。流石《さすが》多田さんとの付き合い長いですねえと及川が感心した。

「ワタシはサッパリ解りませんよ」

「ミッシングリンクが埋まってたってんでしょ？　能《よ》く見なかったけど。そういえば見たことなさげなのもいた気がするね」

大変なことでしょうと多田は興奮気味に言った。

「だってさ」

「いやいや、そこは大変なとこじゃないでしょう。木原さん死んじゃったんだよ？　香川さんと湯本さんは立て籠《こも》っていて、荒俣さんは學天則で出陣だよ？」

「そうだけどさ。それとこれと話違うじゃない」

ねえ、と多田はレオに同意を求めた。

「は？　まあ、話は違うであります――」

だ。

駄目だ。

全然面白い返しになってない。

面白くないのは仕方がないとして、くだらなくもない。馬鹿馬鹿しくもない。無意味でもない。スベる余地すらない。レオは阿呆《あほ》であるから、スベるのも技の内と思っていたりする。コケにされるのも人徳である。笑わせることができずとも、笑われることならできるのだ。何という愚劣な誇りだろう。今のレオはその愚劣な誇りすら失ってしまっている。

「えーと」

「ほら。こんな馬鹿なレオ君だってさ、弁《わきま》えているじゃない。貴重なもんは貴重でしょ。感情とは切り離さなくちゃ。ねえ」

「いやいや」

村上が多田に向き直る。

レオの発言には引っ掛かりもしない。

「そりゃそうだけど物ごとには何ごとも順序というものがあるし、人には配慮つーもんがある訳でしょ？　場違いという言葉知らないのかよ」

「そんなこと言ってられないでしょ。もう出ないかもしれないいんだから。ねえレオ君⁉」

また振られた。

「あ、はい。出ないかもしんない――です」

あああ、駄目だ不調だ普通だ。ほらみろと多田は威張った。

「こんな馬鹿なレオ君だってそう思うよ」

「あのさ、レオは馬鹿だからこそ多田ちゃんに同調してるとか考えないのかよ？」

ヒドいッと多田は言った。

「それ、僕が馬鹿だという意味？　ねえ？　馬鹿だとしたって、レオ君と同レベル？　こんなレベル？　最低だよ？　それヒドいよ！」

って、レオの立場はどうなる。スベって馬鹿扱いは光栄でもあるが、スベることさえなくて只管《ひたすら》当たり前に馬鹿扱いって。何故だか君付けだし。

「あんな貴重な映像をさ」

「なら自分で録《と》っときゃいいじゃんかよ。すげー貴重なんだろ？」

「貴重だって」

「録ってないって。あんたに空気読めなんて酷なことは言わないけどさ、少しは状況考えなさいよ。うるさいよ」

「えッ」

「え、じゃなくてさ」

「あーうるさい」

郡司が低い声を上げた。透かさず岡田がフォローする。

「たぶん、平気ですよ多田さん。きっと誰か録ってると思いますよ。それに、この後も同じ映像が何度も流れるでしょうし、この局だけじゃなく、各局撮ってるでしょうから。海外の人がネットに上げる可能性もあるし」

岡田さんソツがないなあと似田貝が感心した。多田はそう、なら観られるね、大丈夫だよねと言っている。

「何が観たい訳?」

京極が尋いた。

「いや、だからミ」

ミッシングリンクな、と村上が補足する。結局親切なのである。多田には。

「ねえ。見たことのない妖怪がですね、いるかもしれないいんですよ。というか、いますよ」

いるんでしょうなあと京極は平板な口調で言った。

「でも、見たことない奴は、観られないと思うよ」

「え？」

「あ、そうか」

村上が手を鳴らした。

「あれ、撮影した人間の――」

「そう。まあ生中継だから主体が誰なのか判らないけどね、まあ誰かしらの脳内画像なんだよね、あれ。だから見たことない奴は判らないはずだよ」

そういえば暈《ぼ》けてるのが結構いましたよと及川が言った。

「あれ、撮影がマズいんじゃなくて？」

「知らないんでしょうねえ。まあ、手洗い鬼とか有名どころが多かったし、幸い我々が視聴していた局の人は予備知識が豊富で、あの絵巻のぬりかべまで知っていたようだけど――他局はどうなってるかなあ」

ザッピングすれば良かったと郡司が悔しがった。

「學天則くらいまではまだ気持ちに余裕があったんだけどなあ、木原さんが飛び降りてからはちょっとね」

それが普通の人間ですよと村上が言った。

「え？　じゃあ観られない？」

「と――思いますよ。多田さんよりもテレビ局の人の方が妖怪に詳しいというなら別だけど」

それはないと多田は断言した。そこは自信があるのだ。

「じゃあ無理でしょ。その人が僕らも知らない絵巻を見たことがあって、しかも記憶していたとかいうならともかく。そんなことは」

ない、ないよと多田は言った。

「絶対ないよね？」

「ないだろ」

「じゃあ、どうすれば観られる？　何かヒントとかあれば少し見える？」

「無理だろ」

「いや、ヒント」

「ヒントって、だから――どうなんです京極さん？」

「知らない妖怪を見る方法は一つしかないよ」

「あるの？」

「ある。その妖怪を――」

知ることでしょと京極は冷たく言った。

「意味解んないよ」

「あのね、何か知らない妖怪が載ってる絵巻とか入手して、見たことない妖怪の姿形をその目で見て、覚えておけば、次にあれが出た時にそれが見られると思うよ」

多田は一秒程動きを止めて考え、それって、もう知らない妖怪じゃないよッと言った。

「既に知ってる！」

「知ってなきゃ見えないんだって」

「意味ないよそれ。絵巻見られるんなら、別にあんなの観なくていいじゃない！　それはおかしいよ。それって本末転倒でしょ！」

あんたが本末転倒なんだよと村上が言った。

避難指示が発令されましたよと貫井が唐突に言った。

「杉並区全域と中野《なかの》区の一部に避難指示。中野区と新宿《しんじゅく》区に避難勧告。隣接する区にも避難準備情報」

テレビ画面には塗り分けられた地図が映っていた。

続いて文字情報が映し出され、アナウンサーがそれを読み上げている。

「かなり広域だなあ」

「まああんなもんが出りゃあねえ」

「避難指示って、実質的に避難命令ですよね」

「戒厳令だなあ」

「益々《ますます》救助し難《にく》いじゃない。もう無理だな」

郡司が鼻から息を噴き出した。

「もう飲んで寝ちゃおうかな。救助は無理と伝えといてよ岡ちゃん」

「そうでもない――んじゃないですかね？」

京極は眉毛《まゆげ》をヒン曲げている。

「京極さんさっきからそういうこと言うけど、もう駄目でしょう」

「いや——これ、完全退去ですよね？　例の化学兵器的なもの撒くつもりなんじゃないの？」

だっぷり撒くでしょうと及川が言う。

「つまり、生きた人間はいなくなりますよね？」

「死んじゃうんでしょ、いたら」

「あのマンション付近は特に撒くね？」

びじょびじょに撒きますよと及川が言う。

「人っ子一人いないですね？」

「だからいたら死んじゃうでしょ」

「テレビ中継なんかできないだろうね」

「できないでしょうねえ」

「で」

京極はテレビを指差す。

「杉並区全域、中野区の一部って、それなりに広いよね？　住宅街だし。人口も多いよね」

「まあねえ」

「一時間や二時間で避難は完了しないでしょうねえ。受け入れ先の用意だってあるし。幾らこんなご時世でも住民が残っている状況でガス撒いたりしますか？」

それはしないでしょうと綾辻が答えた。

「確認はしますよ」

「確認は短時間で終わりますか？　避難指示区域全エリアですよ？」

「終わりませんね。たぶん」

「すると除染は早くても明日の午後くらいと考えていいのじゃないでしょうかね」

今のところ明日の午後四時に散布予定だそうですと岡田が言った。やっぱりタブレットPCを見ている。

「それまでに確実に避難しろと」

「と、いうことはですね」

「もうすぐテレビ中継もなくなるし警官隊も暴徒も見物人もいなくなる、と。で――」

「そうか。今は大混乱だろうから、混乱に乗じてエリア内に入ってしまえば、後は諸々《もろもろ》積み込んで、四時までに逃げりゃいいのか」

「今から作業を始められれば時間はたっぷりありますねえ。悠々です。余裕ですよ」

それは無理です似田貝さんと岡田は言った。

「ここは富士山麓《さんろく》で、連絡が取れるのは午前十一時ですから、防災壁が上がるのは最短で午前十一時です。今すぐなんて無理です」

「今はどっちにしろ無理だよ。あんな事件があったんだし、何もかも撤収するのに四五時間は最低掛かるだろうから、いずれにしてもマンション前が無人になるのは明日の朝くらいと考えた方がいい」

そこで郡司が何故か親指を立てた。

「何すか」

「引っ越し用のトラック、杉並区内でチャーターしてるから。今、エリアの中。あのマンションまで十分かからないとこ。ただ運転手と運び手がいないだけ」

「つまり、運転手とお運びさんさえいれば救出は可能ってことですか？」

「可能かもね」

まあ、積んでしまえば後は出るだけ、寧《むし》ろ早く出ろと言われるだろう。

なら何とかしましょうと岡田が言った。

「明日の十時五十分までにスタンバっていれば、十一時ジャストに積み込み作業が開始できますね」

果たしてエリア内に入れるのかどうかという点は別にして、充分に間に合う感じである。

「今すぐ車で移動して、夜が明ける前に杉並区内付近まで移動し、夜陰に紛れて区内に入りトラックのところまで行けば――」

まあ間に合うよなあと郡司は言った。

「ただ車両でエリア内に侵入するのは難しいかもしれないなあ。絶対に進入禁止になってるでしょ。だから、車はどっかに停めて、あくまで住民――って、俺は杉並在住だから嘘じゃないんだよ。区民が一旦《いったん》家に戻って避難するんだという体《てい》なら潜り込めるかもしれない。で――いや、マジで何とかなるかもなあ」

何とかしましょうと岡田が再度言った。

そうねえと村上が考える。

「そうすると作業時間は最短で——五時間すね。午前十一時から午後四時まで。運び出しと積み込み、五時間で終わりますかね？」

終わるだろと郡司が言った。

「積み荷優先じゃなくて時間優先だよ。時間切れになったらそこまで。打ち切り。というかそんなに長時間働きたくないよ」

いやいやいや、と京極が手を震わせた。

「五時間はないと思った方が良いね。散布はまずあのマンション付近から開始されるだろうから、午後には準備に入ると思う。それに、テレビ中継がなくなったとしても、完全装備のＹＡＴなんかが待機していないとも限らないから。マンション前がガラ空きになる瞬間が本当にあるのか、あったとして果たして十一時の段階で人がいないのかどうかも判らない。だから、多めに見積もっても作業は——そうねえ、実質一時間程度、いや一時間以内で終わらせなくちゃいかん、ということです。三十分くらいというところが順当だろうかねえ」

「また厳しいことを言う」

折角遣《や》る気になったのにと郡司が京極を睨んだ。

「だってそれが現実ですよ」

「そうだけどもね」

「なら人海戦術しかないですかね。どばーっと行ってどばーっと積んで、さっと逃げる」

「いやー。そもそも量的に積み切れるかどうかも判らんしなあ、そんなに行って帰りの足はどうすんのよ」

「徒歩で逃げるんですよ」

「まあうろうろしてたら捕まって摘《つま》み出されるだろうから、そこは何とかなるかなあ」

ならなきゃ死にますけどねと村上が言った。

「死ぬねえ。だから、まあ可能か不可能かといえば可能なんだけれども、引き際を見極めなければ全滅ではありますよ。首尾よく積み込んだとしても、そこでYATが来たら、トラックに乗れない人は殺されます」

「殺されるかな」

「殺されますよ。妖怪製造工場から妖怪の荷物運び出してるとこ見られたら、確実に殺されるでしょ。他に誰もいないんだし、それこそ射殺されますよ」

「あのねえ」

京極さんはどっちなのよと郡司が尋く。

「やらせたいの？　やらせたくないの？　そもそも成功率低いとか言わんでくださいよ。いけるかもしんないとか、京極さんが言ったんですよ？」

「やらせたいとかやらせたくないとか、気持ちの問題ではないでしょうに」

「そうですけどね」

「そりゃ僕だって彼らを救い出したいですよ。妖怪遺産も守りたいとは思いますよ。でも、思うだけじゃ何もできませんからね。願えば通じるなんて考えるのは大きな間違いでしょう。世界中の人間が同じ事柄に対して違うことを願ったら、誰の願いが叶《かな》うんです！　強く願った奴が勝つんですか！　どうやって計るんです願い。願い計測装置とかあるんですか！　夢は叶わない願いも叶わない望みも叶わない。世の中はなるようになるだけで、不思議なことなんかないッ！」

京極は手袋をした拳《こぶし》を握った。

ブレないねえと綾辻が笑った。

「感心するよね」

「じゃあ——どうすべきだというんですか、京極さん」

「僕に決定権はないですけどね、ただ、やるなら成功率をぎりぎりまで上げてかかるべきだと言ってるだけです。安全管理と危機管理を履き違えると滅びますよ。想定外のことは必ず起きますからね」

「うーむ」

「日本人は安全を保つことが危機管理だと思いがちなんですよ。だから想定外なんて言葉を使うんです。想定外のことが起きることを前提に、安全なんてないんだという覚悟をすることが危機管理の第一歩でしょう」

「そりゃそうだけど」

「絶望的状況だったんですよ、最初は。でも荒俣さんの攪乱《かくらん》作戦、続く妖怪の大量出現は大きな突破口になったし、木原さんの暴挙や更なる巨大妖怪の登場で救出できる可能性も僅かながら出てきた訳ですよ。それに加えて、避難指示が出たことで可能性は更に上がった」

「でしょ？」

「いやいや、いいですか、それまでゼロだった可能性が数パーセントまで上がったということは間違いないことですよ。でもそれ、たった数パーセントですよ。ゼロと一じゃあ大違いですが、一パーセントは百パーセントじゃない。可能性を見出《みいだ》すことは大事ですが、僅かな糸口を見つけただけですぐ百パーセントまで跳ね上がったような幻想を抱くんですよ愚者は。そら危険ですって」

「危険承知で行っちゃいかんですか？」

「行くのはいいですが引き際を弁えてください。入れなかったら戻る。入っても近付けなかったら諦《あきら》める。人だけ救って積み込みは中止する。作業途中でも状況次第では逃げる。とにかく急ぐ。兵法の極意は退路を確保することです。逃げるのも戦術のうちです。卑怯《ひきょう》だとか未練だとかいう感情論や精神論は、屁《へ》の突っ張りにもなりません。そんなものはいらんですよ」

キン肉マンみたいだとレオは思った。

「潔く死ぬとかいうのは、恰好《かっこう》は良いけどあまり賢くないでしょ。冷静になって考えれば単に諦めてるってことなんだし。どうせ潔く諦めるなら逃げましょうよ。その方がずうっと建設的ですから」

それは賛成だと郡司は言った。

「いずれにしてもこんなことでこれ以上の犠牲は出したくないから」

「こりゃこの手の緊急事態に限ったことじゃなく、何ごとにも肝要なのはきめ細かい情報収集と的確な状況分析に基づく素早い判断です。見逃し見落とし読み誤り、判断ミスは当然いかんのですが、それ以上に悪いのはぐだぐだ迷うことですよ。慎重なのと優柔不断なのはまるで違います。迷うのは駄目。迷うくらいなら素早く間違った方がマシ。間違っても素早く気付けば素早く軌道修正ができます。迷って時間喰うのは最悪。スカ。レオ」

レオですが何か——という軽口が叩けない。

何であれ時間が勝負ですよと京極は結んだ。

「だからみんなで行けばいいでしょ。で、何かあったらみんなでさっさと逃げる。それならどうです？」

「まあそうなるかなあ」

僕は行きませんよと京極が間髪を容れずに言った。

「は？　行かないんですか？」

煽《あお》って、引き止めて、結局行かないんだすげーとレオは思ったが。もちろん黙っていた。

「肉体年齢七十五歳の僕は肉体労働的に戦力外。しかも目立って、その上足手纏《まと》いになるんです。走らないし免許もない。それに加えて僕は生に執着がないので即行で諦めますからね。どのような局面に於《おい》てもマイナス要因になるんです。同行はリスクを大きくするだけ」

「うーむ」

「論理的に考えて僕はこのミッションに参加すべきじゃない」

ミスター・スポックみたいなこと言う人だなあと及川が呆れた。

「子供の頃はバルカン人に憧《あこが》れてたんだよ。感情を振り翳《かざ》した方が正論に聞こえるし人心も動かせるかもしれないけれど、こういう場合は論理優先でないと全体の不利益になるだろ。同じ理由で、多田ちゃんも行かない方が良いと思うぞ」

行きますよ行きますよと多田は早口で二度も言ったのだが、行くなよと村上に被せられた。

「あんた、面が割れてるんじゃないか？　普通に歩いてても捕まらないか？」

「それなら村上さんだって割れてるじゃない」

「俺は変装できるし。あなたは無理でしょう。形や動きで判っちゃうでしょうに」

「着ぐるみとか着る？」

そう言って多田はヒヒ、と二回笑った。

「だから。目立つし。転ぶし。ここで待ってろよ。運転もできないだろ？　その辺の若いの掻《か》き集めて、行きますよ、俺が。どこに行けばいいんです？」

いや俺も行くと郡司が立ち上がる。

「荒俣さんが奮闘してるんだし、手配してるのは俺だからさ。運転もするわ。まあ京極さんの言う通り、時間はほとんどないと思った方がいいし、臨機応変にミッションは中止すると考える方が正しいだろうね」

岡田と及川と似田貝は来いと郡司は言った。

「そうと決まればすぐに連絡して鍵《かぎ》付きでトラック置いといて貰《もら》うよ。貸し主が避難しちゃったら元も子もないし」

郡司は隣室に向かった。

「俺、移動用の車両と人集めてきますわ」

村上は玄関に向かった。

「いいの？　僕も行かなくて」

多田が問う。京極は寧《むし》ろ行くべきでないということでしょと答えた。

「まあ、解りました」

そう言って、多田はテレビの前に座った。そして、頓狂《とんきょう》な声を上げた。

「きょ」

「何ですか」

「京極さんッ」

「あれ。これは――どう考えるべきなの？」

綾辻が何故か悲しそうな顔をした。

いつの間にか居場所をなくしてしまい、部屋の隅の方に突っ立っていたレオの処からは、テレビがとっても見えにくかったので、果たして何が映し出されているのか判らなかった。

でも、今更何があっても驚きはしないと思う。

「あー。こりゃ大変だ」

京極までそんなことを言っている。

退出しかけた似田貝が引き返してきて、ありゃーと言った。

「こ、これ、く、黒さんですよ京極さん。今度は黒さんかー。って、あれれ、あれ東さんとか平山さんとかじゃないですか？　うはー」

平山さんって平山夢明さん？　と貫井が覗《のぞ》き込む。ああ東さんっぽいねえと綾辻が呟《つぶや》く。

我慢できずにレオはずずいと前に出た。〝神奈川にも巨大怪獣出現〟ってな感じのテロップが見えた。

「怪獣——じゃないよな。というか」

「クトゥルー系ですよねえ」

「クトゥルー？」

それって、創作されたものじゃないのか。

いや。

タコというか。何というか。

まあ、一般的には怪獣だろう。妖怪じゃないとは思う。

——大変なパレードです。パレードというか、デモというべきなんでしょうか。巨大な、巨大な怪物が、大勢の人々——五百人以上いるでしょうか。群衆に囲まれてゆっくり、ゆっくり進んでいます！

レポーターの声が聞こえた。

――怪物を囲んでいる人々は一体どんな人達なんでしょうか？　聞こえますか奥道後《おくどうご》さん？

――はい。外国の方もかなり――いえ、半分以上は外国人のようです。プラカードやゼッケンのようなものにメッセージが書かれていますが、ちょっとあれは読めないですねえ。あ、えぇと。純水ノ創作ぶつの犬現ダあり妖怪デない――？？　えーと、ちょっと日本語はおかしいですが、漢字も間違ってますが――。

――いえ、この際細かいことは結構です。その方達は何が目的なのでしょうか。

――はい。このデモ隊は、どうやらこの怪物を護《まも》っているものと思われます。これは妖怪ではないので攻撃対象にするべきでない、というようなメッセージが多く見かけられますね。

――妖怪ではない？　何を根拠に。

「妖怪じゃないよね、クトゥルーは」

「邪神ですね。古きものですね。そして、まあ純粋な創作物ですね」

「でも」

いるよね、と綾辻は指差した。

「これも不思議じゃないのね」

「まあ、これは他とそんなに変わりませんね。妖怪だって本来は純粋な創作物ではありますからね。ただ、文化や習俗が創り出したものがほとんどで、個人の創作ではないことが多いというだけで。そういう意味では」

そうかあ、と綾辻は何度か首肯《うなず》いた。

「まあこれも、ラヴクラフト一人が生み出したものではないからねえ。そう大きく違いはしない訳ね。そこんところは納得」

綾辻様が納得するならまあそうなんだろうとレオは思った。思ったが、画面には納得できないもんがうねうねと映っているのであった。

——日本人も参加しているのでしょうか。

——ええ、怪物の近くにいるのは日本人だと思われますが、ちょっと近付くことは不可能ですね。それから怪物の後には——建設用の重機が見えますね。あれはパワーショベルでしょうか。ちょっと詳しくないので断言はできませんが、そういうものが。

「松村さんだ」

似田貝が放心したように言う。

「ぜ、絶対そうですよ。なら福澤さんとか黒木さんとかもいますよ。あらー。もう、どうなってるんだこれ」

笑っている——ようにしか見えない。そういう顔なのだこいつは。でも、きっとかなり狼狽《ろうばい》しているのだろう。似田貝は中腰であたふたしている。

「木原さんの次はこの人達ですよ。こりゃ全部ウソなんじゃないですか？　ウソ臭いですよ」

「この頃は何もかもウソ臭いんだから、寧《むし》ろリアルなんじゃないか？」

攻撃は難しいですねと軍事評論家が言っている。

——実際、妖怪なのかどうかという判断は誰がするのかというね。

——しかし、どう見てもこれは、同じようなものではありますよね。

——そうだとして、神奈川にはＹＡＴのようなものはないですし、あったとしても街道沿いに移動している訳ですからね。攻撃は難しい。それに、警官隊や自衛隊で排除できるものでもないですよ。

——道路交通法違反ですとか。

——いや、そういう問題ではなく、ここまでグロテスクで巨大なものですから、まず物理的に排除することが難しい。次に、近寄れないですね、妖怪だった場合。

——デモ隊の方はどうなんでしょう。

——武装している様子はありませんが、どうですかねえ。機動隊が出たとしてもですね、衝突は極力避けるでしょうねえ。説得と、それから、沿道の警護ということになるんじゃないでしょうか。

——静観するしかないということでしょうか。

——今のところ、ですが。それに、彼らの主張通りこれが妖怪でないのだとしたら、まあ攻撃対象にはならないのかもしれませんし。

——そうですねえ、ただ、今入った情報に拠《よ》りますと、デモ隊の中には妖怪であっても攻撃すべきでないと主張する一派も雑《ま》じっているようです。これはどうなんでしょう？　妖怪に人権をとか、妖怪愛護とか、言語道断な気がするのですが。

――そりゃあまた別の問題ですね。あの怪物が何かという問題とは次元の違う話ですよ。私はね、行き過ぎた動物愛護もどうかと思っとるんです。況《いわ》んや、妖怪に人権なんかある訳ないでしょう。人じゃないんだから。あんなものは伝染病のウイルスより下等ですよ。妖怪のお蔭で日本の国際的信用は失墜してる訳ですからね。野放しにしちゃいけませんよ。それを護るなんて、暴論もいいところでね、もう議論する余地もないですよ。妖怪は基本的に撲滅、殲滅でしょう。何を寝言言ってるんだか。妖怪は生物ですらないんですよ。そんなもの護る謂われなんかありませんよ。妖怪愛護？　それこそ亡国の徒だ。非国民だ。正気じゃない。

――妖怪を支持する者にも人権はないというのが政府の見解ですからね。

――ええ。それはその通りですよ。そういう輩《やから》は、峻別《しゅんべつ》して逮捕するなり処刑するなりすべきですね。思想信条の問題じゃない。汚染されてるんですよ脳が。一刻も早く法を整備して極刑にすべきでしょうね。

「どうだろ」

ヒドい世の中になったねえと、綾辻は暗い顔をした。

「あんな言い分、通らないでしょうに。まともな世の中だったら。正気じゃないのはこのコメンテーターだよね。というか」

これが世論なのかねえと言って綾辻は眼を細めた。

「まあ妖怪は人じゃないから人権はありませんが、妖怪愛好家は一応人なので、最低限の人権は認めて欲しいところですけどね。切捨御免になっちゃったですね」

京極は同じトーンである。顔付きも変わらない。

それにしても——と貫井が言う。

「何処を目指しているんです？　この行列。スローガンは解るけど、彼らの目的は何なんですかね？」

「判りませんね」

「この先どうする気なんだろう」

「それも判りません」

——ニッポンはどうなってしまうのでしょう！

アナウンサーはそう絶叫した。

——この国は、このまま妖怪に蹂躙《じゅうりん》されてしまうのでしょうか。妖怪は、撲滅できないのでしょうか！

「だから妖怪じゃないって言ってるじゃん」

「まあロボットも妖怪のようですから、怪獣はより妖怪なんでしょうし、邪神となると、もうねえ」

「そうねえ」

そこで玄関から村上の声が聞こえた。

「何ぼやっとしてんだよレオ。早く来いよ」

え？

「ぼぼぼ、ボクでありますか？」

「お前以外にレオいないだろうが。ほら、死にに行くぞ。ヤバい時の生け贄だお前。率先して死ね」

「い、いけにえって何でありますか先輩」

「生きた贄だろ。襲われたらお前を突き出すんだよ。お前がやられてるうちにみんな逃げるんじゃないか。全会一致で決定だ」

「いやー。ぼぼぼボクはですね、とっても体が弱くてですね、それに家には更に病弱な妻が二人と生まれたばかりの赤子が五人、寝たきりの母と酔いどれの父と徘徊《はいかい》する祖父と脚気《かっけ》で働けないオランウータンが」

「来いよ」

「いやその」

「あのな、社会的損失が少ない順に犠牲になるべきだろうが。湯本さんや香川さんは損失大きいだろ？　だから救出に行くんだよ。お前は生きてた方が損失じゃんか」

「今はそうですが、僕にわ若い希望と将来性ぐわ」

「そんなに若くもないじゃんかよ。もっと若い奴も一緒に行くし。将来有望な奴は、おいらが護るよ」

「僕わ有望じゃないでありますか？」

「有害だろ」

「あーしかし、ボクがお亡くなりになってしまったら後が月刊困りま専科。その、次なる危機が訪れたなら」

「及川選手を犠牲にする」

二番目すかーという声が村上の背後から聞こえた。

「いいから。とっとと来いよ」

行きましょうよ冗談ですよと似田貝が腕を引く。

本気だと思うよと京極が冷たく言った。

いち早く死ねよと村上は言った。

いやいや。言うだけにして欲しいものですよそれは。

レオは何故か抜き足差し足で玄関方面に向かったのだが、行き着く前に何やら様子が変わった。村上がさっと横にどけて、あッと声を上げている。

京極が立ち上がった。

「せ、先生――」

「せんせえ？」

人垣が割れて、村上が更に避《よ》けた。どういう訳か綾辻や貫井も立ち上がった。

次の間から郡司も顔を出した。みんな玄関を注視している。

玄関に。

水木しげる大《おお》先生の顔が覗いた。

大先生はいつになく険《けわ》しい顔になっていた。

「あんた達、ナニしてるですか」

「いえ、その――」

「アラマタがこっちに来ると言うんだナ」

「え？」

學天則ジャイアントが？

慥《たし》かに単独で脱出に成功してはいるのだが――。

「戦争はイカンけどもね。腹が空くから。ただ、オニは退治すべきですよ。オニは。オニというのは、あれ、そんなに面白くないからネ。だからあんた達も」

オニ退治ですよと大先生は宣《のたま》った。

虚実妖怪百物語・急につづく

解説

千《せん》街《がい》晶《あき》之《ゆき》

京極夏彦《きょうごくなつひこ》『虚実《うそまこと》妖怪百物語　破』（二〇一六年十月、KADOKAWAから刊行）、お待ちかねの文庫化である。

『虚実妖怪百物語　序』『虚実妖怪百物語　急』も同時に文庫化されるので、よもや勘違いする読者はいないと思うが、念のために記しておくと、本書は「序」「破」「急」の三冊から成る『虚実妖怪百物語』の二冊目である。某人気アニメーションの劇場版のように「序」「破」の次が「Q」になった（しかもそこで完結しない）という例もあることはあるが、通常「序」「破」「急」と続けば三部構成なのであり、本書もまたその例に洩《も》れないのである。

既に「序」をお読みの方はご存じの通り、この物語は、いない筈《はず》の妖怪が日本各地で目撃されるようになった社会を舞台としている。それらの現象に翻弄《ほんろう》されるのは、実在の小説家、妖怪研究家、編集者など。そんな中、妖怪・朧車《おぼろぐるま》が新幹線を停車させたのをきっかけに、社会は反妖怪へと大きく転回する。妖怪を扱った雑誌は休刊に追いやられ、人心はどんどん荒廃してゆく……という不穏な情勢で「破」へと突入するのだが、その先の展開は実際に読んでのお楽しみだ。ここでは、『虚実妖怪百物語』というタイトルについて考察しておきたい。この七つの漢字のうち、「妖怪」はわかりやすい。作中に——それを妖怪と呼ぶかどうかは別としても——世の常ならぬモノたちがこれでもかとばかりに出てくるのだから。

次に「百物語」である。言うまでもなく、日本古来の怪談会のスタイルのひとつであり、百話の怪談を語り終えると本物の怪異が出現するとされる。著者の小説で百物語といえば、『巷《こう》説《せつ》百物語』（一九九九年）に始まる「巷説百物語シリーズ」が思い浮かぶ（このシリーズも本書も雑誌《怪》に連載されたという共通点があり、無関係とは言えまい）。そして、『巷説百物語』の第一話であり、戯作者《げさくしゃ》志願の山岡百介《やまおかももすけ》が御行《おんぎょう》の又市《またいち》たちと初めて出会うエピソードでもある「小豆洗《あずきあら》い」と、作中の時系列ではシリーズ最後にあたる『後《のち》巷説百物語』（二〇〇三年）の最終話「風《かぜ》の神《かみ》」の作中では、実際に百物語の会が催される。

それに対し、本書では百物語が催されるわけではない。しかし、「巷説百物語シリーズ」で百物語がどのように描かれていたかをここで振り返ってみよう。「風の神」では、今では隠居して一白翁《いっぱくおう》と号している山岡百介が次のように語る。


　虚構《うそ》と現実《まこと》の真ん中辺りに、どっちつかずの場を作る。

　そうした呪術《まじない》が百物語です。

（中略）

　ものごとは、かたることで物語になるので御座いますよ。

　そのモノガタリを幾つも幾つも重ねることで、現実そのものを騙りの場に移したり戻したりするのが、百物語なので御座いましょうね。

モノガタリを幾つも幾つも重ねることで、現実そのものを騙《かた》りの場に移したり戻したりする――という手法は、過剰なまでにエピソードが積み重ねられる本書の小説作法にも通ずるものがある。どうやらここで披露されていた「百物語」観が、本書のタイトルの七文字のうち、残る「虚実」と関連していると見ていいのではないか。

では「虚実」とは何を指しているか。本書にはかなり大勢の人物が出てくるけれども（名前のみ記される人物も含む）、彼らはほぼ実在している人物でもある。流石に水木《みずき》しげる、荒俣《あらまた》宏《ひろし》あたりは（それなりに読書やTV視聴の習慣があれば）一般常識レヴェルの有名人と言えるだろう。その他の小説家や研究者らも、妖怪や怪談など、作中で言及される方面に関心がある読者なら知っていると思われる。問題は、一般の読者には名前を知る機会がなかなかない編集者だが、そんなに顔が広くはない私でも直接面識があったり、名前くらいは知っている人物が大多数であり、大体実在していると断言できる。

仮に作中の人物を誰ひとり知らない読者であっても、《幽》元編集長の東雅夫《ひがしまさお》と、「急」から登場する妖怪推進委員会の東亮太《あずまりようた》という、読み方こそ違えど同じ漢字の苗字《みようじ》の人物が登場する点から彼らの実在は推測可能だろう。普通、小説家はフィクションの世界に、血縁でもないのに紛らわしい苗字のキャラクターは登場させない。もちろん読者の混乱を避けるためだが、現実には同じ苗字の他人同士が身近にごろごろいる場合だって珍しくはないのである。

そして、私と直接面識のある人物に限定して言えば、彼らの喋《しゃべ》り方などの特徴を再現してみせる著者の筆致は神業に近い。読んだだけで私の頭の中で、「そうそう、ＫＡＤＯＫＡＷＡの似田貝大介《にたがいだいすけ》氏ってこんな風に喋るよね」といった具合に、彼らの台詞《せりふ》が実在の彼ら自身の声で再現されるくらいなのだ。特に、小説家・平山夢明《ひらやまゆめあき》の口調の再現は筆が乗りに乗っている。

そして「破」には、著者の京極夏彦自身がようやく登場する（紛らわしいので、この先は本書の書き手たる京極夏彦を「著者」、作中に登場する京極夏彦を「京極」と記す）。著者はこういう風に自己認識しているのか、という観点で読んでも面白いが、この京極が作中で担う役割もまた興味深い。

前巻「序」は、さまざまな奇怪事が起きたり、ひとが死んだりはしているものの、それらは主に登場人物たちを取り巻く、狭いとは言えないけれど広くもない環境で起きていたことだ。ところが、「破」に入ると、事態は社会全体を巻き込むほどに拡大している。誰もが妖怪の存在を認めざるを得ず、誰もがその騒動から無縁ではいられない。そんな状況にあって、作中の京極夏彦は徹底した怪異否定論者として登場するのである。まるで、現実の著者が書いてきた小説が、「京極夏彦」というキャラクターに凝縮されたかのように。

著者の愛読者ならご承知の通り、デビュー作『姑獲鳥《うぶめ》の夏』（一九九四年）をはじめとする「百鬼夜行シリーズ」に、具体的な妖怪そのものが出てくるわけではない。妖怪が引き起こしたかのような異常な事件は起こるものの、京極堂こと中禅寺秋彦《ちゅうぜんじあきひこ》の「憑物落《つきものお》とし」は、それらを合理的に解明し、事件に決着をつけ、関係者たちを妄念から解放する。また「巷説百物語シリーズ」は、事件を表向き妖怪の仕業として決着をつける裏稼業の人間たちの物語だ。『嗤《わら》う伊《い》右衛《え》門《もん》』（一九九七年）などの「江戸怪談シリーズ」も、実際に幽霊の出現が描かれるわけではない。妖怪も幽霊も、あくまでひとの心の中にこそ生まれる。

そうでありながら「妖怪小説」であり「怪談」であるところが京極作品の妙味なのだが、本書の場合、妖怪と呼ぶかは別としても、人智を超えた現象は、「序」の時点からさんざん描かれているのだ。そんな状況下、目撃者たちの証言に疑義を呈し、理《ことわり》の枠内に落ち着かせようとする作中の京極は、「百鬼夜行シリーズ」の京極堂のセルフパロディを演じているようでもある。否、京極堂が著者の自己投影なのか。作中の京極が初登場時に発する台詞「この世に不思議なことなんかねえ」は、京極堂の決め台詞「この世には不思議なことなど何もないのだよ」を作者自らもじったのか、それとも京極堂の決め台詞が著者の世界観から生まれたのか――鶏と卵のどちらが先かという問いに似たこの疑問も、作中の虚実の境界を攪乱《かくらん》する。

さて、既に述べたようにこの物語の登場人物は大部分が実在しているけれども、たとえ誰と誰が実在しているかなど知らなくとも、架空の存在だとすぐにわかるキャラクターも幾人かはいる。例えば、「序」と「破」の冒頭に登場した加《か》藤保憲《とうやすのり》。一世を風靡《ふうび》した荒俣宏の伝奇小説『帝都物語』（外伝を除き全十巻、一九八五～八七年）に登場する魔人であり、映画『帝都物語』（一九八八年）と『帝都大戦』（一九八九年）では嶋田久作《しまだきゅうさく》が演じて当たり役となり、その後、著者も出演していた映画『妖怪大戦争』（二〇〇五年）では豊川悦司《とよかわえつし》が演じた。また、作中に登場する政治家やアナウンサーも架空の人物だとわかるように描かれているし、著者の別の作品とのリンクを考えると架空と判断できそうなキャラクターも存在している。

　こうした実在と架空の人物が入り乱れる物語は、別に珍しいわけではない。そもそも『帝都物語』自体がそうだったし、京極夏彦がフィクションの世界に登場する小説にも竹本健治《たけもとけんじ》『ウロボロスの純正音律』（二〇〇六年）という前例がある。とはいえ、『帝都物語』の虚実ないまぜの趣向を踏襲したというだけの意図で、著者が実在の人物を大勢出したとも思えない。敢《あ》えて挑戦し、しかもタイトルに「虚実」と銘打つからには、そこには狙いがある筈だ。

　更に言えば、妖怪関係者への迫害に仮託された社会諷刺《ふうし》的な要素――敵役として権力者が登場するのは、本書のタイトルの元ネタのひとつであろう映画『妖怪百物語』（一九六八年）と共通するが、この映画における権力者＝悪、貧しい庶民＝善という構図は本書では完全に崩壊し、不純物を排した清潔な社会の実現を求める大衆の悪意がむしろ前面に出ている――も、本書のリアリティのレヴェルと関係があるのか否か、読者を戸惑わせるのではないか。こうした要素には、果たしてどんな狙いが籠《こ》められているのだろうか。

　……と、この解説では敢えて思わせぶりに書いてみたが、答えは完結篇「急」を読んでのお楽しみ。私は本書を「虚実」の二文字に着目する読み方で目を通したものの、結末は予想できなかった。さて、著者がこの長大な物語に籠めた虚《うそ》と実《まこと》の仕掛けを、読者はこの「破」の時点で見抜けるだろうか。

本書は、二〇一六年十月に小社より刊行された単行本『虚実妖怪百物語　破』を加筆修正し文庫化したものです。

口絵造形製作／「學天則」天野行雄
口絵・目次・扉デザイン／坂野公一（welle design）

虚《うそ》実《まこと》妖《よう》怪《かい》百《ひやく》物《もの》語《がたり》　破《は》

京《きよう》極《ごく》夏《なつ》彦《ひこ》

平成30年 12月25日　初版発行
令和7年 4月10日　8版発行

発行者●山下直久

発行●株式会社KADOKAWA
〒102-8177　東京都千代田区富士見2-13-3
電話　0570-002-301（ナビダイヤル）

角川文庫 21340

印刷所●株式会社KADOKAWA
製本所●株式会社KADOKAWA

表紙画●和田三造

ISBN 978-4-04-107432-9　C0193

JASRAC 出 1812280-508

◆◇◇

角川文庫発刊に際して

角川源義

第二次世界大戦の敗北は、軍事力の敗北であった以上に、私たちの若い文化力の敗退であった。私たちの文化が戦争に対して如何に無力であり、単なるあだ花に過ぎなかったかを、私たちは身を以て体験し痛感した。西洋近代文化の摂取にとって、明治以後八十年の歳月は決して短かすぎたとは言えない。にもかかわらず、近代文化の伝統を確立し、自由な批判と柔軟な良識に富む文化層として自らを形成することに私たちは失敗して来た。そしてこれは、各層への文化の普及滲透を任務とする出版人の責任でもあった。

一九四五年以来、私たちは再び振出しに戻り、第一歩から踏み出すことを余儀なくされた。これは大きな不幸ではあるが、反面、これまでの混沌・未熟・歪曲の中にあった我が国の文化に秩序と確たる基礎を齎らすためには絶好の機会でもある。角川書店は、このような祖国の文化的危機にあたり、微力をも顧みず再建の礎石たるべき抱負と決意とをもって出発したが、ここに創立以来の念願を果すべく角川文庫を発刊する。これまで刊行されたあらゆる全集叢書文庫類の長所と短所とを検討し、古今東西の不朽の典籍を、良心的編集のもとに、廉価に、そして書架にふさわしい美本として、多くのひとびとに提供しようとする。しかし私たちは徒らに百科全書的な知識のジレッタントを作ることを目的とせず、あくまで祖国の文化に秩序と再建への道を示し、この文庫を角川書店の栄ある事業として、今後永久に継続発展せしめ、学芸と教養との殿堂として大成せんことを期したい。多くの読書子の愛情ある忠言と支持とによって、この希望と抱負とを完遂せしめられんことを願う。

一九四九年五月三日